ハヤカワ・ミステリ文庫

〈HM436-2〉

大鎌殺人と収穫の秋

中年警部クルフティンガー

フォルカー・クルプフル＆ミハイル・コブル

岡本朋子訳

早川書房

8024

ERNTEDANK

by

Volker Klüpfel and Michael Kobr

Translated by
Tomoko Okamoto
First published 2017 in Japan by
HAYAKAWA PUBLISHING, INC.
This book is published in Japan by
arrangement with
PIPER VERLAG GMBH
through THE ENGLISH AGENCY (JAPAN) LTD.

大鎌殺人と収穫の秋

中年警部クルフティンガー

登場人物

クルフティンガー……………………ケンプテン地方刑事局の警部
エリカ…………………………………クルフティンガーの妻
マルクス………………………………クルフティンガーの息子
オイゲン・シュトローブル
リヒャルト・マイアー　　　…………クルフティンガーの部下
ローランド・ヘーフェレ
サンドラ・ヘンスケ…………………クルフティンガーの秘書
ディートマー・ローデンバッハー……ケンプテン地方刑事局の局長
ゲオルク・ベーム……………………解剖医
ヴィルヘルム・レン…………………鑑識課の課長
ディーター・メビウス………………検事
ギュンター・ハルトマン……………判事
アルバート・ガスナー………………農家の主人
ゲルノート・ズッター………………旅行業者
ゾフィー………………………………ズッターの妻
ジャクリーヌ…………………………ズッター家の家事手伝い
ゲルダ・グレンツマン………………ズッターの秘書
ミヒャエラ・ハイリゲンフェルト……元産婦人科医の作家
ハインツ・ブレンターノ……………精肉職人
シュナイダー…………………………考古学者
ヒルトルート・ウアバン……………郷土史研究家
シッギ…………………………………水道修理屋
レーヴェンムート……………………書店主
アンネグレート・ラングハマー………エリカの親友
マーティン……………………………アンネグレートの夫。医師

プロローグ

キリリと冷えた秋の日の朝、男は玄関の扉を開けて外に出ようとして、しばらく敷居の上で立ち止まった。洗い立てのシーツのような白い霧が野原を覆い、その下で大地はまだ悠々とまどろんでいた。男は首をかしげて、灰色のちぎれ雲で埋め尽くされた薄暗い空を見上げた。鼻から朝の新鮮な空気を肺の奥まで吸い込むと、背伸びをし、虫歯だらけの歯を見せてニヤリとした。ゴワゴワしたフェルト地のジャケットの一番上のボタンを留め、擦り切れた薄汚い帽子を深くかぶると、扉の前の切株に刺してあった斧を引き抜き、大股で歩き始めた。

寒さのなか、広い肩幅の大柄な男は速足で歩いた。すぐに額から小さな汗の玉が噴き出した。男は歩きながら顔をうつむけ、長靴で地面を踏みしめるたびに霧がちりぢりになり、小さな渦を巻いてくるぶしの辺りを漂うのを見つめ続けた。霧が好きだったからだ。

家からまだ二百歩も離れていないところで、男は突然立ち止まった。物音が聞こえたような気がした。だが、足を止めて耳をすましても何も聞こえない。森の目覚めを知らせるかすかな木々のざわめきは、たちまち濃い霧に呑みこまれていった。男は視線を家へ、そして裏手の坂へと移した。坂の上だけは霧が晴れていて、そこに横たわる黄みを帯びた白っぽい巨大な凝灰岩(ぎょうかいがん)が見えた。男はそれを見ると苦笑いして、「俺に限って、それはないさ」とつぶやいた。〝そんなことを続ければ死ぬぞ〟と、彼らは今後も脅しをかけ続けるかもしれない。しかし男は恐れていなかった。だから、すぐにまた歩き始めた。

ぬかるんだ地面を踏みしめるたびに、長靴がピチャピチャと音を立てた。森の入り口まで来たところで辺りを見渡した。いつもと何か違う気がした。でも、何が違うのかはうまく言えなかった。見た限り、変わったところは一つもない。昨日のまま、一昨日のまま、三日前のまま、さらにずっと以前のままだった。そう思うと、不安は不意に消え去った。男はふたたび一歩を踏み出し、森の暗闇へと入って行った。

薄暗い叢林のなかの踏み分け道を、いつものように手さぐりで進んだ。目はあまりいいほうではなかった。それをごまかすように、荒れた汚い指で目をこすった。すると目の前に空き地が開けていた。足を速めるとすぐに、前日、十字の切り目を入れておいた木が見つかった。男は立ち止まってジャケットを脱ぎ、それを地面の上に広げた。首に巻いていたスカーフもほどいてジャケットの上に落とした。

いつものように。

男は両手で握った斧を頭上高く上げ、勢いよく振り下ろした。男は力持ちだったから、一振り目で斧はモミの幹に深く突き刺さった。割れた樹皮が飛び散り、男は一瞬目を閉じた。

もう一度、斧を振り上げる。斧がヒュッと風を切って振り下ろされた瞬間、背後で物音がした。誰かが枯れ木を踏んだような音だったが、斧が幹に当たる音ですぐにかき消された。二振り目は当たりどころが悪く、刃は深く突き刺さらなかった。

男は斧を木に突き刺したまま振り向いた。いつもなら、森の男は森の音を怖がったりせずに毅然としているのだが、今日は違った。男はいわくいい難い不安に襲われた。振り向いたとき、トウヒのうしろに人影が見えたような気がした。だが、それを確かめる間もなく、木の幹が轟音を立て男に向かって勢いよく倒れてきた。後ずさりする暇もなかった。開いた口から声は出なかった。男が一生の最後に見たものは、自分の頭蓋骨を打ち砕いた幹から飛び散った樹皮の破片だった。

この話は一六五七年に書かれたものである。

死という名の大鎌男がいる
神の名のもとに男は麦を刈り取る
ほら、もう大鎌を研いでいる
よく切れる鎌は光り輝き
もうすぐ君を切るだろう
君は苦しむに違いない
収穫祭の花輪にならないといけないなんて
気をつけるんだよ、可愛いお花さん！

「なあ、見ろよ、エリカ、俺にだって魔法の力があるんだぞ」クルフティンガーはアルトゥスリートの自宅の玄関のドアを開けながら、いたずらっぽく妻に言った。「鍵をここに差し込むだろ――アブラカダブラ――開けゴマ！」夫は振り向き、妻とドアを交互に見て首をかしげると、茶目っ気たっぷりにささやいた。「これぞ、イラー川の魔法の力さ」

妻はため息をついた。「からかいたいなら、からかえばいいわ。私は平気よ。あなたが信じようが信じまいが、そんなこと、どうでもいいの」

エリカ・クルフティンガーは夫にからかわれても怒らなかった。なぜかというと、ケンプテン地方刑事局警部の夫が最近いくつか手柄を立ててボーナスをもらい、今日はわざわざ有給休暇を取ってインメンシュタットに買い物に連れて行ってくれたからだ。インメンシュタットに最近できた大型ショッピングセンターは、せわしないケンプテンよりもゆったりとしていて買い物がしやすいので妻も気に入っていた。しかも夫はいつになく協力的で、文句も言わずに自分用のズボンを三着――そのうちの二着はなんとジーンズ――シャツを数枚、セーターを二着、防水加工された薄手のジャケットを一着買わせてくれたのだ。妻の機嫌がよかったのはそのせいだった。

さらに夫は、一目見て買うことに決めた自分の服までほめてくれたので妻はうれしくて仕方がなかった。

買い物のあと夫婦は、エリカの案で〝パワースポット〟で有名なマーティンズツェル村近くのイラー川の堰まで足を延ばした。普段なら夫はそんな場所には絶対行きたがらないのだが、今日はなぜか承知してくれた。夫を説得できて、妻は感動した。心から喜んでいた。もっともその喜びには、〝パワースポット〟まで夫を案内できた誇りと、そんなことに夫が付き合ってくれた驚きが混じっていた。

なぜ驚いたかというと、夫は仕事柄合理主義者で、妻が〝木曜日の新聞に出る星占いがよく当たる〟と言うだけで、〝インチキ星占いを信じるな〟と長々説教するような性格だったからだ。もちろん夫のこういった性格は、自分の目で見たことしか信じない刑事の信条から来るものかもしれなかった。

クルフティンガーは〝パワースポット〟という言葉を毛嫌いしていた。それは必ずしもメディアが数年前にイラー川の堰を〝パワースポット〟として祭り上げたときから始まったわけではなかったが、その影響は多分にあった。メディアが当時報道したのは、イラー川の堰に集まる巡礼者についてだった。その堰には特別なパワーがあり、そこへ行くと病気が治ったり、気分が和らいだり、生きるエネルギーが湧いてくるという話だった。クルフティンガーは子供の頃よくイラー川のほとりで遊んだが、風邪をあまり引かなかったのはイラー川のパワーのおかげだとは考えていなかった。そんなことは頭から信じていなかった。病気なら家庭薬やペニシリンを服めば治るし、気分を変えたかったら山登りをしたり、テレビを見たりすればいい。生きるエネルギーが欲しければタマネギ入りのケーゼシュペッツレを食べるか、夕食のあとにお気に入りの陶器グラスでビールを半リットル飲めばすむことだ。わざわざパワースポットに行く必要はない。

クルフティンガーのほうは、妻のためにわざわざ休みを取り、そのうえ〝パワースポット〟にまでついて行ったことを後悔していた。本当にそこまでする必要があったのだろうか？　〝パワースポット〟に行ったばかりに、妻の〝スピリチュアル熱〟の温度をさらに上げてしまったかもしれないのだ。

エリカは玄関口で立ち止まっている夫を廊下に押しやると、両手いっぱいの買い物袋をクルミ製の古いサイドボードの上に置いた。夫はそのサイドボードを〝廊下ダンス〟と名付け、電話番号のメモやそのほか〝大事なもの〟を集めた、我が家の〝本部局〟と呼んでいた。エリカは台所へ行き、帰りに買ったプラムケーキを紙包みのままコーヒーメーカーの横に置いた。

「さあ、おやつの時間よ。まずはジャケットを脱いでくるわ」妻は、洋服掛けのそばでつま先だけ牛革でできた木製室内履きサンダルにはき替えている夫に向かって言った。

「生クリームも添える?」エリカは夫の答えを知っていながらあえて尋ねた。生クリームを添えてないプラムケーキなんて、タマネギの入っていないケーゼシュペッツレみたいなものさ、というのが夫の口癖だった。

「もちろんさ。生クリームを添えてないプラムケーキなんて、タマネギの入っていないケーゼシュペッツレみたいなものさ」

「知ってるわ、訊いてみただけ」そう言って妻は、コーヒーポットを持ってシンクの前に立った。蛇口をひねった。でも水が出てこない。蛇口からはゴロゴロやガラガラという鈍い音しか聞こえなかった。「あら、水が出ないわ!」エリカが叫んだ。

「何だって? まさか。風呂場を見てくるよ」

「見て来て、お願い」

クルフティンガーはため息をついて立ち上がると、木製サンダルをはいた足を大儀そうにひきずりながら風呂場まで行き、ドアを開けて中に入った。二歩目を踏み出そうとして、とっさに足を引っ込めた。転びかけて、慌ててドアのノブにしがみつく。気を落ち着かせて体を起こすと、なぜ足を引っ込めたのかわかった。元はベージュだった綿製の丸い絨毯が水を吸って茶色く変色し、クルフティンガーが今朝ゴミ箱の横に置いた空(から)のシャンプーパックが、床の水に浸かった体重計のそばに浮かんでいた。

「畜生」クルフティンガーは事の重大さを理解して、そう叫んだ。腸(はらわた)が煮えくり返った。なんてこった! 洗面台の下のタイルはところどころ剝がれ落ち、そこからは水が溢れ出していた。風呂場の床は床暖房ではないが、床暖房にしようという案があったときに、温水配管が破裂するのを恐れて、ほかの部屋よりも五センチ低くしてあった。その五センチのギャップが、今は水で埋まっていた。

クルフティンガーは啞然として水浸しの風呂場を見つめた。すぐに踵を返して、台所の前を通り過ぎ、地下室へ行った。またも滑って転びそうになった。地下室へ続く階段に敷かれた深緑色のタイルのせいだった。

「畜生、風呂場が……」台所を通り過ぎるときに、妻に伝えられた情報はそれだけだった。

エリカは風呂場へ直行した。クルフティンガーも地下にある水道の元栓を閉めると、妻のいる風呂場へ戻った。二人で無言のまま風呂場を見つめた。少なくとも壁から水はもう溢れ出してはいなかった。目の前には静かにたゆたう水面があるだけだった。クルフティンガーは安全のため、ブレーカーも落としていた。洗濯機と乾燥機の二つの電化製品を風呂場に置いていていたからだ。地下室は洪水のときに浸水の危険があるので、電化製品は置かないことにしていた。

「信じられない」エリカは泣きそうな声で言って、夫の肩に頭をもたせかけた。夫はすでに地下室からバケツとチリトリを持ってきていた。クルフティンガーは妻の頭を軽くなでてからしゃがみ込むと、サンダルと靴下を脱いで、ズボンのすそをまくり上げた。

「さあ、水を汲み出すぞ。考えるのはそれからだ」クルフティンガーは元気よくそう言ったものの、ひざまずいてチリトリで水をすくってバケツに入れ始めると、あまりのつらさにうめき声をもらした。エリカも渋々夫のあとからスリッパをはいたまま、我が家にできた池に足を踏み入れた。

そのとき、洋服掛けに掛かった冬用ジャケットのポケットの中で携帯電話の呼び出し音が鳴るのが聞こえた。クルフティンガーは、一杯目のバケツの水をトイレに流している最中だった。警部が電話に出ようとしないので、エリカが声をかけた。「ねえ、携帯電話が……」「もう少ししたら出るよ。いや、気が向いたら出る！　じきに鳴りやむさ」クルフティンガーはまたしゃがみ込むと、バケツに水を汲み始めた。しかし携帯電話は鳴りやまず、バッハのトッカータとフーガ二短調を奏で続けた。警部は自分の携帯電話の呼び出し音が有名な作曲家の曲だとは知らず、人に指摘されて最近知ったばかりだった。その人とは、エリカの友人だから〝仕方なく仲良くしている〟、アルトゥスリートのバカ医者ドクター・ラングハマーだ。

「まったく、うるさいな！」クルフティンガーは文句を言いながら妻を押しのけ、廊下に足跡をつけないようつま先で歩いて洋服掛けまで行った。ジャケットのポケットから携帯電話を取り出して、ぶっきらぼうに応答する。「もしもし、何だ？」

妻は耳をすましていたが、夫は黙ったままだった。「なんてこった」、「ふーむ」と二、三度相槌を打っただけで、かけてきた相手が一方的に話し続けているらしかった。「今、行く」そう言って夫は電話を切った。

明らかに動揺した様子で、夫は靴下と靴をはいた。そんな夫の様子を妻は風呂場のドアの敷居に立って見ていたが、行き先を訊こうとはしなかった。ただ「重大事件？」と訊いただけだった。

クルフティンガーは立ち上がり、妻が立っている風呂場の入り口まで行くと、顔を強ばらせて言った。「すぐに行かないと」そして妻に背を向けると、玄関へ向かって歩き出したが、二、三歩歩いて振り返った。「本当にごめんよ。こんなときにおまえを……」そう言って腕を広げた。「……ひとりにして。でも行くしかないんだ」

エリカは、重大事件が起こったのだと思った。

★　★　★

家からラッペンショイヘンまでは車でわずか十分ほどだが、クルフティンガーにはその道のりが長く感じられた。罪悪感にかられていた。それは、妻をあんな状況でひとり家に残してきたからというよりはむしろ、あの状況から逃れられてほっとしている自分に気づいたからだ。

しかし今は罪悪感などと言っている場合ではなかった。クルークツェルとケンプテンの間にあるツォルハウス地区のカーブを曲がると、その先の右手上方にパトカーが並んでいるのが見えた。パトカーの青色灯がせわしなく回転している。丘の上の一番手前の農家の入り口には、救急車が後部扉を開けたまま停車していた。十数人の警官がパトカーの周りをウロウロしている。証拠保全課の担当者も到着しているようだった。警部は前方に視線を戻したとたん、仰天した。慌ててブレーキを踏み、ハンドルを握りしめて体を支えた。タイヤがキュイーンと鳴った。前方を走っている車が突然ノロノロ運転を始めたからだ。運転手は丘の上が気になって仕方ないらしかった。

クルフティンガーの顔が怒りで真っ赤になった。拳で思いっきり叩いてクラクションを鳴らした。警部は野次馬が大嫌いだった。前の車の運転手は手ぶり身ぶりで警部のクラクションを非難したが、そのうちあきらめて速度を上げた。時間があれば、侮辱罪で運転手に罰金を請求しているところだが、今日はやめておいた。

高台に温室があった。警部はその前のカーブを曲がりながら、こんな道路端よりもっといい温室向きの場所があるだろうに、と思った。

ラッペンショイヘンは家からケンプテンへの道中にあったので、クルフティンガーはこれまで幾度となくここを通っていた。まさかこんな形で立ち寄ることになろうとは思ってもみなかった。警部は眉をひそめた。太った、白髪頭の警官が横道の入り口で見張りをしていた。警部に気づくと手を振った。二人は長年、現場でよく顔を合わせていたから、クルフティンガーも開けた車の窓から警官に「さっきは危なかったですね!」と声をかけられても、不機嫌になることはなかった。ラッペンショイヘンは農家が数軒あるだけの小さな集落で、本道からそれて横道を左へ百五十メートルほど上った高台にあった。だが、横道を数メートルほど上るともう車を停めなくてはならなかった。道がパトカーで埋まっていたからだ。

警部は警官たちに会釈しながら、パトカーの間をすり抜けて歩いた。なるべく呼吸を乱さないようにした。こんな程度の坂を上ったくらいで息が上がるのかと、部下に思われたくなかったからだ。ここ何年もダイエットなどしたこともなかったが、部下から運動不足とか、デブだとか言われるのは嫌だった。

そのとき、聞き慣れた声がして、警部はハッとした。

「おや、警部、今日は優雅に、入浴剤入りの足湯にでも浸かってたんですか?」マイアーが丘へ上ってくる警部を見つけて近寄ってきた。

クルフティンガーは、なぜそんなことを言われたのかわからなかった。しかしマイアーの視線が自分の膝下に注がれていることに気づくと、ようやくその意味を理解した。風呂から水を汲み出すときに、ズボンのすそをまくり上げて、そのままにしていたからだ。水嵩があったので、まくり上げたすそも濡れていた。警部はしゃがみ込んで、見苦しくない程度までズボンのすそを下ろした。

警部は何事もなかったかのように、マイアーを見上げて訊いた。「今日は、何だ?」とっさに警部は、場違いな質問をしたことに気づいた。それはいつも食事の前に妻に言うセリフだったからだ。

マイアーは上司を見下ろし、頰を膨らませたかと思うと、黙って大きなため息をついた。顔から笑みが消えていた。髪をセンター分けにした、いかにもひ弱そうな部下の顔は、今日は普段にもまして青白く見えた。クルフティンガーは胃がギュッと締めつけられるのを感じた。どうやら事は深刻らしかった。警部はすぐに身を起こしたが、立ちくらみがして目の前が真っ暗になった。足がふらついて、マイアーにつかまった。目まいが治まると、警部は部下をつっけんどんに突き放した。

「いったい、何なんだ……？」警部はマイアーに尋ねながら、パトカーをよけて農家の中庭にたむろする警官たちのほうへ向かった。

「警部は僕の性格をご存知ですよね。大げさに振る舞っているわけじゃ、決してないんです」

〝おまえの性格について今話してどうなる〟と警部は突っ込みたくなったが、とりあえず「そうだな」と答えた。

「そうなんです。今回は本当に……僕でさえ、気分が悪くなってしまって」

クルフティンガーはもの問いたげにマイアーの顔を見つめた。なぜわざわざ〝僕でさえ〟と言ったのか知りたかったからだ。しかし、今はそんなことを気にしている場合ではなかった。二人は農家の中庭へ入った。中庭の左側には住居と馬小屋があり、右側は野原で、柵もなく森とつながっていた。小さな丘を上ると、警官が集まっている場所にようやくたどり着いた。人だかりの真ん中に青い野球帽をかぶった解剖医のゲオルク・ベームの姿が見えた。でも、すぐに見えなくなった。おそらく、地面に横たわる死体の前にひざまずいたからだろう。

「死体はそこか？」訊いても返事がないので、クルフティンガーは振り向いた。マイアーの姿が見えない。警部の気づかないうちに、マイアーは柵のところで足を止めていた。また、いつものボイスレコーダーに何やら話しかけている。

クルフティンガーは数歩前に進むと、咳払いをして警官の注意を引いた。みんな振り返ったが、その顔を見て警部は恐ろしくなった。全員が青ざめた顔をしていて、数人は息をするのもつらそうだった。警部のためにみんなが道を開けた。地面に仰向けで横たわる死体が見えた。泥にまみれたグレーフランネルのズボンに包まれた脚は開いていた。上半身は、死体の前にひざまずくベームの背中に隠れて見えなかった。ベームは周りの警官がうしろへ下がったことに気づくと、振り返った。解剖医の青い目はどんよりと曇っていた。立ち上がると、警部の肩を軽く叩いて場所をゆずった。ベームの目には同情の色が浮かんでいた。それがクルフティンガーをさらに動揺させたが、今は感情におぼれている場合ではない。視界を阻むものはもう何もなかった。警部は目の前に横たわる物体を見て、思わず息を呑んだ。

クルフティンガーは歯を食いしばって、目をそらさないように努めた。そこには、ズボンと靴下と泥まみれのワイシャツ姿の男が横たわっていた。血を吸ったワイシャツの襟は、赤黒さを通り越して黒く染まっていた。首を横一文字に切られ、深い傷がパックリと口を開けていた。額にも乾いた血が数滴こびりついている。だが、警部を最も驚かせたのは別のものだった。男の胸の上には、羽を広げた真っ黒な死んだカラスが置かれていた。

クルフティンガーは唾を飲み込もうとしたが、唾が出てこなかった。吐きそうになったが、吐き気すら気にならないほどショックを受けていた。この先、これほどのショックを忘れることができるのだろうか。警部だけでなく、そこにいた全員が同じ気持ちだった。

警部は振り返った。みんなはうしろに下がって、警部の様子を見守っていた。どうしていいかわからない顔つきだった。警部からの助言を欲しがっているように見えた。この緊張を少しでも和らげられるような助言を。しかし、警部の頭にはそんな助言は浮かんでこなかった。

クルフティンガーは改めて死体に向き直った。気持ちを落ち着かせ、理性を働かせるために目を閉じた。心の目で見れば、この凄惨な事件の背後にあるものが見えてくるかもしれない、と思ったからだ。とはいえ、いったいどこから手をつけていいのかわからなかった。死因は明らかだ。咽頭部損傷、出血多量……。そこで警部はハッとした。重要なことに気づいたからだ。目を見開いた。「血が……」と警部はつぶやいた。

「すごいでしょう。これを見たら、ショックから立ち直るには少々時間がかかりますね」

警部は肩をビクッとさせた。解剖医のゲオルク・ベームが突然、うしろから近寄ってきたからだ。青色の野球帽を脱ぐと、こげ茶色のふさふさした髪をかき上げて、帽子で死体を指した。

「警部はもうおわかりかもしれませんが、私は大事なことに気づいたんです。さあ、何でしょう？」ベームが問いかけた。

「血だ。血はどこだ？」クルフティンガーは死体を見つめながら答えた。

ベームは「当たり」とでも言いたげに軽く舌を鳴らした。「襟以外は、ほとんどどこにも血は流れてないし、ついてもいないんです」

クルフティンガーは感心してベームを見つめた。

「どこにも」ベームが念を押した。

クルフティンガーは若い医師をまじまじと見た。色あせたジーンズに白いスポーツシューズ、コーデュロイのジャケットといういでたちの青年は、どう見ても有能な解剖医には見えなかった。だからこそ警部はベームを気に入っていた。

「男はここで殺害されたわけではない、ということか」クルフティンガーは言った。そして、少し考えてから訊いた。「手がかりになるようなものは残ってなかったのか？　たとえば轍とか？　犯人は別の場所で被害者を殺害して、ここまで死体を運んできたんだからな」

「そのあたりは専門外ですが、私が知る限り何も見つかっていないようですよ」ベームはジーンズのうしろポケットに手を入れたまま、顎で死体を指した。

「警部はもう死体は見なくていいんですか？　もし見ないなら、持って帰りますけど……」

クルフティンガーはうなずいた。ここで死体をどうこうすることはできないし、できれば早く片づけてもらいたかった。死体の右側にしゃがみ込むと、膝がポキッと鳴った。殺人事件は決して珍しいことではないが、それでもここアルゴイ地方ではパンを食べるほど日常的ではなかった。目の前の死体はすでに一度見ているのに、目をやるごとにドキッとさせられた。これまで見てきた死体とは、似ても似つかないものだった。クルフティンガーは湧き起こってくる感情としばらく闘った。そして結局、心のなかで白状した。気味が悪いものは、やっぱり気味が悪いのだ。死んだカラスなんて怪談みたいだ。しかも今日は雨こそ降っていないが、どんよりと曇った秋の日だった。地面にところどころ漂っている霧が、陰気な雰気を醸し出し、すべてが一層薄気味悪く見えた。

クルフティンガーは死体が身につけている、泥で汚れたワイシャツを下から上へと観察した。死体の右手は、大きな岩にのせてあるように見える四角い金属板の上にあった。死体には明らかに争った跡が見てとれる。司法解剖でなんらかの手がかりが得られればいいが、死体の胸に置かれたカラスの意味は解剖をしてもわからないだろう。誰かが死体をカラスで飾った。頭を横たえ、羽を広げて。いったい何のために？それはクルフティンガーの想像の範囲を超えていた。嫌な予感がした。

クルフティンガーはもう一度、死体の首の傷を観察した。傷は真っ直ぐで、しかもかなり深かった。犯人は相当切れる刃物を使ったらしい。死体の顔にはかすり傷が複数あり、額に裂傷が一つあった。薄くなった黒髪には泥がこびりついていた。頭が横向きになっていたので、顔の反対側は確認できなかった。警部は死体の頭を起こそうと伸ばしかけた手を途中で止めた。これまでもそうだったように、死体には触りたくなかった。触るなど、とうてい無理だった。

そこで警部は助けを求めることにした。ベームが数歩うしろに立っていた。ベームは警部が困っているのに気づくとうなずいた。死体をはさんで反対側にしゃがみ込むと、死体の顎をもち上げた。「びっくりしないでくださいね」そう言って、死体の顔を上に向けた。

覚悟はしていたが、それでも警部はうろたえた。胃の中身がせり上がってきて、吐きたくなった。真上を向いた死体の顔には右目がなかった。というよりは、どこが目だかわからないような状態だった。クルフティンガーは目をそむけた。立ち上がって、数歩先にある木の下に向かった。木の下に何かを探しに行くようなふりをした。人前では絶対に吐きたくなかった。予想どおり、木のうしろに窪みがあった。そこで、警部は木にもたれかかって深呼吸をした。吐き気は徐々に治まった。

「持って帰ってもいいぞ」クルフティンガーはベームに言った。警官が死体の胸にのせられた死んだカラスを拾い上げて、ビニール袋に入れた。それを見て、警部はゾッとした。禁煙を始めてから数年経つが、無性にタバコが吸いたかった。

死体の第一印象から次第に解放されて、ようやく周りが見えてくると、クルフティンガーは直属の部下たちを探した。マイアーはまだ農家の入り口でオロオロしていた。今一番話したいのはシュトローブルだったが、姿がなかった。目をキョロキョロさせて、ブロンドのもじゃもじゃ頭を探すと、農家の角に立って、作業着と長靴姿の髭面の男と話しているシュトローブルの姿が見えた。警部は手を振ったが、相手は気づかなかった。逆にマイアーが自分に手を振ったものと勘違いして、担架で運ばれる死体にチラチラと目をやりながら、警部に近づいてきた。警部はため息をつき、マイアーを無視して、シュトローブルのいるほうへ歩き始めた。

死体の前を横切ろうとすると、死体が磁石のように警部の視線を引き寄せた。顔は上を向き、喉の傷がさっきより大きく開いていた。あまりにも残酷な光景に、警部は思わず目をそらした。だが、一度見てしまった光景は目に焼きついて離れなかった。その瞬間、警部は不意に足を止めた。クルフティンガーの場合、なぜか物体を見た瞬間ではなく、見てしばらくしてからその詳細がありありと目に浮かんでくることがよくあった。まるで心の目のほうがよく見えるかのように。今もそうだった。しばらくじっとしていると、傷の中に何かがあることに気づいた。

クルフティンガーが振り返った。「待て、ちょっと待ってくれ」警官に指示した。死体はもう黒いビニール袋に入れられ、チャックが閉められる寸前だった。警部は袋を開けさせると、死体を上から、そして左右両方から眺めた。興奮しているおかげで、見ているのが死体だと意識せずにすんだ。カラスも取り除かれて、死体はもうそれほど不気味には見えなかった。十数人の警官がクルフティンガーを見守っていた。すでに車に向かっていた解剖医のベームも、警部の様子に気づいて戻ってきた。

「何か探してるんですか?」ベームが訊いた。

「ここに何かありそうなんだ。見てくれ」

「どこです? 見えませんよ!」

クルフティンガーが喉の傷を指差した。そこでまた吐き気が込み上げてきたが、グッとこらえた。ようやくベームにもそれが見えた。

解剖医が口笛をヒューと鳴らした。「警部の目は鷹の目みたいによく見えるんですね」

ベームはゴム手袋をはめると、傷口に手を伸ばした。クルフティンガーは数歩後ずさって、若い解剖医が傷口から小さなナイロンの切れ端をつまみ出すのを見守った。立ち上がると、ベームは破片を四方八方から観察し、不思議そうな顔つきで警部の鼻先へそれを突きつけた。警部はまたも後ずさりした。

「何だと思います……？」

クルフティンガーは額に皺(しわ)を寄せた。「何かの切れ端……紙か……ビニールかそんなものだな」

ベームが肩をすくめた。「まあ、調べてみますよ」

そう言って、解剖医は死体の入ったビニール袋のチャックを閉めると、怪訝(けげん)な顔つきの警部を残してその場を立ち去った。

★　★　★

クルフティンガーがシュトローブルのところへ行くと、部下はまだ髭面の男と話していた。男は農家の主人で、青ざめた顔でベンチに腰かけていた。両手で顎を支えて、地面を見つめている。シュトローブルはどう話を続けていいかわからない様子だった。

警部はシュトローブルの肩をつかんで、数メートル離れた場所に連れて行った。

「あれは誰だ？」

「農家の主人です。第一発見者ですよ。かなりショックを受けていますね。ちょっとずつ話をしていますが、これといった情報はまだ引き出せません」

「俺が話してみる」

クルフティンガーもベンチに腰かけた。まず、横から男を観察した。警部よりいくつか年上で、六十歳そこそこといった感じだった。作業用ズボンのすそは深緑色の長靴に押し込んであり、襟を立てたゴワゴワの汚いシャツはズボンからはみ出していた。小さすぎるコーデュロイの帽子がどことなく滑稽に見えた。男は完全なショック状態に陥っていた。顔が青ざめているために、深く刻まれた皺がよけいに目立った。

「素敵なお宅ですね」クルフティンガーが声をかけた。

男はゆっくりと顔を横に向けると、警部を見つめた。警部はその視線を冷静に受け止めた。

「爺さんから聞いたんだが」と、男が口を開いた。「我が家がこの土地で最初に農業を始めた一家だそうだ」

「どれくらいの広さの土地をお持ちなんですか?」

男は考えた。だんだん顔色がよくなってきた。「小さな森も入れると、二十三ヘクタールってとこかな」

警部はうなずいた。「クルフティンガーです」と言って、手を差し出す。

「ガスナー、アルバートだ」男は名乗った。

クルフティンガーは微笑んだ。アルゴイ人はみな名字を先に言うのだが、その理由は誰も知らなかった。

男は警部の微笑みを見て安心したらしく、笑顔とは言えないものの、ほんの少し表情が和らいだ。クルフティンガーには男の気持ちが理解できた。やはりショック状態にあるのだ。医者でなくてもそれはわかる。自分だって、少し気を許せば男のようにショック状態に陥るかもしれない。そう考えると少し怖くなった。

「あなたが死体を見つけたのですね？」

男の表情がまた硬くなった。「そうとも」と言って、しばらく黙ってから先を続けた。

「これまでの人生、いろんなものを見てきたが、あんなのは生まれて初めてだ」

「あの死体が誰かわかりますか？」

「いや。この辺りの人間じゃない」

「どうやって見つけたんですか？」

「まあ、話すとこうなる」男は、シュトローブルがメモを取り出したのを見ると姿勢を正し、普段使わない標準語で、しかもメモを書く速度にできるだけ合わせて話し始めた。「上の畑の草刈りに行こうとしたんだ」男は両手を開くと、片方の人差し指で死体が横たわっていた場所を指差した。「そしたらあれを見つけたんだ」男はクルフティンガーではなく、メモを取るシュトローブルに向けて語った。そこでクルフティンガーはシュトローブルにメモを取るのをやめるよう手で合図した。男と二人きりで話がしたかったからだ。メモを取る人間がそばにいたら、男が緊張してしまう。シュトローブルはうなずくと二人に背を向けた。

「なるほど、上の畑の草刈りに行こうとしたんですね……」そう言って、クルフティンガーが話の穂を接いだ。

ガスナーはさっきよりも落ち着いた口調で話を続けた。「そうだ。馬小屋から出ると、すぐに何かあると気づいた。今日はずっと、家か馬小屋にいた。でなかったら、もっと早く死体に気づいてただろうよ」

「死体が前からそこにあったと、なぜわかるんですか？」

ガスナーは目を丸くしてクルフティンガーを見た。「えー……それは……そう思ったからだ。昼間に死体を運ぶやつなんぞいないさ。そんなことをすれば、俺たちだって気づいたろう。目についたはずだ。こんなところまで来る人間はめったにいないからな。でも、道路はすぐ下だから、簡単に運べないこともないかな」

ガスナーはなんとか話の筋道を立てようとしていた。クルフティンガーは第一発見者のこういう話し方には慣れていた。自分が犯人でなくても、事情聴取されると、なにか自分が悪いことをしたのではないかと不安になるのだ。だから、警部は男の肩に手を置いた。「大丈夫ですよ。私はただ、あなたが見たもの、聞いたものの話を聞きたいだけです。それが重要なのです。それに見た限り、死後かなりの時間が経過した死体であるのは明らかです。医者は、殺害されたのは昨日の夜だろうと言っています。私たちが知りたいのは、いつ、どのようにして死体がここに運ばれたかという点なんです」

「そうか」ガスナーは少し安心したようだった。「疑われているのかと思って、焦ったよ……そう、俺とかみさんは昨日の夜は何も気づかなかった。さっきも言ったとおり、草刈りに行こうとして、遺跡の上であれを見つけたんだ」

「遺跡？」

「岩のことさ。爺さんがここで農業を始める前からあった岩なんだ。『チビスケ、ここには昔お城があったんだよ』って爺さんがよく話してた。だから、俺たちは遺跡って呼んでいるが」

クルフティンガーは死体があったほうに目を向けた。土地がほかより盛り上がっていて、木々の下にいくつか大きな岩があり、遺跡のように線状に並んでいるのが見てとれた。城跡だという話も納得できた。アルゴイ地方には昔、小さな城がたくさんあった。アルトゥスリートで発見された城跡には家紋まで付いていた。

これでさっき死体のそばで見た、金属板の下の岩の正体が明らかになった。

「質問はこれだけです。でも、またお訪ねするかもしれません。もしくは、ガスナーさんに刑事局へ来ていただくことになるか。何かお気づきになったら、いつでも連絡してくださ い」

この言葉をこれまでに何度繰り返しただろう、と警部は思った。

「さあ、奥さんのところに行ってあげてください」

ガスナーは左の方角に目を向けた。ドアを開け放した救急車の中に、紺色の服に花柄のエプロンをつけたガスナーの妻が座っているのが見えた。白いズボンとオレンジ色のベスト姿の救急隊員と話をしている。いや、話などできる状態ではなさそうだった。妻はティッシュペーパーを顔に押しつけて、嗚咽（おえつ）をもらし続けていた。ガスナーはクルフティンガーを見ると、肩をすくめて立ち上がった。

★　★　★

それから四十五分ほどのちに、マイアーとシュトローブルとヘーフェレが警部の部屋に集まった。しかし誰も口を開こうとしなかった。頭にこびりついた凄惨な映像を拭い去ることができずにいたからだ。警部もしばらくは食欲が湧きそうになかった。それどころか、この先自分がものを食べられるようになるかどうかもわからない。

全員気持ちは同じなのに、誰もそれを口にしようとはしなかった。

そのとき、厚化粧をしても美人な秘書のサンドラ・ヘンスケがドアから顔をのぞかせた。コーヒーをすすめにきたのだが、場の雰囲気があまりにも暗いので開きかけた口を閉じた。ドレスデン生まれのこの秘書は、事件の詳細は聞かされていなかったが、死体が発見されたことだけは知っていた。〝事務所の太陽〟とクルフティンガーが名づけたチャーミングな秘書は、細かいことまで知りたそうな表情をしていたが、センセーショナルな犯罪事件に関わりたいと刑事局に就職し、大事件のあとのマスコミ対応が大好きな彼女も、今日の雰囲気ではさすがに詳細を訊きただすのをためらった。代わりに、「そんなにひどい事件なんですね」と言って、みんなに理解を示した。

「最悪だよ、ヘンスケ女史、信じられないだろうが。最悪よりもっとひどい」クルフティンガーが小声で答えた。

秘書がドアを閉めて出て行くと、警部は咳払いして顔を上げ、部下に向かって質問した。

「あのカラスには、いったい何の意味があると思う?」

部下たちは顔を見合わせた。そこでマイアーが答えた。「僕は昔、映画で観たんですけど……」

「おまえの映画の話なんか聞きたくない」ヘーフェレが口をはさんだ。

「かまわない、リヒャルト、言ってみろ」クルフティンガーが許可した。

ソファーの端に座り、緊張してコーデュロイのジャケットのボタンをいじくりまわすマイアーを全員が見つめた。

「その映画では、気味の悪い殺人事件が次々と起こるんだけど、その都度、犯人は現場に何らかのサインを残していく。それを思い出したんです」そう言ってマイアーは自信なさそうに同僚たちを見まわした。一秒、二秒と沈黙が続いた。それを破ったのはヘーフェレだった。

「なかなかいいお話だ」

「さあ、みんな、何でもいい、気づいたことを言ってくれ。リヒャルトの話にも一理あるぞ」クルフティンガーがマイアーをかばった。

「謎解きみたいですね」シュトローブルがようやく口を開いた。

「謎か」警部は背中にゾクッとしたものを感じ、しばらく思いを巡らせた。そして突然、立ち上がると言った。「謎なら、解けばいいじゃないか!」

そこで警部は、いつもの口調に戻って言った。「まずは死体の身元を調べることだな。行方不明者の情報は？」

「それは私が調べます」ヘーフェレはそう言って勢いよく立ち上がったが、座っていても、立ち上がってもあまり背丈は変わらなかった。

「よし、あとの二人は証拠保全課と連絡を取ってくれ。鑑定を急がせるんだ。何らかの手がかりが見つかってるはずだ。轍とか、足跡とか。俺は解剖医をせっついて、検死結果をできるだけ早く出させる」

全員が立ち上がって部屋を出ようとしたところで、クルフティンガーは一つ言い忘れたことに気づいた。「カラスについては、外部にはもらすな。あれがいったい何を意味するのか明らかになるまで、カラスの件は慎重に扱うように。いいな？」

部下たちはうなずいた。さっきよりもみんなのモチベーションは上がっていた。途方にくれているよりも動いたほうがいいことが、みんなわかったからだ。

★　★　★

三十分も経たないうちに、クルフティンガーの部屋のドアが勢いよく開いた。ヘーフェレが黒い巻き毛を振り乱して駆け込んできた。「見つかったと思います」上司の机の前で何度もそう繰り返すと、紙の束を机の上に置いた。

クルフティンガーが書類に目を通すと、それは行方不明者についての報告書だった。〝フロイデンタールの老人ホームに入居中の八十四歳の老女が、パジャマとバスローブ姿で失踪。

老女の子供から事情聴取。火曜日の十四歳の少年の失踪事件は解決。ホーエンシュヴァンガウの全寮制中学校で夕食に現われなかったため通報されたが、ケーニヒ城下の納屋で寒さに凍え、家に帰りたいと泣いているところを無事保護〟

クルフティンガーは書類から頭を上げ、眉をひそめて怪訝そうに部下を見つめた。上司の苛立ちに気づいた部下の顔から笑みが消えた。ヘーフェレは慌てて警部の手の中にある書類をめくって一枚取り出すと、問題の箇所を指差した。「これです」そこには手書きで名前と住所が書かれていた。〝ゲルノート・ズッター、シュトゥイベンヴェーク3、デューラッハ〟

「これか？」クルフティンガーは興奮して尋ねた。

「まだわかりませんが。この男の妻が最近、通報してきたのですが、捜索願を出すにはまだ早いので、とりあえず待たせています。基本情報だけはもらっていました。見た目も、服装も、全部死体と一致します」

「さあ、行こう」クルフティンガーはそう言うと、書類をもってヘーフェレとともにオフィスを出た。

★　★　★

刑事局を出て、ケンプテンのイラー橋方面へ向かった。クルフティンガーは運転しているヘーフェレをまじまじと眺めた。ヘーフェレと一緒に動くのは珍しかったからだ。ほとんどの場合、捜査中はシュトローブルと行動を共にする。最近はマイアーと行動することもあったが、ヘーフェレと一緒のことはまずない。ヘーフェレはいい刑事だが、背が低くて太っているので、機敏に行動するところを想像できなかった。そのため、ヘーフェレを事務向きだと見なして、刑事局に居残りさせることが多かった。もしかしたらそれは自分の勝手な思い込みで、ヘーフェレも実は外に出たいのかもしれない。とはいえ、ヘーフェレから刑事局に居残りさせられるのは嫌だと訴えられたことはいままで一度もなかった。結局、自分はこの髭面の男のことをよく知らないだけなのだ。ヘーフェレとの関係を改善する必要がある。でも、それはもう少しあとでよかった。今は奇妙な殺人事件を解決することに意識を集中させなくてはならない。

ヘーフェレはデューラッハ出身で、両親はまだそこに住んでいたので、迷うこともなく山腹の新興住宅地に到着した。

ズッターの家は遊歩道の突き当たりの袋小路にあった。傾斜地を利用して造ったガレージが二つあり、その上に大きな家が建っていた。家の正面はガラスと木だけで造られていた。ガレージの右側には小さな低い壁があり、そこにステンレス製の数字の3がはめ込まれていた。その下に数字よりもいくぶん小さな文字で、家主の名前が刻み込まれている。

「これで当たってたら、まさにビンゴだ！」

ヘーフェレは車をガレージの前に停めた。

クルフティンガーが呼び鈴を鳴らすと、驚いたことに、呼び鈴の音はチャイムでもオルガンシンフォニー風でもなかった。機械的で単調な音が鳴っただけだった。家からは物音一つ聞こえてこない。もう一度呼び鈴を鳴らした。

「はい？」インターホンから女性の小さな声が聞こえてきた。そこで警部は気合いを入れ直し、共感力を発揮するんだぞと自分に言い聞かせた。緊張で頭皮がかゆくなった。実はクルフティンガーは、訃報をもたらす仕事が大の苦手だった。

「ケンプテン地方刑事局のクルフティンガーです。ズッターさん、ご主人についてお伝えしたいことがあります」警部は前かがみになり、できるだけ口をインターホンに近づけて話した。「中で少しお話しさせていただきたいのですが？」

すぐに庭の入り口の扉が解錠され、クルフティンガーとヘーフェレはごつごつした天然石でできた階段を上った。

家の角で、警部の足元にバスケットボールが転がってきた。八歳か九歳くらいの少女がボールを追いかけて近づいてきた。

「おじさんたち、誰に会いにきたの？　パパはいないわよ」少女は二人にそう声をかけると、

「おじさんたちは、誰？」と問いかけた。

「おじさんたちはね、ママに会いにきたんだよ」

「そうなのね。ママならいるわ」少女はそう言うと、クルフティンガーの手からバスケットボールを強引にひったくった。「ねえ、一緒に遊ばない？」少女はヘーフェレに向かって言った。無視されたクルフティンガーはムッとしたが、もともと子供は苦手だった。

「遊びたいけどね、今はダメなんだ」部下が答えると、少女は残念そうに「がっかりね」と言った。

「まあ、ちょっとだけならいいかな」ヘーフェレは、少女がこれから知ることになる事実に思いいたって態度を変えた。

少女がヘーフェレに駆け寄った。クルフティンガーはその間に玄関へ向かった。玄関先にはバスケットボールのゴールネットが取り付けられていて、その下に十四、五歳の少年が座っていた。顔を上げて警部を見ると、真面目な顔で「こんにちは」と挨拶した。

この子も父親を失ったのか。そう思うとクルフティンガーは胸が痛み、喉が渇いてきた。

「お父さんのことで来たんですよね？」

少年は不幸の知らせをすでに予測しているようだった。

「そうだよ。お母さんと話しにきたんだ」

少年はうなずくと、それ以上質問はしなかった。

そのとき玄関の扉が開き、ズッターの妻が防犯用に内側に取り付けられた唐草模様の鉄枠を解錠した。

「どうぞ……」妻は四十代の洗練された魅力的な女性だった。細身で、髪は茶色で肩までの長さがあった。薄手の黒いハイネックのセーターに、ゴールドチェーンの琥珀のペンダントを着けていた。一見、テレビショッピングに出てきて、歯磨き粉や化粧品の宣伝をする華やかな女性司会者のように見えたが、目を凝らすとそうではなかった。顔色は青ざめ、目の周りに隈ができており、緊張し疲れ切っていた。

　妻は黙ってクルフティンガーを居間に案内すると、ハチミツ色のレザーソファーに警部を座らせた。ヘーフェレはまだ外にいて、少女と一緒にバスケットのシュートを決めようとしていた。

「もう待てないわ！　そろそろ警察も動いてくださっていいころでしょう。まったくありえないわ。夫が行方不明だというのに、誰も真剣に取り合ってくれないんですから！」

　クルフティンガーはいきなりこんな言葉をぶつけられるとは予想していなかった。夫の安否を尋ねる前に、警察の落ち度をなじるとは。妻の興奮はなおも収まらなかった。

「私がどんな気持ちでいたか、おわかりになります？　想像できますか？　子供たちはひっきりなしにパパはどうしたの、と訊いてくる。どんなに心配か、警部さん、わかりますか？不安で不安でたまらないのよ！」ズッターの妻はそうまくしたてて、さらに声を荒らげた。

「いいかげんに捜査を始めてください」そう叫んで、激しく泣き始めた。

「ズッターさん、落ち着いてください。そのために、私たちは来たんですから」

「ようやくよ。ようやく。こんなにも待たされてから」

　クルフティンガーの鼓動が速くなった。恐れまで感じていた。ヒステリーを起こした女性には十分に気をつけなくてはならない。こういう状態の女性はときに、予測不可能な行動に出る。

「ご主人の写真はありますか？」

妻は無言で唇を噛み、大きな合金製の写真立てが置かれたサイドボードの前に行った。妻は写真に目もくれずに警部に手渡した。

それがズッターの死亡確認の瞬間だった。そこには、被害者と妻と庭で会った二人の子供が写っていた。ヴェニスのマルクス広場で撮った写真だった。妻をパニックに陥らせずに、どう夫の死を伝えられるだろう？　警部は真剣に考えた。クルフティンガーは警部なのに、訃報をもたらす仕事には慣れていなかった。ヘーフェレに任せればよかった、と後悔した。

クルフティンガーは心理学を巧みに利用して話すことが苦手だった。そんな自分がなさけなかったが、今は自分を責めている場合ではない。「ズッターさん、悲しいお知らせがあります」警部はそう言ってすぐに、〝最悪の言い方をしてしまった〟と後悔した。ところが、ズッターの妻の反応は予想外のものだった。

「死んだのね？　もう生きてないのね？　交通事故だったの？」

妻は涙をぬぐいながら、部屋の隅の食卓の椅子に腰かけた。

「交通事故なら、なぜ夫を見つけるのにこんなに時間がかかったの？」

クルフティンガーはすぐに答えることができなかった。それほど動揺していた。呆然として、しばらくズッターの妻を見つめていた。

「交通事故ではないんです。ズッターさん」

そのとき、ドアの呼び鈴が鳴った。いいぞ、助け舟が来た！　と警部は思った。

「部下だと思い……」

「ジャクリーヌ、ドアを開けて！」

もう一人、子供がいるのか、と警部は思った。緊張で、体がほてってきた。やにわに立ち上がって玄関まで行き、ドアを開けたいという衝動に駆られた。

「交通事故じゃない？　どういうことですか？　はっきり言ってくれませんか？」ズッターの妻がクルフティンガーに詰め寄った。

「おそらく、ご主人は犯罪に……」

「犯罪？　そんな！」

若い娘がヘーフェレを案内して部屋に入ってきたが、娘はすぐに部屋を出て行った。

「ヘーフェレといいます。すみません……」部下は自己紹介しようとしたが、上司に制された。状況を理解したヘーフェレは黙って警部の横に座った。そこでクルフティンガーは話を再開した。

「ズッターさん、ご主人が犯罪に巻き込まれたのはほぼ確実だと思われます」

クルフティンガーは顔を上げて、ズッターの妻を見つめた。妻は警部を見つめ返すと、首を振った。

「ありえない」妻はきっぱりとした口調で言った。「そんなの、何かの間違いだわ。ゲルノートに限って、そんなこと……」

「警察は、ヒルシュドルフ近郊でご主人の死体を発見しました。どう見ても、殺害されたとしか考えられない状態でした」

クルフティンガーは、今日のところは細部まで話さないようにしようと心を決めた。ズッターの妻は頭を抱えてまた泣き始めた。こうなると、しばらく待つしかなかった。そのとき警部は、この家に来てからずっと我慢していた尿意を思い出した。もう無理だ。すぐにもトイレに駆け込まないと大変なことになる……。しかし夫の殺害を知り、号泣している女性に〝トイレはどこですか〟なんて間の抜けた質問をするのははばかられた。クルフティンガーはもじもじし始めた。汗が流れ落ちた。目くばせをしてヘーフェレに助けを求めたが、部下はそっぽを向いて気づいてくれない。

「チッ！」警部が口を鳴らしても、部下は気づかない。「チッ！」もう少し音を大きくしてみると、ようやくヘーフェレが振り向いた。ズッターの妻は頭を抱えて泣き続けていた。ヘーフェレは眉をひそめ、怪訝な顔をして肩をすくめた。

「ショ、ションベ」クルフティンガーがささやいた。

ヘーフェレが額に皺を寄せた。

「ショ、ションベ」警部は繰り返した。それでもまだ意味がわからず、ヘーフェレは上司のそばに座り直して耳を近づけた。「ションベンがしたいんだ。もう我慢できん！　しばらくズッター夫人を見ててくれ。トイレはどこか知ってるか？」

すると、ズッターの妻が不意に顔を上げて、冷めた声で言った。「玄関を入ってすぐ右手の最初のドアよ」そして、また頭を抱えた。

「あ、ありがとうございます」警部は小声で言うと、顔を真っ赤にして、心のなかで〝畜生〃とつぶやいた。よくよく考えると、トイレはだいたい玄関先にあるのが普通だから、訊くまでもなかった。

とはいえ……ズッターの妻は今、警部の言動を咎める心の余裕などないはずだ。そう考えると、クルフティンガーの羞恥心は消えていった。結局、他人の家でトイレ探しをするのは気がひけるので、場所を教えてもらってよかったと思うことにした。警部は立ち上がって居間を出た。

用をすませて居間に戻ると、ズッターの妻とヘーフェレは明るい色の木製ダイニング・コーナーベンチに座っていた。それはおそらく特注品で、タイル張りの古い暖炉を囲む別のベンチと一ミリのずれもなく接ぎ合わされていた。クルフティンガーはその古い暖炉に心を奪われた。警部の家の暖炉は大量生産された新型のものだった。古い暖炉が欲しかったのだが、いいのが見つからなかったからだ。この家の調度品はすべて、夫のズッターが選んだものなのだろう。大きな四角いダイニングテーブルは昔の旅館によくあった古いテーブルを模して作られていた。それを囲んでいるコーナーベンチも、流行りすたりのない美しいものだった。

ヘーフェレはティッシュペーパーのパックを出して一枚抜き出すと、泣きやんだズッターの妻に差し出した。

「さあ」クルフティンガーは気合いを入れ直すようにそう言うと、ズボンのすそを少し持ち上げて、暖炉を囲むベンチに腰かけた。夫を亡くした女性に長時間、精神的な負担をかけるつもりはなかったが、冷静になった夫人を見て、二、三質問したくなったのだ。もしかしたら捜査の糸口がつかめるかもしれない。

「ズッターさん、もしよろしければ、ご主人について少し話していただけないでしょうか？」

「ええ、もちろんです」ズッターの妻は冷静になろうと努めた。「何をお知りになりたいのですか？」

「ご主人のご職業は何ですか？」警部はあえて過去形で質問しなかった。現在形を使ったほうが、妻は夫の死をあまり意識せずに質問に答えられると思ったからだ。実はこの方法は、昔参加した〝遺族対応セミナー〟で覚えたものだった。セミナーの内容で唯一覚えていたのがこの現在形話法で、それ以外に思い出せることといえば、昼食で出されたウィンナーソーセージがすごくうまかったことくらいだった。

「旅行会社を経営しています」とズッターの妻は答えた。警部が黙って彼女を見つめていると、ややあって、彼女が自分から話を続けた。これも別のセミナーで習った事情聴取のやり方の一つだった。

「日帰り観光ツアーを、いろいろ企画しています。特に老人向けの。役に立つ商品も購入できる、安いパッケージツアーです」

「役に立つ商品とは？」

「たとえば共鳴装置や、磁気防止カバーや、アロマセラピーグッズなどです。一番新しい商品は電磁波中和装置です」

警部はそれらの商品が何なのか訊かなかった。細かいことを訊く時間は、またあとで取れると思ったからだ。

「つまり、老人向けの押し付け販売バスツアーを企画されているわけですね？　最近流行りの〝押し付け茶飲みツアー〟ってやつですね」警部が話を簡単にまとめた。

「日帰り観光ツアーです。〝押し付け茶飲みツアー〟と一緒にしないでください。私の夫も同じ意見です。参加者は買いたくなければ、買う必要はないんですから」それは彼女が繰り返し使っている弁解のように聞こえた。

クルフティンガーは相手を興奮させないように話題を変えた。「旅行会社の経営はうまくいっているのですか？」

「うまくいってないなら、この家を買うことなどできるはずないじゃないですか。うまくいっている、と思います。でも仕事についてはほとんど話をしませんから」

どうやら現在形で話し続けるやり方は効き目があるらしい。「会社はどこにあるんですか？」

「ウアズラスリートの商業地域にあります。ゲルノートはいろいろな商品を取り扱っているので、大きな倉庫が必要なのです」

「会社の名前は？」

「シュタインボック・ツーリスティック。ゲルノートの星座はや ぎ 座（シュタインボック）なんです」

「従業員はいますか？」

「ええ、事務職員兼秘書が一人います。あとは営業部員、つまりツアーに同行する添乗員が二、三人働いていますが、正社員ではありません……ほかのことは一切、夫が一人で切りまわしています」

クルフティンガーは意外な気がした。〝押し付け茶飲みツアー〟とこの家のイメージがまったく一致しなかったからだ。控えめでセンスがよく、斬新すぎることもなく自然で、洗練されている。家の中を見る限り、ここの主人は医者か弁護士か学者にしか思えなかった。押し付け販売バスツアーの企画者とはとても信じられない。

「ご主人はさぞや忙しくされているんでしょうね。あなたや子供と過ごす時間などないんじゃないですか？」

「いいえ、ありますわ。休暇も十分取っています。夫は息子のメルヴィンと娘のアリーナをとても可愛がっているので、毎週のように家族で出かけています。プールに行ったり、ハイキングしたり、冬にはスキーに行ったり。仕事とプライベートの生活をきっちりと分ければそういうこともできるんです。それに、ゲルノートはあちこちで役員などもしていて、小学校の保護者会の会長でもあるんです。アリーナは九歳で、メルヴィンはケンプテンの九年制（ギムナ）高等学校（ジウム）に通っています。夫はそれ以外にもテニスクラブの会員になっていて、クラブの出納係も担当しています」どうやらズッターの妻は、殺人事件のことを頭の隅に追いやって話ができるようになっていた。

「奥さんはお仕事をされてますか？」

「ケンプテンのブティックで、パートタイムで働いています。でも、まあ、暇つぶしみたいなものですけど。今はジャクリーヌが子供たちの面倒を見てくれていますから……」

クルフティンガーが怪訝な顔をしたので、ズッターの妻が説明した。「……彼女はここで家事手伝いをしながらドイツ語を学んでいるんです。この町の姉妹都市のフランスの町から来て、一年間、ここで暮らす予定です」

いかにも金持ちらしい話だな、とクルフティンガーは思った。ジャクリーヌに、メルヴィンに、アリーナ。どれも実に洒落(しゃれ)た名前だ……

「ズッターさん、ご主人に恨みを持つ人はいませんか？　最近のご主人の様子はどうでしたか？　悩んでいる様子はなかったでしょうか？」そこで〝しまった〟と警部は思った。現在形話法を続けるのを忘れてしまった。いままで、うまくいっていたのに。

「恨みを持つ人ですって？　そんな人が……いたかですって……」ズッターの妻はそう言うと、ふたたび泣き崩れた。

まあ、いいだろう、と警部は思った。被害者の基本情報は訊き出せたのだから、現在形話法をやめたことなど大した問題ではない。警部は、ヘーフェレに〝帰るぞ〟と目で合図した。部下は未亡人に近寄ると、肩に手を置いて、「力になってくれる方はいますか」と尋ねた。

「両親が歩いて五分ほどのところに住んでいます」とズッターの妻は嗚咽しながら答えた。

クルフティンガーは廊下に出て居候(いそうろう)のジャクリーヌを探したが、姿がなかったので、「ジャクリーヌさん、いますか？」と呼んでみた。

すると、台所のドアが開いてジャクリーヌが出てきた。年の頃は十八歳くらいか。警部は急に恥ずかしくなった。でも、それはジャクリーヌがとびきりの美人だからではなかった。鼻もわし鼻でお世辞にも美人とは言えなかったが、とびきりチャーミングな娘だった。スポーツウーマン体形で、茶色のおかっぱ頭。クルフティンガーを濃いブルーの目で見つめている。

「ムッシュー？」

警部はフランス語で話したかったが、映画で覚えた〝ボンジュール〟を言うのがせいぜいだった。ところがジャクリーヌは、発音が悪いせいだろう、警部の〝ボンジュール〟を聞き取れなかった。警部は赤くなり、その場をごまかすように事務的な口調で話し始めた。「私はクルフティンガーです。警察です。家主のズッターさんが事件に巻き込まれました。詳しいことはズッター夫人が説明してくれると思います。夫人のご両親に連絡できますか？」

「ゾフィーのご両親ですか？　すぐに電話します、ムッシュー」ジャクリーヌは驚いた様子で答えた。

クルフティンガーは、ジャクリーヌのドイツ語の発音をかわいいと思った。同時に、フランス語を一言も話せない自分を不甲斐なく感じた。それ以上に――実は、そちらの思いのほうが強いのだが――自分がとても年を取ったように感じた。三十年前なら、絶対に彼女をデートに誘っていただろう。だが今の自分は、ニッコリと微笑み、「ありがとう。ジャクリーヌさん」と言うことしかできなかった。ジャクリーヌが電話で話し始めたところで、警部は

〝ありがとう（メルシ）〟というフランス語を思い出し、それなら言えると確信した。気合いを入れ直して振り返ったが、ジャクリーヌはすでに全神経を電話に集中していた。クルフティンガーは肩を落として居間に戻った。

★★★

一時間後、クルフティンガーはアルトゥスリートの自宅の庭に車を停めた。そのときになって初めて、自分が疲れ切っていることに気づいた。今日は長時間、働いたわけではなかった。しかし、あの死体の衝撃的な映像が頭を離れなかった。刑事という仕事の新たな一面を垣間見せられた気がした。昼間の記憶を消し去ろうとすればするほど、死んだカラスと死体の映像が生々しく脳裏に浮かび上がってきた。

車をガレージの前に停めたまま、警部は玄関へ向かった。エリカが風呂場の水の処理をすませていることを願った。今日は早目に寝たかったからだ。だが、玄関の扉を開けた瞬間、その願いは叶わないことがわかった。最初に見えたのは、廊下に置かれた二つのスーツケース。その上には折りたたまれたエリカのコートがのせられていた。

クルフティンガーは急に罪悪感に襲われた。エリカを一人残して行くべきじゃなかったのかもしれない。妻の機嫌をもとに戻すためには、夫は犬のように従順になったり、天使のように優しくなったり、大変な忍耐力を発揮したりしなくてはならない。しかし、今日のクルフティンガーにはそんな気力は残っていなかった。

寝室のドアが開く音が聞こえた。警部の鼓動は速まり、頬が真っ赤になった。妻が廊下に現われるやいなや、夫は謝罪の言葉を口にした。「エリカ？　エリカ、聞いてくれ。つまり、今日は……」頑張るんだ！　警部は自分を鼓舞した。妻はこの数十年間で、夫を幼い子供のように謝らせる術（すべ）を学んでいた。

妻が廊下の角を曲がって近づいてきた。夫はズボンのポケットの中で両手の拳をギュッと握りしめた。「その、あの……」

それ以上言葉が出てこない。妻はそばに来て、夫の頭を両手で包み込むと、唇に軽くキスをして言った。「やっと帰ってきたのね。準備はもうできてるから」

クルフティンガーはあっけに取られた。妻はまったく怒っていないようだった。謝ろうと思っていたのに。悪いことをしたと悔やんでいると弁解するつもりだったのに。妻の機嫌を取るために、夕食に誘おうと思っていたのに。クルフティンガーは唇を噛んだ。この予想外の展開にどう対応していいのかわからなかった。

警部はスーツケースに改めて目を向けた。「なんで……？」

妻は夫の質問を予測していたらしく、すぐに説明を始めた。「私、できるだけ水を汲み出して風呂場を乾かしたの。そのあとシッギの自宅に電話してみたんだけど留守だったわ。携帯電話にかけたら、やっと出てくれたわ」

シッギはクルフティンガーの学友で、水道修理屋だった。

「シッギは今日、仕事の予定が二つあったんだけど、その合間に家に寄ってくれたの。これは大事だ、って言ってたわ。すぐには直せないって。明日もう一度来てくれるそうよ。とにかく水道はしばらく使えないわね」そう言って、妻はいったん言葉を切った。「それで、どうしようかって考えながら風呂掃除をしていたら、ある人が電話をかけてきて、そんなことなら家に泊まったらいいよって言ってくれたの。誰だかわかる？」

妻は風呂場の修理の説明のときとはうってかわって、楽しそうに尋ねた。

「母さんかい？」クルフティンガーはとっさに思い浮かんだ人物のなかで、一番招いてほしくない人物を挙げてみた。

「アンネグレートよ」妻はそう言って、夫に微笑みかけた。「それも、水道の修理が完全に終わるまで泊まっていい、とまで言ってくれたの」

クルフティンガーはゴクリとつばを飲み込んだ。ラングハマーの自宅のバンガローには一度だけ招待されたことがあった。夕食会だったが、二度と来たくないと思ったほど不愉快だった。妻は今、そんなところへ俺を連れて行き、泊まらせたいと言っている。あの冗舌ドクターと同じ屋根の下で寝ろだと。嫌なこった。嘘だと言ってほしい。よりにもよって今日。あんな事件が起きたすぐあとに。そこで警部は、実家に泊まる代案を出そうとしたが、妻に先を越された。「アンネグレートには、その場で泊めてくれるようにお願いしたわ。あなたはいなかったから、訊く必要もなかったでしょ」

最後の言葉にいくぶんかの皮肉が込められていたかどうかは、クルフティンガーにはわからなかった。ラングハマー家で寝るくらいなら、死体置き場で寝るほうがましだった。夫は妻の目をのぞき込んだ。その目からは、疲労感とラングハマー夫妻への感謝の念が読みとれた。同時に、〝あなたには何も言う権利はないのよ〟という脅しもはっきり感じさせられた。

★　★　★

ラングハマー家に到着したエリカとクルフティンガーは、ドクターの仰々しい出迎えを受けた。ラングハマーは何度もため息をつきながら、「気の毒な友よ」と繰り返すと、二人の肩をひたすら叩き続けた。それがすむと、クルフティンガーはすぐに寝室へ引きこもった。ドクターと話をするのが嫌だっただけでなく、本当に疲れていたからだ。しかし、あの死体を見たあとに、慣れない環境でぐっすり眠れるとは思えなかった。それでも警部は、ベッドに入るとすぐにうとうとし始めた。とはいえ、その後は朝まで悪夢にうなされ続けた。大きな漆黒のカラスが何羽も、羽をむしり合いながら飛びまわり、のどかな田園風景を黒い影で染めていく――そんな夢だった。

今日は元気に咲いているものも
明日には刈り取られることだろう
気高い水仙よ
愛らしいメリッサよ
憧れ多き昼顔よ
悩み多きヒヤシンスよ
収穫祭の花輪にならないといけないなんて
気をつけるんだよ、可愛いお花さん!

クルフティンガーは翌日の朝早く目を覚ました。朝日が昇りかけていたが、警部はまだベッドに留まることにした。静かで規則的なエリカの寝息が聞こえた。クルフティンガーは部屋を見まわした。そこは子供部屋を改造したものなどではなく、ラングハマー家の正式な来客用寝室のようだった。家具はすべてこの部屋のために買われたものらしい。ブナ製ベッドに鏡台とセットになったナイトテーブルが二つ。ほかにもアンティークのテーブルが一つ部屋の隅に置かれていた。手製の陶器の花瓶には新鮮な花まで生けられていた。壁にはトスカーナ地方の風景画が掛かっている。おそらくアンネグレートが、イタリア旅行の最中に、暇つぶしに水彩画教室にでも参加して描いたものだろう。

クルフティンガーはソワソワしてきた。膀胱がパンパンだったからだ。来客用寝室には専用トイレ付きバスルームが設置されていたのでほっとした。ラングハマーと同じトイレを使って、臭いと嫌がられたり、トイレの蓋を閉めろと注意されたりしないですむからだ。

クルフティンガーは寝返りを打つと、スローモーションのようにゆっくりと布団をめくって起き上がった。そうしたのは、エリカを起こさないためというよりは、エリカの寝顔を独占したかったからだ。もう長い間、妻に面と向かって〝愛している〟と言ったことはなかったが、警部は妻を愛していた。〝愛〟を口にするのが好きではないだけなのだ。この穏やかで静かな愛の時間を一人で満喫したいと心から思った。

クルフティンガーはラングハマー夫妻がまだ寝ていることを祈った。その願いは叶えられそうだった。バスルームに行っても、家は静まりかえったままだった。陶器の蓋のついた客用トイレで用を足し、ラングハマーへの反抗心から蓋を開けっ放しにし、歯を磨き、妻が昨晩のうちに洗面用具と一緒に準備しておいてくれたバスローブをはおった。それからラングハマー家の台所へ向かった。ありがたいことに夫婦はまだ起きていなかった。台所のドアの敷居の上に立つと、朝日が差し込む窓から野原が見えた。野原と言ってもここは新興住宅地なので、じきに新しい家が建てられるに違いない。クルフティンガーはこの新興住宅地に来るたびにチクリと胸が痛んだ。なぜなら、ここにはこの土地本来のものが見当たらなかったからだ。通りの名前は新しいものばかり。どんな人間がここに住んでいるのかも知らない。そういう新しい住人に〝我が〟アルトゥスリートを乗っ取られてしまうのではないか、そう考えると気分が暗くなった。とはいえ、窓から見える野原はクルフティンガーが子供の頃に友達とよく遊んだ場所で、今のところはまだ昔のままだった。

カラスが三羽とカササギが一羽、野原に舞い降りた。ノスタルジックな気持ちに浸っていたクルフティンガーはビクリとした。脳裏にまた殺人現場の光景がよみがえってきたからだ。朝のすがすがしい気分を台無しにされ、警部は心のなかで鳥たちに罵声を放った。そうしてから、改めて台所を見渡した。他人の家の台所を勝手に使ったり、引き出しを開けたりするのはあまり好きではなかった。システムキッチンは扉も引き出しもすべてマット加工されたステンレス製で、中心部にオーブンと電気コンロ、ガスコンロ、中華用コンロの三つがあった。余分なものは何一つなかった。警部の家の台所には籠がぶら下がっていて、大事なメモ書きなどを詰め込んでいるのだが、ラングハマー家にはそのたぐいのものが一切なかった。彼らは、来年度用の給与所得税カード（雇用者に提出する、所得税等級が記入されているカード）や、亡くなった家族の写真や、洗濯機のカスタマーセンターの電話番号や、親類が旅先から送ってきた絵葉書なんかをいったいどこに保管しているのだろう？　インテリアショップのカタログみたいな台所だった。警部はピカピカの台所を触る気になれなかった。

　とはいえ、ためらう気持ちよりも、香しい朝一番のコーヒーを飲みたいという気持ちのほうが強くなってきた。ところが、〝普通の〟コーヒーメーカーがここにはなかった。置かれているものはすべて全自動調理器具で、電器店に行くとエリカが憧れの眼差しで眺めているものばかりだった。なかでも妻は全自動コーヒーメーカーを欲しがったが、そのたびにクルフティンガーは、四百ユーロもするコーヒーメーカーのもとを取るには何杯コーヒーを淹れなくてはならないか、妻に説明しなくてはならなかった。しかも高級コーヒーメーカーは、普通のコーヒーではなく、エスプレッソしか作れないことのほうが多かった。食洗器の中で縮んだのかと思うほど小さなカップで飲むコーヒーなど、とてもコーヒーとは思えなかった。

それでも、クルフティンガーはコーヒーが飲みたかった。今飲みたかった。電気ポットが調理台の上に置かれているのに気づいて、インスタントコーヒーを探し始めた。

まず、シンクの上の戸棚の戸を開けてみた。そこには様々な種類の粉や豆類が入れられたタッパーウェアが入っていた。さらに二つの戸を開けてみたが、イタリアのパスタと三十種類ほどのお茶とティーカップとティーフィルターしか入っていなかった。そこで警部はコーヒーを探すのをあきらめた。ラングハマーが起きてくるまではコーヒーはおあずけらしい。もしかしたら、コーヒーの代わりにソーセージくらいは見つかるかもしれない。そう思って、今度は冷蔵庫の扉を開けてみた。

五〇年代風のデザインの冷蔵庫の扉を開けると、自分が泥棒になったような気がしたが、中身を見て驚いた。最初から期待はしていなかったが、思ったとおりろくなものが入っていなかった。整理整頓された冷蔵庫には、ソーセージのかけらさえない。その代わりに、一番上の段にはイチゴ味やバナナ味ではなく、謎めいたLCI（!）なる記号の付いた大量のヨーグルトが、真ん中の段にはガラスカバーが掛けられたお上品なチーズが、一番下の段にはフルーツジュースが入っていた。野菜室からは、緑の葉っぱが収まりきらずに飛び出している。クルフティンガーは渋い顔をして冷蔵庫の扉を閉めると、頭を垂れてバスルームへ向かった。

客用バスルームでいつもどおりシャワーを浴びたあと――いつもどおりとは言っても、バスタオルが見つからずに小さなタオルを何枚も使って体を拭いたあと、バスタオルを発見してしまったのだが——警部は寝室で着替えを取り出そうとした。エリカがまだ寝ているので、静かに、ゆっくりとタンスを開けた。ところが着替えを取り出し、うしろに下がろうとしたところで、腕がタンスの扉に、扉が壁に当たって大きな音を立てた。警部はとっさに妻のほうを見た。

「もう、うるさいわね！」妻があくびをしながら叫んだ。クルフティンガーは、スローモーション法がうまくいかなかったことにがっかりした。そこで着替えるのはやめて、バスローブを着たままもう一度台所へ向かった。どうしてもコーヒーが飲みたかったからだ。こうなったら、エスプレッソマシンで淹れたもので我慢しようと思った。

警部はしばらくエスプレッソマシンを眺めてから、電源ボタンと思しき大きな赤いボタンを押してみた。マシンがカッカ、ゴリゴリという音を立てて動き出し、警部はビクリとした。それでも、バラバラになったり燃え出したりはしなかったのでほっとした。しかし数秒経って、シュッシュッ、ゴロゴロという音を立てて、ノズルから茶色の液体が流れ出すのを見て、警部は慌てた。カップがないかと急いで戸棚や引き出しを開け、見つけたグラスをノズルの下に置いた。四秒くらい経つと流れは止まったが、もれた液体がカウンターまで流れ出ていた。「畜生」警部は罵り声をあげ、シンクにかけてあった布巾を取ると、エスプレッソの水たまりを拭き始めた。そのとき、玄関の扉に鍵が差し込まれる音がして、続いて玄関から入ってくるドクター・ラングハマーの禿げ頭が見えた。クルフティンガーは、つまみ食いするのを見つけられた子供みたいに顔を赤らめた。カウンターをもう一度拭き、布巾をシンクに放り込むと自問した。ラングハマーはどこに行っていたのだろう。ハッとして顔を上げると、汗まみれのドクターが台所のドアの敷居の上に立ってニヤニヤしていた。体にフィットした光沢のある青いパンツに白い運動靴をはき、派手な黄色のジャンパーを着ていた。

「おや、ご友人、早起きして、もうお仕事ですか？　早起きは三文の徳って言いますからね？」

ご友人……クルフティンガーは顔をゆがめ、適当に返事をしていち早く退散しようと思った。客であるのにバスローブ姿で台所に立っているのは気が引けたからだ。「確かにそう言いますね。おはようございます、ラングハマーさん。こんなに朝早くからジョギングですか？」

「毎朝、走ってるんですよ。雪が降っても、嵐が来ても。ご友人、あなたもやられたほうがいいですよ。ダイエットのためだけでなく！」

ラングハマーはクスッと笑って、クルフティンガーのお腹を見た。「心臓にもいいんです。私にとって、ジョギングはまさに若さの源、細胞メンテナンスとでも言いましょうか。ジョギングなしに一日は始まりませんよ！」

「まったく」クルフティンガーはそう答えてから、愛想のない返事だと気づいて、言い足した。「いや、本当にそのとおりですね。ほんとに、健康にはとてもいいですよね！」

「どうです、これからご一緒に妻たちのために健康的な朝食を作りませんか？　私たちは、朝はビタミンCが豊富でカフェインレスのルイボスティーしか飲まないんです。でも、コーヒーがお好きなら、どうぞご自由に。エスプレッソマシンはいつ使っていただいてもかまいませんから。私のマシン（ミ・マキーナ）は、あなたのマシン（ス・マキーナ）とスペイン人も言ってますからね！」

クルフティンガーはイラッとした。ルイボスティーが何なのか、ラングハマーが口にした外国語がどんな意味なのかわからなかったからだ。一番腹が立ったのは、機会あるごとに他人を見下すドクターの態度だった。

「コーヒーはもういただきました。ありがとうございます」クルフティンガーが小さな声で答えた。

「そうですか。では、ご友人、奥さんを起こしてください。私は朝食を作りますから。あなたも先に着替えたほうがいいでしょう」

クルフティンガーは、ドクターが逃げる口実を作ってくれたので、ほっとして台所を出た。

十分後、妻と一緒に台所へ行くと、ラングハマーがダイニングテーブルにコーヒーを出しているところだった。一応、警部に気を遣ってくれたらしい。

しかし次に目に入ったもののせいで、クルフティンガーのテンションは大幅に下がった。テーブルの上には果物と、さっき冷蔵庫をのぞいたときに見た大量のタッパーウェアしか出ていなかった。嫌な予感がした。

「エリカ、おはよう。朝から、おめかしだね！　太陽が台所を訪ねてきたかと思ったよ」そう言って、ラングハマーはエリカを迎えた。

〝そこまで言うか〟と、クルフティンガーは心のなかで嫌味を言った。朝から機嫌がいいところ、愛嬌たっぷりなところ——警部がラングハマーを好きになれない理由が、これでまた増えた。

全員が食卓に着くとすぐに、ラングハマーは数種類の穀類と刻んだ乾燥フルーツの入ったボウルを配った。そして穀類の種類を説明し、乾燥アプリコットを〝エネルギー食〟とほめたたえた。

それだけではなかった。クルフティンガーがポットのミルクをコーヒーに注ごうとすると、ドクターは紙パックに入ったミルクを取り上げ、「これは豆乳なんだ」と言ってミックス穀類の入ったボウルに注ぎ入れた。クルフティンガーは嫌悪感で身を強ばらせた。心のなかで〝我慢、我慢〟と何度も唱える。今日ほど、早く仕事に行きたいと思った日はなかった。

警部はラングハマーに観察されていることに気づいたので、潔くスプーンを手に取ると、ボウルの中の粥状の物体をすくい上げ、笑顔でそれを歯の隙間に押し込んだ。想像以上にまずかった。まるでおがくずを食べているような歯ごたえだ。嚙むのはほどほどにしてゴクリと飲み込もうとするが、穀類は嚙めば嚙むほど膨張し、そう簡単に飲み込むことができない。そこで、コーヒーで一気に胃の中へ流し込もうと考えたが、コーヒーには偽牛乳が入っていることに気づいて躊躇した。警部は頭に血を昇らせ、ボウルの中身を全部平らげるのは無理だと思った。腹はグーグー鳴っていたが、こんなものはとうてい食べられない。仕方なくコーヒーを一口飲んで、口の中のものを胃に流し込んだ。ところが、偽牛乳の入ったラングハマーのコーヒーは意外なほどうまかった。フィルターコーヒー以上だ。コーヒーのうまさが、ミックス穀類のまずさをなんとか中和してくれた。

そうは言っても、ボウルの中身はいっこうに減らない。豆乳バスにつかったミックス穀類は灰色がかった茶色に変色し、食べられるのを待っていた。警部はゾッとして、この場を逃げ出したい衝動に駆られた。

やにわに、「携帯が」と叫んで、クルフティンガーは台所を飛び出した。エリカが額に皺を寄せた。携帯の呼び出し音など聞こえなかったからだ。

「なんだか、ご主人、すごく緊張しているわね？　また重大事件でも起こったの？」アンネグレートが訊くと、エリカは「よく知らないの」とだけ答えた。

廊下から、クルフティンガーの大きな声が聞こえてきた。秘書と話しているらしい。台所にまで、「急ぎなんだ、ヘンスケ女史」、「ふーむ、いい質問だ」、「もちろん、そうしてくれ」などという声が聞こえてくる。普段電話をかけるときの声よりも大きいので、エリカはおかしいと思った。そのとき、ラングハマー家の電話が鳴った。ドクターは常にベルトに固定電話の子機を差し込んでいるので——緊急電話への対応のためだ——すぐに電話に出た。十秒ほど相手の話を聞いたあとで、受話器に手を当てると言った。「エリカ、ご主人宛てだ。刑事局のヘンスケさんという人から」エリカは理解できなかった。「でも、主人が今話しているのも……」そう言いかけて口を閉ざすと、子機を受け取って言った。「私が主人に渡してきます」

そのとたん、ラングハマーが立ち上がり、もう一度エリカから子機を取り返した。「エリカは座ってて。私が行くから」ドクターは廊下に出て、警部のところまで行った。「そこが重要なんだ」と携帯電話を口にあてて声を張り上げていた警部は、ドクターがすぐそばにいることに気づいてビクリとし、「すぐ行く。じゃあ、またあとで」と言って、急いで電話を切った。

ラングハマーは警部に子機を差し出した。

「けい、じ、きょく、からです。クルフティンガー警部」ドクターは耳元でささやいた。

クルフティンガーの顔が真っ赤になった。

「あ、そう……ありがとうございます。ドクター……」警部はしどろもどろで答えた。

「まだほかに言いたいことがあったのか?」クルフティンガーが小声で電話に話しかけた。

刑事局の秘書サンディーことサンドラ・ヘンスケは、電話に出た警部の第一声を理解できなかった。「警部にお伝えしたいことがあって……」そう言いかけたところで、警部にさえぎられた。「今から行くって、さっき言っただろう」サンディーはまるで意味がわからなかった。新情報をすぐに警部に報せたくて電話したのに、こんな対応をされるとは思ってもみなかった。バハテルヴァイアー湖の近くでゲルノート・ズッターの車が発見されたのだ。

「すぐにこちらにいらっしゃるなら、来てからお話しします」サンディーは蚊の鳴くような声で答えた。警部は、演技とはいえ秘書につらく当たったことをすまなく思った。〝またあとで〟と電話を切る前に、もう一言付け加えた。「あ、サンディー、レーバーケーゼ（ドイツのミー

（トローフ）のプチパンサンドとクロワッサンを買っておいてくれないか？　それにうまいコーヒーも淹れておいてくれ。朝食がまだなんだ……」わざと台所にいる妻たちにもはっきり聞こえるように言った。

サンディーは返事をしなかった。そんなことは言われなくても毎日やっていることだからだ。それは警部にもよくわかっていた。

窮地をうまく脱することができて、クルフティンガーは大いに喜んだ。サンディーから新情報を聞いていたなら、その喜びも倍になっていたはずだ。

ドクター・ラングハマーは警部が電話を終えるまで廊下にいて、話に耳を傾けていた。そういう無遠慮な態度を、警部は最も嫌っていた。だが今回は大目に見てやることにした。ラングハマーの巧みな攻撃に反撃ができたことで、少しばかり自信を取り戻すことができたからだ。

「もう行かないと。急ぎの用でしてね。じゃあ、また！　エリカ、あとで家に電話するよ」クルフティンガーは台所にいる妻に声をかけると、ジャケットを手に取った。そして廊下から大声で「泊めてくださって感謝します！　じゃあ……」と叫ぶと、玄関の扉を閉めた。

★　★　★

オフィスに着くと、クルフティンガーはほっと胸をなで下ろした。風呂場の大惨事はまさに泣きっ面に蜂だった。普段はラングハマーを能無しドクターと陰で呼んでいる警部だが、泊めてくれたことには心から感謝していた。ラングハマー家では不自由なことばかりだったが、その責任をすべてドクターになすりつけるのはフェアでない気がした。警部は基本的に、他人の家で寝たり、食事をしたり、トイレに行ったりするのが好きではない。我が家なら普通にできることができなくなるからだ。たとえば、他人の家では風呂場に何枚もタオルが掛けてある場合が多い。そんなとき、用をすませて手を洗ったあと、どのタオルで手を拭けばいいのか迷ってしまう。適当に一枚選んで拭けばいいのかもしれないが、そのタオルで誰かがお尻を拭いていないとは言い切れないだろう。おまけにトイレでは、おしっこが便器から飛び散らないよう細心の注意を払わなくてはならない。音を立てずにおならもしなくてはならない。居間にいても、本を読んでいいのか、家主と楽しげに会話をしたほうがいいのかわからなくて落ち着かない。だから他人の家に泊まるのが嫌だった。

他人の家にいると、あれこれ思い悩み、常に気を遣って自然に振る舞うことができなかった。そのうえ、他人の家のベッドは、我が家のものより柔らかくて寝心地が悪かった。

クルフティンガーが秘書室に入ると、サンディーが被害者ズッターのBMWが見つかったことを伝えてきた。警部は秘書に郵便物を開封して整理し、机の上に置いておくよう指示すると、十五分ほどトイレにこもった。

警部がオフィスに戻ると、三人の部下がすでに上司を待ち構えていた。みんな、先の見えない捜査に戸惑いを感じているようだった。警部は新情報を伝えられることがうれしかった。

「みんなそろっていてよかった」と警部は言った。「被害者の車が発見されたんだ」部下たちの顔がパッと明るくなる。

「オイゲンと俺は、今から発見場所に向かう」警部がそう言うと、シュトローブルは無言でジャケットをはおった。ほかの二人は警部の指示を待った。「おまえたち二人は、ズッターの周辺を調べてくれ。たとえば……」警部はそこで話を中断すると、役割分担を頭のなかで整理した。「リヒャルト、おまえはズッターの経歴を調べてくれ。ローランドは、ズッターのプライベートの情報をできる限り集めること。さあ、仕事にかかれ」

★　★　★

十分後、クルフティンガーはケンプテンの東端にある森林道の脇にパサートを停めた。数人の警官が、一時停車スペースに停めてある車の前後に立っていた。どうやらその車がズッターのBMWらしい。林務官が巡回中に発見し、警察に連絡したとのことだった。二人の警官が交通整理をし、好奇の目を向ける運転手たちにスピードを落とさず通過するよう指示を出していた。

「じゃあ、さっそく拝見しよう」クルフティンガーはシュトローブルに声をかけると、BMWに向かって歩き出した。

「ズッターの稼ぎはよかったみたいですね」部下は車を見て言った。警部もそれに同意した。車はBMW7シリーズの最新型だった。安い車ではない。後方から近づいていくと、フロントガラスに無数のヒビが入っているのが目に入り、二人は急いで車に駆け寄った。

運転席のドアは開いており、そこから男の脚が二本、外に突き出ていた。頭のほうは助手席側のフロアに突っ込まれている。二つ目の死体の出現かと、クルフティンガーは肝を潰したが、すぐにそれは死体ではなくヴィルヘルム・レンであることに気づいた。こんなド派手なチェックのゴルフズボンをはくのは、レン以外にありえないからだ。〝事件現場にあんな無理な姿勢で横たわれるのは、死体とレンぐらいのものだ〟と同僚はよく冗談を言ったが、そのせいでレンはみんなから〝泥まみれのヴィリー〟と呼ばれていた。レンは鑑識課の課長なのだが、証拠採取のやり方がとにかく変わっているので有名だった。

「やあ、ヴィリー、何か見つけたのか？」クルフティンガーはクラクションを短く鳴らしてから、車の中のレンに話しかけた。

助手席のフロアでゴツンという音がしたかと思うと、罵り声が聞こえ、禿げ頭が現われた。レンは痛みで顔をゆがめ、手袋をはめた手で額を拭って、「まったく」としわがれ声で言った。「なあ、俺がどれほど神経質か、おまえも知ってるだろう」

「おまえが？　神経質？」クルフティンガーはシュトローブルを見て、大げさに皮肉を言った。「なあ、オイゲン、知ってたか？　ヴィリーは神経質なんだとさ。こんな乱暴な男が。考えられるか？」警部はなおも追い打ちをかけた。レンは背が低くて、華奢(きゃしゃ)で、髪が薄く、分厚い鼈甲縁(べっこうぶち)の眼鏡をかけており、アルゴイ人の言うところの典型的な「小男(クリシュペレ)」だった。

「まあ、いいさ。おまえたちには、俺をからかうのがさぞや楽しいんだろう。死体の所持品を集めるような仕事は、俺みたいな醜男(ぶおとこ)が向いているのさ。俺のおかげで自分の手を汚さずにすんでることを忘れるなよ」レンはムッとしながら言うと、車を降りて、持っていたブラシをトランクにしまった。そして、赤いスウェットシャツとチェックのパンツに合わせたらしい、濃い緑のトレンチコートをパンパンとはたいた。

「おまえの日頃の行ないが悪いから、何も見つからなかったじゃないか」今度はレンが警部を皮肉った。

「おいおい、そんなわけがないだろう」クルフティンガーは車内に目を走らせた。ひび割れたフロントガラスも計器盤に落ちた破片もすべて手を触れられていなかった。

「指紋は?」と警部が訊く。

レンは残念そうな顔を警部に向けた。「もちろん指紋はいくつも見つかったさ。でもそれを調べたところで、あまり意味がないぜ。それに、犯行のプロセスにしても……」

クルフティンガーは口をはさまず、レンが先を続けるのを待った。だが、レンが黙り込んでしまったので、仕方なく訊き返した。「犯行のプロセスって?」

「まあ、現段階では俺の推測に過ぎないんだが」レンは話しながら、短い脚をチョコチョコと動かしてフロントガラスの前へ行った。クルフティンガーとシュトローブルも後に続く。二人は、レンが犯行の手順に言及したからには、きっと事件の詳細が明らかにされるだろうという確信があった。警部もシュトローブルもレンの分析能力を高く評価していた。犯行現場分析に関して言えば、刑事局で彼の右に出るものはいなかった。

「やつは……えーと、あの男は……」

「ズッター」シュトローブルが助け船を出した。

「……ありがとう。俺の推測では、おまえらのズッターは二日前の夜、ここを車で通り過ぎようとした。すると、いきなりガシャンという音がして、フロントガラスが割れた。たぶん鹿か鳥がフロントガラスに激突したものと思っただろう。とにかく驚いて、前も見えないので慌てて車を停めた。そして、車を降りた」

レンは歩き出して、道路と森の間の草むらに入った。

「おまえらのズッターは、何がフロントガラスにぶつかったのか確かめようとしてここを歩いた。そして、見つけたんだ」レンはそこで、道端に転がっている直径二十センチほどの石を指差した。クルフティンガーは石をよく見るために近寄った。血がついていた。しかも大量の血が。警部は思わず後ずさりした。

レンがニヤリと笑った。「おそらくこの石が、おまえらのズッターがこの世で見た最後のものだったはずだ」

なぜレンが殺人事件の被害者のことを〝おまえらのズッター〟と呼ぶのか、クルフティンガーには理解できなかった。しかし、レンの話を中断させたくなかったので、あえて訊かなかった。

「彼は石を見た。そのあと、シャキーン。イチコロだった」

「シャキーンって？」シュトローブルが訊いた。

「おそらく喉を掻っ切られたんだ。ここでだ。この血を見れば誰の目にも明らかだろう」

レンの意見は確かに正しかった。地面は、直径約一メートルの範囲で乾いた赤黒い血に染まっていた。道路にまで血が流れていた。血糊にハエがたかっている。クルフティンガーは目をそむけた。ここ二日の間に、事件は警部の許容範囲を超えるほどの展開を見せていた。クルフティンガーが警部に昇進して以来、ケンプテン刑事局の管轄下で〝変死体〟が発見され、刑事局が捜査を引き受けた事件は驚くほどわずかだった。そのため、いまだに警部は死体を見ることに慣れていなかった。

「男か女かはわからないが、犯人はズッターの車を停めるためにこの石をフロントガラスに投げつけたんだ」レンがまた話し始めたので、クルフティンガーはもう一度目の前の物体に意識を集中させた。「そのあと、もう一度この石を使って、ズッターはガツンとやられたわけだ」

クルフティンガーは、死体の額にあった裂傷を思い出した。

警部には、レンの話で一つ気になったことがあった。それはレンが、犯人は〝男か女かはわからないが〟と言ったことだった。たいていの殺人事件では、犯人は男であることを前提に捜査を始める。最初から女を視野に入れることはほとんどない。それはおそらく、暴力犯罪の犯人が、女性も増加傾向にあるものの、九〇パーセントは男だからだ。いずれにしても、刑事の頭のなかには男の犯人の姿があるのが常だった。

「ところで、見せておきたいものがある。石にこんな繊維がこびりついていたんだが、ジャケットかコートの布だと思う。言っとくが、俺のじゃないぞ。繊維はあとでいい証拠になるはずだ」

クルフティンガーは納得してうなずいた。レンの細部まで見通す鋭い洞察力には、毎回頭が下がる思いだった。多くの場合、事件解決の手がかりになるのは、鑑識官が発見する細部だった。ほとんどの刑事事件の捜査でそう言い切れる。総合的な判断も確かに評価されるべきものだが、おおかたの場合、細部集中型の調査と分析のほうがはるかに効を奏した。証拠物件の入った段ボール箱の山と、指紋や繊維を採取した長いテープ。刑事たちはそういったものに常に囲まれて仕事をしていた。コンピューターに保存できるような資料は数少なかった。刑事の日常はそんなもので、テレビドラマで見る光景とはおよそ違っている。

「証拠物件は全部集めてある」レンの言葉で、クルフティンガーは我に返った。「そうだ、まだ一番大事なものを見せてなかったな。犯人がおまえらのために置いていったものがあったぞ」クルフティンガーはそれが決定的な証拠であることを期待したが、レンはその出鼻をくじいた。

「最初に言っておくが、決定的な証拠などと言えるものではないぞ。ただ、犯人が置いていったものだ」

クルフティンガーはごくりと唾を飲んだ。またか。不吉なメッセージなんてもうたくさんだ。カラスだけで十分。警部は正気を保とうと努めた。

レンは車の助手席側に回り、ドアの前に立った。

「ちょっと待て」と言って、レンはトランクからブラシを取り出し、助手席のドアノブをはたいてから、ブラシをまたトランクに戻した。次に、幅広の透明なテープを適当な長さに切り、ブラシではたいたところに貼りつける。テープをすぐに剝がして厚紙に貼りつけ、フェルトペンで厚紙の余白に必要な情報を記入する。クルフティンガーとシュトローブルは、その様子を興味深く見守った。二人とも、鑑識官の仕事をしたいと思ったことは一度もなかった。仕事の内容が嫌だからではなく、大きな責任を引き受けることになるからだ。どんな小さなものも見逃すことは許されない。とはいえ、鑑識官の仕事は刑事の仕事よりも単純ではあった。鑑識官は証拠物件を発見し分析するだけで、そこから結果を導き出すのは刑事の役目だった。

「ほら」レンはトランクを閉めると、クルフティンガーの鼻先にビニールの手袋を突きつけた。警部は何も訊かずに手袋をはめた。何が始まるのかさっぱりわからなかったので、とりあえずレンの指示を待つ。レンは助手席のドアを開けると、警部に中に入れと合図した。「おまえ宛てみたいだぞ」レンはそう言ってから少し間を取ると、こう言い足した。「少なくとも、俺はそう思っている」

クルフティンガーは車の中をのぞき込んだ。すぐにレンの言葉の意味が理解できた。助手席にメモ書きが一枚残されていた。警部がシュトローブルに目をやると、部下の視線はメモ書きに釘づけになっていた。メモはタバコの箱くらいの大きさだった。〝おまえ宛てみたいだぞ〟とレンが言った理由がすぐにわかった。メモに血がこびりついていたからだ。警部は手袋をはめた右手を伸ばしてメモを拾い上げ、腕を突き出すようにして、メモを目の高さに持ち上げた。老眼だからだ。近ごろは本を読むのもままならない。腕の長さくらい文字を離さないと読めなかった。

メモ用紙は二枚重なっていた。メモを書いた人物は焦っていたのだろう。クルフティンガーは青いペンで書かれた字を読んだ。〝V／7－3（22）〟

クルフティンガーはため息をついた。なんとなく予感はあったが、今ようやくわかった。犯人は警察をもてあそぶつもりなのだ。警部はシュトローブルの顔を見た。部下はショックを受けているようだった。一方レンは、クルフティンガーを見てニヤリとした。

「なかなかのものだろう？」レンが言った。

クルフティンガーはあれこれ可能性を考えてみた。しかし、どの考えもすぐにクエスチョンマークに変わっていった。刑事をしていて、これほどの無力感を覚えたのは初めてだった。

警部はレンにメモを手渡すと、無言で森の中へ駆け上がった。現場全体を見渡そうとしたからではない。無力感に打ちひしがれているのを、同僚と部下に悟られたくなかったからだ。

警部は森の中を見渡した。秋の朝特有の濃い霧が立ちこめていた。森の中は霧が晴れにくい。白い靄（もや）は地面に貼りついて、落ち葉を灰色に染めていた。左手の森の奥へ続く小道も、ずっと先まで白い靄に包まれていた。霧がかかっていない手前の道端に、十字架像が立っていた。それはアルゴイ地方でマルテルルと呼ばれる受難者記念碑だった。警部はゾッとした。コートの襟を立て、手をポケットに突っ込むと、車へ戻った。

★　★　★

オフィスに戻ってからも、クルフティンガーは口数が少なかった。秘書が心配して声をかけても、ため息をつくばかりだった。警部は自分の席に着くと、椅子を百八十度回転させて本棚に目を向けた。ずらりと並んだファイルの背に書かれた事件名を、順に読み上げていく。ついこの間まで、〝くだらない事件ばかりだ〟と言いながらファイルに手を伸ばしていた自分を思い出し、うらめしく思った。〝すごい事件でも起こればいいのに〟なんて口にしていた自分を恥じた。今、自分は〝すごい事件〟の真っ只中にいる。こんな不可解な事件でなければ、やる気満々で仕事にのぞんでいたはずなのに。

電話の音でクルフティンガーはビクリとしたが、おかげで一瞬のうちに憂鬱な気分から抜け出すことができた。電話のディスプレイにはゲオルク・ベームの名前が表示されていた。警部は馴染みのある名前を見て安心し、すぐに受話器を取った。「ゲオルクか？　元気か、何か見つかったか？」

「警部、見せたいものがあるんです……」

クルフティンガーは驚いた。ベームがいつになく真剣だったからだ。もっとも警部は、実のところ別のことが気になっていた。何か見せたいと言われても……。ベームは警部の〝あれ〟を知らないのか……？

「ケンプテンまで来てくれるんだろうな？」警部が念のため尋ねた。

「残念（ソーリー）ながら、無理ですね。警部にこっちに来てもらわないと。時間があるときに来てください。直接見てもらわないとだめなんです。私の職場の場所は知ってるでしょう。お願いしますよ。じゃあ、そのときに」ベームはそう言って電話を切った。

　クルフティンガーはベームの解剖室がある場所を知っていた。メミンゲンのクリニックの地下の死体置き場だった。悪魔が聖水を毛嫌いするように、警部はそこを最も恐れていた。あんな恐ろしい場所で、解剖医のベームはメミンゲン州裁判所から委託されて働いているのだ（法医学部門の組織構造は官庁や警察同様、複雑だった）。

　ベームが警部を解剖室に呼ぶ理由は、二つ考えられた。第一の可能性——ベームが警部の死体恐怖症を知らないこともあり得る。ベームはまだメミンゲンの解剖医になって数年だからだ。だが警部は、その可能性はまずないと思った。クルフティンガーの死体恐怖症については、刑事局では誰も口にこそしないが、伝説と言っていいほど知られている事実だった。だから二番目の〝ベームは死体恐怖症のことを知りながら、警部を解剖室へ呼んでからかおうとしている〟のほうが可能性は高かった。ベームとはとても気が合った。警部はよほど共感できる相手でない限り、気が合うなどとは感じないのだが、初めて会った日からベームを気に入っていた。だからこそ、ベームの挑発を受けて立つ決意をした。

　警部は、ベームと初めて会った日のことを思い出した。確か三、四年前のことだった。酔っ払った男がアパートを占拠し、発砲する事件が起きた。当初警察は男が女性の人質を取っていると考えていた。男が女性の名前を頻繁に口にしていたからだ。しかしのちに、その女性は人質ではなく、最近別れた恋人であることが判明した。そのとき、警部とベームはパトカーに同乗して現場に向かった。当時のクルフティンガーの上司、つまり、前任の警部ライテマンも一緒だった。クルフティンガーはすでに犯人と電話でコンタクトを取っていて、犯人の誘導に努めていた。そして、しばらくして犯人をアパートの外に連れ出すことに成功した。犯人が拳銃をもった手を上に挙げて、アパートから出てきた。クルフティンガーは犯人に銃を捨てるよう言い聞かせた。ゆっくり地面に置くのではなく、手を挙げたまま銃を放すように指示した。ところが、そうしている間に犯人は発砲し、その弾がライテマンに当たった。ありがたいことに大事には至らず、血が少し出た程度だった。それでもライテマンにすれば、そのかすり傷さえ耐え難い屈辱だった。ライテマンは最初のショックから立ち直ると、クルフティンガーを穏やかなアルゴイ人すら我慢できないほどひどい言葉でなじった。上司はクルフティンガーを二度と許さなかった。その後まもなくライテマンは退職したが、退職の辞にも〝生きて退職することができるとは……〟とクルフティンガーへの皮肉を混ぜ込んだ。だからライテマンが退職して自分が警部に昇進し、上司はローデンバッハーしかいない今の状況にクルフティンガーは満足していた。心のなかでローデンバッハーを罵ることはたびたびあっても、以前と比べればかなりましだった。

とにかく、ベームはそんな事件現場に居合わせた人間の一人だった。当時ベームは研修医として警察の各部門を転々とし、警察の一般的な知識を学んでいた。事件現場で負傷者が出れば、犬のように吠え怒る上司であっても、応急処置を施すのが医師であるベームの仕事だった。ベームはライテマンの処置を終えると立ち上がり、野球帽を脱ぐと頭をかいた。そして、すれ違いざまにクルフティンガーの耳元にこうささやきかけた。「残念ながら、彼、生き延びることになりそうですね」

これを聞いて、クルフティンガーの緊張は一気に解けた。それ以来、ベームと一緒に仕事をするのが楽しみになった。

だからこそ、メミンゲンの死体置き場に行く気になったのだが、それでもまだベームの意図がわからなかった。とはいえ、そんなことは重要ではない。ベームが警部の死体恐怖症を知っていようがいまいが、事件解決の手がかりになる情報を得られるならそれで十分だ。もしベームがからかい半分に、警部が死体を見てどう反応するか見てみたいと思っているのなら、クルフティンガーはそれに対抗して、事件解決と死体恐怖症の二つの次元で勝利を手にする覚悟だった。

警部は気合いを入れ直し、重い腰を上げてメミンゲンへ向かった。

★　★　★

解剖室はクリニックの地下にあった。階段を一歩一歩下りるたびに、甘い臭いがきつくなるように感じた。本来、死体は甘い臭いなどしないのだが、どうしても警部にはそう思えてしまう。実際は、消毒液の強烈な刺激臭しかしなかった。

ここにあるものは、床だろうが何だろうが口に入れても問題なさそうに思えた。それほど完璧にすべてが消毒されていた。クルフティンガーは頭に死体のイメージが浮かぶたびに吐き気を覚えて、唾を飲み込んだ。磨き上げられた分厚い金属製の扉の前で立ち止まり、深呼吸をすると、精いっぱい笑みを浮かべて中に入った。

だが、白いタイル張りの部屋に入ると、警部の顔は引きつった。最初に目に飛び込んできたのは、部屋の中央に置かれたステンレス製の解剖台だった。台の真ん中には排水溝があった。排水溝に流れ落ちるもののことを考えると、また吐き気が込み上げてきた。部屋には解剖台が三台あり、そのうちの二つは使用されておらず、真ん中の台にだけ布を被せた死体が載っていた。解剖室全体は蛍光灯に照らされ、隅々まで明るかった。解剖用のメスやペンチが載っている医療用ワゴンがあちこちにあり、磨りガラス戸付きの医療用キャビネットが、四角い部屋を縁取るように壁に沿って並べられていた。部屋の奥では、こちらに背を向けて男が一人座って何かをのぞき込んでいる。顕微鏡のようだ。野球帽を被っているので、それがベームだとすぐにわかった。野球帽は白衣と同じ薄緑色だった。それがベーム流のお洒落らしい。

クルフティンガーは挨拶の代わりに軽く咳払いをした。「いらっしゃい、どうぞこちらへ」ベームは手を止めずに、そのままの姿勢で答えた。警部はゆっくりと前進した。なるべく前だけを見て、ほかを見ないようにした。しかし、真ん中に置いてある解剖台のそばまで来ると、死体に被せた布に目が釘付けになった。クルフティンガーはベームの誘いに応じたことを後悔した。最後まで気力を保てるかどうかわからなかった。変死体を見たショックからまだ抜け出せていない状態だったのでなおさらだった。解剖室は涼しいのに、警部は汗をかき始めた。

クルフティンガーはもう一度真っ直ぐ前に目を向けて、前進を再開した。ベームが座っている場所まであと三メートルほどになると、視線をベームだけに集中させて大股で歩いた。

警部がそばに来ると、ベームは「ありがとう。わざわざ来てくれて」と言い、ようやく顕微鏡から顔を上げると、きれいな白い歯を見せてニッコリと笑った。

警部はベームをじっくりと眺めたが、いたずらをしようとしている顔には見えなかった。

「こちらこそ、ありがとう。それで、何か見つかったのか？」警部は質問し、屈託のない笑みを作ろうとするが、口の片端しか上がらず、苦笑いのようになってしまった。

「昨日、死体を梱包したときのことを覚えてますよね……」

〝梱包〟――嫌な表現だった。ベームは死体と過ごす時間があまりに長すぎて、神経が麻痺しているようだった。警部は顔をほてらせながらも、なんとか口の両端を上げて左右対称の笑みを作ることができた。

「もちろん覚えているさ」警部は普段よりも大きな声で、楽しそうに答えた。

ベームは警部の反応に少し驚きの色を見せたが、先を続けた。「傷の中に、あるものを見つけたんです」

クルフティンガーは微笑みながらうなずいた。するとベームは大きなため息をついて言った。「ねえ、警部、さっきからなんでニヤニヤしてるんです？」

　クルフティンガーは唾をゴクリと飲み込んだ。強ばった笑顔をもう一度和らげようと顔をひきつらせる。

「いけないか？　今日は気分がいいだけさ。バイエルンI放送を聴いてここまで来たからな」警部はそう言って、さらに柔和な笑みを見せた。だが、解剖室のラジオはパトリック・リンドナーの陽気なヒット曲ではなく、不気味なハードロックを流していた。死体には聞こえないのだから、ここでは何を聴いてもいいらしい。

　ベームが眉をひそめた。〝ハードロックの流れる解剖室で気分がいいなんて、どうかしている〟と言い返したそうだったが、口に出すのはやめたようだった。その代わりに、「これを見てください」と言って立ち上がり、警部が顕微鏡だと思い込んでいたものを指差した。実は、さっきからベームがのぞいていたのは顕微鏡ではなく、照明を当てた拡大鏡だった。

　クルフティンガーは机に近づき、身を屈めて拡大鏡をのぞき込んだが、靄の中に浮かぶぼやけた黒い点がいくつか見えるだけだった。

「これで調整してください」解剖医は説明した。警部は調整ネジに手を置いて回してみた。すると、靄がだんだん晴れてきた。色彩の付いた物体が見えてきて、それが徐々に明瞭になると、文字が浮かび上がった。

　クルフティンガーは顔を上げてベームのほうを見た。ベームは黙ってうなずいた。警部は興奮していた。文字は半円のものに書かれていた。シールのようだが、左側半分がちぎれている。ちぎれた部分の文字は読み取れない。そのうえ、シールには血がこびりついていた。

「ダン（dan）」と警部は大きな声で読み上げた。だが〝d〟の前の文字は不明瞭で、〝e〟か〝a〟かわからなかった。黄色い地に濃い緑の文字が書かれていた。

そこで不意に、警部は拡大鏡が映し出しているのが死体の傷の中にあったものだと思い出し、気分が悪くなった。拡大鏡から目を離さずに、左手で椅子を引き寄せると、腰を下ろした。息苦しかった。息苦しさをごまかすために、唇を尖らせて口笛を吹いてみるが、唇が乾いていてヒュー、ヒューというかすれた音しか出なかった。警察学校の担任教師もこんな口笛しか吹けなかったが、当時まだ若かったクルフティンガーは、それを年齢のせいだと思っていた。しかし、今はそうは思いたくない。

警部は咳払いして、顔を上げた。「どう思う？〝ダン（dan）〟、もしくは〝アダン（adan）〟って、いったい何だろう？」

「私にそれを訊くんですか」ベームが言い返した。「私の仕事はこれを見せるだけです。警部の脳（ブレイン）なら、これが何かわかるはずですよ」

クルフティンガーはベームの言葉をほめ言葉だと解釈した。英語が苦手だから、〝ブレイン〟の意味はわからなかったが、とりあえずうなずいておいた。

「もう少し文字を見やすくできないのか？〝dan〟以外の文字も解読したいが、無理かな？」

ベームが首を横に振った。「残念ながら（ソーリー）、今は無理です。証拠保全課がデータ保存してからでないと。そのあとなら、文字の輪郭を浮かび上がらせる薬品を使ってみることもできます。技術的に難しい作業ですが。でも、たとえここにある文字を全部解読できたとしても、シールは半分ちぎれてますからね。実は、私がここにお呼びしたのは、ほかにも見せたいものがあるからです」ベームはそう言って、部屋の真ん中の解剖台へと近づいた。警部はそこから数メートル離れた場所にいたが、足が動かなかった。

「死体の目のことは覚えてますよね」解剖医は死体に被せた濃い緑色のカバーを少しめくり上げた。クルフティンガーは気を紛らすために、車で聴いたフリッパーズの曲の一節を心のなかで歌ってみた。〝バルバドスの赤い太陽は、君と僕のために輝き続けている……〟

「最初、私はなんで死体の目がこんなことになったのかわからなかったんです。ひどい状態ですよね。でもね、わかったんです。こいつがやったんだって」そう言ってからベームは、入り口の横に置かれたステンレス製のテーブルの上に目をやった。クルフティンガーもそこに目を向ける。光り輝くメッキ皿が置いてあり、その上に何かが載っていた。黒いものだ。それが何かわかると、警部の心臓がドクンと鳴った。背筋が凍りついた。カラスだ。

〝ヤシの木の林の中にいるのは君と僕だけ、ゆったりとした音楽と赤ワイン……〟警部は心のなかで歌い続けた。

「犯人はカラスの嘴（くちばし）をつかって、死体から目玉を……」

もうだめだ、と警部は思った。これ以上、ここにはいられない。

「ちょっと、失礼する」警部はそう言うと、振り返ることなく解剖室を出た。全速力で数メートル先のトイレへ駆け込むと、ドアをバタンと閉めた。

★　★　★

クルフティンガーが秘書室のドアを閉めようとしたとき、ヘーフェレが駆け寄ってきた。

「気分でも悪いんですか？　顔色が真っ青ですよ。警部、今から私はウアズラスリートに行ってきます。ズッターの会社を訪ねます」

「わかった。じゃあな」

少し間があって、警部は振り返ると、階段の踊り場にいるヘーフェレに向かって「待て」と叫んだ。「俺も行く。心配だから」

ズッターの会社で有力な情報を得られるとは思っていなかったが、新鮮な外の空気を吸って、気分転換したかった。

ヘーフェレはクルフティンガーのパサートに乗り込むと、顔をゆがめた。

「なんか、臭いですよ。白ラッカーチーズでも積んでるんですか？」

クルフティンガーも、今日はいつもより車内が臭うことを認めざるをえなかった。この数日間、自分でもチーズのような酸っぱい臭いがすると思っていた。でも、臭いの出所はわからなかった。疑うとするなら、最近エリカに頼まれて、会社帰りにスーパーで買った生クリームだろう。そのとき、生クリームと一緒にキャベツも買ったのだが、後部座席にのせるときに、生クリームのパックの上にキャベツを置いてしまったのだ。節約のためレジ袋は買わなかったので、両方ともそのままシートの上に置いた。その結果、運転中にキャベツの重みで生クリームのパックが破裂し、気づいたときには後部座席のシートは生クリームを吸い込んでグショグショになっていた。慌ててスポンジと洗剤で徹底的に掃除したからクリームが残っているわけはないのだが、やはり臭いの原因はそれらしい。そんなことを考えながらクルフティンガーは、環状道路アデナウアーリングに車を乗り入れた。車を運転していると気分がよかった。臭いがするので窓は開け放っていた。ベルリーナ広場の前にさしかかる頃には、警部は上機嫌になり、赤信号を避けようと、制限時速六十キロメートルの道を時速八十キロメートルで走った。

「会社はどこだ？」ケンプテンの商業地域に入ると、クルフティンガーは部下に尋ねた。

「ちょっと待ってください」ヘーフェレは答えて、ワインレッドのウィンドブレーカーの内ポケットからメモを取り出した。「ポルシェ通り三七の裏手の建物です」

クルフティンガーはこの辺りの地理には詳しくなかった。

「橋を越えた辺りかもしれんな。この辺は自動車屋しかないから」

しばらくして見つけた建物は、気味悪いほどみすぼらしかった。案内板を見る限り、雑居ビルのようだった。小出版社、トルコの絨毯清掃業者、いかにもロシアと取引がありそうなバイカル・インペックスという会社など、様々なオフィスが入っている。歯科技工所などという、この建物にはふさわしくない企業まである。ズッターの会社シュタインボック・ツーリスティックの名前もそこにあった。おそらくこの辺りは、ケンプテン市の郊外である上に、ゴミ処理場の裏手であるために家賃が安いのだろう。建物の地下はバイカル・インペックスの荷物置き場になっていた。クルフティンガーはズッターの会社のシールが貼られたガラス扉を強く押した。扉は簡単に開いて、刑事二人は黄色く変色した石の階段を上った。

二人は怪訝な顔で辺りを見回した。警部は部下と目が合うと言った。「自宅とはえらい違いだな？　あっちは高級な感じがしたが」

ヘーフェレはうなずいた。「もしかしたら、会社の経営がうまくいっていないのかも」

二階に上がるともう一つガラス扉があり、その中にズッターの会社があった。ドアには少々野性的過ぎるように見えるヤギと、観光バスの絵が組み合わさった会社のロゴが貼り付けてあった。その下には別の会社のロゴもあった。〈レゾナ――磁場――健康器具取り扱い店〉

「会社が二つあるのか？」クルフティンガーはつぶやいて、呼び鈴を鳴らした。

一分ほど待って、もう一度呼び鈴を鳴らす。インターホンから「何のご用ですか？」という女性の声が返ってきた。

「ケンプテン警察です」と警部が答えると、ドアが自動で開いた。

四十代前半の女性が刑事二人を出迎えた。警部は「クルフティンガーです。そして、こっちは部下のヘーフェレ。こんにちは。えっと、お名前は……」と、ぶっきらぼうに言った。

前にいる女性が少しも魅力的でなかったからだ。ガリガリに痩せ、どぎつい厚化粧をし、日焼けしていて、洋服も派手だった（彼女はのちに警部から〝駄馬〟の異名を頂戴することになる）。

「こんにちは。ゲルダ・グレンツマンです。ズッター氏の秘書ですが、今は事情があってズッター氏の代わりに会社を運営しています。ご用件は何でしょうか？」

女の自己紹介を聞いて、警部はすぐに〝生意気な女だ〟と判断した。フランス人のように鼻にかけて〝r〟を発音し、優等生的すぎる標準語を話した。「御社を見せていただき、少しお話をうかがいたいんですが。まずは事務所を案内していただけないでしょうか……」グレンツマンが反抗的にならないように、警部は度を超すほど丁寧な敬語で話した。

「捜索令状はお持ちですか？　こちらには家宅不可侵権がありますからね。会社の意向に沿ったものであるか調べてからでないと……」クルフティンガーはグレンツマンのこんな反応をすでに予測していた。「グレンツマンさん、刑事ドラマの見過ぎですか？　捜索令状ですって？　一言言わせていただければ、もしあなたが何らかの形で警察の捜査を妨害すれば、警察はそれなりの措置を取ることができます。ですから、捜査にご協力いただいたほうが身のためだと思いますね」

秘書は黙り込んだ。クルフティンガーはヘーフェレの唖然とした顔を見て、少々言い過ぎたと思った。

「とにかく、私たちにはここを捜索する権利があり、あなたにはそれを妨害する権利はないことをお伝えしたかっただけです」警部は、今度は口調を和らげて言った。

「ここにいらしたということは、家宅捜索の権利をお持ちなのでしょう。それなら捜索令状を見せてください」グレンツマンは攻撃一辺倒で引くことを知らない女だった。これほどとは予測できなかったので、警部はどう対応していいかわからなかった。殺人事件の被害者の会社を捜索するのは、確かに普通ではない。いままでそんな経験は一度もなかったから、捜索令状も申請しなかった。ヘーフェレは自分には関係ないとでもいうように、ポケットをまさぐっている。部下には頼れなかった。

「グレンツマンさん、最初にはっきりしておきたいのは、あなたがお話しになっている捜索令状は、刑事訴訟法上では〝捜索決定〟と呼ばれているものです……次にはっきりしておきたいのは、私はここにその書類を持っているという点です。どうぞご覧ください」クルフティンガーは書類をポケットから取り出してグレンツマンに手渡し、五秒ほど経つと急いでその手から書類を取り上げた。続いて、捜索の妨害には罰金を科せられることと、そればかりか彼女の経歴には前科が残ることになる点を指摘した。

クルフティンガーはグレンツマンがどう反応するか待ち受けた。秘書は渋々と手を挙げると、事務所を指差した。捜索歓迎とは言わないまでも、彼女が反抗をやめ、冷静になったのは明らかだった。警部はニヤリとしてヘーフェレに目配せした。部下はあきれ顔でそれに応えた。

捜査に協力せざるをえなくなったグレンツマンは、苛立ちもあらわに最初の部屋へ刑事二人を案内した。そこは倉庫だった。黄色い発泡スチロールが一杯詰まった大きなビニール袋やラップのロールや折りたたまれた段ボール箱やガムテープなどの梱包材が窓際に積み上げられてあった。部屋の中央部は中型の箱で埋め尽くされていた。グレンツマンによれば、シュタインボック・ツーリスティックの子会社レゾナが取り扱っている製品だという。クルフティンガーにはそれらの製品の用途がさっぱり理解できなかった。

まず警部の目に留まったのは、床に転がっている金色の金属の玉だった。荷台の上には、説明書と一緒に透明フィルムで梱包された大理石のタイルが積まれていた。部屋の左半分はプラスチックボックスで埋まっていて、ボックスからは羽根布団や毛布の裾が飛び出ている。

「私どもは、磁気共鳴セラピー関連製品の販売を行なっております。ほかに、サプリメントやお茶なども販売しています。ここには主にセラピー関連製品を保管しています。最も人気が高いのは、ヒマラヤ岩塩ランプと共鳴毛布です」グレンツマンは訊かれてもいないのに解説を始めた。

「では、注文があればここから配送しているわけですね？」スピリチュアルグッズには一切興味のないクルフティンガーが、当たり障りのない質問をした。

「注文は情報(インフォ)・イベントの場でやっていただき、製品の配送はここから行なっています」クールな業界用語を使って、秘書は答えた。

グレンツマンのやることなすことに我慢できなくなった警部は、突っ込みを入れてやろうと口を開きかけた。

「グレンツマンさん、共鳴毛布って何なのですか？」不意に、ヘーフェレが尋ねた。警部は目を丸くした。まったく同じ質問をしようと思っていたからだ。

グレンツマンは箱から白い毛布を一枚取り出すと、「これは天然繊維の綿毛布で、繊維の中に磁石の薄片が織り込まれています」と説明した。

クルフティンガーも興味を惹かれ、「それは……いったい何のために使うんですか？」と訊いてみた。

「もちろん、磁気共鳴セラピーのために使います」

「……それは、いったいどういうものなのです？」警部は質問を重ねてから、秘書に背を向けると、部屋に並べてある製品を眺めた。

「……体の波動を調整し、あらゆる体調不良を軽減するセラピーです。たとえば、肥満などにも効きます」

クルフティンガーは〝肥満〟と聞いてギクリとし、振り返って秘書を見た。その顔から悪意を読み取ろうとしたが、はっきりとはわからなかった。そこで、深呼吸をしてからボソッと言った。「あらゆる体調不良ね、なるほど」

警部がヘーフェレに目をやると、部下もまたギクリとしたようだった。

続いて、グレンツマンは二人を事務室へ案内した。そこは殺風景な部屋だった。真ん中に灰色の机、隅に合成皮革のソファーセットが置かれていた。その横にグレンツマンの机があり、その前に旅行会社のパンフレット、いわゆる〝押し付け茶飲みツアー〟の申込用紙を並べたカウンターがあった。

パンフレットはどれも似たようなもので、表紙に風景写真をあしらい、大仰な謳い文句が書かれた細長い形態だった。どれもボーデン湖や王家の城を目的地とした日帰り観光ツアーで、〝信じられないくらい〟安かった。クルフティンガーはこの手のパンフレットを、自宅の郵便受けに〝広告やチラシは入れないでください〟と書かれたステッカーを貼りつけて以来、見かけたことがなかった。念のため、パンフレットを一部ポケットに入れた。そのあと、グレンツマンが嫌がるのを無視して、会社の書類やオフィスにある書籍をすべてチェックした。

★ ★ ★

「ここぞというときにはやる男。警部がそう呼ばれる理由がわかりましたよ。あんなにも用意周到とは」車に戻ると、ヘーフェレが言った。

「ああ、あのこと?」クルフティンガーはぶっきらぼうに答えてから、グレンツマンに厳しく当たり過ぎたかもしれないと反省した。

「捜索決定、だなんて! 私は申請することも思いつかなかった。警部は急に一緒に来ることになったのに、前もって書類を用意してたんですね。さすがだな。用意周到とはまさにこのことだ」

「まあな。ごくたまにだが、捜査中に協力を拒否されることもないわけじゃない。おまえだって、そういう経験はあるはずだ。だから、書類は常に持ち歩くべきなのさ」

クルフティンガーはポケットに手を入れて、書類を取り出した。

「これをグローブボックスにでもしまっておいてくれ」警部は部下に頼んだ。

「グローブボックス？　ファイルに綴じるんじゃなくて？」

ヘーフェレは書類を広げて中身を見ると、首を大きく左右に振った。

「たいしたもんですね、警部！」ヘーフェレは感心してつぶやき、警部の給料明細書をグローブボックスに仕舞い込んだ。

「あの女は警察手帳を見せろとも言わなかった。給料明細書でも、料理のレシピでも、何でもよかったんだ」クルフティンガーは勝利に浮かれることなく、冷静に言った。実は、自分がやったことを後悔していた。あとで厄介なことにならなければいいが、と内心心配だった。

　刑事局の駐車場に着いても、ヘーフェレの感嘆はまだ続いていた。警部が本物の捜索決定の書類を見せていれば、ここまで感銘を受けることはなかっただろう、と部下（ヘーフェレ）は思った。心底感激していたので、帰りは車の臭いも気にならなかった。

★　★　★

　クルフティンガーは仕事を終え、家に帰れる喜びを噛みしめていた。ラングハマー家ではなく、自宅に戻るよう妻から連絡があった。昨日の夜から今日の朝まで、どれほどこのときを待ちわびたことか！　ところが、家に着くと、水道修理屋の車が停まっていた。修理は終わったはずなのに変だな、と警部は思った。家の前に車を停められないので路上駐車し、水道修理屋の車を訝しげに眺めながら家へ入った。

「ただいまー」警部は玄関から叫んだ。〝ただいま〟なんて言葉はたまにしか使わないが、家に帰れた喜びは抑え切れなかった。「ハニー、家はやっぱりいいね」と言ったとたん、風呂場から男のガラガラ声が聞こえてきた。声の主はすぐにわかった。水道修理屋のシッギだ。シッギは単純な男だった。〝水道修理屋〟を小ばかにした差別ギリギリのブラックジョークがあるが、警部はシッギがこの職業に就いたのは、そのジョークを自虐ネタにしたいがためなのではないかと思っていた。風呂場に行くと、髭面のハゲ男のニヤニヤ顔に迎えられた。

「今日はどんな一日だったね？」シッギは小ばかにしたように訊いて、ニヤリと笑った。いつもの紺色のオーバーオール姿だった。ハゲ頭にかろうじて残っている髪は、あちこちの方向にはね、ところどころで頭に貼りついていた。それを見て、クルフティンガーは嫌悪感に顔をゆがめた。この男とは小学校の頃に知り合い、何度か一緒に飲みに行ったりもしたが、親友だったことは一度もない。とはいえ、シッギは我が家が信頼を寄せる水道修理屋だった。近くに水道修理屋はシッギしかいないのだから選択の余地はなかった。

「うちの女房はどこに行ったんだ？」そう尋ねた瞬間、警部は〝しまった〟と思った。妻の話などしたら、シッギにからかわれるのは目に見えていた。

「おまえのかみさん？　出て行ったおまえのかみさんの居場所を、俺が知ってるって？　夫婦の問題なら、相談にのってやってもいいが……」

クルフティンガーはうんざりして、もうけっこうとばかり、手を払った。「それより風呂場のほうはどうなんだ？」訊きながら、洗面台のほうに目を向ける。昨日、水が溢れ出ていた壁には大きな穴が開き、床にコンクリートの破片が散らばっていた。

「残念だが、最悪と言うしかない」シッギはさっきとはうってかわって真剣な口調で答えた。

クルフティンガーの顔色をうかがいながら、〝問題だらけ〟という言葉を何度も繰り返した。

クルフティンガーは配管のことは何もわからなかったが、それでもシッギの言う〝問題だらけ〟の詳細を知りたかった。とりわけ費用については。

「具体的に言うと……？」

「つまり」シッギは演説でも始めるかのように、深呼吸してから口を開いた。「配管……配管がぶっ壊れてるんだ。そこをしっかり直さないと、問題はなくならない。タダで直そうなんて考えてたら、タダタダ水がダダ漏れするだけだぜ」面白くもないギャグで説明を締めくくる。クルフティンガーはあきれ返ってため息をついた。

地下室の扉が開く音がした。妻に違いない。すぐにシッギのそばに行って耳打ちした。

「やれることはすべてやってくれ。金はいくらかかってもいい」

それを聞いた水道修理屋は目を輝かせた。クルフティンガーはまるで八〇年代のマフィア映画のようなセリフを口にした自分に驚いた。〝本当にこんなことを言ってよかったのか〟としばし考えたが、シッギとは旧知の仲なので信用することにした。彼はアルゴイ弁で言うところの〝誠実肌〟の人間だった。

「いくらかかってもいいって、今言わなかった？」洗濯籠を抱えたエリカがドアの敷居の上に立っていた。

「その……時間はいくらかかってもいいって言ったんだ。完全に直すことが何より大事だってね」クルフティンガーが嘘をついた。妻は二、三秒、二人の男を疑い深げに見つめたが、すぐに気を取り直した。「私もそう思うわ。さあ、荷物はもう詰めたから行きましょうか」妻は言った。どうやら、ラングハマー家への滞在延長を喜んでいるように見えた。

「わかった、今行くよ。外で待っててくれ」クルフティンガーはそう言って、エリカのあとを追おうとしたが、その前に物置へ行った。そして〝万が一のために〟捨てずに取ってあった小型の白黒テレビを持ち出した。警部はテレビを抱えてシッギと一緒に外に出ると、彼に二十ユーロ札を握らせて耳打ちした。「できるだけ早く直してくれ。わかったな？」

シッギは札を尻のポケットに入れると、満面の笑みを浮かべた。仕事用の車に乗り込むと、エリカに向かって大きくうなずく。「心配はいらんよ。ちゃんと直すから」そう言って、上機嫌で走り去った。

エリカはほっと胸をなで下ろすと、辺りを見回して夫の姿を探した。そして、夫の持っているものを見て眉をひそめた。「何、それ？」

「何って？　テレビじゃないか。これがあったほうが……」

「気でも狂ったの？　アンネグレートとマーティンの家にそんなものを持って行けるわけないじゃない。テレビを持って行くくらいなら、マットレスのほうがまだましだわ！」

マットレスが運びやすいものだったら、夫もテレビをあきらめて、マットレスにしただろう。それくらい、ラングハマー家のマットレスはひどかった。

「でも、テレビは……」

「問題外よ。もしテレビを持って行くというなら、私、あなたと別れるわ。私に恥をかかせないでちょうだい！」

エリカは手ごわかった。でも、クルフティンガーはどうしてもテレビを持って行きたかった。食後の団欒(だんらん)はほどほどにして、ラングハマーの家のカラシ色の居間ではなく、来客用寝室にこもってのんびりとテレビを見たかった。エリカがブツブツ文句を言っている間に、警部は適当な言いわけを考えた。

「いいかい」警部は真面目な顔で言った。「今日はあちこちのテレビ局で、今回の事件について報道されるはずなんだ。それを見ないといけないんだよ」

妻は夫の目を探るように見つめた。「それなら、マーティン家のテレビを……」

夫はひるまなかった。「他人の家のテレビを独占するのは失礼だろう。そもそも、ラングハマー家にテレビなんてあるのか。俺はまだ一台も見てないぞ」

エリカの答えを聞く前に、警部は車へ向かった。まだ何か言ってくるだろうと覚悟したが、妻はもう何も言わなかった。夫は勝利の喜びを顔に出さないよう注意しながら、トランクにテレビを積み込んだ。

警部は車に乗り込み、キーを回しかけて、あることを思い出した。

「ちょっと待って」妻に言うと、家へ戻った。革製の書類カバンを持って台所へ行き、冷蔵庫を開けて、一昨日から食べたくても食べられずにいたソーセージサラダを取り出した。ニヤッとしてタッパーウェアごと書類カバンに入れると、外へ出て、何事もなかったかのように車に乗り込んだ。

★　★　★

クルフティンガーが車をラングハマーのガレージに停めると、エリカが「テレビはあとで運んで」と言った。あとでもって入れれば、ラングハマー夫妻に気づかれずにすむかもしれない。クルフティンガーは妻の頼みを快く聞き入れた。ラングハマーに気づかれないなら、そのほうがいいと思った。

〝ビッグ・ベンの鐘の音〟だという呼び鈴に警部が手を伸ばしかけると、玄関のドアが内側から開いた。そして、ラングハマー夫妻が喜びのオーラを発して現われた。

「待ってましたよ」ドクターはそう言うと、二人を招き入れた。クルフティンガーは夫妻のエレガントな装いに気づいた。アンネグレートはシルクの黒いパンツに真っ白なセーターと真珠のネックレス、ドクターはツイードのジャケットにこげ茶色のコーデュロイのズボンというでたちだった。

「おでかけですか?」クルフティンガーが興味津々（しんしん）で訊いた。ラングハマー夫妻が外出すれば、今晩は妻と二人きりでゆっくり過ごせると思ったからだ。しかし夫妻は不思議そうな顔をしただけだった。

「その……お洒落な服装なので」警部は説明した。

ラングハマー夫妻は顔を見合わせて微笑んだ。「お洒落だなんて、違いますよ、警部。これは仕事のあとのリラックスタイム向けのホームウェアです」それを聞いてクルフティンガーは顔を真っ赤にさせた。今夜もなかなか素敵な始まり方だ。リラックスタイム向けのホームウェアだと！　ならば、こっちもそれに応えてやろうじゃないか、と警部は思った。数分後に水色のジャージのズボンをはいてラングハマー家の居間に入っていく自分を想像してニヤリとした。クルフティンガー家の〝ホームウェア〟を見せてやろうじゃないかと意気込んだ。

ところが、エリカと一緒に居間に下りてきたクルフティンガーは、こげ茶色のスラックスに、鹿角ボタンがついたベージュのワイシャツを着ていた。エリカがジャージのズボンをスーツケースに入れてこなかったからだ。もちろん、エリカは意図的にそうした。夫の行動パターンが二つしかないのを知っていたからだ。客として控え目にして、ジャージのズボンなどはこうとも思わないこともありうる。だが、逆にバカな考えを起こして、晩餐の席で恥ずかしげもなくジャージのズボンをはいてみせることも考えられる。第一のパターンなら何もしなくてよかったが、第二のパターンになる可能性もあることを考えれば、ジャージのズボンを家に置いておくことで問題を回避できる、と妻は考えたのだ。

こうして、今晩はリラックスモードで過ごせるというクルフティンガー警部の束の間の幻想は消えてなくなった。ラングハマー夫妻は軽い食事を準備するからと、客を寝室にいったん退散させた。しかも、仕事のストレスを発散するためには遊ぶに限ると言って、あろうことか今夜は〝ゲーム大会〟をしようと言い出した。

〝ゲーム大会こそ最悪のパターンだ〟とクルフティンガーは思った。警部はそのことを経験上よく知っていた。大学生の息子が帰省したときに、一度家族でゲームをしたことがあった。久しぶりの家族の団欒なのだから楽しく過ごそうと思って企画したことだった。しかし、あとでわかったのだが、三人ともほかの家族のためと思い、我慢してゲームをやっていたのだ。実際、ゲームは友情や家族の交流を深めるものなどではなく、破綻の原因になることが多い。たとえば、警部は昔、息子のマルクスとミニゴルフをしたことがあった。マルクスがうまくボールを打てないと腹を立てて叫び出すので、〝そんなに大声を出すもんじゃない、ほかにもミニゴルフをしている家族はいるんだから〟と叱った。すると息子は怒り狂い、クラブを地面に叩きつけた。そのときの出来事について、心理学を専攻している息子は最近父親にこう説明した。「お父さんは幸せそうにミニゴルフをするほかの家族と自分たちを比較(コンペア)し、父親としての自分の力量不足(イーサフィシエンシー)に腹を立て、その怒りを息子にぶつけたんだ」と。

　クルフティンガーは息子の説明を聞いても、すぐに反論できなかった。息子が使ったいくつかの表現が、あとで辞書を引かないと理解できなかったからだ。しかし、息子の理論には警部だけでなく、〝ゲーム内弁慶〟を抱える多くの家族が反論するに違いない。〝ゲーム内弁慶〟とは普段はおとなしいのだが、内輪でゲームをすると、狂ったように怒り出し、楽しい時間を台無しにしてしまう人間のことだ。ゲームの途中で腹を立て、ゲームボードをひっくり返すマルクスやクルフティンガーもそういうたぐいの人間だった。しょせんゲームは問題を引き起こすだけで、娯楽にはならないことを警部はよく知っていた。

居間に戻ったクルフティンガーは、妻の監視のもとにお行儀よく作り笑いを維持していた。しかし、ラングハマー夫妻が用意したゲームを見ると顔を強ばらせた。〝トリビアル・パーシュート──雑学、豆知識クイズ〟それは、ラングハマーが警部を打ち負かすために作られたようなゲームだった。

クルフティンガーはガラス製のテーブルに着くと、ゲームに勝利し歓喜の声を上げるラングハマーの姿を想像してゾッとした。どう考えても、負けることは明らかだった。それは、警部の思い込みでも何でもなかった。ラングハマーは雑学に長けた男だった。博士号取得者がみなそうだとは言えないが、医者というのは一般的に雑学に強い者が多いことくらい、警部も知っていた。

ラングハマーが雑学ゲームで優位なのは、語彙の多さをみても明らかだった。ドクターは庭の椅子を〝リラックス・チェア〟、パンとチーズだけの軽食のことを〝コンビニエンスな食事〟と呼んだ。クルフティンガーは自分の考えしか述べることができないが、ドクターは自分の考えとなぜそう考えるかを論理的に説明できた。さらにドクターは流暢に話せるわけではないが、ラテン語、フランス語、スペイン語、イタリア語などにも精通していた。〝有名人の友達きどり(ネーム・ドロッピング)〟なんかもやってのけた。警部が〝ネーム・ドロッピング〟なんて言葉を覚えたのは、ラングハマー家に長く居過ぎたせいだが、家に帰れば〝ネーム・ドロッピング〟を〝アホな気取り屋〟と表現するに違いなかった。

クルフティンガーはトランプゲームが恋しかった。ドクターはトランプゲームの奥義など知らないはずだ。いつかドクターとトランプゲームで対戦し、見返してやろうと思った。お上品な雑学クイズに勝てる見込みはほぼないから、次の機会に賭けるしかなかった。

「警部はワインがお好きではないので、ビールを買っておきましたよ。さあ、どうぞ」ラングハマーはそう言うと小麦ビール（ヴァイツェンビール）の入った大きなグラスを警部の前に置いた。〝ヴァイツェンビールなんてビールじゃない。本物のビールは大麦からできてないとダメなんだ〟と警部は言いたかったが、あえて黙っていた。今ラングハマーの闘争心を掻き立てるのはよくないと思ったからだ。もちろん、相手のほうが強力な武器を持っているのだから、負け戦（いくさ）は覚悟の上だった。とはいえ、ドクターが少なくとも警部のビール好きを考慮してくれたことはありがたかった。だから感謝の気持ちだけは伝えた。「ありがとう」

ラングハマーはゲームボードをテーブルの上に広げると、いきなり立ち上がって言った。

「我がお客様のために、乾杯（サンテ）！」

クルフティンガーは、目の前に座っているラングハマーのグラスに自分のグラスを押し付けてからビールをゴクリと飲み、空腹をとりあえずごまかすことができてほっとした。ベームの解剖室で死体を見て以来、食欲が失せ、今日はあまり食べていなかった。お腹の辺りがスカスカしていた。

ドクターはそんな警部の気持ちを察したかのように、アンネグレートに言った。「そろそろ料理を出そうか？　お二人とも、お腹が空いているはずだから」

「そうですね」クルフティンガーは、ようやく夕食を食べられると思って喜んだ。だが、アンネグレートが運んできた食事を見てがっかりした。お盆にのせられていたのは、色とりどりの一口サイズのカナッペだった。

「夕飯は、軽めのほうが体にいいんです」ドクターはカナッペについてこう説明した。

クルフティンガーはすぐに一人当たりのカナッペの数を計算し、五つであることを確認した。五つのカナッペは、面積でいうとハムサンド一つにしかならない。警部はハムサンドを四つか五つ平らげられるほどお腹が空いていた。

「心配しないでね。数は十分あるから」アンネグレートがクルフティンガーの気持ちを見透かすように言ったので、警部は顔を赤らめた。しかし、アンネグレートの次の言葉を聞いて、警部はまたしてもがっかりした。「もう一皿、同じのが台所にあるから」つまり、今晩はハムサンドを二つしか食べられないということになる。今日はあんなに仕事を頑張ったのに。割に合わない気がした。

「うちの奥さんのカナッペは絶品だよ」ラングハマーはそう言って、妻の頬にキスをした。

それを聞いてクルフティンガーは眉間に皺を寄せた。カナッペと呼ばれるソファーがあるのは知っているが、そんな家具みたいな名前の食べ物を大層にもてはやす気持ちが理解できない。そう思ったが、口には出さなかった。警部はカナッペをいくつか食べると、一気に食べるのはよくないと、しばらく休憩した。ハムのサンドイッチが恋しかった。寝室に戻りたかった。カナッペは確かにおいしかったが、こういうものは夕食のあとに食べるもので、メインの料理にはとうていならない。

「さあ、ゲームを始めましょう。フランスのカジノでは、ゲームの始めに賭けてください(フェット・ヴォ・ジュー)って言うんですよ」そう言って、ドクターは笑った。

クルフティンガーはラングハマーにうなずいてみせた。今晩は長い夜になりそうだった。

★ ★ ★

「ほら、次はあなたよ！」エリカが夫の胸を叩いた。クルフティンガーはため息をつきながらサイコロを手に取ると、面倒くさそうに投げた。自分の駒を手に取り（好きな色がなかったので紫色の駒を選んだ）、特段感慨もなく動かした。警部はラングハマー家の大型置き時計(グランドファーザー・クロック)に目をやった。ゲームを始めてからまだ十五分しか経っていなかった。この先の時間に耐えられるかどうか不安だった。

「茶色、いいですね」始まってから水を得た魚のように上機嫌なラングハマーは、両手をこすり合わせて言った。席順でいくと、ドクターが警部にクイズを出す順番だった。ドクターは得意げにクイズに答える役割よりも、警部に出題するほうを楽しみにしているらしかった。

「芸術史から出題です」ラングハマーはそう言うと、クルフティンガーに目配せし、カードを山から一枚抜き出した。

「おお、バロック時代。いいですね。いいですね。私、バロック時代は得意なんです」

警部は思わず口走ってしまった。本当はバロックなどにほとんど興味がなかった。

ラングハマーの機嫌のよさは、警部が余裕を見せても変わらなかった。ドクターはこれまでの十五分間してきたように、息を大きく吸い込むと、まるでクイズ王であるかのように厳かに問題を読み上げた。縁なしのコンパクト眼鏡をかけているせいか、いつもより知的に見えた。「フランドル派バロックの巨匠とは」ドクターはそう言っていったん間を置くと、警部の顔をまじまじと見ながら先を続けた。「いったい誰でしょう?」

クルフティンガーはギクリと身を強ばらせた。ラングハマーが長らく待ち望んでいた対決のときが来たのだ。だが、警部の頭には答えらしい答えが浮かんでこなかった。フランドル派バロックの巨匠なんて、自分とはまったく接点のない問題に思えた。警部の額から汗が噴き出した。

警部はテーブルの下で拳を握りしめ、身を固くした。待たせれば待たせるほど、ドクターの口角は上がっていった。ラングハマーは問題のカードを表向きにして、自分の脇に置いた。

〝私は裏に書いてある答えを見る必要はない〟という合図だった。警部は上唇の上に汗をためながら、刑事としての勘を頼りに考え続けた。フランドル派について自分は何を知っているだろう? フラムクーヘン(ドイツあるいはフランス風薄焼きピザ)? フラムクーヘンのフラムはフランドル派と関係があるのか?

テレビのクイズ・ミリオネアのような選択問題なら、たとえ答えを知らなくても、消去法を使って解くことができるのに。だがドクターは、選択問題など邪道だと思っているようだった。クルフティンガーは妻とよくクイズ・ミリオネアを見るのだが、そのたびに自分には全般的な知識が足りないと痛感していた。分野によっては、エリカのほうが知識があった。

出題されると、クルフティンガーは最後まであれかこれかと悩み続けるのに、妻はあっさりと答える。夫は、「俺も実はそう思ってた」と意地を張るのがせいぜいだった。これはいただきと思った答えが間違っていると、「質問を取り違えてたよ」と弁解して冷蔵庫へビールを取りに行き、恥じているのを隠すこともあった。

自分では認めたくないが、警部もときどき家で小さなラングハマーに変貌することがあった。とはいえ、ラングハマーほどずうずうしくはなかった。たとえば、ポルトガルの首都がリスボンであることを知らない人をバカにしたりはしない。実は警部も旅行会社でリスボン旅行をすすめられ「スペインは暑過ぎるから嫌だ」と答えてきまりの悪い思いをし、ようやくポルトガルの首都を覚えたのだ。それなりの謙虚さは持ち合わせていた。

タイムリミットは迫っていた。しかし警部が持っているフランドル派についての知識は限られており、アイデアは何一つ浮かんでこなかった。クイズ・ミリオネアのように、一度だけ知人に電話して訊いてもいいというルールがあればいいのだが、だからといって誰に電話すればいいかわからなかった。この質問に答えられなければ殺される――もしもそんな状況に置かれたら、警部が頼れそうな知人は一人しかいなかった。それは悲しいかな、ラングハマーだった。

バロックと聞いて警部が思い浮かべるのは、バッハとヴィース教会とケンプテンのレジデンツ宮殿だけだった。だが、どれもフランドル派とは一切関係がなかった。

「この問題、けっこう難しいですよね。ヒントを出してもいいんですが……」ドクターが得意げに言った。クルフティンガーの顔は真っ赤になったが、かろうじて怒りを爆発させるのをこらえた。テーブルの下で妻の手が伸びてきて、警部の膝をギュッとつかんだ。

「いや、けっこうです。この問題は、パスします!」

いろいろな可能性を考慮した結果、ラングハマーに知識をひけらかされるよりはパスしたほうがよかろう、と警部は判断した。

「でもでも、問題をパスするなんて」ドクターが反論した。「みんなで一緒に考えてみてもいいじゃないですか」

クルフティンガーは顎の筋肉が盛り上がるほど強く奥歯を嚙みしめた。

「豊満な肉体をもつ女性のことを、私たちはこの画家の名前にちなんで、何とかって呼びますよね」とラングハマーが言った。クルフティンガーは目を細くして、ドクターがさらにヒントを出してくれるのを期待してしばらく待った。これが究極のヒントと言うなら、こいつの口に紫色の駒を突っ込んでやろうと思ったが、ドクターは無言のままだった。しばらく沈黙が続いた。その間に、警部の気分も落ち着いてきた。ふたたび血液が脳に流れ込み、頭の働きが回復した。頭がスッキリしたところで、もう一度考え直す。〝豊満な女性と画家〟とドクターは言った……そうだルーベンス。ルーベンスに違いない。信じられないほど太った女を描いたじゃないか。でも、ルーベンスのファーストネームは? カールとか、そんな名前だったっけ? クルフティンガーは首を振った。ファーストネームなんてどうでもいい。

今考えるべきなのは、恥をかくのを覚悟で、ドクターのお情けによってかろうじて導き出した答えを口にするかどうかだ。もちろん、口にするしかない。黙っていたら、もっとバカだと思われてしまうだろう。

「ルーベンス?」クルフティンガーはファーストネームを無視して答えた。これが正解でも、ラングハマーのお情けであることを考慮して、相手に先制点をやることにした。「ペーテル・ルーベンス。正解です」ドクターはうれしそうに言うと、訊かれてもいないのに「十六世紀半ばから十七世紀半ばまでがバロックの最盛期でした」と説明し、質問カードの裏を見て、自分の解説が正しかったことを確認した。次にカードに書かれた解答を読み上げて、満足そうに口をとがらせて何度もうなずく。妻たちは無言でそんな二人の様子を眺めていた。

ラングハマーはクルフティンガーを笑顔で見つめると、サイコロを振り、自分の駒を先に進めた。「……四、五、六、自然科学、なんと、私の得意分野じゃないですか」

どうやらドクターの得意分野とは、すべての分野ということらしい。警部は得意分野と言われてがっかりしたが、思い直して、はったりをかましているだけだと信じることにした。質問カードの内容を見てみると、簡単な問題ではないことがわかった。

「虫の呼吸法を何と呼ぶ?」

「気管呼吸です。気管と呼ばれる管が全身に張り巡らされていて、それが外部に突き出しているんです。また気管は、各臓器へ空気を送るために組織の中で枝分かれしています」ドクターの答えは完璧だった。

「まるでカードを暗記しているみたいだ」と、クルフティンガーがボソッと言った。

「何ですって？」ラングハマーが訊き返した。

「いえ、何も言ってません」クルフティンガーは答えた。

ドクターは勝利の笑みを浮かべて、次にサイコロを自分の妻に手渡そうとした。そのとき、クルフティンガーが「ちょっと待った！」とラングハマーを制した。

しばし沈黙が流れた。エリカは嫌な予感を覚え、苦々しい表情で夫を見つめた。妻は、職業柄夫が負けず嫌いであるのを知っていた。それでも、ラングハマーの家でその負けず嫌いぶりを発揮するとは思っていなかった。少なくとも自制できると信じていた。

「このゲーム、いままでに何回したことがあるんですか？」クルフティンガーが事情聴取のときと同じ口調で尋ねた。

ラングハマーは警部の狙いを見抜けなかった。「それはもう、何度もやってますよ。お気に入りのゲームですからね。そうだね、ハトちゃん？」ドクターは気楽に答えたが、警部の引きつった顔を見て真面目な顔つきになった。

「そうだと思いましたよ」警部はニヤリとして、胸をそらせた。「カードをもう一度切り直してみたらどうでしょう？」

ラングハマーはまだ、警部の意図を読み取れないでいた。視線を警部へ、二人の妻へと交互に移した。ドクターは警部が冗談を言っていて、それを自分だけが理解していないと思ったらしい。しかしすぐに、ドクターの顔が青ざめた。「まさか警部は……私が……いかさまをしていると思ってるんじゃないでしょうね？」と言って、先を続ける。「カードは常に上から順番に引いて、引いたカードは一番下に差し込んでいます。だから上にあるのはどれも私の知らない問題なんですよ、クルフティンガーさん」

「なるほど。それなら、私がカードを混ぜても問題ないわけですね？」

「夫は何でもきちんとしないと我慢できない性格なのよ」エリカはそう言って、その場を取り繕おうとした。アンネグレートもそれに便乗して「カナッペをもっともってくる？」と尋ねた。だが、二人の夫の耳にはそうした言葉は届かなかった。男同士の決闘が始まろうとしていた。こうなったら、妻たちは見物人か応援団になるしかなかった。

「あなたがそこまでおっしゃるならどうぞ、カードを切り直してください」ドクターがムッとして言った。

「そうですね。カードを切っても、あなたの不利になることはありませんからね」クルフティンガーはそう答えて、自分のほうが一枚上手だと思い、自分に一点加点した。これで一対一だ。

　クルフティンガーは様々な技巧を駆使して入念にカードを混ぜると、一番上のカードを引き、問題に目を通してからうれしそうに読み上げた。「葉緑体とはいったい何でしょう？」

　警部はカードをテーブルの上に置くと、ラングハマーを見つめた。ドクターは警部の視線に屈することなく考え続けた。二人はまるで、ピストルを手に相手の様子を探り合うカウボーイのようだった。やがて、ラングハマーが一発放った。「葉緑体とは、植物の葉や茎や組織の中にある丸い緑色の色素体です。光合成します。光合成とは、葉緑素に光があたると、水と二酸化炭素から糖と酸素が生成される仕組みのことを言います」

クルフティンガーはラングハマーの放った一発に圧倒された。テーブルに置いていた質問カードを拾い上げようとしたが、手が震えてつかめない。三度目にしてようやくカードを手に取ることができた。解答を読み上げると、ドクターの答えが完璧であることに驚くしかなかった。これで一対二だ。

「すみません。しばらく席を外します」クルフティンガーはそう言うと立ち上がり、みんなの顔色も確かめることなく居間を出た。階段をすばやく駆け上がり、来客用寝室のトイレへ駆け込む。第二ラウンドに入る前に少し休息を取りたかった。そのあとベッドに腰を下ろして深呼吸した。恥ずかしかった。カードの切り直しを提案した自分を責めかけて、腹が減っていたのだから仕方がないと思い直した。空腹になると予測不能な行動に出るのはいつものことだった。

そのとき、クルフティンガーは家からソーセージサラダを持ってきたことを思い出した。一口食べれば力が湧くかもしれない。エネルギーを補給してドクターに反撃しよう。書類カバンからタッパーウェアを取り出し、蓋を開けてドレッシングのかぐわしい香りを思いきりかいだ。警部は妻のソーセージサラダが大好きだった。ケーゼシュペッツレ同様、タマネギが山ほど入っていて、チーズとソーセージはほどよい大きさにカットされ、ドレッシングもたっぷりかけてある。ピクルスまで入っていた。普通はソーセージサラダにピクルスは入れないものだが、警部にはピクルス抜きのソーセージサラダなど考えられなかった。ピクルス入りのソーセージサラダなんて邪道だと言う者には、いつもこう言い返している。そう政治家が言ったのか！　と。

　ところがサラダを持ってきたのはいいが、フォークを忘れたことに気づいた。畜生！　今さら台所に行ってフォークを取ってくるわけにもいかない。台所は、みんなのいる居間の隣だからだ。警部は寝室の中をキョロキョロと見回した。するど、洋服ダンスの隣のテーブルにミニバサミが置いてあるのに目が留まった。これなら使えそうだ、と思った。血糖値が下がって、頭の働きが鈍っていた。それ以外のものを探す気力はもはやなかった。警部はハサミを手に取り、洗面台で洗った。ソーセージサラダが食べられるなら手段は問わない。こうして、とても考えられないものがフォークの代用品として使われることになった。

　クルフティンガーは目を閉じて一口を味わい、舌鼓を打った。腹の足しにもならない〝カナッペ〟のあとでは、ひときわそのうまさが際立った。細切れチーズと丸く切ったソーセージを一切れずつハサミの先に突き刺し、その上にタマネギの輪切りをのせ、前かがみになって至福の境地でムシャムシャと食べ続けた。

　そのとき、「クルフティンガーさん、いますか！　あなたの番ですよ！　逃げたわけじゃないでしょうね！」ドクターが寝室のドアをノックした。警部はビクッとした。プラスチックの容器からドレッシングが数滴こぼれおち、ベッドのシーツの上に落ちた。

「今、行きますよ」ソーセージを頬張った口で即座に返事をした。返事が遅れると、ドクターが寝室に入ってくるかもしれない。

ドクターが階段を下りて居間に戻ったことを確認すると、警部はほっと胸をなで下ろした。それから、シーツの染みを確認した。妻が寝ている側のシーツに茶色の染みができていた。「なんてこった、なんてこった」警部がかすかな悲鳴を上げた。これをなんとかしなければならないが、みんなはもう階下でしびれを切らしている。どうすればいいんだ？　気ばかり焦るなか、アイデアが一つ浮かんだ。シーツを交換するのだ。それも急いで。警部は息を切らせながら、自分が寝ている側のマットレスからシーツをはがし、それを妻の側のシーツと交換した。夫側に移動した染みは、とりあえずティッシュペーパーで拭っておく。残りのソーセージサラダは書類カバンへ戻し、シャツのすそをズボンの中に入れ、トイレに行ってわざわざ水を流した。こうしておけば、みんなはトイレに行ったものと思い、追及されないだろう。

「やあ、おまたせ」クルフティンガーは居間へ戻った。待っていた三人は目を丸くした。

「具合が悪いの？」妻が本気で心配している表情を見せた。

「なんで？」クルフティンガーは訝った。

「すぐに座ったほうがいい」ドクターも心配そうだった。

「いったい、どうしたんだい……」クルフティンガーはそう言って、古いピアノの上にある鏡のほうを見た。鏡はラングハマー家の居間の正面、普通の家ならだいたいテレビが置かれている場所に掛けられていた。警部はそのとき初めて鏡がそこにあることに気づいた。

鏡には錯乱状態の男が一人映っていた。着ているシャツはしわくちゃで、シーツを変えたときに立った埃がこびりついていた。汗だらけの額には髪の毛が数房貼りついている。とりわけ目を引いたのは男の顔で、全速力で走ったあとのように真っ赤だ。髪は逆立ち、どう説明したらいいか、様々な考えがクルフティンガーの頭のなかを駆け巡る。やがて、心を決めた。

「なぜかよくわからないんだが……今日はとびきり大変な一日でね、ひどく疲れてるんだ……」警部はそう言ってため息をつくと、椅子に腰かけた。

「それなのに私たちったらゲームなんかして、よけいに負担をかけてしまったのね。無神経だったわ。ごめんなさいね」アンネグレートが謝った。

ドクターも心配そうな表情で、「私は医者だ。何かできることはないかい？」と訊いた。

「いや、いや。ご心配は無用ですよ」警部はドクターの助けを頑なに拒否した。「休むのが一番でしょう。今日はもう寝ます」

三人はそれを聞くと納得して「それが一番」と言った。ラングハマーは「夜中に気分が悪くなったら、いつでも起こしてくださいね」と言った。

「ええ。そうします」警部は答えて、さらに言い足した。「家にお医者さんがいるのはいいことですね……」

クルフティンガーはエリカに支えられて階段を上りながら、妻に心配をかけてすまないと思った。だからといって、今さら真実を打ち明けることもできない。我ながらうまくやったと思うしかなかった。ラングハマーとの戦いは警部のKO勝ちで幕を閉じた。

ベッドに横になると、エリカが突然起き上がって鼻をクンクン言わせた。「臭わない？何か……すっぱい臭いがするわ」

クルフティンガーはドキッとしたが、「アンティークの家具はこんな臭いがするのさ」とさりげなく嘘をついた。立ち上がって窓を開けると、妻の額にキスをして、布団を丁寧に肩までかけてやった。

数え切れないほど多くの花たちが
大鎌の刃に切り落とされる
バラにも痛みが、ユリにも痛みが、
バジリコにも痛みが！
ヨウラクユリでさえも
身を守れない
収穫祭の花輪にならないといけないなんて
気をつけるんだよ、可愛いお花さん！

翌日、クルフティンガーは早起きして身支度をすませると、ラングハマー夫妻だけでなく自分の妻にも気づかれぬうちに仕事場へ向かった。鳥のエサみたいな朝食は食べたくなかった。クルークツェルの食料品店でサラミをはさんだプチパン二つと半リットルのチョコレートドリンクを買い――警部は両者の絶妙なコンビネーションが大好きで、この二つさえあればほかの料理はいらないとさえ思っていた――それを抱えて警察署に到着した。実を言うと、ここは警察署ではなくその分署でしかなかった。妻は警察の組織構造を理解していないので、警察署と呼んでいた。だから警部も妻に合わせて〝仕事場〟もしくは〝警察署〟と呼ぶのが常だった。しかし本当の〝警察署〟はアウクスブルクにあった。

今朝の部署会議では、クルフティンガーとヘーフェレがズッターの会社に関する報告を行なった。朝の部署会議は、内務省の内部改革以来〝チームミーティング〟と名付けられたが、クルフティンガーはその表現を毛嫌いしていた。だから警部だけは〝八時半の会議〟と呼んでいた。今日の〝チームミーティング〟は新情報があまりなかったので十分で終わったが、警部は部下たちへ指示を出すことは忘れなかった。

マイアーはシュタインボック・ツーリスティックの書類に目を通し、被害者の経歴と会社の評判を調査するよう指示された。

シュトローブルはズッターの私生活と家族や親類を調査するよう言い渡された。そこでシュトローブルがこんな質問をした。「もしかして、ズッターはホームステイしているフランス人のお嬢さんと何かあったのでは？」もちろん、なかば冗談のつもりだった。

「まさかそんなことが」クルフティンガーはそう言ってはみたものの、完全に否定はできないと思い、付け加えた。「もちろん、その可能性はないとも言い切れないが……。それなら調べてくれ。そんなことはありえんと思うが、わからんからな」

シュトローブルとマイアーは会議室を出て行った。サンドラ・ヘンスケとヘーフェレはまだ椅子から動かず警部の指示を待っていた。

「ヘンスケ女史、もう仕事に戻っていいぞ」警部が言った。

警部はそれを、席に戻って通常業務をこなすようにという意味で言ったのだが、サンディーには理解できなかった。

「もう話したいことは全部話した。会議は終わりだ。通常業務に戻ってくれ」

「ああ、そう、そういうことですか。では、自分の仕事に戻ります。あとは男性だけで頑張ってくださいね」サンディーは、警部がはっきり言ってくれないからわからなかったのだとでも言いたげにお茶をにごした。
「それで、私たちはこれから何をするのですか？」しばらくすると、今度はヘーフェレが困ったような顔で質問してきた。ヘーフェレに指示を出すのを忘れていたのは明らかで、単刀直入に訊かれて、クルフティンガーは困惑した。こんなふうにヘーフェレの存在を忘れてしまうのは、二人の関係がうまくいっていない証拠なのだろうが、なぜそうなるのかはどちらにもわからなかった。ヘーフェレは数年前に強盗専門部門からクルフティンガーの部署に異動してきた。その頃はまだ、ライテマンがクルフティンガーの上司だった。

　クルフティンガーは、濃い口髭をたくわえた五十歳の小太りの同僚を、口数こそ少ないが、誠実でユーモアのある男だと考えていた。だが、仕事中に行動を共にしたことはこれまでほとんどなかった。逆に、シュトローブルやマイアーのことはよく心得ていた。二人がどんなときにどういう反応をするか予測することができた。たとえば、ヴュルテンベルク出身のマイアーが会議のときに披露する冗談は、言われる前にだいたい予想がついた。マイアーの冗談には〝落ち〟がないこともわかっていた。それに、マイアーは洋服の趣味が悪かった。ファッションセンスのない警部にも、それは一目瞭然だった。一方シュトローブルは、警部同様太っているうえに、いつも警部の好きなヤンカージャケット（バイエルンの民族衣装ふうの上着）とチェックのシャツを着ていた。その点では、警部はほかの二人よりも親近感を覚えていた。

　ヘーフェレと差し向かいで座っていると、警部は初対面の知人の子供と向き合っている感じがした。皺一つないシャツを着せられた青白い顔の子供。共通の話題などないのに、それでも何か話さないわけにはいかない——そんな状況に似ていた。ヘーフェレはまさにそんな子供に似ていた。質問されればいつも丁寧に答えるが、自分から話を切り出すことはほとんどない。局長ローデンバッハーのくだらないのろけ話や、ニーダーバイエルン人特有のお説教を聞かされても、この刑事だけは文句一つ言わなかった。警部はヘーフェレとは捜査案件以外のことを話したことがなかった。それはもしかしたら、二人が似た者同士だったからかもしれない。

警部は身を乗り出して机に肘をつくと、大きく息を吐いた。五分ぐらい沈黙が続いたように感じたが、実際は二十秒ほどだった。

「さて、何をしたものかな？」沈黙を破ったのは警部だったが、気の利いた言葉が出てこなくて困った。これがラングハマーなら、こんな状況でも「さあ、我が同志よ」と声をかけて気楽に話し始めるのだろうが、警部にはそういうおしゃべりをする能力が欠けていた。そんな自分が情けなかったが、今こそヘーフェレと親しくなるチャンスなのだと思い、気を取り直した。

「昨日、解剖医のところへ行かれましたよね。どうでした？」ヘーフェレが訊いた。

警部の機嫌が急に悪くなった。ヘーフェレは上司をからかうためにそんなことを訊いて、二人の間の溝をさらに深めるつもりなのだろうか？

「つまり、その、何か見つかりましたか？」

クルフティンガーは少し気分がよくなった。部下には上司をからかうつもりなどなく、事件のことしか興味がないとわかったからだ。「ズッターは首をばっさり切られていた。おまえも傷口を見ただろう。犯人は極悪非道の殺人鬼だ」と警部は答えた。「血の量を見ただけで、凶器が大型の鋭い刃物だったことがわかる。実は被害者の傷の中に、シールの切れ端が見つかったんだ……」

そこから先は、言うべきことを思いつかなかった。

「ともかく、解剖医が今、そいつを分析してるところだ」クルフティンガーはそう言って電話の受話器をつかむと、ヘーフェレに向かってボソッとつぶやいた。「シールに血がこびりついていて、文字を解読できないんだ」そう言い終わるか終わらないうちに吐き気が込み上げ、警部はごくりと唾を飲み込んだ。吐き気が治まると、警部はベームに電話をかけた。

「調子(セルヴス)はどうだ。シールの解読のほうはどんな具合だ？……何かわかったか？……何も、えっ？……それをファックスしてくれないか？……メールだって？」

驚いたことに、ベームはシールをメールで送りたいと言っていた。

「シールをメールでは送れないだろう。俺だって、それほどバカじゃないぞ！」警部は受話器に向かって怒鳴り声を上げた。ベームがカラスを使ってやった昨日のイタズラをまだ許していなかったので、よけいに苛立った。

ベームは笑いながら、「シールをスキャンしたものですよ。シールそのものをメールで送るわけじゃない」と説明した。

「何だって……」クルフティンガーは返す言葉に詰まった。少し考えてから、こう言った。

「もう少し頭を使えよ。ケンプテンに来る予定があるんだろう。それならここに寄って、写真を渡してくれたらいいじゃないか。俺のコンピューターは……まだ電源を入れてないんだ」

解剖医はメールで送れば二分後に届くからと説明した。今日は警部を訪ねる時間がないという。

まったく、とクルフティンガーは思った。口にこそ出さないが、警部はコンピューターの操作が大の苦手だった。操作をすべて自分一人でやる必要はないとはいえ、コンピューターが苦手なことをみんなに知られるのは嫌だった。特に、ベームとヘーフェレには知られたくない。

クルフティンガーはベームに礼を言うと、電話を切った。それから、目の前に座っているヘーフェレの様子をうかがった。この刑事は俺より数歳若いだけだが、コンピューターについては俺より詳しいに違いない。

「なあ、コンピューターの電源を入れてくれないか。ベームがメールを送ってくるから、それを印刷してくれ。写真を送ってくるそうだ。俺はちょっと用を足してくる。よろしく頼むぞ」警部はそう言うと、部下に言い返す暇も与えずに部屋を出た。我ながらうまく窮地を乗り越えたものだと警部はほくそ笑んだ。

ところがトイレから戻った瞬間、警部の顔から笑みが消えた。コンピューターのモニターは真っ暗なままだった。ヘーフェレは壁に貼られた食堂の献立表を見ながら、メニューに文句をつけていた。「大型トレーラーでプラムを大量に仕入れたんですかね。腐る前に何がなんでも食べつくそうってわけか。プラムのダンプリングに、プラムのコンポートに、プラムのケーキ！　プラムづくしじゃないですか」

　こんな状況だったから、クルフティンガーは部下に、つぶつぶクッキーとクリームの載った手作りプラムケーキのうまさを教えてやる気にはなれなかった。部下にコンピューター操作を押し付ける策略はどうやら失敗に終わったようだ。

「そんなのはいつものことじゃないか」警部はそっけなく答えると、ご機嫌ななめで尋ねた。

「それで、メールは？」

「警部のコンピューターじゃないですか。私はパスワードも知りませんし」

「俺のコンピューターだからって、何も遠慮することはないんだぞ」クルフティンガーは大げさな笑みを浮かべて言った。

　警部は次の策略を立てようと思った。上司としての権威不足を嘆くのはやめて、コンピューターの電源くらいは自力で入れることにした。その間に次の戦略を練ろう。警部は椅子に深く腰かけて、コンピューターの電源を入れてみた。コンピューターが立ち上がる間に、ヘーフェレの様子を横目でうかがった。部下はどうやら退屈しているらしく、警察の専門誌のページをめくっていた。警部は唇を噛みしめながらパスワードを入力した。

　息子から〝リターンとは実行（エンター）すること〟と教えられて覚えた〝リターンキー〟を押すと、コンピューターからピーという発信音が出て止まらなくなった。横目でヘーフェレをチラッと見ると、部下も雑誌から顔を上げて警部のほうをうかがっていた。クルフティンガーの額に玉の汗が噴き出た。以前にも一度、間違ったパスワードを入力して同じことが起きたが、そのときはどうやって音を止めたのかは思い出せなかった。今の警部にできることは一つしかなかった。コンピューターの電源が切れるまで電源スイッチを押し続けることだ。強制終了し、発信音がやむと、モニターはまた真っ暗になった。そこでもう一度、電源を入れてみた。警部はため息をつきながら、さっきからこちらの動きを気にしているヘーフェレに視線を投げて、コンピューター教室で覚えた言葉を口にした。「イントラネットへのアクセスが拒否されたんだ」ヘーフェレは疑わしげな目を警部に向けてからうなずいた。「そう、そう。イントラネット。私もうまくアクセスできないことがありますよ」

警部はもう一度パスワードを入力した。ゆっくりとパスワードを声に出しながらキーを押す。

するときれいな和音が聞こえて、メールプログラムが開いた。一番上のメールだけが青く光っていた。警部は深呼吸した。ベームの名前がある。メールが無事に届いたのだ。しかし、ここからが本番だ。メールならもう何度も読んだことがある。今日だけメールを開けないなんてことは考えられない。

クリック、もう一度クリック。警部はモニターを睨みつけて、次の行動を考えた。そしてキーボードを確認しながら、もう一度クリックする。警部の口から舌が少し突き出ていた。何かに集中するといつもそうなるのだ。やがて、ようやくメールが開いた。警部はほっとして椅子の背にもたれかかった。思ったよりも簡単だった。

部下にも聞こえないような小さな声を出してメールを読んだ。

ハロー、警部！
写真は添付ファイルにあります。文字はかなりクリアになりましたよ。
LG+CU
ゲオルク

最後のアルファベットが何を意味するのか考えていると、ヘーフェレが立ち上がって近づいてきた。クルフティンガーの椅子の背に手をかけると、背後から上司に覆いかぶさるように身をかがめた。

「見せてください……」ヘーフェレはどことなくつろいでいるように見えた。

「これはメールの本文。写真はアタッシュモン・ファイルにあるらしい」警部は添付（アタッチメント）をフランス語風に読み上げた。

ヘーフェレは横からクルフティンガーの顔を不思議そうに見つめると、すぐにうなずいて、顔をまた正面に戻して言った。「なるほど、確かに。アタッシュモンがありますね」

それからしばらく、二人は無言でうなずき続けた。

ヘーフェレが何も言わないので、クルフティンガーが沈黙を破った。「どうもこのアタッシュモンというのがうまくいかなくてな。俺のコンピューターと相性が悪いらしい」ヘーフェレはうなずき続けた。警部が返事を待っていると、ヘーフェレが唐突に賛意を表した。「私のコンピューターもそうです。すぐにフリーズしてしまうんです。たぶんそれは……デスクトップのせいだと思います」部下はそう言って顔をしかめた。

クルフティンガーがどう答えようかと迷っていると、部屋のドアが開いたので〝助かった〟と思った。

「コーヒーでもいかがです？　コーヒーメーカーにまだ残ってるんですけど」サンディーが言った。クルフティンガーには、その声がまるで天使の歌声のように聞こえた。

「ヘンスケ女史、ちょうどよかった」秘書は、コーヒーをすすめただけで、何でこんなにも喜んでいるのかと不思議がった。「ちょっと来てくれ。デスクトップのせいで、アタッシュモンが開かないんだ」警部がそう言うと、ヘーフェレも賛同してうなずいた。

サンディーはドアから顔だけ出した姿勢で、しばらく考え込んだ。目にはクエスチョンマークが浮かんでいた。やがて大きなため息をつくと、刑事二人のそばに行き、「私がやってみます」と言ってマウスを二、三度クリックした。

すると、ベームの送ってきた一枚目の写真が画面に映し出された。そのあと、次々に写真が現われた。サンディーは黙っていたずらっぽく笑うと、ドアへ向かった。ドアを閉める前にもう一度顔を出すと言った。「ところで、百二十七件の未読メール、少しずつでいいから読んでくださいね」

クルフティンガーは真っ赤になったが、部下に気づかれないようすぐに顔をそむけた。

「どこか接続が悪いんだ。ハードディスクに問題があるのかもしれない」警部はそれらしく文句をつけた。だが、すぐにベームから送られてきた写真に目を惹きつけられた。死体の傷から見つかったシールの写真だ。文字は昨日よりはっきり浮かび上がっている。それでも、意味までわかるわけではなかった。

「……テダ（teda）……テダン（tedan）」クルフティンガーはただ意味もなくつぶやいた。

ヘーフェレに訊こうとする間もなく、部下のほうから口を開いた。「大鎌」

クルフティンガーは理解できず、「大鎌だって？」と訊き返した。

「そう、大鎌です」ヘーフェレはうなずいた。部下は上司が理解していないことに気づくとこう説明した。「これは大鎌のメーカーのシールです。私も同じのを持ってます。〝エルンテダンク（Erntedank）〟の大鎌。スパッと切れ味最高！」

クルフティンガーはギョッとして目を丸くした。

「コマーシャルのキャッチコピーです」ヘーフェレが弁解した。

警部は首を振った。〝スパッと切れ味最高……〟その言葉が頭のなかをグルグルと駆け巡る。警部は小声で言った。「つまり……」

上司がそこで言葉を詰まらせたので、部下が代わりに先を続けた。「……被害者は大鎌で殺害された、ということですね。明らかに」

ヘーフェレはソファーのところまで行って、ドシンと腰を下ろした。二人とも顔色が悪かった。警部はモニターを見つめたまま硬直し、ヘーフェレはぼうっと前を見つめて髭をまさぐっていた。いきなりクルフティンガーが電話の受話器をつかんで番号を押した。

「ゲオルクか？　俺だ。訊きたいことがある……何？　車の中？　ちょうどよかった……こっちにも寄ってくれ。大事な話があるから」

そう言って電話を切ると、警部は改めてモニターを凝視した。沈黙が続いた。やがてクルフティンガーは、メミンゲンからベームが来るまでコーヒーを飲みながら休憩しようとヘーフェレに提案した。

しばらく経ってやってきたベームは、クルフティンガーとヘーフェレを不思議そうに見つめた。「どうかしたんですか？」

「シールが何なのか、わかったんだ」と、警部が答えた。

ベームが無言なので、警部は先を続けた。「大鎌メーカーのシールだ！」

解剖医は眉根を寄せた。驚いているらしく、少し考えてからこう言った。「確かにつじつまが合うな。残忍な手口ですが、つじつまは合います」そして、独り言のように再確認を行なう。「切り口……傷……全部ピッタリだ。間違いない」

少し間を置き、ベームは二人の刑事に今後の方針を尋ねた。「それで、このあと何をするつもりですか？」

「このあと……大鎌が売られている店のリストを作ろうと思う」と、警部は答えた。店探しに集中すれば、恐ろしい凶器のことを忘れられるだろうか。

「おまえがリストを作ってくれるか？」と警部に言われて、ヘーフェレはハッと我に返った。「もちろんです」と答えるやいなや、部下は立ち上がった。オフィスを出ようとして、ドアの前で刑事局長のローデンバッハーと危うくぶつかりそうになった。

「なんだ、爆弾でも見づがっだのが？」急いでいるヘーフェレを見て、局長は言った。

殺人事件の凶器が大鎌であることが判明したというクルフティンガーの説明を聞くと、ローデンバッハーは信じられないと首を振り、上司の威厳を見せつけて、〝直感を働がぜで〟くれぐれも慎重に捜査を進めるようにと指示した。

警部は皮肉たっぷりに「大変ためになる助言をありがとうございます」と言って、ローデンバッハーとベームを見送った。

★　★　★

「奥様からお電話です！」

クルフティンガーは、秘書が部屋に入ってきたことにも気づかなかった。ソファーに座って、新事実についてあれこれ考えを巡らせていたのだ。謎めいた死体、恐ろしい凶器……これほど大きな壁にぶつかった感じはこれまで一度も経験したことがなかった。

「えっ？　ああ、つないでくれ」警部が放心状態で答えた。

受話器を手に取ると、今日一日で一番いい知らせを聞くことができた。予想外に早く、風呂場の修理が終わったという。クルフティンガーはニヤリとした。〝賄賂〟を渡した甲斐があったようだ。「夕飯はケーゼシュペッツレとプラムのケーキにしてくれよ」と妻に頼んで電話を切った。

時計を見ると、終業時間まであと数時間あった。秘書にいくつかの報告書を口述筆記させると、家に帰ることにした。ふと、帰りに寄り道して〈LVA〉に立ち寄ろうと思った。〈LVA〉が扱っている大鎌に大いに興味があった。

★　★　★

車に乗り込んだクルフティンガーは、アルトゥスリートを出てキムラッツホーフェンへと向かった。キムラッツホーフェンは、バイエルン州の地域改革によって自治体アルトゥスリートと合併した小さな村だった。丘陵が続く土地は、オーバーアルゴイ郡というよりはオーバーシュヴァーベン地方の形状に近かった。警部の車は木々が紅葉した並木道を通って村へ向かっていた。

キムラッツホーフェンに到着すると、アルゴイ農業協同組合販売事業部の駐車場に車を停めた。農業協同組合の経営する販売店はアルゴイ地方にもいくつかあり、農業関係者、手工業者、日曜大工愛好家などから親しまれ、頭文字を取って〈LVA〉と呼ばれていた。田舎者のアルゴイ人にすれば〝よろず屋〟のようなものであり、大人のための遊園地と呼ぶ者もいた。トラクター、芝刈り機、除雪機、電動のこぎり、電動搾乳機、バッテリー、平削り盤、工具、建築資材だけでなく、食料品、作業着、文房具、化粧品まで売っていた。ビールもケースごと買うことができる。買い物は誰でもできるが、値引きの恩恵にあずかれるのは組合員に限られていた。だから、高い農機具を購入したり、家畜用飼料の定期購入をしている農家に限らず、ときどきミネラルウォーター一ケースとコンソメスープの素一瓶を買うだけの節約好きのアルゴイ人も組合に加入していた。

クルフティンガーはキムラッツホーフェンの販売店のことを知り尽くしていた。園芸用品や日曜大工関連資材などを定期的に購入していたからだ。組合員になってからは、飲み物もすべてここで買っていた。飲み物も灯油も家まで配達してくれる。灯油の配達は値引き対象ではないのだが、便利なので利用していた。とはいえ、ここしばらく〈ＬＶＡ〉には来ていなかった。ケンプテン近郊に立派な日曜大工センターができて、最近はそこへばかり足を運んでいたからだ。しばらくご無沙汰だった駐車場を歩きながら、ほかの店に目移りした自分を少しばかり恥ずかしく思った。

警部は左手の農業機具の修理工場には入らずに、右手の販売店へ直行した。インスタントスープの素や米や麵類の詰まった大袋が積まれた棚の前を通り過ぎると、靴下、靴紐、靴が並べられた棚が見えた。スポーツシューズが売られているのを見て、ついショッピングを楽しみたくなったが、ここに来た目的を思い出して先へ進んだ。

さらに奥へ進むと、園芸用品と農具の専門コーナーがあった。大鎌は様々な用途に使われるが、このコーナーにならあるはずだと思った。

赤い上着を着た長身で筋肉質の男が、段ボール箱の前で身をかがめて軍手を棚に並べていた。警部は修道士のように真ん中だけ禿げた男の髪型が気になった。男の顔をのぞき込んで、警部はびっくりした。中年とばかり思っていたのに、三十歳前後の青年だったからだ。恥ずかしがり屋らしい青年は蚊の鳴くような声で警部に挨拶すると、隙間だらけの歯並びを見せてニヤリとし、また仕事に戻った。

「こんちは(グリュース・ゴット)。すみません、大鎌を探してるんだが、どこにありますか？」

尋ねてはみたものの、警部はすぐに別の店員に訊けばよかったと後悔した。男はいかにも頼りなさげで、しかも口唇裂のために話すと息がもれてうまく発音できなかった。Ｓは全部Ｆになってしまうので、男は〝大鎌(ゼンゼ)〟を〝フェンフェ〟と発音した。〝フェンフェ〟と聞いて、警部は思わず噴き出しそうになったが、ぐっとこらえた。男に罪はない。一生懸命仕事をしている人間を笑ってはいけない。

男は警部を芝刈り用具コーナーに案内した。「あそこだ！」男は得意げに言うと、大鎌が並べられた棚を指差した。特別な形をした棚に、垂直に立ったたくさんの大鎌がずらりと並んでいる。それを見て、警部はゾッとした。大鎌が殺人の凶器になることを知ってしまった今、そのコレクションは不気味にしか見えなかった。

値引き品として売られている四種の大鎌を見ていくと、探していたメーカーのものがあった。「この大鎌は、特別の目的のために使うものなんですか？　それとも、何にでも使えるんですか？」

「ぞんれはロイフェンファだ」

警部は男の言葉が理解できなかった。

「何ですって？」

そう訊いてから、男が〝S〟を発音できないことを思い出した。

「ロイフェンファ。畔の草げりにづがう鎌だ。刃がほがの鎌より短げーんだ。俺も一つもってんだ。すげーんだ。ママど一緒に、ごんれでボインドの草げりずんだ」

生粋のアルゴイ人であるクルフティンガーも、男の訛りと締まりのない話しぶりには度肝を抜かれた。そこで、深呼吸をした。男の言葉を全部理解することはできなかったが、ボインドの意味だけは知っていた。アルゴイの農民は、道路に面した庭のことを〝ボインド〟と呼ぶ。この販売員は風変わりな男だが、製品についての知識はあるようだ。警部がそんなことを考えていると、ほかの販売員が近づいてきて話に割り込んだ。

「ヤコブ、おまえは外で石鹸の整理でもしていろ。早く行けよ、棚の前に段ボール箱が置きっぱなしだぞ！」中年の販売員は風変わりな青年の背中をドンと突いた。そしてクルフティンガーのほうへ向き直り、どうしようもないやつでしてね、とでも言いたげに顔の前で手を振ると、「ご迷惑をおかけしてすみませんね」と言った。

クルフティンガーは中年の販売員の態度に腹を立てた。警部は、横柄で他人を軽んじる人間が大嫌いだった。風変わりな販売員には知的障害があるのかもしれない。しかし、それは彼自身のせいではなく、運命としか言いようがないものだ。中年の男は悪評と書かれた名札を付けていた。おかしな名前だ。警部は怒りを抑えて、おかしな名前の中年男に言った。

「大丈夫ですよ。彼はとても上手に説明してくれました。大鎌を見せてもらっていたんです」

「今、持ってらっしゃるモデルがおすすめですよ」

「これは何をするための大鎌ですか？」

警部は五十代のガリガリに痩せた販売員に尋ねた。彼を試したいと思ったからだ。

「もちろん、草刈りですよ」中年男は小ばかにしたように笑った。そんな簡単なことも知らないのか、とでも言いたげだった。

「なるほど」警部はボソッと言うと、この中年男が風変わりな販売員より知識がないことを知ってうれしくなった。中年男は、この大鎌が畦の草刈り専用であること、刃が普通の大鎌よりも短いことを知らなかった。

「ところで、このエルンテダンクというメーカーは、大鎌しか製造していないのですか？」

「ええ、大鎌製造専門メーカーです。ほかのメーカーより高価ですが、一番売れてます。最高品質の大鎌です。間違いありません。大鎌のメーカーはほかにもたくさんありますが、このメーカーのものが一番人気です」

「エルンテダンクの大鎌を扱っている店はほかにもありますか？」

中年男は少し驚いた様子で、「農具の専門店ならどこでも取り扱っていますよ」と答えた。

クルフティンガーはため息をついて、「やっぱりな」と言うと、引き上げにかかった。中年の販売員が不思議そうに首をかしげた。警部はそのまま帰ろうとしたが、数メートル歩いたところで、棚の間から警部のうしろ姿を見送っていた販売員に向かって言った。「出直すよ」

正直なところ、殺人事件の凶器が特注の大鎌だったなどという展開は期待していなかったが、もう少し珍しいモデルでもよかったのに、と警部は思った。

すぐに気持ちを切り替えると、自分の買い物をして帰ることにした。工具コーナーに行けば、面白い新製品があるかもしれない。女性が靴屋で感じるようなドキドキ感を覚えながら、警部は興味津々で工具コーナーを歩き回った。

しばらくして、警部は搾乳機・搾乳関連具コーナーで足を止めた。牛の乳首に装着するゴム製ライナーにはいろいろな強度があり、牛の歯用のブラシまで存在することを知って驚いた。もっとも、牛が朝起きて歯を磨いているところを想像すると噴き出しそうになった。また、〝ラッキー・カウ〟と名づけられた、回転式ブラシつき全自動乳牛洗浄装置などという代物まで発見した。そばで、洗浄装置の使用法を解説するビデオが流れていたが、耳をつんざくような音を立てて洗浄装置が回転している妙に生々しい映像だった。警部はあっけに取られて、画面の前に立ち尽くした。

「なんだ、牛の洗浄屋の副業でも始めるのか？」

クルフティンガーは仰天した。まさか、ここで誰かに声をかけられるとは思ってもみなかった。振り向いて顔を確認すると、〈ＬＶＡ〉キムラッツホーフェン支店長のエドゥアード・シャウアーだった。警部はシャウアーを三十代の頃から知っていた。村の野外劇場でウィリアム・テルを上演して以来の仲だった。アルトゥスリートでは毎年、演劇祭が開催され、村人がそれぞれの役を演じる。アルトゥスリートの住民の演劇好きはアルゴイ地方でも有名で、部外者には理解してもらえないほどだった。ともあれ、芝居が住民の出会いの場になっているのは確かだった。

「やあ、クルフティー、元気か？　何か探してるのか？」角ばった顔が警部に微笑みかけた。ニヤリとして開いた口には、信じられないほど多くの歯が並んでいた。明らかに普通の人間より多かった。もっともシャウアーは、歯以外のものでも並外れたところを持っていた。身長は百九十五センチもあり、どこにいても目立った。オーバーオールとシャツでも隠し切れないボディービルダーのような筋骨隆々の体には、さすがの警部も感服せざるをえなかった。

「いや、面白い園芸用具でもないかと見てただけだよ。ありがとう、エディ」クルフティンガーは愛称で人を呼ぶのはあまり好きではないが、シャウアーのことはみんながエディと呼んでいるのでそれに倣うしかなかった。筋肉のお化けみたいな男だが、愛嬌があって子供みたいなところがあるので、エディなどという可愛らしい名前で呼ばれているのだろう。

「そうだ、おまえに見せたいものがある。超高品質なワークウェアを仕入れたんだ。最新モデルだぞ」

「ワークウェア？」

「作業着のことさ」エディは説明すると、目をしばたたかせた。

もちろん、警部のような英語嫌いでもそれくらいの単語は理解できた。ただ、作業着をそんなふうに表現するのに驚いただけだった。こんな〝秘境のど真ん中〟にある農機具店にまで〝英語病〟が広まっているのが信じられなかった。

赤い〝ワークウェア〟を着たエディが別棟へと案内してくれた。「ワークウェア」と警部はつぶやいて、首を振った。

「ほら、オーバーオールに、おそろいのジャケット、フリースのズボンに、ベーシック・ウェアとスポーツウェア」

「それは何だ？」

「スポーツウェアさ……これなんか、おまえも気に入るはずだ！　有名のこぎりメーカーのランバースポーツ・コレクション。高品質。超高機能(ハイエンド)のプロダクトさ。新シリーズだぜ」

「エディ、気でも狂ったのか？　わけのわからないことばかり言いやがって」警部は心底腹を立てた。エディとはもう長い付き合いなので、これくらいきついことを言っても壊れる仲ではない。「ワークウェアにハイエンド。おまえは考えたことないのか？　ここの客の半分以上は英語がわからないんだぞ」

エディは少し考えてからニッコリ微笑むと、巨大な手を警部の肩にのせて、力を込めて握った。その瞬間、エディの肩の筋肉が不自然に盛り上がる。痛みを感じたが、警部は動じないふりをした。「なあ、クルフティー。一昔前はそうだったかもしれんが、今の若者はみんなわかってるんだぜ。本当さ！」

「ところで〝ランバースポーツ〟って何だ？」

「テレビのスポーツ・チャンネルで見たことがないのか？　丸太切り競争なんかを。ああいうスポーツさ」

「あれか。知ってるさ。バカバカしい！」クルフティンガーはスポーツ・チャンネルにそういう番組があるのは知っていた。いかに早くのこぎりで丸太を切れるか、斧で木を倒せるか、チェーンソーで木を粉砕するかを競うスポーツ番組だ。警部は買い物をする意欲を失くし、家に帰りたくなった。そこで、腕時計をチラッと見るふりをして言った。「あ、もうこんな時間か。帰らないと。エディ、家の風呂場で水漏れがあって大変だったんだ。エリカ一人に片づけを任せるわけにはいかないんだよ」

「それは大変だな。配管が壊れたのか？」

「さあな。とりあえずシッギが修理してくれた」

「待て、クルフティー。それならおまえに見せたいものがある。配管がもう二度と壊れないようにな」

「何だって？」警部はまた愛称で呼ばれたので、イライラしながら尋ねた。

「〝ヴァテレラ〟だよ」エディは小声で答えた。

クルフティンガーはエディに物問いたげな目を向けた。

「変な名前だが、効き目はすごいぞ。カタログを持ってくる」エディは店の奥へ消えると、しばらくしてからカタログとクロムメッキの筒を持って戻ってきた。

「〝ヴァテレラ〟は配管にカルキがたまるのを防いだり、たまったカルキを溶かしたりするんだ。配管の内側に腐食を防ぐ膜を張ってくれる。俺たちの家にはもってこいさ。ここの水は硬水だからな」

「いったいどういう仕組みなんだね?」クルフティンガーが不信感もあらわに尋ねた。

「磁場ができるんだよ」

警部が訝しげにシャウアーを見つめた。

エディはこれみよがしにクロムメッキの筒をクルフティンガーの鼻先に突きつけた。

「この筒の中に強力な磁場が発生する。すると、水の表面構造が変化して、配管に堆積物がたまらなくなる。薬剤なんて使わなくていい。まったく自然な方法なんだ」

そのとき、エディのポケットの中で携帯電話が鳴り出した。

「まずはカタログを見てみろよ」

警部は興味なさそうに小さなカタログをめくった。〝配管洗浄〟や〝カルキ博士〟といった言葉が目に飛び込んできた。〝ヴァテレラ〟の効果は専門家によって実証済みで、処理後の水は紅茶やコーヒー、離乳食などに適しているという。専門家が保証してるのなら……

エディは電話を切ると、警部を納得させるために決定的な根拠を示してみせた。家の配管全部を交換すると、費用がどれほどかかるかを計算してみせたのだ。その数字を見たクルフティンガーは、七十ユーロの〝ヴァテレラ〟を買うほうがずっと経済的であると納得した。

★　★　★

帰途についたクルフティンガーは車を走らせながら、いい買い物ができたと自分を納得させようとした。結局、買ったのは、三キロパックのパスタと五リットルパックのカニスターのフルーツシロップと〝ヴァテレラ〟だった。それでも、ただの衝動買いだったかもしれないという疑念は拭えずにいた。

エディの計算を信じるなら、〝ヴァテレラ〟を購入したことで大幅な節約ができたことになる。だから、週末を機嫌よく過ごすためにもポジティブに考えることにした。

三キロパックのパスタだって、信じられないほど安かったのだから問題ないはずだ。

★　★　★

玄関のドアを閉めるやいなや、警部の機嫌は急降下した。居間から声が聞こえる。明らかにテレビではなく、来客の声だ。誰かはわからなかった。今日は誰も家に招いていないはずだった。この数日間、何かとストレスを抱えていた警部は、今晩はゆっくり過ごしたいと思っていた。

居間に入ると、警部の機嫌はさらに悪くなった。妻の横にいたのがアンネグレート・ラングハマーだったからだ。

もともとクルフティンガーは、アンネグレートを嫌っていたわけではなかった。夫とは違い、警部に対していつも親切だったからだ。だからといって、アンネグレートがドクター・ラングハマーの妻であるという事実は変わらない。そのために、警部は心を開くわけにはいかなかった。ラングハマーに対する嫌悪感は、いつしかその妻にも飛び火していた。もはやアンネグレートはラングハマーの分身にしか見えなかった。

警部はラングハマーの妻に愛想よく挨拶をすると、妻の頰にキスした。妻は驚きながらも、満足そうな笑みを浮かべた。警部は穏やかに振る舞おうとしたが、それも長くは続かなかった。なぜなら、二人が見ているテレビ番組がラングハマー家のゲーム大会よりももっとおぞましいものだったからだ。テレビショッピングだ。

実のところ、警部もテレビショッピングの恩恵は少なからずこうむっていた。警部はテレビを見ながら眠るのが癖なのだが、残業して十二時前に帰宅した夜は眠る前にテレビショッピングを見ることがよくある。そんな時間にやっている番組はB級映画か、八〇年代のアダルト映画か、同じ内容を繰り返しているだけのニュース番組しかなかったからだ。テレビショッピングを見ていると、商品の内容や説明の仕方に苛立たされることもあるが、単調で、なかば呪文のような女性司会者の声が耳にこだましてすぐに眠りに落ちることができた。特に化粧品や人形の販売のときが寝つきやすかった。女性司会者がとりわけ優しく語りかけるからだが、だからといって商品は一度も買ったことがない。警部は、横になってテレビショッピングを見ているところを妻に見とがめられると、〝眠り込んでしまって、気づいたらテレビショッピングが流れていた〟と弁解することにしていた。もちろん、ときには商品を買いたくなることもあったが、そんなときは自制心を働かせて我慢した。

一方、アンネグレートの影響をまともに受けていたエリカは自制が利かなかった。

チャンネルを替えたほうがいいんじゃないか、と警部が口を開きかけたとたん、エリカがピシャリと、「私たち、これが見たいの！」と強い口調で言った。目には〝よけいなこと言うな〟という警告がはっきり現われていた。

クルフティンガーは従順に、妻たちと一緒に番組を見ることにした。番組の司会者は背丈が百五十センチ少々の小太りの女で、黒いスーツと緑のシャツを着たゲストの男に、テーブルの上に置かれた商品の長所について尋ねていた。司会者から〝フランチェスコ〟とイタリア人の名前で呼ばれている男は、明らかに化粧をしていて、色白で頬だけが赤かった。ロシア製のラーダをフェラーリと見間違うことがありえないように、どう見てもその男はイタリア人ではなかった。「超特価です」男は大げさに商品をほめたたえた。「今日だけ」三十八ユーロ六十四セントの品が三十二ユーロ二十一セントで購入できるという。「六ユーロ四十三セントもお得です」フランチェスコはうっとりと喜びに酔いしれ、夫婦喧嘩でも出さないほどの大声で叫んだ。女性司会者は「信じられない」、「素晴らしい」を繰り返し、フランチェスコのほうはしきりにうなずきながら、大胆に喜びを表現し、その喜びが嘘でないことを視聴者にわからせようとしていた。咳払いと貧乏ゆすりをしながら、罵声を放ちたい気持ちを抑えてソファーに座っていた警部は、次第に体中がムズムズしてきた。

フランチェスコは司会者に「親愛なるハイディ」と呼びかけ、商品の説明を始めた。そこで警部の不快感は頂点に達し、黙っていられなくなった。

「おいおい」警部は慎重に言葉を発した。妻たちは黙ってテレビを見ている。警部は続けた。

「岩塩ランプだってさ」

それでも妻たちは黙ったままだった。「ランプを部屋に置けば、数時間後には部屋のオーラが変化したことを実感していただけるでしょう。〝空気のビタミン〟と呼ぶべきミネラルその他の有効成分がランプから放出されるからです」フランチェスコの説明を聞いて、警部は思わず言った。「エリカ、これを買えよ。今すぐに。ケーゼシュペッツレを作ったあとは部屋のオーラがよどんでるって、いつも言ってるじゃないか」

エリカは夫を睨んだ。返す言葉を考えているようだった。だが、エリカが答える前に、アンネグレートが口をはさんだ。「うちは寝室に一つ岩塩ランプを置いているわ。とても効果があるのよ。私も最初は信じてなかった。マーティンも、学者だから頭から岩塩ランプなんて信用しなかった。でも今じゃ、マーティンのほうが、寝室に入るとすぐに岩塩ランプのスイッチを入れるほど気に入ってるの」

クルフティンガーには、〝よどんだオーラ〟と寝室にどんな関係があるのか理解できなかった。

「ハイケとゲルトラウトもすごくいいって言ってたわ」と、エリカが言った。

警部はそれ以上口出しできなかった。妻二人はオーラや岩塩やエナジーストーンについての話で盛り上がった。テレビでは、フランチェスコが司会者に「親愛なるハイディ」と呼びかけ、岩塩ランプの在庫が〝数少ない〟ことを大げさに残念がっていた。警部はただ驚くしかなかった。妻二人が、テレビのなかの二人と同じような熱っぽさで話に花を咲かせていたからだ。

警部はテレビを罵倒したかった。

そのとき、三人の目がテレビの画面に釘付けになった。ハイディが感きわまった叫びを発したからだ。フランチェスコは司会者に、さっきとは違うランプの入ったガラスの器を見せていた。それは〞グレープフルーツ・カルサイトでできた〞ランプで、スイッチを入れると淡い緑色に光った。「このランプ一つ作るのに、数百年かけて生成された〞超〞大量の石が必要です。しかも、その石はブラジルのジャングルの鉱山でしか発掘できないんです。その石をジャングルの住民が手作業で砕き、ソーダライトで研磨してでき上がったのがこのランプです。もちろん、労働者である住民には十分な報酬を支払っています」とフランチェスコは説明した。さらに、母親の家の玄関のドアノブを〞ブラジリアン・ゴールド〞や〞メキシカン・ゴールド〞とも呼ばれる〞ハニー・カルサイト〞で作り替えたところ、玄関がとてもお洒落になったと付け加えた。ハイディはカルサイトの中に化石が含まれていることに気づくと大喜びし、「世界でたった一つしかないランプだわ」と叫んだ。

「ちょっと聞いてくれ。大事な話なんだ」警部が思い切って口を開いた。妻二人に通用するかどうかはわからないが、なるべく論理的に説明した。「考えてもみてくれ。ランプが、ただのランプが、どうやってオーラを変えられるのか、どうやってビタミンを放出するのか、君たちは考えたことがあるのか……」

警部はうまく問いかけができたことに満足したが、オーラが何なのかは自分でもよくわからなかった。

「こういうことはね、私たちの理性では理解できないものなのよ」エリカが答えると、アンネグレートも同意した。

クルフティンガーは三日前に〝パワースポット〟に行ったとき、エリカと口論をしたことを思い出した。理性で理解できないものが何なのかはわからなかったが、とにかく今は皮肉っぽい言動は慎むべきだと思い直した。

「わかったよ。確かに、人間の理性では説明できないものがこの世にはある。でもそれは自然の中にあるものであって、テレビショッピングのなかにあるものじゃないだろう」

思い当たるところもあったのだろう、妻二人は無言で顔を見合わせた。クルフティンガーは満足そうにソファーの背にもたれかかった。そのとき、テレビのなかのフランチェスコがプレキシグラス製のピラミッドを手に取った。「切れない包丁も、一晩ピラミッドの下に置いておけばよく切れるようになります。酸味が強過ぎる赤ワインも、できるだけ長くピラミッドで蓋をしておけばボルドーワインに生まれ変わるんです」とハイディが説明した。

警部の批判の機先を制するように、アンネグレートがすかさず言った。「ピラミッドが不可思議な現象を引き起こすことは、今では科学者も認めているわ。エジプトのピラミッドはオリオン座の三つ星の位置を示してるそうよ。ピラミッドの中の墓室も厳密に計算された位置に作られてるっていうし、きっとピラミッドには不思議な力があるのよ」

クルフティンガーは考えた。そういう話は以前聞いたことがあった。でも、それを鵜呑みにはできなかった。信じるには、合理的で論理的な説明が必要だ。

「まあね……そんなこともあるかもしれない」クルフティンガーが反論した。「でも、ピラミッドの力の正体を説明できないからといって、それが魔法だとは言えないだろう。科学がまだ解明できていない自然現象の一つなのかもしれない」

「私はピラミッドを、黄泉(よみ)の国から来た幽霊なんかと結びつけてるわけじゃないわ。人間には解明できない大きな力があるって言いたいだけ。もしかしたら将来、そんな力が科学的に解明されるかもしれない。もちろんそうなれば、誰もピラミッドの力を不思議だとは思わなくなるでしょうね」

アンネグレートの意見は的(まと)を射ていた。話が面白くなってきた。

「ねえ、あなた。ひどい火傷をしたときのことを覚えてない？　一緒に祈禱師(きとうし)のところへ行ったわよね」

妻の話は本当だった。警部はそのことをすっかり忘れていた。数年前にバーベキューをしたときに、火を強めようとして必要以上のアルコールを炭に振りかけ、顔に火傷を負ったことがある。もちろんすぐに医者に行ったが、しばらく経っても傷口がジクジクしてふさがらなかったので、妻と祈禱師を訪ねた。アルゴイでは、病気やケガを治すのに祈禱師を頼る人が多い。祈禱師に頼んだことのない人はほとんどいないと言ってよかった。特にアルトゥスリートには、年老いた祈禱師が数人住んでいた。警部も祈禱師を訪ねるとすぐに傷が回復した。医者は回復の早さに驚いていた。警部が地元で一番有名な祈禱師のクリストルおばあちゃんに頼んだと告白すると、医者は「あと何回かクリストルおばあちゃんに祈禱してもらったらいいですよ」と助言したほどだった。

「わかったよ。俺はもう何も言わない」クルフティンガーはため息をついた。「だからといって、こういう商品の効能を信じたわけじゃないからな」そう言ってテレビの画面を指差したとたん、警部は青くなった。ピラミッドはすでに完売し、フランチェスコは「今週のおすすめ製品」を紹介していた。それは、なんと〝ヴァテレラ〟だった。驚いたことに値段は〈LVA〉より十ユーロも安かった。司会者がそれを受けて、〝ヴァテレラ〟の長所を並べ立てた。それは警部が〈LVA〉で聞き、納得した説明と同じだった。警部は口の中がカラカラに乾くのを感じた。

　クルフティンガーは黙って立ち上がった。妻二人はそれを警部の降参の合図と見なし、満足そうな顔をした。警部は廊下に出ると、妻たちに気づかれないように〈LVA〉の買い物袋に入った〝ヴァテレラ〟を納戸の一番下の戸棚にしまい込んだ。

空色のクワガタソウよ
夢想家の、赤、黄、白のケシの花よ
サクラソウよ、キンポウゲよ
光り輝くナデシコも
ゼニアオイもカンショウも
すぐにそのときがやってくる
収穫祭の花輪にならないといけないなんて
気をつけるんだよ、可愛いお花さん！

月曜の朝、クルフティンガーは遅めに家を出ることにした。仕事をする気がなくなったわけではなかった。月曜の朝は、どんなに難しい仕事が待っていようとも、いつもやる気満々だった。もちろん今日も同じ気持ちで、ケンプテン地方刑事局のオフィスの机には、殺人事件の資料が山積みになっていた。土曜日には、南ドイツ新聞をはじめとする新聞社やバイエルン放送などのテレビ局が事件を報道し、そのせいでタブロイド紙の記者からの電話が刑事局に殺到していた。やることは十分過ぎるほどある。

警部は、朝のゆったりとした時間を堪能していた。台所でじっくり新聞を読み、ゆっくりトイレに行ってから、のんびり車を走らせて職場に向かうつもりだった。実は警部は、そんなふうに朝を過ごすのを月曜日の習慣にしていた。それは、月曜日に待ち受けている数々の苦難を緩和するためだった。その苦難の大部分を占めているのは、音楽隊の夜間練習だった。

新鮮なプチパンサンドを抱えて、クルフティンガーはいつもより遅く出勤した。遅いとはいえ、朝の会議前に事件の大まかな捜査状況を把握し、部署の部下と話をする時間はあった。それが終わると、ケンプテン地方刑事局の月曜の朝の儀式とも呼べる、九時半の定例会議〝定例日（ジュール・フィクス）〟が始まった。外国語嫌いの警部だが、この呼び方だけは気に入っていた。バイエルン地方は歴史上フランスと関わりが深かったため、方言の中にフランス語の表現が多い。だから警部もフランス語に対しては英語よりもいくぶん寛容だった。バイエルン人は財布のことを〝ポルト・モネ〟、歩道を〝トロトワール〟と呼ぶ。だから、局長ローデンバッハーのアイデアとはいえ定例会議を〝ジュール・フィクス〟と呼んでも不思議ではなかった。もちろん〝ジュール・フィクス〟がいずれ、〝チームブリーフィング〟や〝クルーインフォメーション〟といった名称に取って代わられることも十分考えられた。ちなみにクルフティンガーは、部署内で行なう朝のミーティングを〝八時半の会議〟と呼んでいた。

会議は大会議室で行なわれ、最初にローデンバッハーが暗い表情で、やや批判的に事件の〝報道状況〟を紹介した。いくつかの新聞はドイツ通信社の記事をそのまま引用していた。クルフティンガーには、ローデンバッハーの言いたいことはわかっていたので、黙って話を聴いた。局長はニーダーバイエルン訛りで「全国的に注目ざれでいる」、「どでづもなぐぜっぱ詰まっだ状態」、「内務省まで動ぎ出じだ」と説明した。警部は真顔でうなずくと、各自が責任をもって任務を果たせるよう部下を指導するとローデンバッハーに約束した。

そのあと、クルフティンガーがこの数日間の捜査結果を報告した。凶器はどこででも買える有名メーカーの大鎌で、そこから犯人を特定するのは難しい、同メーカーの大鎌は品質のいいことで知られている、などと説明した。

「でも、今どき大鎌を持っている者なんて少ないだろう」と局長は文句をつけ、挙句の果てにこんなことまで言った。「本当に、ごごば田舎だな。仕方ないが」

クルフティンガーは答えなかったが、そのときあることを思い出した。ローデンバッハーの生まれ故郷である、ヴィルスビーブルクとハウツェンベルクの間にある村の古城ホテルで開催されたセミナーに行ったときのことだ。風邪を引いて薬を買いに行こうとしたら、近隣の薬局まで二十キロメートルも車で走らなくてはならなかったのだ。まったく大した田舎だった。

次に、ズッターの会社の調査を行なっているマイアーが報告した。震える手で目の前の書類をめくりながら話し始めた。定例会議で報告するのには慣れているはずなのに、人前に出るとどうしても緊張してしまうらしい。しかし、それは自業自得でもあった。マイアーは、いつも妙なタイミングで面白くもない冗談を飛ばして警部の神経をさかなでする。きっとその罰がこれなのだ、と警部は内心思った。それでも、マイアーが緊張し、乾いた声でヨレヨレになりながら報告するのを見ていると同情せずにはいられなかった。まずいことに、今日は報告の途中でローデンバッハーが質問をはさんだ。マイアーは早口でわけのわからない返事をし、局長にジロリと睨まれた。とはいえ、警部はあまり同情し過ぎないように気をつけた。マイアーの面白くない冗談を思い出せば、それも難しいことではなかった。

「ズッターの会社の資料によると」とマイアーは報告を続けた。「シュタインボック・ツーリスティックとその子会社レゾナの経営は順調なようです。両社の営業利益も悪くなく、ズッターはかなりの給与を受け取っていました」そこでマイアーは、ローデンバッハーの大好きな数値データを取り出そうとするが、焦って書類が見つからない。

マイアーは咳払いし、数値データをあきらめて話題を変えた。顔は真っ赤だった。「ズッターはかなり堅実な経営をしていました。事務所を見ても、設備投資は必要最小限度にとどめていることがわかります。しかし、プライベートの生活ではかなり贅沢をしていました。これについては、あとでシュトローブルが報告します。でも、これはあくまで私見ですが、事業内容は必ずしも正当なものではなかったようです。効果が科学的に実証されていない製品を販売しただけでなく、〝押し付け茶飲みツアー〟を運営して不当な利益を得ていた節があります」ようやく緊張も解けたようで、マイアーは怒りを剝き出しにして声を張り上げた。

「安易にそんなツアーに参加する老人も悪いが、〝押し付け販売ツアー〟は犯罪じゃないですか！」

「マイアー、客観的になれ。おまえの私見なんか聞きたくない。仕事中だぞ！」ローデンバッハーがマイアーを叱った。「犯罪がそうでないかは、法律が決めることだ。法律以外のものはごごでは関係ない」

局長はどうやら今日はあまり機嫌がよくないらしい。

「承知しました、局長」マイアーはかしこまって、まるで給仕のように何度もお辞儀を繰り返した。いくらか感情を抑えて真面目な口調で話を続けたが、局長に叱られたショックは隠せなかった。クルフティンガーは、〝局長はまだ僕のことを怒っているでしょうか？〟、〝そんなに悪いことを言ったでしょうか？〟と、マイアーから一日中質問攻めにされるかと思うと気が重かった。

ローデンバッハーをある程度知っている人間なら誰しも、彼が自分の言ったことを二分もすれば忘れてしまうのを知っていた。根にもつタイプではなかった。でもそれは、局長が心優しいからでも、寛容だからでもない。説教ばかりしているので、いちいち覚えていられないのだ。

「法的に見ても、ズッターの会社は捜査対象に値します。気になる点が多々あるのです」マイアーが熱く語った。

クルフティンガーとシュトローブルはもの問いたげに視線を交わした。

「具体的に言うと？」警部はそう質問して、マイアーが話を脱線させないようにした。

「シュタインボック・ツーリスティックと子会社レゾナに対しては、何度か民事訴訟が起こされています。ですが、どの裁判でもズッターは無罪判決を勝ち取っています」

「告発したのは？」警部が訊いた。

「〝押し付け茶飲みツアー〟に参加し、製品を購入したものの効果を得られなかった人や、よく考えもせずに売買契約にサインして、口座からの引き落としを止められなくなった人たちです。たとえば、八十歳の老女がいるのですが、十年以上前に健康グッズをいくつか購入し、割賦販売契約、つまり分割払い契約を結びました。彼女は現在、老人ホームに住んでおり、年金は全部、老人ホームと介護サービスへの支払いで消えてしまうので、なけなしの資産でズッターの会社に払い続けています。老人ホームのマネージャーが彼女を援助して、契約取り消しを求めて訴えを起こしました。しかし訴えは棄却され、今も彼女は支払いを続けています。残念ながら、法的には明らかにズッターが有利です。彼女への請求額は数万マルク。少額の契約とはとても言えません」

「数万マルクもする健康グッズ？」

「家庭用ジャグジーを買ったんです。家にはシャワーしかないのに。それと電気毛布数枚と風水のラッキーゾーンに置く卓上噴水を五つ」

「似たような訴訟はこれまでに何件あったんだ？」

「全部で十件です。法律上不明瞭な点がある場合でも、ズッターが勝訴しています。ズッターの弁護士は一流であるのに対して、金に困っている被害者は二流の弁護士しか雇えないからです。なかにはこんな訴えもありました。九十歳の老人ですが、参加していないツアーの旅費を請求されたと告訴しました。老人はツアーを懸賞クイズつきの旅行だと勘違いして二泊三日のグラウビュンデン観光ツアーを申し込んだのですが、蓋を開けると押し売りイベント満載のツアーで、旅費も適正ではなかった。そこで、ツアーへの参加は取りやめたというのです。ところが、老人は法廷には姿を現わさなかった。急逝したからです。この例のように、どの裁判でもズッターは有利な立場にありました。ズッターは一切譲歩せず、自分の権利を主張し続けた。裁判長は被害者に同情しながらも、無罪判決を下すしかなかったようです」

「それで、ズッターの経歴は？　旅行会社の経営を始めてまだ日が浅かったんだろう？」警部はそう訊きながら、マイアーが人前で冷静に話していることに内心驚いていた。緊張は解け、話し方もプロの域に達している。ローデンバッハーもマイアーの話に真剣に耳を傾けていた。

「ええ」マイアーは答えた。「ズッターは、〝押し付け茶飲みツアー〟を運営する旅行会社を七年前から、磁気関連グッズを扱う子会社レゾナを四年前から経営しています」

「ゲルノート・ズッターという男は、それ以前は何をやっていたんだ？」クルフティンガーが質問を重ねた。

「ちょっと待ってください」マイアーは、目の前の紙切れやメモ書きの山をほじくり返した。どうも、ボイスレコーダーがないと心もとないらしい。警部は、部下がまた緊張して話せなくなるのではないかと心配したが、マイアーは気を取り直して話を続けた。「ズッターの経歴については調査済みです。えっと、彼はまず保険会社のセールスマンとして訓練を受けたあと、ミュンヘンにあるイタリア系保険会社に就職しました。順調にキャリアを積んで、二、三年後には部長にまで昇格しています。かなりの野心家だったようです。しかし残念ながら、同イタリア系保険会社はドイツの事業から撤退することになり、支店を閉じ、ズッターも解雇されました」

そこでローデンバッハーが口をはさんだ。「でも、ズッターはすぐにほかの仕事を見づけだんだろう。なんだって、彼は部長にまで昇格じだんだからな」

その言葉を聞いて、クルフティンガーは思わず噴き出しそうになった。会社の幹部になる人間がみんな有能とは限らない、と突っ込みたかった。マイアーは話を続けた。「いえ、そうではありません、局長。ズッターは次の就職先を見つけるのに苦労したようです。まず保険代理店を開きますが、経営が思ったよりもうまくいかず、一年足らずで閉めています。そのあと投資コンサルタント会社を作りますが、共同経営者と馬が合わず、すぐに会社を飛び出しました。それなのに、ズッターが経済的に困った様子はありません。妙と言えば、妙な話ですが」

そこでクルフティンガーが質問した。「ズッターは会社経営に失敗したあと、どうやって金を稼いだんだ?」

「代理業者として働いたようです。まずはイタリアのトラクターメーカー、次に卓上噴水の代理販売を引き受けました。ケンプテン市の祭りでもスタンドを出して商品を販売していました。シュパールカッセ銀行のそばに出していたのを、僕も覚えて……」

「マイアー……」クルフティンガーは声を張り上げ、〝話を脱線させるな〟と警告した。

「すみません。たぶん、ズッターはこの時期に〝押し付け茶飲みツアー〟を企画するマフィアとつながったのだと思います」

マイアーは自分の見解に満足しているようだった。クルフティンガーは、ローデンバッハーから叱られたショックをうまく消化し、本調子に戻ったマイアーを見て少し残念に思った。

「とにかく、ズッターは七年前にシュタインボック・ツーリスティックを創業し、〝押し付け茶飲みツアー〟の運営を始めたんです。数日間のツアーもあれば、日帰りのツアーもあります。まずはいろいろな販売代理業者に声をかけ、ツアー中に役にも立たない製品を販売させました。そして徐々に独自の製品を開発し、ツアー客に販売するようになったんです。売り上げはうなぎのぼりでした」

クルフティンガーは会議室にいるメンバー全員に向けて、「ほかに質問は？」と尋ねた。みんなが押し黙るなか、議事録を取っていたサンドラ・ヘンスケが手を挙げた。

「私が無知なだけかもしれないんですけど、なぜ老人を対象にした〝押し付け販売ツアー〟は〝押し付け茶飲みツアー〟と呼ばれているんでしょうか？」ドレスデン出身の秘書は真面目だが、ちょっと天然ボケのところがあった。最近の警部はその天然ボケを、彼女の稀有な才能の一つとして認めつつあった。

部下たちはニヤニヤし、ローデンバッハーは笑いをこらえた。クルフティンガーは息を大きく吸い込んで質問に答えようとして、また口を閉ざした。自分もなぜ〝押し付け販売ツアー〟が〝押し付け茶飲みツアー〟と呼ばれるのか知らなかったからだ。疑問に思ったこともなかった。議事録を作成するために必要な質問ではないと判断した警部は、局長がサンディーの質問を面白がっているのを見て、彼に答えさせることにした。

「局長、ヘンスケ女史の質問に答えていただけませんか？」

ローデンバッハーの顔から笑みが消えた。

「えー……つまり、私が思うに……」局長は口ごもり、手を顔の前で振ると、声を荒らげた。「そんな質問はどうでもいい。会議はもう終わりだ。議事録には関係ないごどだろう」

クルフティンガーはうなずいてはみたものの、内心〝ざまあみろ〟と思った。ボケた質問をしたサンディーではなく、気の利かない返事しかできない局長のほうがみんなの前で恥をかいたからだ。もちろんあとで、局長から何らかのしっぺ返しを食うことは明らかだった。局長はやられたらすぐにやり返す性格なのだ。

クルフティンガーが次の議題〝ズッターのプライベートの生活〟に進もうとしたところで、ローデンバッハーが口をはさんだ。ズッターの会社の捜査に問題が一つあるという。警部には、それが何のことかすぐにわかった。ズッターの秘書が局長に電話をかけ、昨日の会社関連書類の押収が正しい手続きのもとで行なわれたかどうかを問い合わせたのだ。ローデンバッハーは、渋々ながらなんとかその場を取り繕ったという。「今後は、バカな行動をずる部下をかばったりはじないぞ。誰が元凶がはもうわがってるんだ」と局長は述べた。ローデンバッハーはクルフティンガーには目を向けずに言ったが、誰のことかはみんなにも一目瞭然だった。

さらにローデンバッハーは、刑事ドラマの〝シマンスキー警部〟のように家宅捜索はいつどこでもできると思っている部下が大勢いるが、ここは大都市ベルリンではなくケンプテンだということを忘れないでほしい、と釘を刺した。それを聞いて、クルフティンガーは噴き出しそうになった。刑事ドラマ〈タートオルト〉の主人公シマンスキーはデューイスブルクの警部で、アルゴイに来たこともなければ、ベルリンで家宅捜索をしたこともなかったからだ。だが反論はせずに、局長の説得力のないお説教をおとなしく聞き流した。

ローデンバッハーが説教を終えて席に着くと、クルフティンガーは「ふむ、ふむ」とだけ言い、間髪いれずシュトローブルにズッターの私生活に関する報告を始めさせた。ズッターとホームステイをしているフランス人学生の間に男女関係はなかったというのが報告の出だしだった。ズッターは幸せな家庭を築き、ほぼ完璧と言っていいほど家族思いの父親だったという。

「ズッターはデューラッハの住民からも慕われていました。住民の聞き取り調査では、みんながズッターの家族はとても親切だと言ってます。またズッターは、消防団の団員でもあり、小学校の保護者会では重要な役目を引き受けていました。自治体議会議員に立候補したこともあります。残念ながら小差で落選しましたが。いい父親であったことは確かですね。ズッター家こそ、〝ラーマの家族〟そのものです」

そこでサンディーがソワソワしながら警部に目配せし、助けを求めた。ラーマの家族って？

「マーガリンの宣伝に出てくるような幸せな家族ってことさ」警部が耳打ちした。サンディーは納得した。

シュトローブルが被害者の家族をさらにほめたたえていると、会議室の電話が鳴った。電話に出たサンディーは慌てて警部を呼んだ。

★★★

数分後、クルフティンガーは被害者の妻とオフィスにいて、グラスにミネラルウォーターを注いでいた。会議は途中だったが、大事な報告はもう終わっていたので、ズッターの妻の来訪を口実に退席することができて、内心喜んでいた。局長のさらなる攻撃を避けることができたので、よけいにうれしかった。

黒いスーツを着たゾフィー・ズッターは、夫を失ったショックは隠しきれないものの、比較的落ち着いているように見えた。

「ズッターさん、ご気分はいかがですか？」クルフティンガーは心理学セミナーで習ったとおり、〝心を解きほぐす〟ように優しく語りかけた。

「なんとも言えませんが、警部さんなら、この気持ち、おわかりいただけると思います。でも私には二人の子供がいますから、これからも何とか生きていかなくてはならないんです。それで、捜査はいくらか進展したんでしょうか？」

「ええ、ズッターさん、警察も力を尽くしているところです」

ズッターの妻は警部の言葉から、捜査があまり進展していないことを感じ取ったようだった。

「ケンプテン地方刑事局警部」とゾフィーが言った。クルフティンガーは虚を突かれた。役職を正式名称で呼ばれたのは初めてだったからだ。「どうか犯人を見つけると約束してください」

「ズッターさん、もちろんです。警察を信頼してください。警察が解決できない事件などありませんから」

しかし警部の思いとは裏腹に、ケンプテンには未解決の殺人事件がいくつか残っていた。数年前のものから、二十年も前のものまで様々だった。過去の資料を引っ張りだしては、最新技術を駆使して捜査は続けられてはいたが、そんなことを今ズッターの妻に話す必要はなかった。

「刑事課長さんがそうおっしゃるのなら、絶対に見つかりますね。私もそう信じることにします」

またもや警部は驚いた。ズッターの妻はケンプテン地方刑事局のシステムまで知っていたからだ。実際のところは、刑事課長と言ってもこのオフィスで働いているだけなのだが。彼女のような状況に置かれた人間は、あらゆることを細かく調べないと気がすまないのだろう。もしかしたら、彼女には刑事の素質があるのかもしれない……

「愛する夫を殺害した殺人犯には、相応の罰を受けてもらわなくてはなりません。殺人鬼が野放しになっている間は、平和な暮らしを取り戻すことはできませんから」ゾフィーはカバンから折りたたまれた紙切れを一枚取り出すと、それを深刻な面持ちで広げた。

「これをご覧ください、ケンプテン地方刑事局警部さん。警部さんは私にゲルノートを憎んでいる人間はいなかったかとお訊きになりましたね。思い当たる人間をここに書き出してみたんです」そう言って、手書きのリストを警部に渡した。「殺人犯人の可能性のある十四人です」

クルフティンガーが反応する間もなく、ゾフィーは先を続けた。「それぞれの人物の欄には、殺人の動機になりうる出来事を書き込んであります。たとえば、一人目の欄を見てください。この人は夫の所属政党と敵対する党の党首でした。彼は夫が自治体議会議員に立候補したときに妨害を試みました。二人目は隣人です。土地の境界部分の増築工事を予定していたんですが、同意書にサインしてくれませんでした。三人目は……」

「ズッターさん」クルフティンガーはゾフィーの興奮を鎮めようとした。「もちろん、そういうことは争いの原因になるでしょう。でも、殺人の動機になるでしょうか？」

「なるかもしれませんよ。人間の心は複雑ですから」

ゾフィー・ズッターはそう言うと、またリストにある人物の説明を再開した。試合で夫に負けてばかりいたテニスクラブの会員や、家族の共同所有地をめぐってズッターと争い続けてきた八十歳になる大叔父などだった。

おそらくズッターの妻は、アガサ・クリスティーの推理小説に出てくるミス・マープルを演じているつもりなのだろう。勘の鋭いところがとてもよく似ている。そう思う一方で、警部は被害者の家族が見せるこういった反応を、特に異常とは思っていなかった。被害者の家族は、犯人が見つかるまでありとあらゆる人物を疑うものだ。妄想性障害を患う人さえいる。

そこでクルフティンガーは、できるだけズッターの妻に理解を示した。「ズッターさん、もちろんこのリストは参考にさせていただきます。しかし……」〝しかし〟は重い言葉だった。遠回しの否定なのだが、それがあからさまにならないよう注意しなくてはならない。警部は真剣であることを伝えながらも、重苦しくなり過ぎないように、そのあとの言葉に細心の注意を払った。心理学を駆使したこの繊細なやり取りをものの見事に邪魔してくれたのは、マイアーだった。ドアをノックするのももどかしげに、部屋に飛び込んできた。クルフティンガーは部下を睨みつけた。そして、〝おまえはいつも芝居がかってるんだ。邪魔するな〟と目で合図した。

「それでも……おそらく……」警部はマイアーを無視して話を続けようとした。

マイアーは部屋にとどまり、警部に向かって地団駄を踏んだり、目立つ動きで合図を送ったりした。二人で話したいことがあるらしい。

「ここに書かれている人物が、犯人である可能性は低いと思います。典型的な殺人の動機は見当たらないからです。ですが、このリストも何らかの形で今後役に立つと思います。ズッターさん、捜査にご協力いただき、ありがとうございます」

マイアーは指を鳴らしたり、「プシュ」とか「グシュ」とか、口笛のような曖昧な音を口から発したりした。さすがのズッター夫人もこれに気づいて振り向いた。それでも警部は部下を無視し続けた。マイアーは、これ以上二人の会話を邪魔して上司から怒鳴られたくなかったので、無理を承知でさらに数回、曖昧な音を発した後、肩を落として部屋をあとにした。

クルフティンガーはため息をつき、ズッターの妻に肩をすくめてみせた。警部がズッターと義理の両親との関係について質問しようとしたところで、電話が鳴った。電話のディスプレイにはマイアーの番号が表示されていた。

ズッター夫人が質問に答える前に、警部はムカッとして立ち上がると、受話器を取った。

「バカな真似はやめろ、マイアー、今はダメだ。怒鳴られないとわからないのか？」

警部は受話器を投げつけるようにして電話を切った。

「ズッターさん、申しわけありません。部下が大変無礼なことを……」

そう言いながら、クルフティンガーはまるで大企業の社長のセリフのようだなと思った。

「では、ズッターさんとあなたのご両親の関係は良好だったのですね？」

警部は改めて質問した。

「そうです。夫は家族の一員として、二人からも大変好かれていました」

「家を建築した際に、ご両親から何らかの援助は……」

そこで電話がまた鳴り出したので、警部が話を中断した。ディスプレイには〝圏外〟と表示されていた。内線ではなく、外線だった。

「ありましたか？　つまり資金援助を受けられましたか？」

「警部さん、お願いですから、電話に出てください。大事な要件かもしれませんよ」

警部は小声で「すみません」と言うと、電話に出た。

「もしもし。マイアー、またおまえか。いったい何だって……」

警部はそこで黙り込んだ。渋い顔をしたのをズッター夫人に見られた。

「今？……また？……まさか！……どこでだ？……ヴァイトナウ？……わかった。俺も行くから」

ゾフィー・ズッターは、そのやり取りを聞いて、警部がショックを受けているのを感じ取った。クルフティンガーの顔は青ざめ、声から怒りや攻撃性が消えていた。頬だけはまだほんのりと赤かったが、鼻の穴は大きくふくらみ、顎の筋肉は痙攣（けいれん）を始め、呼吸は荒かった。警部は電話を切ると、呆けたようにズッターの妻を見つめてから、すぐに外出しなければならなくなったので、近いうちに連絡すると伝えた。ズッター夫人はまた殺人事件でも起きたのかと尋ねたが、警部はそれには答えず、「では、また」と言って、ズッター夫人を部屋に残して出て行った。またしても大事件が起きたのだ。

★ ★ ★

ヴァイトナウ町のヴァルトラムズまでは車で約二十五分かかった。車中、みんな無言だった。そのためよけいに時間が長く感じられた。車にはマグネット式の青色灯を装着していた。普段は目立つのを嫌がって青色灯をつけたがらない警部だが、今日は珍しく自分から装着を許可した。本道をそれて曲がりくねる狭い森林道へ入り、しばらくすると小さな集落が見えた。「あそこです」とマイアーが沈黙を破り、森の奥へと続く小道の入り口に立っている警官二人を指差した。警官のそばには、私服の男が一人立っていた。

見えるのはそれだけで、ほかの同僚はまだ来ていないようだった。車を降りて、丘のふもとまで行くと、初めて見る警官がクルフティンガーに挨拶もしないで、いきなり話しかけてきた。「警部、こちらは第一発見者のプライジングさんです。ここにはキノコ狩りに来ていました。私たちがまず現場に駆けつけたのですが、大事件であるのがわかったので刑事課に連絡をした次第です」

警官は警部からねぎらいかお褒めの言葉を頂戴できると期待したのか、しばらく警部を見つめていた。

「それで、触ったのか？」警部が乱暴な口調で訊いた。

「え……どういう意味ですか？」警官はうろたえて答えた。警官の心の動揺は、マイアーが彼の鼻先にボイスレコーダーを突きつけたことでさらに高まった。ケンプテン刑事局では数年前から、重要なことはすべてボイスレコーダーに録音するよう指示が出ていた。だからといって、同僚にボイスレコーダーを突きつけるのは普通でないばかりか、無礼な行為だった。同僚に友人の少ないマイアーは、これでまたかなりの数の警官を敵に回すことになるだろう。マイアーは最新型のボイスレコーダーを買って以来、何でもかんでも録音しないと気がすまなくなったのだ。

「君は何か現場のものを触ったのか！」

「いいえ。必要最小限のもの以外は。状況の確認だけして、すぐに現場を離れました。ですから現場は死体発見時のままです。誰も立ち入っていません」

そこで背を向けようとした警部に向けて、シュトローブルが警官にねぎらいの言葉をかけるよう目で催促した。

「よくやってくれた」クルフティンガーはボソッと言ってから、プライジングと紹介された男のほうに目を向けた。

「ここで何をされていたんですか？」自己紹介もせずに、警部はいきなり尋ねた。プライジングは、自分の右肩に突きつけられたマイアーのボイスレコーダーを横目で見た。

「おわかりのとおり、私はキノコ狩りをしていました」赤いレインコートを着た地味な男だったが、いやに冷静なのが、クルフティンガーには意外だった。男は次の質問を待たずに話し始めた。「あの坂を下っていました。坂下にヤマドリダケがたくさん採れる場所があるからです。今の季節は遅摘みのブルーベリーも採れます」

警部が辺りを見渡すと、黒い実をつけた背の低い木が絨毯のように一面に広がっていた。警部がブルーベリーは事件に関係がないと指摘すると、プライジングが袋から木製の道具を取り出してみせた。ブルーベリー摘み用の櫛だった。

「白状しますよ。一つひとつ摘み取らずに、この櫛を使って収穫していました。自然保護法では、櫛は使ってはいけないことになっているが、これがないと時間がえらくかかるものですからね。道具を使うと葉が落ちてしまうんだが、葉はすぐにまた出ますよ。俺に言わせれば、何の問題もないと……」

クルフティンガーはシュトローブルに目を向けた。苛立った顔つきの部下は首を振り、肩をすくめてみせた。

「そしたら、そこに横たわってたんです。すぐに警察に電話しました」

「すぐに警察に電話した？　まず救急車を呼ぼうとは思わなかったのですか？」

「私は間違っていませんよ！　警部さん、まずは現場を見たらどうです。見ればおわかりいただけると思いますよ」

クルフティンガーは男の言い方が気に食わなかった。死体を発見してこんなにも冷静でいられる男に出会ったのは生まれて初めてだった。キノコとブルーベリーにしか興味のない男なのかもしれない。

「マイアー……」

警部は部下の名前を呼んでから、顔をプライジングのほうへ向けた。〝あとの質問はおまえに任せる〟という合図だった。プライジングに言われたとおり、まずは死体を確認することにした。

警部はシュトローブルと警官を伴い、山道を進んだ。やがて木々の間を流れる小川のせせらぎが下方から聞こえてくると、警官は立ち止まった。「あの下です」

警官は警部に顔を向けたまま、死体のある方角を指差した。〝死体をもう一度見るのは勘弁してくれ〟ということらしい。警部たちが立っていたのは、小川を見下ろす一番高い場所、高さ十五メートルほどの丘の頂上だった。丘の斜面は小川の川床まで続いていた。小川をはさんで反対側にある丘の斜面はこちら側よりもなだらかだった。だが、警部は景色など見ていなかった。彼の意識は川に横たわっている死体だけに向けられていた。電話で死体は女性だと聞いていたが、丘の上から見る限り性別は確認できなかった。死体はうつぶせで、下半身しか見えない。上半身は水の中だった。

クルフティンガーは思考回路を正常に戻すために何度も深呼吸をした。車の中で十分心の準備はしたつもりだが、いざ現場に来るとそんなものは役に立たないことがわかった。ありがたいことに吐き気はなかった。しかし膝は震え、額からは冷や汗が流れていた。警部は髪をかき上げながらシュトローブルのほうを見た。シュトローブルも緊張していた。警部はそこで自分なりのリラックス法を実行した。目を閉じて鼻のつけ根をマッサージしながらゆっくりと十まで数える。それから斜面を下ろうと一歩踏み出したところで、うしろから肩をつかまれた。

「警部、まずは証拠保全課に……」とシュトローブルが言った。

「もちろんだ……」警部は恥ずかしくなった。

新米がやるような間違いを犯しかけるとは、普段ならありえないことだった。警部は自分の心理的負荷が限界に来ていることを自覚せざるをえなかった。そこで警部は、現場一帯に〝立入禁止テープ〟を張るよう、警官に指示した。テープはポリエチレン製で赤と白の縞模様で、〝警察――立入禁止〟と書かれていた。警部はうつむいて、車へ戻ろうとした。

ここから逃げ出すことができたらどんなにいいだろうと考えていると、ケンプテンから同僚が到着したのが見えた。パトカー三台と赤いアウディ一台、さらに霊柩車が一台来た。

緑色のチェック柄のズボンをはき、鼈甲の眼鏡をかけた背の低い男がアウディから降りてきた。

「ヴィリー……」クルフティンガーが親しみをこめて呼びかけると、相手は黙ってうなずいた。レンは警部のことを何でも知っていた。死体嫌いで、死体を見ると吐き気をもよおすことも。だから、今日の警部がこれまでにないほど精神的に打ちのめされていることもわかった。

「調子悪いのか?」レンが訊いた。

「最悪だ」クルフティンガーは答えた。

★　★　★

一時間後、全身を覆うフード付きの白い作業服を着たレンが、クルフティンガーを手招きした。警部はずっと丘の頂上に立ち、レンと同僚たちの仕事を眺めていた。宇宙飛行士のようないでたちの人々が、森の奥から死体を中心に円を描くように歩き、目についたものを袋に詰め、記録をつけていく姿には感心させられた。ときに、レンの「見つけたぞ!」という声にドキッとしながら、鑑識チームが篩(ふるい)を使って足跡に粉を振りかけ、その上に水を注いで足型を取るのを見物した。「証拠品である可能性がゼロパーセントであるもの以外は、すべて証拠品として扱う」これがレンの口癖だった。警部は今日レンがここにいてくれて本当によかったと思った。レンなら、どんな証拠も見落とすことはないはずだ。

「警部、そろそろ下りてきてください」突然、森の中から声が聞こえた。声の主はメミンゲンから到着したばかりのゲオルク・ベームだった。警部を交えて現場検証する時が来たことを伝えてきたのだ。

「さあ、行くぞ」うしろからシュトローブルが、マイアーと共に先を行く警部を追いかけてきた。木々につかまりながら急な斜面を下った。雨を吸い込んだ土と落ち葉のせいで、地面はぬかるんでいた。警部は、木と木の間隔が広い場所ではとりあえず切り株の上で立ち止まり、次につかまるべき木を探してから慎重に前進する方法を編み出した。だが、その方法で最後まで乗り切ることはできなかった。切り株から次の木につかまろうとしてぬかるみにはまり、尻餅をついてしまった。シュトローブルとマイアーはすでに斜面を下り切っていた。

「畜生」警部が罵り声を上げると、みんなが振り向いた。最も避けたかった事態が起きてしまったことに失望し、警部は顔を赤らめた。だが、それを見て笑った者はいなかった。マイアーが警部を起こそうと手を差し伸べたが、警部は「もう、いい」と言ってその手をはねのけた。しかし、その怒りは部下ではなく、自分に対して向けたものだった。

「おやおや、ちょっくら休んだほうがいいんじゃないのか？」ヴィリー・レンがからかうように警部に言った。宇宙服を着て分厚い眼鏡をかけたアニメのキャラクターもどきのレンにバカにされるのはごめんだった。

警部はレンの挑発にはのらなかった。白い作業服を着たレンの同僚に歩み寄り、何事もなかったように尋ねた。

「どうだ？」

「最悪です。同一人物による犯行です」

そのとき、警部はひらめいた。さっきからレンは何かに似ていると思っていたが、『みつばちマーヤの冒険』に出てくる〝家バエのプック〟だ。

「それはもう電話で聞いた。でも、なぜ同一人物だとわかったんだ?」

そこで解剖医のベームが警部に道をあけたので、死体が丸見えになった。警部はハッと息を呑んだ。死体はすでに裸にされていた。警部は裸の死体を見るのが特に嫌いだった。しかし死体は、証拠保全のために現場で裸にされて検証されるのが普通だった。警部は顔をそむけた。控え目に言っても、昨日殺されたばかりという状態ではなかった。腐敗しているだけでなく、虫に食べられた跡もあった。クルフティンガーは目まいを覚えたが、なんとか持ちこたえた。背中からは冷や汗が流れ落ちていた。

「ちょっと待って。見せたいものがあるんです」ベームはそう言って、死体の顔を真上に向けた。殺された女性の額には大きな傷が二つあった。警部はそれを横目で見ていたので気づくのに数秒を要したが、普通の傷でないことはわかった。額には数字の11が刻み込まれていた。

「それと、喉には最初の死体と同じ傷がある」

それを見て、警部はこれまでなかったほどの強い吐き気を覚えた。思わず目をそむけた。ベームが死体の顔を下向きに戻しても、警部の脳裏には死体の顔が焼きついていた。女の顔はチョークのように真っ白で、唇は青かった。バサバサの髪が奇妙にむくんだ顔に貼りついている。クルフティンガーは目を閉じた。死体の映像は消えなかった。そばの木に腕を伸ばして体を支え、なんとか吐き気をこらえた。だが、目まいは止まらなかった。なぜこんなにも気分が悪いのか。それは犯人が同一人物だからだ。連続殺人――これ以上ひどい事件はない。

しばらくすると、ようやくクルフティンガーの思考回路が機能し始めた。

「死後何日目だ?」警部はベームに尋ねた。解剖医は死体を運ぶよう地元の葬儀屋に指示しているところだった。しかし葬儀屋は、体を硬直させたまま丘の上から死体を見つめているだけだった。それを見て、警部はちょっとうれしかった。〝死体を扱うプロ〟でさえ、こんな変死体には拒否反応を示すことがわかったからだ。

「日数を割り出すのは簡単じゃないですね。水に浸かっていたから……まあ、上半身だけだけど。でも、浸かっていた部分は虫や魚に食べられています。そうだな、手首に縄でしばられた跡があるんですが、それを見る限り……死後一週間ってところかな。それよりも短い可能性もあるけど。いずれにせよ、死体解剖がヒントをくれると思いますよ」

その瞬間、警部の第六感が反応した。

「今、何て言った?」

「え、死後一週間……」

「違う。その後だ!」警部は噛みつくように言った。

警部は興奮していた。ベームが言った何かが心に引っかかっていた。それは一瞬だけ意識に上り、すぐに消えてしまったが、とても大事なことのように思われた。

ベームには、警部が何を知りたがっているのかわからなかった。だから最後に言ったことをもう一度繰り返した。「死体解剖がヒントをくれると思う、って……」

そこで警部がベームの言葉を遮った。「ヒント……」とつぶやく。「そうだ、ヒントだ！」

みんなの目が警部に集中した。

「前の殺人では、犯人は俺たちのためにヒントを残していったんだ。カラスの死体もそうだが、あのメモに書かれた暗号こそヒントだ。その意味はまだわかっていないが、第一の殺人でヒントを残したとすれば、第二の殺人でも同じことをしてるんじゃないのか」警部はプロ意識を取り戻していた。死体への嫌悪感は消えて、いつもの調子に戻っている。

「でも、今回はヒントらしきものは見つかっていない」レンは反論すると、作業着のフードを取った。禿げ頭は汗の玉で覆われていた。

クルフティンガーは辺りを見回した。

「まだ見ていないところはないのか？」

「ないね。地面に這いつくばって全部調べたから」

「やれやれ、ようやく一歩前進したと思ったのに」

警部は額をポンと叩くと、もう一度真剣に考えた。口を出す者はいなかった。ドジ警部の第六感をいくらか疑いつつも、良い答えが出てくるのを期待していた。期待は裏切られなかった。警部は突然目を見開くと、顔を上に向けた。「もし君たちが、ここに何かを残しておいて、それをあとで来た人間に見つけさせたかったら、どこに置く？」警部は誇らしげにみんなに問いかけた。

「そうか！」レンは額を叩いて、上を見上げた。

みんなが顔を上に向けた。マイアーはなぜ上を向くのかわからなかったが、とりあえずみんなの真似をした。自分以外は、理由がわかってやっているに違いないと思ったからだ。

「ほら！　あそこだ！」警部が突然叫んで、一本のモミの木を指差した。走って木のそばまで行き、枝を何本か横に押しのけた。すると、それが見えた。警部の頭と同じくらいの高さにある枝に何かが引っ掛かっていた。

「ハンドバッグだ」クルフティンガーはそう言って、手を伸ばした。

「触るな！」レンが森全体に響き渡るような声で怒鳴った。警部ばかりか、みんなが一斉に肩をすぼめた。普段ならこんなふうに同僚から怒鳴られたら黙っていないが、怒鳴ったのがレンで、しかも理由が正当なものだったので、警部も受け入れた。またもや鑑識課の仕事を妨害するところだった。

「それは俺たちが預かる」レンは警部のそばに立って、ビニール袋を開いた。ハンドバッグのほうに顎をしゃくって、クルフティンガーにバッグを取れと指示した。

「でも、触るなって言ったじゃないか」警部が文句を言った。

「その辺に落ちてる枝を使えば、触らずに取れるだろう」レンがため息をつきながら答えた。

レンに小学生扱いされた警部は、ムッとして言い返した。「わかったよ。身長百五十五センチのおまえの代わりに取ってやるよ」そして地面に落ちている枝を一本拾い上げると、それでハンドバッグを引っ掛けて枝から取り、レンの袋に入れた。

「これでヒントが手に入ったんだ。文句はないだろう」レンはニヤリとして袋を閉じた。

クルフティンガーはいつまでもレンと小競り合いを続けたくなかったので、話題を変えた。

「中身を見てもいいか？」

レンが鼻先までずらした眼鏡の上から警部を見上げた。

「ダメだね」

「ちょっとでいいからさ。ヒントが見たいんだ」

レンは額に皺を寄せた。「まあ、いいだろう。でも手袋をつけてくれよ」

警部は従順にうなずいた。

レンがビニール袋に入れたハンドバッグを開けると、二人とも目を皿のようにして中身を検めた。だが、入っていたのは普通の女性が持ち歩くものばかりだった。ポケットティッシュと口紅、鍵、財布……財布！　クルフティンガーとレンは顔を見合わせた。レンはうなずくと、手袋をはめた手をハンドバッグの中に突っ込み、財布を開いた。クリアポケットに名刺が入っていた。警部が大きな声で名前を読み上げた。「ミヒャエラ・ハイリゲンフェルト、作家、産婦人科医」

警部はしばらく考えを巡らせた。聞いたことのある名前だったが、誰かは思い出せなかった。ヴィリー・レンも考えていたが、何も思いつかないようだった。

「ミヒャエラ・ハイリゲンフェルト」クルフティンガーがレンの背後からもう一度言った。

「おまえ、名前を覚えられるか？」

「もちろんです、もちろんです」マイアーが警部の背後から答えた。すぐに、カチャッという金属音のあとに、マイアーが小声でハイリゲンフェルトの名前を声に出すのが聞こえた。

警部は冷笑した。マイアーは何でもボイスレコーダーに録音しないと気がすまないらしい。

「ほかにまだ何か入ってないか」と警部がレンに尋ねた。

「大丈夫、バッグの中身の詳細は明日朝一番に確認するから」

「明日じゃダメだ。今日、いや、今から署に戻ってすぐに」

「いいだろう。帰ったらすぐにやる。そのほうが俺にとっても都合がいい」

「中身を確認するときは、俺もその場にいたいから、やる前に電話をくれ」

「わかったよ、警部さん」

警部はレンに向かって軽くお辞儀をすると踵を返した。

「さあ、帰るぞ」警部は振り向きもせずにシュトローブルとマイアーに言った。

斜面をもう一度上るのはつらかったが、運動して酸素の補給量が増えると、ショックで凝り固まった警部の頭がスッキリしてきた。気分もよくなった。しかし、木につかまりながら斜面を上っていると、冷たくてニュルニュルしたものをつかんでしまった。警部はまるで犬にでも咬まれたかのように即座に手を引っ込めた。体のバランスが崩れ、また尻餅をつきそうになったが、背後に木があったおかげで難を逃れた。顔をゆがめながら少し冷静さを取り戻し、妙なものをつかんだ場所を確認してほっと胸をなで下ろす。ヤマドリダケが警部の握力でつぶれていた。死体の第一発見者のプライジングが言っていたとおり、この辺りは本当にキノコがよく採れるようだ。警部はキノコ狩りには関心がなかったが、それは一度も採れたためしがなかったからだ。キノコ狩りにはまった時期はあるにはあったのだが、キノコ狩り名人に案内されて山に入ると、彼らが先に見つけてしまい、いつも自分のカゴは空っぽだった。ここだと心置きなくキノコが採れるかもしれない。またいつか来よう、と警部は思った。でもそれは早くても一年先だ。雨や風が殺人の痕跡を消し去るまで、しばらく待つ必要があった。

丘の頂上にたどり着くと、警部は木々で覆われた斜面を見下ろした。そして、ヤマドリダケを採らなかったのを後悔した。死体を見たばかりだというのに、キノコのことを考えられる自分が信じられなかった。凄惨な殺人を目の当たりにして、あれほど吐き気に苦しんだせいで、被害者に対する同情心が消えてしまったのかもしれない。

車に乗り込むと同時に、警部はプライジングが事情聴取されたあともここに留まっている理由がわかった。警察が去ってから、キノコ狩りを再開するつもりなのだ。警部は呆れ返って、パサートのドアを閉めた。

★　★　★

クルフティンガーが〝鑑識課－K3〟課長のヴィリー・レンと一緒に鑑識室へ入ったのは五時半頃だった。レンはまず第二の殺人事件の証拠物件をアルミニウム製の箱に詰め直した。警部はその横で、殺された女性のハンドバッグの中身をもう一度確認したくてうずうずしていた。レンがキャップと手袋をつけ、実験台を改造した机に座るまでの間、警部は落ち着きなくつま先を上げたり下げたりしていた。クルフティンガーもキャップを被ったが、鏡をのぞくと、そこに映っていたのは自分でも驚くほど間の抜けた姿だった。間抜けに見えたのは、キャップよりはむしろ腰に巻いたセーターのせいだった。事件現場で尻餅をついて汚れたズボンを隠すために腰に巻いたのだが、〝ダンディー〟過ぎてまったく似合っていなかった。

ヴィリー・レンが鑑識用の装置を準備している間、警部は部屋の中を見回した。まず、木製机とタイプライターと書類で埋め尽くされた棚が目に留まった。部屋は少し古風なだけで、普通のオフィスと変わらないようにも見えたが、机に取り付けられた特殊なカメラと、壁に貼られたレントゲン写真のような証拠写真が、普通ではないことを物語っていた。警部はレンを訪ねてここに来るたびに、壁の写真が気になった。いや、それ以上にどうしても目が行ってしまうものがここにあった。奥の部屋にあるガラスケースだ。いつ見ても気持ち悪かった。奥の部屋との間には扉がないため、訪問者の目は必然的にそのガラスケースに向くようになっていた。ガラスケースの中には、試験管と各種装置のほか、黄色い液体が満たされたガラス容器が並んでいた。よく見るとその中には、指や手だけでなく、一目見ただけでは認識できない――だからといって知りたくもない――体の部位が浮かんでいた。右目から上顎部にかけて大きな穴の開いている頭蓋骨まである。

この不気味なコレクションは過去の事件の遺物だった。レンはそれらの事件で大きな功績を立てて、刑事局内ばかりか地域でも有名人になり、地方紙に彼の仕事と世にも恐ろしい陳列室を紹介した記事が掲載されたほどだった。レンは〝死体の服脱がせのプロ〟とか、〝変態鑑識官〟と呼ばれていたが、本人はまったく気にしていなかった。身近な同僚からは高く評価され、尊敬されていたからだ。

ここに来ると、クルフティンガーは気分が暗くなった。写真撮影のために死体の服を着せられたマネキンが、この部屋をさらに不気味に見せていた。レンはここで死体の一部や頭蓋骨と一緒に夜な夜な仕事をするというが、警部にはとうてい考えられないことだった。外が暗くなっただけで、もうこの部屋に入ろうとは思わなかった。

クルフティンガーは、〝鑑識課の証拠保全のために〟ここに呼ばれる犯罪者の気持ちを想像してみた。犯罪者はこの薄気味悪い部屋で、前から、横から、斜めから写真を撮られ、指紋を採られる。ケンプテンでは、まだ紙とスタンプ台とインクを使って指紋を採っていた。数週間前に〝鑑識課－K3〟は指紋スキャナーを購入したが、レンはそれを箱から出してもいなかった。だから、部屋にはまだインクの臭いが充満していた。それでも、その臭いはある意味、警部の味方でもあった。隣の部屋のガラス容器を見れば、インクの臭いのないこの部屋がどんな臭いになるか、ある程度想像できたからだ。

クルフティンガーはふたたび注意をヴィリー・レンに向けた。

「さあ、クルフティー、宝箱を開けようじゃないか！」そう言って、レンは隣の部屋へ向かった。警部もついて行った。レンの図太さには感服するしかなかった。さっきまで一週間も森に放置された死体を撮影していたのに、今ではいかにも楽しげに話をしている。レンを見ていると、鑑識という仕事の持つ不気味な側面が微塵も感じられなかった。これはある意味、レンの才能と言ってよかった。

レンはまず、箱から透明なテープの貼られた黒い厚紙を何枚か取り出した。

「テープの山だ」レンがため息をついた。「やれやれ、また顕微鏡で繊維ばかり見なきゃ」

レンは証拠品の詰まった箱をひっかき回して、被害者のハンドバッグを探した。見つけると、それを持って小さな机へ向かう。クルフティンガーもついて行った。どんなことも見逃したくなかったからだ。警部がレンの肩越しにハンドバッグを見ようとすると、レンは別の机に移動し、そこでようやく中身を広げ始めた。警部がすぐそばでハンドバッグを観察していると、レンは嫌な顔をした。あんまり近寄り過ぎたからだ。警部はすぐに気づいて、一歩うしろに下がった。

レンはハンドバッグから、人差し指と親指でつまんで中身を取り出した。口紅、化粧ポーチ、ライター、飴が数個、ポケットティッシュが二つ。

「典型的な女の持ち物だな」レンが冷静に言った。「どうってことないものばかりだ、だろう？　それにしても、女はどうしてこんなものをバッグに入れて持ち歩くんだろうな。男なら全部ズボンのポケットに入れちまうのに」

「ああ、まあな」クルフティンガーは雑談をする気分ではなかった。

「もしかしたら女は、何ももち歩かない男を内心バカにしてるんじゃないかな」

「何だって？」警部はレンの話を聞いていなかった。レンはハンドバッグをわきにどけると、大きく息を吸った。クルフティンガーはレンにまだだらだらと男女の違い論を続けられるのは嫌だったが、その一方で、重要な証拠物件を前にして事件と無関係な話ができる男を尊敬してもいた。もっとも、それも時と場合によるのだが。

「週末に町に出てみろよ。いい歳の男がハンドバッグを提げてるんだぜ！　だいたいが女物の洋服屋か下着屋の前だがな。試着したり、セール品のカゴをあさったりする間、〝ちょっとこれをもってて〟なんて言われて、女にもたされるんだ。ハンドバッグをもってるせいか、そういう男たちはどこかナヨナヨしてるように見えるぜ。最悪なのは、でかい革カバンをもたされた男だ。買い物をしたら、女にはそんなでかいものはもてないから、結局、最後まで男がもたされることになるのさ」

クルフティンガーは苦笑いした。

レンは雑談が過ぎたと気づいて、すぐに話題を事件に戻した。

「あとは、処方箋の束か。確か、ハイリゲンフェルトの名刺には〝医者〟って書いてあったな？　でも、〝作家〟とも……」

警部には返事のしようがなかった。ドクター・ハイリゲンフェルト。どこかで聞いたことがあると、第六感が反応していた。レンはクルフティンガーに、被害者がメモ書きに使っていた処方箋用紙を手渡した。一枚目には電話番号、二枚目にはホメオパシーの勉強会についてのメモ。警部は自然療法のホメオパシーについては、〝レメディー〟とか〝希釈震盪〟という言葉しか知らなかったが、被害者のメモには乱雑な字でそういう言葉が繰り返し書いてあった。ホメオパシーが事件と関係があるのかどうかはわからないが、メモに書かれた電話番号はあとで部下に調べさせようと思った。そのとき、レンが意味ありげなことをつぶやいた。

「今、何て言った？」クルフティンガーが興奮して尋ねた。

「何かひっかかるな。おまえもそう思うだろう？」レンは自信ありげに言って、写真を一枚拾い上げた。警部にも見てほしいという合図だ。警部が写真をレンの手から取り上げると、レンはすぐに取り返そうとした。

「バカ野郎。クルフティー、証拠品に触れるな。見るだけだ！」

同僚のなかで、こんなふうに警部を怒鳴れるのはレンだけだった。

「わかったよ、先生」と渋々妥協すると、クルフティンガーは写真を目の前に置いておとなしく観察しようとした。そのとき、レンが写真を少しもち上げて自分のほうへ移動させようとした。

「待て！」警部が叫んだ。写真の裏には数字が書かれていた。〝Ⅲ／2－4（32）〟――ズッターの車に残されていた番号とよく似た数字だ。またしても、犯人は謎の暗号を残していったのだ。

「ヴィリー、裏を見ろよ……」

不可解な数字の意味は、レンにも理解できないようだった。写真には木彫りの像が写っていた。色付けされていないハチミツ色の像だった。数字は聖書のどこかの部分と関係があるのだろうか？　それともコーランか？　今の警部には、それを確認する手段がなかった。

写真の像は修道僧か聖人のようで、腕を組み、頭に被り物をしている。

「これが何かわかるか？」クルフティンガーは写真に目を向けたまま、レンに訊いた。

「わからんな」

「あちこち訊き回ってみるしかないな」そう言って、警部が写真に手を伸ばすと、レンに手の甲をぴしゃりと叩かれた。

「写真の鑑識が先だ。おまえの手垢以外に、何かついてるかもしれないだろう」レンが怒鳴った。

警部は同僚の荒っぽい言い方にムカッとした。レンは証拠品のことになると信じられないほどヒステリックになる。これまでも事件現場で、鑑識官の許可なく立入禁止区域を歩いた警官に向かって、真っ赤な顔で怒鳴り散らすレンを何度も見たことがあった。

クルフティンガーは気分を損ねて鑑識室の隅に移動した。そこから、レンが写真を鑑識する様子を見ていることにした。

鑑識官は机に設置された大きな虫眼鏡で写真の表面を観察すると、写真の表面がテープに耐えられるかどうかをチェックするために、テープの切れ端を写真に貼り、また剝がしてみた。大丈夫だと確認したところで、銀色に光る粉を写真に振りかけ、それを毛先の柔らかい筆で全体に広げた。そのあと、粉を慎重に口で吹き飛ばすと、そこにテープを貼り、すぐに剝がして、テープを顕微鏡の下に置いた。レンは振り向いてクルフティンガーを見ると、指紋を採るときに使っているスタンプ台を指差した。警部には同僚が何を言いたいのかわからなかった。その間にレンは、スタンプ台のそばの椅子に移ってこう言った。「おまえの指をここに置け！」

クルフティンガーはようやくレンの意図を理解した。さっきのへまの責任を取れと言いたいらしい。あまり気は進まなかったが、これ以上レンと戦い続ける元気はなかったし、間の抜けたことをした自分も悪いので、今日はおとなしく罰を受けることにした。今日一日、黒インキのついた指で仕事をすれば、自分への戒めにもなるだろう。こういうへまはもう二度としないぞと自分に言い聞かせた。鑑識課が指紋スキャナーを導入しさえすれば、犯人と警察関係者の指紋ぐらいはすばやく区別できるのだが、今日のところはそれを指摘するのはやめておいた。警部は指を細長い紙テープに押し付けると、それをレンに渡した。

すぐに結果が出たので警部は驚いた。レンは手渡された紙テープと写真を交互に数回見ると、さっきより少し落ち着いた声で言った。

「やれやれ、顕微鏡なんて必要ないな。目の悪いよぼよぼの爺さんにでもわかるくらいだ。おまえのでっかい指紋以外は何もついていない。残念だがな」

レンは警部に写真を手渡した。「さあ、そろそろコーヒー休憩にでも出かけてくれ」

★
★
★

クルフティンガーはうつむいて、ゆっくりとした足取りで上階にある刑事課のオフィスへ向かった。事件の深刻さをひしひしと感じていた。二件の殺人が同一犯によるものだという事実が肩に重くのしかかっていた。犯人を早急に見つけなくてはならないというプレッシャーは耐え難いものだった。犯人逮捕まで、あとどれくらい暗中模索を繰り返さなくてはならないのだろう。そう考えると胸の痛みを感じた。しかも犯人は、謎めいた暗号まで残していった。クルフティンガーはため息をつき、深呼吸すると、オフィスへのガラス扉を開けた。ヘーフェレとシュトローブルが小声で何やら話をしていた。マイアーは難しい顔でボイスレコーダーをいじくり回している。部下たちは記録課に提出する報告を録音している最中だった。記録課はカセットに録ったものしか受けつけないので、マイアーはボイスレコーダーで録音したデジタルデータを全部アナログデータに変換する必要があった。〝音響エンジニア〟さながら、愛するボイスレコーダーのために格闘していた。今日は特に〝最愛のデジタルレコーダー〟が言うことを聞いてくれないらしい。マイアーの机の上には、書類の束と電池が二つ、それに取り外し可能なパーツはすべて外された裸のボイスレコーダーが置かれていた。マイアーは片手でボイスレコーダーをイライラと突っつきながら、もう片方の手で取扱説明書をめくっていた。ブツブツ独り言を言っているので、警部が入ってきたことにも気づいていない。それを見たシュトローブルは警部のそばに行き、マイアーのほうに視線を投げると、〝どうしようもないやつですよ〟とばかりに、首を何度も振った。クルフティンガーはうなずいた。マイアーについては、みんながあきれ返っていた。

「被害者が誰だかご存知ですか！　驚きますよ！」シュトローブルが言った。

「ドクター・ハイリゲンフェルトだろう」と警部は答えた。「それは俺も知っている。さっきも言ってたじゃないか」

「そう、ドクター・ハイリゲンフェルト。産婦人科医です」

「そんなことはわかってる。現場で名刺の名前を読み上げたのは俺だ。おまえもいただろう」

「それはそうですが、あの産婦人科医なんですよ、フュッセンの。中絶手術が問題になった産婦人科医ですよ！」シュトローブルが待ちきれないとばかりに、早口で説明した。

「なんてこった！」クルフティンガーは驚愕した。名前に聞き覚えのあった理由がようやくわかった。突然、すべて合点がいった。「そう、あれは大事件だった。八〇年代だったかな？　あの事件があったから、彼女は作家に転身したんだ」

警部はしばらく考えてから、「つまり、被害者は有名人というわけだ。大変だぞ！　ハイリゲンフェルトの個人情報を集めてくれ。家族には連絡したのか？」と言った。

「被害者は独身です。明日、家へ行ってみようと思います」

「わかった」

警部はポケットから写真を取り出すと、それを部下の鼻先に突きつけた。「これを見てくれ、オイゲン」

シュトローブルは写真を手に取ると、それをまじまじと眺めた。そのとき背後から、「このバカめ！」という悲痛な叫び声が聞こえた。とうとうマイアーがにっちもさっちも行かなくなったらしい。

「よくわかりませんね」シュトローブルが首を振った。「神父に訊いてみてはどうでしょう」と言って、写真をヘーフェレに回した。老眼鏡をかけていないヘーフェレは、写真を遠く離して見た。

「聖ローレンツ教会かな？　いや、聖マング市教区教会？」

シュトローブルはそのどちらでもないと断言した。仕方なくヘーフェレは、データがまるごと消えてしまったと嘆くマイアーのところへ写真を持って行った。マイアーはそれをチラリと横目で見ると、「すごいですね。聖人か聖職者か、教会か修道院で訊いてみればいい」と何の関心もなさそうに答えた。ボイスレコーダーに支障が出ると、マイアーは周囲がまったく見えなくなる。

クルフティンガーは写真を取り戻してヤンカージャケットのポケットに入れたが、サンディーが部屋に入ってきたのを見て、また取り出した。サンディーはどうだろう？　もしかしたら何か知っているかもしれない。秘書は写真を手に取ると、まず臭いをかいだ。それを見ていたシュトローブルがやれやれとばかりに首を振った。

マイアーが二度何か話しかけたが、警部の耳には届かなかった。三度目に大きな声でこう言った。「警部、ベンシュが最近、美術品の盗難事件を扱いました。アルゴイに住む夫婦がスウェーデンの美術館から王家の美術品を盗んだんです。ベンシュは美術品に詳しいので、訊いてみたらどうですか」

★　★　★

四十代なかばで、縁なしの眼鏡をかけた〝秀才〟ベンシュは、前かがみになって写真をチェックした。光を当てたり、ひっくり返したりしていたが、やがて写真を机に置くと言った。

「この像はおそらく、美術館か教会にあるものでしょう」

★　★　★

夕方の六時過ぎに車に乗り込む頃には、クルフティンガーにはもう、誰から何を聞いたのかさっぱりわからなくなっていた。警察犬隊からパトロール隊まで写真の木彫りの像のことを訊き回ったのだが、ほとんどの相手がどこかの教会にあるに違いないと答えたことしか覚えていなかった。家の近所の通りまで来てほっとしていると、目の前をスプリングのきいたマウンテンバイクに乗ったドクター・ラングハマーが通りかかった。テニスクラブからの帰りのようで、ぴっちりした白いスポーツパンツをはいていた。リュックサックからはテニスラケットのグリップが突き出ている。ラングハマーはクルフティンガーに気づくと、スポーツマンらしいさわやかな挨拶をし、つくり笑顔で応える警部を見てうれしそうに笑った。

木像のことを、このクイズ王に訊いてみようか、とクルフティンガーはふと思ったが、〝それだけは嫌だ！〟という声が頭のなかで響き渡り、その考えをすぐに頭から追い払った。クイズゲームで無敵だからといって、事件の謎を解けるとは限らない。そう自分に言い聞かせて、ラングハマーは最後の最後の手段として保留しておくことにした。

六時十五分を告げる教会の鐘が鳴ったとき、クルフティンガーの頭に別のアイデアが浮かんだ。アルトゥスリートの教会の神父に、木像について尋ねてみるのを思いついたのだ。無愛想な神父だが、それでも教会の専門家であることに変わりはなかった。

★ ★ ★

クルフティンガーが神父の家に行くと、神父は教会で日曜日の収穫祭の飾り付けをしていると家政婦に教えられた。すぐ近くにある教会に向かって歩いていると、教会の重い扉を通して、低い声で唱えられる単調な祈りの言葉が外まで聞こえてきた。ロザリオの祈りだ。ロザリオの祈りは、クルフティンガーが最も嫌っているカトリックの信心業だった。警部は教会の扉を静かに開けようとしたが、大きな音を立ててしまい、中にいた十数人から冷たい視線を浴びせられた。ロザリオの祈りを唱えに教会に行くのはいつも同じ顔ぶれだった。新顔の警部に不審を抱いたようだが、だからといって祈りの儀式が中断されることはなかった。

クルフティンガーは聖水盤に指をつけ、胸の前ですばやく十字を切ると、冷たい視線を浴びせる人々にお辞儀をした。すると、全員がまた前方に顔を戻した。

大きな柱があるために、入り口からは祭壇が見えなかった。そこで警部はもう少し前へ進んだが、それでも神父の姿は見えなかった。警部は祭壇の前に飾ってあるカボチャと穀類の盛られた籠を見つめた。これが家政婦の話していた収穫祭の飾り付けらしい。

神父は香部屋にいるに違いない。仕方なく警部は右側のベンチの一つに腰かけた。しかし辺りを見回して、右側に座っているのは自分だけであるのに気づいた。しかも警部以外は全員女性で、二、三人のグループをいくつか作って左側のベンチに座っていた。女たちはみんな顔をうつむかせて、膝の上でロザリオと呼ばれる数珠をいじっていた。どうやら平均年齢は七十歳前後だろう。警部が入ったことで平均年齢は大幅に下がったはずだ。

女性たちはみんな揃って、陰気な色の分厚いセーターを着て、髪にパーマをかけていた。ロザリオの祈りへの情熱だけでなく、髪型や服の好みまで共有しているらしい。それでも、グループは大きく二つに分かれていた。最前列に座っている三人がまず祈りを唱え、残りの者が二オクターブほど低い声で復唱している。

クルフティンガーには、〝天にましますわれらの父よ〟という美しい言葉で始まる祈りの言葉を、なぜみんな単調な低い声で唱えたがるのか理解できなかった。女たちの声に耳をすまし、だんだん祈りの言葉を聞き取れるようになると、思わず噴き出しそうになった。なぜなら彼女たちの祈りは訛っていたからだ。「聖寵充ち満でるマリア、主御身どもにまじまず……」

祈りの文句を棒読みすると深い瞑想状態に入れると聞いたことがあったが、警部には理解できなかった。子供の頃からロザリオの祈りが嫌いだった。残りの数珠の玉を数えては、祈りの時間が早く終わらないかと、じりじりじりじりして終わるのを待ちわびた記憶しかなかった。

今日の警部も昔と同様、じりじりじりして待っていた。だがそれは、ロザリオの祈りが嫌いだからというよりは、むしろここに来た目的のせいだった。やがて、リンゴと洋梨を詰めた籠を抱えた神父が姿を見せた。神父が戻ってきたとたん、祈りの声は大きくなり、単調さがいくらか解消した。女たちは一斉に神父を見つめていた。一生懸命祈りを唱えていることをほめてもらいたがっているようだった。

警部は神父の注意を引こうとして咳払いした。神父はそれに気づかずに、祭壇の前にしゃがみ込むと、果物を並べ始めた。たびたび手を休めては顔を上げ、うまく並んでいるかどうかを確かめた。

クルフティンガーはもう一度咳払いをした。神父は反応しなかった。そこで手を口に当て、大きな咳を何回か繰り返した。それでも神父は気に留めなかった。警部は考えた。もしかしたら咳払いや大きな咳は、神父には日曜のミサのバックグラウンドミュージックにしか聞こえないのかもしれない。そういう音は耳から自動的にシャットアウトされているのだ。そう思った警部はわざと音を立てて椅子から下り、ひざまずくと、そばに置いてある讃美歌集をぞんざいにめくり始めた。神父がそういう行儀の悪さを毛嫌いしているのを知っていたからだ。神父は眉をひそめて振り向くと、無礼者を睨んだ。二人の目が合ったところで、警部は人差し指で自分を、次に神父を指し、二人だけで話したいという合図を送った。

ところが神父は首を横に振っただけで、警部の合図には応じることなく収穫祭の飾り付けを続けた。警部の顔が怒りで真っ赤になった。そのとき突然、膝がズキンと痛んだ。警部は痛みをこらえて立ち上がり、ベンチに座り直した。

よりによって、こんなときに膝の古傷が痛み出すなんて信じられない。その傷は数ヵ月前に、それも神父の目の前で負ったものだったからだ。警部は犯人追跡中にこの教会の裏の墓地で行なわれていた葬儀を〝ぶち壊し〟、それ以来神父とは犬猿の仲になっていた。いつか神父が神の前だけでも寛容になって許しを与えてくれるのを、警部はこの何ヵ月も待ち続けていた。

警部は、出直すか、それとも神父に質問するのをあきらめるか迷った。横目で近くに座っている女性のロザリオを見ると、もうすぐ祈りの時間が終わることがわかった。女性の手はすでにロザリオの一番下のほうの玉を握っていた。〝めでたし聖寵充ち満てるマリア〟など祈りの言葉を一つ唱えるたびに、数珠の玉を一つずつ繰っていくやり方は、警部も子供の頃に習っていた。やがて、ようやく最後の祈りの文句が唱えられた。〝すべての霊魂、ことに主の御憐れみをもっとも必要とする霊魂を天国に導き給え〟

クルフティンガーは〝アーメン〟だけ一緒に唱えると、立ち上がって胸の前で十字を切った。そして、神の恩恵は殺人事件の犯人にも与えられてしかるべきものなのかどうかを考えた。警部はベンチを離れ、神父に近づいた。神父は警部のほうを見ようともしなかった。女たちはみんな、教会を出て行った。

「神……神父様」ロザリオの祈りに刺激され、神父と仲直りしようと決意した警部は言った。神父は振り向くと、眉を吊り上げてそっけない返事をした。「なにか？」

「神父様、お願いがあるんです。この写真を見ていただけないでしょうか……これです。もしかして、これがどこにあるかご存じではないでしょうか？」

警部が写真を手渡すと、神父は写真を見つめて何度か深呼吸をした。そして写真を警部に返すと、「わかりません。さようなら」と言った。

神父は階段を上ると、これ見よがしに祭壇の前へ行き、十字架にお辞儀をしてから香部屋へ姿を消した。

クルフティンガーは、まるで幼子のように教会の中央通路の真ん中に立ち尽くした。教会の出口に向かう途中で、告解室が目に留まった。その瞬間、警部は心のなかで神父に浴びせた悪口を全部、いつかここに来て懺悔しようと思った。

★　★　★

クルフティンガーは春夏秋冬、すべての季節のジャケットが一緒くたに入っている玄関の洋服掛けに、なんとかヤンカージャケットを引っ掛けた。そのとき、今日一日持ち歩いた写真がジャケットのポケットから床に落ちたことに気づかなかった。警部は廊下の電気を消して居間に入り、ドアを閉めた。廊下は真っ暗になり、聞こえるのは居間でエリカと夫が話すくぐもった声だけだった。

やがて唐突に廊下の小さなランプが点灯し、暗闇に光が射した。「恐ろしい事件ね。よりによって、あなたがまた犯人捜しをしなければならないなんて」そう言いながら、エリカは台所へ向かった。写真はまだ廊下に落ちている。エリカは台所の入り口でふと足を止めると、後戻りして写真に近づいた。写真を拾い上げて黙って眺めてから、それを持って台所へ入った。小さなグラスにミネラルウォーターを、大きなグラスに牛乳を注ぎ、冷蔵庫からバタークッキーとアーモンドを散らしたプラムケーキを取り出す。プラムケーキは夫の大好物だった。それらを全部、六〇年代風の派手な赤いお盆にのせると、写真と一緒に居間へ運んだ。

警部は食卓で考えごとをしていた。

「ねえ、廊下にこれが落ちてたわよ。これ、要るものなの？」

エリカは夫の前に牛乳とケーキを置きながら言った。

警部の目が写真に釘づけになる。

「なんでおまえが持ってるんだ！　これが死体のそばにあった写真だよ。さっき話したヒントの一つだ。でも、手がかりがまったくないんだ。いろんな人に訊いてみたけど、この木像がどこにあるか知っている者は誰一人いない。在処(ありか)さえわかれば、わずかにしろ捜査を進められるはずなんだが」そう言うと、警部はプラムケーキをほおばり、事件の話は今日はこれで終わりにしようと思った。

エリカはもう一度写真を手に取ると、電話の受話器をつかんで番号を押した。

「このプラムは義父(とう)さんと義母(かあ)さんからもらったのか？　とっても甘いな」

妻は答えない。

「誰に電話してるんだい？」

エリカは、黙って、と人差し指を唇に当てた。

「ママ、私よ。ごめんなさい、夜遅くに電話して。まだ起きてた……？」

ママ？　なんでこんな遅くに、母さんに電話するんだ？

警部には母の返事は聞こえなかったが、彼女が宵っぱりであるのは知っていた。父は早寝だが、母は夜更けに電話してもいつも起きていた。エリカと同じで、夜中までテレビを見ないと眠れないのだ。結婚したあとエリカと母のこの共通点に気づいたときは、ほかの共通点を見つけたとき同様、ショックを受けた。エリカは夜中まで毛布にくるまり、ソファーに寝転がってテレビを見ていた。早く寝るよう注意すると、いつも頑強に抵抗してきた。とはいえ、どんな番組を見ているのかと尋ねれば、〝そうね、特にないわ！〟と答えるのだった。

「ねえ、ママ。変に思わないでね。この間、ママのところで修道院のパンフレットを見せてもらったわよね。教会のコーラスグループの遠足で行ったって……そう、それ。パパは見学したくないって言って……それって、どこだったかしら？　そこだわ！」

エリカは夫の顔を見ようともしない。夫はすでにプラムケーキを平らげていたので、黙って座って電話が終わるのを待つしかなかった。

「ありがとう。明日また電話するわ。詳しいことはまた明日。おやすみなさい。ええ、そう伝えるわ。じゃあね」

そのときエリカが夫に見せた表情は、勝利と喜びと誇りに満ちていた。満面の笑みの妻は初めて会ったときと同じくらい美しく見えた。

エリカは笑みを浮かべたまま、無言で席に着いた。

「ブックスハイム。ブックスハイムのカルトゥジオ会修道院よ、ダーリン！」

「おまえの考えでは……」

「私の考えなんかではなくて、事実そうなのよ。ブックスハイムのカルトゥジオ会修道院に、これと同じ木像があるの」ミス・マープルを思わせる口調で妻が言った。「あなたはいい警部よ、ダーリン。でも私が警部になってたら、どうなってたかしら。私は常に周囲をよく観察してるの。見たものは全部記憶してるわ。だからこの木像を見て、すぐに気づいたの。ママの家の居間にあるサイドボードで見たパンフレットに載ってたって。すごいでしょう」

クルフティンガーはあっけに取られた。今日一日、木像の在処を突き止めるためにしたあの苦労はいったい何だったのだ。前から妻のほうが夫よりも推理力は一枚上だった。特に観察力の鋭さには、警部も脱帽していた。たとえば、夫が財布や腕時計や車の鍵や携帯電話を探してうろうろしていると、八割方、妻は〝台所の出窓にあるわ〟とか、〝朝は風呂場にあったわ〟などと在処を言い当ててしまう。暖炉のベンチの座布団の下のような見つけにくい場所でも、エリカにかかればまず見つかる可能性が高い。なぜそんなことができるのか、夫には理解できなかった。夫は、妻が結婚指輪を置いた場所など気にしたことがなかった。それどころか、数時間前に妻がどんな服を着ていたかさえ思い出せなかった。妻のこの能力は、女性特有のものとしか説明の仕様がなかった。警部は事件の現場ではあらゆるものを写真のように記憶できるのだが、家ではその能力を微塵も発揮できなかった。

「木像は間違いなく、ブックスハイムの修道院にあるんだな？」妻を疑っているわけではなかったが、念のためにもう一度尋ねた。

「百パーセント、間違いないわ」

クルフティンガーは嫉妬を感じながらも、妻に感嘆せざるをえなかった。偶然とはいえ、妻は捜査に大いに貢献した。警部は、すぐにでもブックスハイムに行って確認したかった。マルクスがいれば、すぐにでもインターネットで調べさせるのに……だがマルクス本人も、彼のコンピューターもその知識も今はまだエアランゲンにある。息子は明日の夜、帰省する予定だった。

そのとき、いいアイデアが浮かんだ。ブックスハイムはメミンゲンのすぐそばだ。警部は「そうだ」と言って立ち上がると、本棚の前に行き、無秩序に並んでいる色とりどりの本のなかから郷土写真集を探した。それは就職二十周年記念パーティーのときに、ローデンバッハーの前任の上司から菓子の詰め合わせと有給休暇一日と共にプレゼントされたものだった。開いたことは一度もなかったが、誰かにあげた記憶もない。だから、写真集は絶対にこの本棚の中にあるはずだった。だからといって、その本にブックスハイムのカルトゥジオ会修道院の写真が載っている保証はない。もしなければ、笑ってすませればいいことだ。エリカはニヤニヤしながら本棚の前の椅子に座り、夫が写真集を探す様子を眺めていた。五分後、警部がブツブツ言いながら見つけ出した写真集は食卓の上に置かれていた。本にはカルトゥジオ会修道院の聖堂内陣にある古い木彫りの椅子の写真がのっていた。エリカの推測は当たりだった。椅子に彫り込まれた小さな木像の中に、写真に写っている木像があった。

エリカは満足そうに、満面に笑みを浮かべて寝室へ向かった。クルフティンガーは写真集を広げたまま、居間で物思いにふけった。

警部は心の底から妻を慕い、尊敬していた。その気持ちはとても強かったが、客観的に考えても、自分なりに考えても、それは明確に愛と呼べるような感情ではなかった。エリカに対するこの微妙な気持ちは、結婚してからずっと変わっていなかったが、だからといって、エリカとの絆の固さを疑ったことは一度もなかった。それは二人の関係が信頼と助け合いを土台にしているからに違いなかった。エリカの〝日常的インテリジェンス〟、つまり、実用主義と簡単な解決法を見つけ出す能力は、夫が生きていく上で必要不可欠な特性だった。クルフティンガーは、エリカが手作りケーキを持って初めて実家を訪れた日に、母親から言われたことを思い出し――「まあ、エリカって申し分のないお嬢さんね！」――微笑んだ。

センチメンタルな気分に酔いしれながらクルフティンガーは顔を洗い、寝室へ行った。エリカは静かな寝息を立てて眠っていた。妻にキスをしてから布団に入り、新婚旅行の思い出に浸りながら眠り込んだ。二人はまるでタクトに合わせているかのように交互に寝息を立てた。

色鮮やかなチューリップよ
美しいフローラモアよ
同種の花々よ
真っ赤なアマランサスよ
静かなスミレよ
信心深いカモミールよ
収穫祭の花輪にならないといけないなんて
気をつけるんだよ、可愛いお花さん！

クルフティンガーは今朝も早く目を覚ました。よく眠れたわけではなかったが、数日間続いていたつらい疲労感は消えていた。昨晩は心労のせいではなく、喜びに浸り過ぎてよく眠れなかっただけだった。警部は子供みたいに、次の日に大事な予定があると眠れなくなる。たとえば、誕生日の前日はドキドキして眠れなかった。休暇旅行前も数日前から眠れなくなった。旅行の目的地が大好きな南チロルや北イタリアの場合は特にそうだった。出発日は元気でいたいと前日の夜は早くベッドに入るのだが、結局、寝返りをうつばかりで眠れず、朝は拷問にも似た苦しみを味わいながら起きるのが常だった。クルフティンガー家では夜明け前に旅立つのが習慣になっていた。ヴュルテンベルク人や北ドイツ人がまだ出発していない時刻、渋滞もなく、まだ暑くもない朝の時刻に、クルフティンガー家は出発する。息子が成長して休暇旅行に一緒に行かなくなり、祭日や学校の夏休みや冬休みを避けて出発できるようになったときもその習慣はやめられなかった。南チロルなどには四時間ほどで着けるから、されて苦しんでいる妻に向かって、〝早起きは三文の徳だ〟と言うのが恒例になっていた。

　今は休暇など取れるはずもなかったが、今日ばかりは旅行の出発日のような気分だった。目覚まし時計は四時五十九分にセットしてあった。週日にしては早過ぎる時間だが、目覚まし時計が鳴ると、警部はすぐに起き上がった。厄介な殺人事件の捜査も今日こそは進展しそうだ、そう考えただけでじっとしていられなかった。妻はまだベッドの左側で寝息を立てていた。夫婦はラングハマー家でも無意識のうちに、家同様、夫は右側、妻は左側に寝ていた。それを思い出して、警部は思わず噴き出しそうになった。ところが、寝室を出たとたん、やることがないのに気づいた。何をすればいいだろう？　テレビでも見るか、と思ったが、すぐに首を振った。こんな朝早くからテレビを見るのはよくない。我が家の〝箱〟（ときどき警部はテレビをバカにしてこう呼んでいた）は活動時間が長いとはいえ、基本的に午前中はテレビは見ないことにしていた。朝はラジオの時間、そう夫婦で決めていた。また朝は、じっくり新聞を読む時間に当てていた。だから今日も、まずは新聞を読もうと決めた。

　玄関のドアを開けると、クルフティンガーは顔だけ出して周りに誰もいないか確認した。パジャマ姿を近所の人に見られたくなかったからだ。新聞を小脇に抱えると、そのままトイレへ向かった。三十分後、静かな空間を離れたときには、警部の頭のなかにはニュースがいっぱい詰まっていた。満足して時計を見ると、ブックスハイムへ出発する時間まで、さほど長く待たなくてもいいことがわかった。警部は八時に出発すると決めていた。

台所の食卓に着くと、しばらくして妻もやってきた。

「眠れないのー？」妻は心配そうに尋ねたが、あくびをしながら言ったので語尾が間延びしていた。

「早起きしたかったんだ。ブックスハイムへ行こうと思ってる」

「朝食の準備をするわ」

「今日はいらない」

「食べないとダメよ。きっと今日は、面白い日になるんでしょうね。木像のこととか調べるんでしょう」

夫はため息をついた。妻は遠足が大好きなのだが、なかなか連れて行ってやる機会がなかった。今回の事件の捜査については、妻も大いに貢献している。しばらく自問自答し、とうとう決心した。

「おまえも一緒に来るか」クルフティンガーはボソッと言った。よけいな感情は込めずに、簡潔に提案した。

「今、何て言ったの？」エリカは聞き間違えたのか、それともからかわれているのかと思ったようだ。

「その、一緒に来ないかって、言ったのさ」

★　★　★

ゆっくり身支度し、プラムケーキの残りを朝ごはん代わりに食べると（ケーキは焼いた次の日に食べると一層うまい）、二人は車に乗り込み、ブックスハイムのカルトゥジオ会修道院へ向かった。仕事に妻がついてくるのは妙な気分だな、と警部は思った。まるでオフィスの机のそばに妻が座っているような感じだった。急に、本当に妻を連れてきてよかったのかどうかわからなくなった。確かに昨日は、妻が写真の謎を解明してくれて、これで捜査が進展すると大喜びしたが、冷静に考えれば、妻がいなくても警察は遅かれ早かれ木像の在処を見つけ出したはずだ。

だがエリカは、自分がいなければ捜査は頓挫していたと信じ込んでいるようだった。機嫌がよかった。夫の下手な運転に文句をつけないのを見ても、それは明らかだった。それに、今日は高級な香水をつけていた。その香水は去年、警部が結婚記念日を忘れた罰として買わされたものだった。

車はリーガウとラウトラッハの間を走っていた。丘の上の分岐点で、マリア・シュタインバッハ巡礼教会方面行きの道に入った。そこでクルフティンガーは、部下に遅出とその理由を伝え忘れていたことに気づいた。左手でズボンのポケットから携帯電話を取り出そうとする。でも、運転しながら携帯電話を取り出せるほど器用ではなかった。

「どうしたの？」妻がとうとう焦れたように尋ねた。

「別に。携帯電話を出したいだけだ」

「そんなことぐらい、私に言ってよ。出してあげるわ」

「運転中にズボンのポケットをまさぐられるのを、我慢できると思うか？　木に衝突でもしたいのか？　自分でやるよ」

妻は黙り込んだ。妻は夫の下ネタの軽口が嫌いだった。だから夫も二人きりのときしか言わなかった。

夫はようやく携帯電話を取り出すと、番号を押し始めた。

「まったく、もっと押しやすいボタンにできないのかな」二度押し間違えて、警部は声を張り上げた。ソーセージのような指でも押せるボタンが必要だった。年々小さくなっていく携帯電話は、警部のような肉づきのいい手を想定して作られてはいなかった。

「でも、運転中は電話しちゃダメでしょう。ルール違反よ。見つかったら罰金よ。けっこう高いんだから」エリカが夫を諭した。

「まあな。でも誰に見つかるっていうんだ？」

「警察よ」

夫は首を振った。「忘れるな！　俺は警察だ」

「そんなことわかってるわ。でも危険なものは危険でしょう」

「ふん、まあな」夫は聞く耳をもたなかった。

「き、け、ん、なものは危険なの！　もう、何度言ったらわかるの！」クルフティンガーが言うことを聞かないので、妻がとうとう業を煮やした。「もう、私が電話するわ」

「おまえが職場に電話するって？　ダメだ。おまえが電話して夫が遅刻するなんて言ったら、みんながなんと思うか」

「病欠のときは、誰が電話してあげてると思ってるの？」

クルフティンガーは顔を赤らめて黙り込んだ。妻はその反応に満足すると、携帯電話を取り上げた。夫はもう反抗しなかった。

夫は刑事課直通の電話番号を教えた。呼び出し音を聞きながら、妻は言った。「おかしいわね。私の指ならボタンはスムーズに押せたわ」

通話が始まっても、警部には妻の声しか聞こえなかった。

「クルフティンガーです。こんにちは。ヘンスケ女史……いえ、いえ。主人は病気じゃないです」妻はそう言って、満足そうな視線を夫に送った。

「ただ、お伝えしたかったんです。私たち、一緒にブックスハイムに向かってるんです。事件の捜査のために」夫はビックリした。妻が〝私たち一緒に〟と〝事件の捜査〟という言葉を強調したからだ。警部はサンディーがこの電話の内容を誰にも話さないことを祈った。

★　★　★

九時半過ぎに、クルフティンガーはカルトゥジオ会修道院の駐車場に車を停めた。今日は十月一番の冷え込みで、思わずコートの襟を立てるほど寒かった。濃い霧が地面を覆っていた。十月の濃霧はアルゴイ、特に〝低地(ウンターラント)〟では珍しいことではなかったが、この数週間続いている霧は異常なほど濃度が高かった。警部は、駐車場からかろうじて見える修道院の入り口の辺りを神妙に眺めた。修道院は高い壁に囲まれていたので、アーチと砂利敷きの小道と、それを取り巻く手入れの行きとどいた芝生しか見えなかった。「早く行きましょう。ガイドツアーが始まるみたいよ」妻は夫の腕を引っ張った。ちょうど、ツアー客の最後の数人が建物の張り出し部分にある出入り口に入っていくところだった。ツアー客が乗ってきたバスも駐車場に停まっていた。〝D〟と書かれたナンバープレートが付いている。デュッセルドルフから来たらしい。

警部とエリカは入り口まで走った。

建物の中には四十人ほどの人がいて、そのほとんどが白髪頭だった。とりどりに、カラフルなコーデュロイのズボンや奇抜な色のレインコートを着ている。一人の女性がパンフレットをもった手を高く挙げ、建物全体に響き渡る声で言った。「ガイドツアーに参加される方はここに集まってください」

絵葉書を買おうと売店のレジに並んでいた何人かは、ブツブツ文句を言いながら引き返してきた。

「お土産を買う時間は、あとで十分ありますから」ライン訛りの女性の叫び声がレンガの壁にこだまする。「ヘーベルラインさんが修道院をご案内してくださいます」添乗員は、パンフレットをもった手をなおも挙げたまま言った。

「ヘーベルレです」上品な濃緑色のコートを着た背の低い女性が、添乗員に小声で訂正を入れた。女性の服装は周りとまったく違うので、観光客でないことは一目瞭然だった。

「あなた方もガイドツアーに参加されますか？」添乗員はクルフティンガー夫妻に尋ねた。四十人の団体ツアー客が一斉に夫婦に目を向けた。本当は〝あとにします〟と言いたかったが、勤務中なので時間を無駄にするわけにはいかなかった。

「ええ、参加させてください」警部が答えると、ガイドはうれしそうだった。

クルフティンガーとエリカはツアー客から少し距離を置いてガイドの説明を聞いていたが、次第に話に引き込まれた。カルトゥジオ会の修道士がブックスハイムに来たのは一四〇〇年頃で、この地に修道院を建築したが、それ以降カルトゥジオ会が修道士をここに送り込むことはなかった。代わりにサレジオ会の修道士ドン・ボスコが修道院内に高等教育学校(ギムナジウム)を創設したという。話が一段落したところで、ナイロン・ジャケットを着た女性がガイドに「このカルトゥジオ会修道院がドイツで最も一番保存状態がいい修道院というのは本当ですか？」と尋ねた。ガイドは「ええ」と答えた。〝最も一番保存状態がいい〟というドイツ語は明らかに間違っていた。クルフティンガーはガイドが間違いを指摘しないで「ええ」と答えたので、笑い出しそうになった。

ガイドのヘーベルレによると、カルトゥジオ会修道士は質素で狭い独居室で、祈りや瞑想、学習、食事、睡眠時間以外は黙想をして過ごす禁欲生活を送っていたという。それを聞いたクルフティンガーは、ここにいる騒がしいツアー客には黙想なんてとうてい無理だろうなと思った。

一行はガイドに導かれて、静かな中庭を見渡せるガラス張りの長い回廊を抜けて、小さな扉の前に集合した。先頭に立つヘーベルレが厳かに言った。「これから教会の聖堂内陣に入り、木彫りの椅子を拝見します」

クルフティンガーは木彫りの椅子を見るくらいで、そんな大げさな言い方をするのはバカバカしいと思ったが、中へ入るとその考えは粉々に打ち砕かれた。さっきまで騒がしかったツアー客もぴたりと静まり、その沈黙は畏敬に満ちたため息へと変わっていった。

聖堂内陣に「まあー」、「へぇー」という感嘆の声が響き渡った。警部と妻も、しばらく口をポカンと開けたまま立ち尽くした。右の壁も左の壁も入り口の脇の壁も、ドア以外はすべて緻密で荘厳な透かし彫りの木彫刻で埋め尽くされていた。クルフティンガーが写真集で見たのと同じものだった。右の壁と左の壁には、天使や動物、聖人、花、果物、唐草模様の彫り込まれた椅子が十数脚並んでいた。木彫刻はどれも荘厳さと崇高さを漂わせて、まるで生きているように見えた。細部まで浮き彫りがほどこされた巨大な芸術作品には、独特の躍動感があった。

手前の壁には比較的大きな木像が彫り込まれていたが、その一つが被害者のハンドバッグの中の写真に写っていたものだった。その木像を見ると畏怖の念が湧き上がり、警部の背中に悪寒が走った。

ガイドはツアー客に、木彫刻を自由に見る時間を数分だけ与えた。それから「ここにあるのは、ヨーロッパで一番美しい聖堂内陣の木彫り椅子です」と説明すると、ツアー客は「へぇー」とか「おー」と感嘆の声を上げた。クルフティンガーはその後の解説を部分的にしか聞いていなかった。催眠術でもかけられたように、右側にある木像を見つめていた。「多彩な歴史」、「一六八七年から九一年にかけて、チロル出身の彫刻家イグナッツ・ヴァイベルと、メミンゲン出身の家具職人のマイスター、ペーターにより製作」、「一八八三年に売却され」、「英国で発見され」、「一九七〇年代まで女子修道院に置かれていました」……断片的な言葉が耳に入ってくる。だが、「何者かがここに漆黒のニスを塗りつけたんです」という言葉にだけは、警部は強く反応した。教会の素晴らしい木彫刻にニスを塗りつけるとは、明らかな神への冒瀆だと思った。これまでに担当したどんな犯罪よりも悪質なものに思えた。その衝撃で、警部はようやく殺人事件とそのカギを握る木像について考えを巡らせ始めた。しばらくして警部が木像から目を離すと同時に、ガイドが説明をこう締めくくった。「……漆黒のニスを落とすために六年かかりました。途方もない時間のかかる作業なんです。時間だけでなく、二百万マルクという莫大な費用も費やされたのです。これは、英国から椅子を買い戻すためにかかった費用とほとんど同じ金額です。ですが、ご覧のとおり、お金と時間をかけたおかげで、今は元の状態に戻っています」

いつもなら文化に金をかけることに反対するクルフティンガーだが、今度ばかりはガイドの言葉に賛同しうなずいた。そして妻に向かって、「こんなものは今の時代では作れないから、金がかかっても守らないとな」と小声で言った。

「次はこちらへおいでください」ヘーベルレは聖堂内陣を出ようとしたが、ほとんどの人はそこから動こうとしなかった。写真を撮っていたのだ。ツアー客は様々な体勢で木彫りの椅子を撮影していた。なかの一人は祈りでも捧げるように、木彫りの天使の前にひざまずいている。もしかしたらその男は、そうすることで、奇抜なピンク色のレインコートを着て神聖な場所に来た罪を懺悔しているのかもしれない。

パンフレットを手にしたツアーの添乗員が、「ヘーベルレさんのあとにお続きください。あとで木彫りの椅子の絵葉書をバスの中でお配りしますから」と指示すると、ツアー客はみんな写真撮影を切り上げた。三十秒もしないうちに、聖堂内陣は空っぽになった。いるのはクルフティンガーだけだった。一人になると、大勢に囲まれているときより木彫りの椅子は威圧的に見えた。警部は修道服姿の修道士たちが椅子に腰かけている場面を想像した。頭のなかでグレゴリオ聖歌がこだましていた。そのとき、背後から低い声で呼びかけられた。

「ガイドツアーからはぐれてしまったのですか？」

警部が振り向くと、そこには二つの大きく見開かれた海色の目があった。

黒い服を着た、七十歳くらいの長身の老人の目だった。呼びかけたのがドスの利いた低い声だったせいか、その顔はどこか恐ろしく見えた。老人はガリガリに痩せていて、頬はこけ、目の下に大きな隈ができていた。短い髪は逆立ち、顎には先端を切り揃えられた灰色の髭が生えていた。首から小さな木の十字架を掛けている。観光客にはとうてい見えなかった。修道院の人間らしい。

「修道院長のオディロです」と、老人は言った。警部の推理どおりだった。クルフティンガーはたちまち、修道院長の澄んだ眼差しに魅了された。聖堂内陣が突然、夢のようなやわらかいオーラに包まれた。修道院長オディロの魅力のためだろう。

しばし修道院長に見入っていたクルフティンガーは、ハッと気を取り直すと、咳払いをしてにこやかにお辞儀をした。「申し遅れました。私はクルフティンガーと申します。その木像に見とれてしまい、ここに足を止めていたんです」

警部は修道院長の背後にある木像を指差した。

「悔い改める罪人！　確かに、この木像は人を惹きつけてやみません」

修道院長が振り向きもせずにどの木像か言い当てたことに、警部はびっくりした。なぜそれがわかるのか尋ねたかったが、勇気がなかった。畏敬の念とうしろめたさが邪魔をした。

「なぜ人を惹きつけるのでしょう？」

「それは」修道院長は振り向くと、手を木像の頭にのせた。「この木像の背景となっている歴史のためかもしれません。もちろん多くの方はどんな歴史かご存じないでしょうが、それでも何かを感じ取るのだと思います」そう言うと、長いきゃしゃな指で木像を撫でながら、警部には理解できない言葉をつぶやいた。

クルフティンガーは、修道院長が先を続けるのを期待して待ち構えた。修道院長はしばらく無言で考え込んでいたが、また口を開いた。教養のある人がよくするように、言葉をきちんと選んで話をした。警部は院長に対して、さらに畏敬の念が増すのを覚えた。

「すでにお聞きおよびでしょうが、この木彫りの椅子が作られたのは一六九一年です」修道院長は顔を上げたが、警部のほうは見なかった。「啓蒙主義の時代が幕を開けようとしていた時代です。もっともここは田舎で、人々はまだ啓蒙主義とは無縁の暮らしをしていました。バロック的な神話や伝説を信じて暮らしていたのです。魔物が悪事を働いている——そう信じていました。カントが〝勇気を、分別を(サペレ・アウデ)〟と唱え、理性を信じて生きるよう訴えていましたが、この土地の人々がカントの思想を知ったのはずっとあとのことでした。彼らはまだ三十年戦争のショックから立ち直れないでいました。生きるだけで精一杯でした。わずかな人間だけが生きるのに困っていなかった。メミンゲンの貴族、いわゆる地方貴族がそうでした。特に、悪名高いフォン・ヴァルツハイム家はメミンゲン市に金を貸すほどの財産を持っていた。もちろん、フォン・ヴァルツハイム家よりずっと悪い行ないをして金を稼いだ人間もいます。それでも多くの人はヴァルツハイム家に苦しめられていたのです。とりわけ、この男のせいでした」

修道院長は優しく微笑むと、木像を指で撫でた。

「この男は伯爵家の奴隷で、誰もやりたがらない仕事を引き受けていました。借金の取り立てなどを。彼は一風変わった男でした。借金の取り立てが大好きだったのです。だから毎日仕事に行き、一生懸命働きました。働くといっても、つまり暴力を振るうことです。ときおり度を越すこともあったので、人々は彼を憎んでいた。でも、それ以上に彼を恐れてもいた。人々は彼を呪うしかありませんでした。神は知っていたでしょう。この男がどれほど呪われていたかを。ですが、そんなことは男にはどうでもいいことでした。人に呪われれば呪われるほど、暴力はエスカレートしていった。男は農民をバカにし、借金の取り立てに行くと、担保として彼らが一番大事にしている十字架を差し押さえた。死者の悪口は言いたくありませんが、あまりにもひどすぎると思いませんか？

しかし、男は決して幸せではなかった。自分の子供がみんな死んでしまったからです。奇妙にも、子供は七歳になると決まって世を去りました。男は四人の子供を亡くしました。男の子供が亡くなるたびに、町の人々が集まって、〝呪いが通じた〟とか、〝神の裁き〟だと言って喜んでいました。そしてある日、男の五人目の子供が七歳の誕生日を迎えた。男はこの子供の死を大変恐れていた。というのも、男の妻はこの子を産んで亡くなり、再婚するには男も年を取り過ぎていたからです。死を想え（メメント・モリ）。男は死について考えたことでしょう。この子を亡くせば、血筋は断たれてしまうのだから。そこで不思議なことが起こりました。男は人に助言を請うことにしたのです。その人物のことは金の借り手から何度も聞いていましたが、ずっとバカにしてきました。その人物とは、カルトゥジオ会修道院の院長でした。院長に会うのはとても難しかったはずです。なぜならカルトゥジオ会修道士は人に会うことはまれで、修道院の中で禁欲生活を送っていましたから。私たちサレジオ会修道士とは違います。私たちは修道服さえ身につけていません。カルトゥジオ会修道士にとって最も大事なことは黙想と孤独と節制でした。

幸運にも、男は修道士と話をする機会をもちました。修道院副院長のヨハネス・ビルシュタインに会ったのです。副院長は男に、悔い改めて新しい人生を始めれば子供は助かると教えました。そこで男は、公証人と証人の前で悔い改めることを約束しました。その後どうなったかって？　藁にもすがるような気持ちだったのでしょう、男は約束を守りました。そして子供は八歳の誕生日を迎えることができたのです。その後、男、つまりマティアス・クロイツァーに奇跡とも呼べる変化が生じました。

クロイツァーの末息子が死んでいたならどうなっていたか、私には知る由もありません。ともかく子供は助かりました。するとクロイツァーは、なんと修道院の保護者になったのです。百八十度改心したのです。それからというもの、クロイツァーは修道院の建物を修理しなければならなくなったり、修道士に後見人が必要になったりすると、いつでも駆けつけました。修道院を何度も苦境から救いました。修道士たちはクロイツァーにとても感謝し、彼が亡くなると、墓のそばにブナの木を植えました。そして十七世紀の終わりに、修道院副院長のヨハネス・ビルシュタインが聖堂内陣の木彫りの椅子にクロイツァーの像を彫り込ませたのです」

修道院長が話している間、クルフティンガーは一言も言葉を発しなかった。話し終わると、修道院長は振り向いて、警部の目を見つめた。「あなたはきっと、この話は全部、伝説か神話か誰かが冬の寒い夜に暇つぶしに考えた物語だとお思いでしょうね」

警部はそんなことはこれっぽっちも考えていなかったので、首を振った。

「まあ、見方によってはそんなふうに思えるかもしれませんが。ところで、木彫りの椅子をよくご覧になりましたか？　これらのモチーフを。大地、空、悪魔、預言者、聖人、使徒、天使。この連なりが何度も繰り返されるんです。でもこの像だけはどこか違いますよね。違和感があるというか。それは、この像だけが別の木で作られているからです。ほかの像はオークから作られていますが、これだけは……」

修道院長はしばらく考え込んで、答えをクルフティンガーにゆだねた。

「……ブナの木ですね」警部は蚊の鳴くような声で答えた。

「そうです。ブナです。いけませんね、忘れていました。この地方の歴史は隅から隅まで読んだはずなのに。マティアス・クロイツァーという人物は確かに実在していました。亡くなった子供についての記録は残っていませんが、末息子の話は記録されています。その後のクロイツァーの驚くべき変化についても。これでご理解いただけたでしょうか。私たちは知る（イグノ）ことはないだろう（ラビムス）。この世には、我々の理性では理解できないものが存在するのです」

クルフティンガーはこの言葉をどこかで聞いた気がした。そう思ったとたん、現実に引き戻された。そうだ、家の居間だ。テレビショッピングを見ている二人の妻に同じことを言われたんだった。確かにこの世には理性では理解できないものが存在する――そうであることを再確認させられている気がした。

「それでこれは……」かすれた声しか出てこなかったので、警部は咳払いをした。「……この木像は……」

「……悔い改める罪人のことですね」修道院長が言った。

「その悔い改める罪人は、宗教的理念の象徴と言っていいでしょうか？」

「ええ。そう言っていいと思います。改心を象徴しています。また、マティアス・クロイツァーのような罪人にも、改心する機会を与える神の慈悲の象徴でもあります」修道院長は人差し指を突き立てて、警告するように言った。すぐに穏やかな表情になると、警部に尋ねる。

「ほかの方がいらっしゃる場所にご案内しましょうか？」

「正直に申し上げます。けっこうです。実は、修道院長様にまだお訊きしたいことがあるのです」

「本当に大丈夫なのですか……ほかの方たちが探していらっしゃるのでは」

クルフティンガーは、自分が刑事であることを明かすべきかどうかを考えた。そして、話すことにした。自分が真実を打ち明ければ相手も真実を語ってくれると思ったし、修道院長に嘘をつくことはためらわれたからだ。

「もう一度自己紹介をさせていただきます。先ほども申しましたが、私はクルフティンガーと申します。しかし職業をまだお伝えしていませんでした。私は刑事です」

刑事と自己紹介するとほとんどの相手は動揺するのだが、修道院長オディロは顔色一つ変えなかった。

「私は今、謎めいた殺人事件の捜査を行なっています。ある件を調査するためにここに来たのです」

そこまで言っても、修道院長はいささかも動じた様子を見せなかった。

「事件と修道院がどう関係しているのか、修道院長様はお聞きになりたくはないですか？」

反応はなかった。

「実は、被害者の女性の持ち物の中から、ある写真が見つかりました。おそらく犯人が置いていったものです」

その瞬間、地下聖堂へ続く扉が開き、背が低くて体が不自由そうな老人が入ってきた。擦り切れたボロボロの黒い服を着た老人は、背中に小さなこぶがあるために前かがみになって歩いた。手にはハタキとチリトリを持っている。二人の前を通り過ぎるとき、小さくお辞儀をしてから、皺だらけの顔をさらに皺くちゃにしてニヤリと笑った。その拍子に口の中が丸見えになったが、歯と呼べるものはわずかしか残っていなかった。

「イエス・キリストを讃えよ」と、老人はつぶやいた。

「永遠に、アーメン」そう答えると、修道院長オディロは老人に微笑みかけながら、クルフティンガーに耳打ちした。「驚かないでください。彼はもうかなりの高齢ですが、修道院の清掃と管理をしてくれています。住み込みでね。すみません、話の腰を折ってしまって。写真について話されてましたよね？」

「写真、そうでした！」

クルフティンガーは、教会の管理人が話を聞き取れない位置にいるかどうかを確認した。老人は数メートル離れた木彫りの椅子の埃を払っていた。警部は声のトーンを少し下げた。

「今お話ししたように、被害者の持ち物の中に写真が入っていたのです。これです」

警部はポケットから写真を取り出すと、それを修道院長に見せた。修道院長の表情が変わることを期待したが、またもや顔色一つ変えなかった。しばらく写真を眺めてから言った。

「我々の木像です。珍しいので見間違うことはありません」

「なぜ犯人がこの写真を殺害現場に置いていったのか、何かお考えはありませんか？　それと、写真の裏に書かれた数字が何を意味するのかおわかりでしょうか？」

　修道院長オディロは写真をひっくり返して、しばらく数字を見つめた。クルフティンガーは修道院長が黙考するのを邪魔したくなかった。沈黙が続けば続くほど、院長から何か聞き出せるのではないかという期待が高まった。しばらくの間、辺りには警部と院長の鼻息と管理人の鼻歌しか聞こえなかった。

「申しわけないですが」それが答えだった。がっかりした警部に院長が写真を返した。

　すると聖堂内陣の扉が開いて、今度はエリカが入ってきた。

「ここにいたのね。心配したのよ」そう言って、妻は夫に非難の視線を送ったが、修道院長がそばにいるのに気づいてすぐに笑顔になった。

「修道院長様、私の妻です」警部が妻を紹介した。

「どういうこと、なぜ……」

　クルフティンガーはそれ以上妻に話をさせたくなかった。「しばらく修道院長様と二人きりで話をさせてくれないか？　木彫りの椅子でも見ていてくれ」妻は夫の嫌味な言い方に内心イラッとしたが、口答えはしなかった。

「では……修道院長様、告解の守秘義務は守っていただけますか？」

「もちろんですとも。私は人間である。私にとって、人間に関わることで、自分と無縁であ（ホモー・スム・フーマーニー・ニール・アー・メー・）

る物は何もない(アリエーヌム・ブトー)と思う。その事件がどう告解の守秘義務と関係するのかはわかりかねますが。まさか、あなたが犯人であることを告白されるわけではないですね？」

　クルフティンガーは修道院長の冗談には応えずに話を続けた。

「死体はヴァルトラムズ村の小川で発見されました。ヴァルトラムズの位置は……」

「……ヴァイトナウ町内ですね。わかります。私はその辺りの出身ですから」

「それなら話が早い。女性はそこで首を切られたのです。しかも額には数字が刻まれていました。十一という数字が」

　話をしながら、警部はハタキをもって近づいてくる管理人に注意を払っていた。今は鼻歌をやめて、ブツブツと何かつぶやいている。管理人のそばで、エリカは身をかがめて彫刻に見入っていた。

　修道院長は十一という数字を聞いて初めて表情を変えた。銀色の眉毛を吊り上げ、静かに言った。「残念ながら、何も思い当たりません」

　クルフティンガーはガックリと肩を落とした。ここに来れば決定的な情報が得られるかもしれないと期待していたのだが、このままでは昨日と何も変わらなかった。

「もう少し考えていただけないでしょうか？　この数字と事件との関係について……」

　院長は眉を吊り上げたまま言った。「十分考えましたよ。見た目とは違い、私は頭の回転がかなり速いほうです。あなたと同じで」

　それは警部に対するお世辞にも聞こえたが、まんざら当たっていなくもなかった。日常生活では、クルフティンガーの知的レベルは平均以下とみなされることが多いが、事件の捜査においては平均以上と見られて当然だと警部自身も自負していた。

「もちろんです。これ以上無理を申し上げるわけにはいきません。修道院長様、ありがとうございました。なんとも難しい事件でして。ご理解いただけたら幸いです」

「もちろんですとも。事件が解決することを祈っております」そう言うと、院長は警部に背を向けて出口へ歩き始めたが、扉を開けたところで振り返った。「祈りなさい。多くの場合、祈りが道を開いてくれます。祈りなさい、働きなさい（オーラ・エト・ラボーラ）。もう、おわかりですね」そして院長は姿を消した。

振り返ったとたん、クルフティンガーはドキリとした。目の前に、ニヤニヤと笑う管理人の顔があったからだ。

警部は、人の近くに寄り過ぎる人間が大嫌いだった。どんな人でも自分のテリトリーをもっている。そこへ立ち入ってはならないのだ。

「エリカ、行こうか？」クルフティンガーは数歩後ずさりすると、妻を呼んだ。「もう終わったから」

★　★　★

十分後、夫婦は修道院の壁のすぐそばにある〈ガストホフ・エンゲル〉のテーブルに着いていた。このレストランの修道院との深い縁を表わすスピリチュアルな名前を、クルフティンガーは面白いと感じた。田舎風の店内は先に着いたツアー客のために混んでいたが、時間はまだ十一時前だった。それでも警部は、ボリュームのある昼食を食べたかった。年を取るごとに、三度の食事の時間が早まっている気がする。これは憂慮すべきことだった。息子のマルクスによると、それは老人ホーム向けに体が進化している証拠であり、十六時に夕食を食べるようになればおしまいだという。息子がからかい半分に言っているのはわかっていても、おおむね当たっているので、警部はちょっぴり気にしていた。

　外食するたびに、警部は妻から何を食べたらいいかと質問された。妻は食べたいものを自分で決めることができなかった。だから夫は席に着くと、まずメニューを見ながらおすすめの料理を妻に解説してやるのが常だった。「イェーガー・シュニッツェル（ドイツ風カツレツにキノコ入りクリームソースをかけたもの）とフライドポテト。悪くないな……。七面鳥のステーキ。魚の盛り合わせ。嫌だね、昼間に魚を食うなんてどうかしてると思わないか？　ツヴィーベル・ローストブラーテン（ローストビーフのフライドオニオン添え）、俺はこれに決めた。あとは……」

　そのとき、クルフティンガーの目が点になった。警部は目を見開いたまま、メニューをたたむと、表紙に書かれた文字を読んだ。「ガストホフ・エンゲル、家庭の味」

　妻は夫を訝しげに見つめた。

「おまえのメニューにも書いてあるのか？」夫が知りたがった。

　妻は少し苛立ちながらも、メニューの表紙を見てうなずいた。

「まったく。おかしいとは思わないか？」

エリカは夫の言葉が理解できなかった。

「三ページ目を見てみろ。豆腐カレー！　これが家庭の味なのか？」警部は愚痴をこぼすのをやめ、ウェイターがすでにテーブルのそばに立っていたので、警部は愚痴をこぼすのをやめ、おざなりにうなずくと礼儀正しい口調で言った。「ツヴィーベル・ローストブラーテンを一つ。もし可能なら、フライドポテトの代わりにケーゼシュペッツレを添えてもらえますか？　できますか？　ありがとう」

昼間からよく食べる夫に慣れている妻はそういう注文を意外とも思わず、七面鳥のサイコロステーキとグリーンサラダを注文した。

ウェイターが去ると、クルフティンガーは修道院内の売店で買った木彫りの椅子の絵葉書に目を向けた。

「それで、十分情報は得られたの？」

「さあね」夫はぶっきらぼうに答えた。

「でも、修道院長とあれだけ話したんだから何かつかめたんでしょう」

クルフティンガーは妻を見つめた。ひょっとして、妻は話を全部聞いていたのか？

「どういうことだね？　それ、どういう意味で言ってるんだ？」

「二人でずいぶん長いこと話してたから言ってるの。私はずっとあそこにいたわけじゃないから、話の内容はわからないわ。あそこに戻ってからも、あの老人がブツブツ言ってたから、あなたたちの話はぜんぜん聞こえなかったわ」

「確かに、俺もあの老人にはイラついたな。なんだか聞き耳を立てているような気がしてさ」

「そうかしら。独り言ばかり言ってたと思うけど。同じ言葉をずっと繰り返していたわ」

「どんな言葉を？」

「わからないわ。わけのわからないことよ。なんか〝十一〟、そう〝十一〟がどうとかって言ってたわ」

クルフティンガーは手にもっていた絵葉書を落として、妻を見つめた。

「老人は何と言ってたんだ？」夫は問い詰めた。警部は頭に血が上ってくるのを感じた。

「わからないわ。なんか……」

「よく考えるんだ」警部が大声を出したので、妻はビクッとした。周りに座っているツアー客が二人に冷たい視線を浴びせた。

それでもエリカには夫の真剣さが伝わってきたので、思い出す努力をした。

「老人はずっと……そうだわ。〝それは十一。もちろん十一。説話に書いてある。十一に違いない〟って言ってたわ」

クルフティンガーが突然立ち上がったので、椅子が大きな音を立てた。

「すぐに戻る」警部はそう言ってレストランを出て行った。

★　★　★

クルフティンガーは修道院の壁に沿って走り、ガイドツアーが始まった入り口へ戻った。額から汗が流れ落ち、顔は真っ赤だった。金縁の眼鏡をかけ、頭のてっぺんで髪を野暮ったくまとめた女が、チケット販売所のガラス窓の奥に座っていた。彼女はクルフティンガーを見ると渋い顔になり、ボタンを押してマイクを通じて話した。「何かご用ですか？　もう一度お入りになりたいなら、拝観料を払っていただかないと」

女は警部が一度中に入ったことを覚えているようだった。

「いいえ。私は……修道院の管理人と……話がしたいんです」

警部は息が切れ、言葉が続かなかった。全速力で走ったのがまずかったらしい。

「マイクの前で話してください」スピーカーから金属音と共に声が聞こえた。

「どこにマイクがあるんですか？　どこにも……ありませんよ！」

「マイクの前で話してください」また同じ文句が聞こえる。ガラスの向こうの女はあきれたような顔つきだった。そこで警部の堪忍袋の緒が切れた。警察手帳をガラス窓に叩きつけた。小屋の中の女は、マイクなしでも修道院の奥まで届くほどの悲鳴を上げた。「俺は刑事だ。管理人と話がしたい。すぐにだ。わかったか？」

女は警部が同情したくなるほど怯えていた。

「独居室棟。独居室棟にいます。そこを右に曲がって、角にある棟にいるわ」女は大声で叫んだので、マイクなしでもよく聞こえた。警部が言われた場所へ行ってみると、十五メートルほどの長い廊下に行きついた。数メートル間隔でドアが並んでいる。最初のドアをノックすると、返事はなかった。警部は中へ入った。質素な部屋だった。椅子とテーブルとベッドと黄緑色の木製祭壇しかなかった。開閉式の祭壇は天井につくほど高く、片方の扉には十字架と二本のロウソクを立てた祭壇、もう片方の扉には椅子が備えつけられていた。部屋の奥には庭へ続く通路があった。庭は壁に囲まれ、隣の部屋の庭と遮断されていた。通路にはかんな台はじめ様々な道具が置かれ、木工室になっていた。質素な部屋には重苦しい空気が漂い、〝独居室〟という呼び名がぴったりだった。警部はすぐに外へ出た。

次の部屋に入ると、内部は最初の部屋と瓜二つだった。テレビもラジオもない完璧な静寂のなかで、ひたすら神と向き合った昔の修道士の生活は、クルフティンガーには想像もできなかった。彼らを尊敬せずにはいられなかったが、こんな生活をわざわざ選ぶ理由が理解できなかった。しかし当時なら、こういった庭付き個室付きの修道院の生活は贅沢だったに違いない。八つ目の部屋の扉をノックしたとき、ようやく返事があった。

「どうぞお入りください」しわがれ声が中から聞こえてきた。

ドアを開けたとたん、警部は困惑した。中がほかの部屋と違っていたからだ。部屋の大きさも家具も同じだが、テーブルにはテーブルクロスが、壁にはアルゴイの風景画が掛けてあり、出窓には花が飾られ、ベッドのそばには本棚、床には絨毯が敷かれ、ラジオの音まで流れていた。それどころか冷蔵庫もあって、その上に小型の電気コンロが備えつけられていた。

管理人はテーブルの前に座っていた。すでに聖堂内陣で見ていたが、背中に小さなこぶがあった。老人は警部を見てニヤリと笑った。「どうぞおかけください。どうぞ、どうぞ」

クルフティンガーは椅子に座って自己紹介すると、すぐに本題に入った。「さっき木彫りの椅子の前で、何かおっしゃってましたよね。数字について。十一という数字について。それは十一。もちろん十一……」

「はい、はい。十一。もちろん十一。説話に書いてある。十一って」管理人はまたニヤリとすると、クックッと含み笑いをもらした。

「それはどういうことですか？」

老人は質問には答えずに、黙って微笑んでいるばかりだった。

「それはどういう意味なんです？」警部は大きな声でゆっくり質問を繰り返した。老人に話しかけるときは、いつも無意識にそうしてしまう。

「説話に書いてある、ということです。説話です。説話」

管理人には言葉を繰り返す癖があった。それが警部を苛立たせた。きっと独居室で長い間暮らしていると、こんなふうになるのだろう。

「それはどの説話ですか？」

「ヴァルトラムズのですよ。あなたもヴァルトラムズと言ってましたよね。ヴァルトラムズ。もちろん〝十二人の息子たち〟。もちろん、そう。そうですとも」

クルフティンガーはすがるように十字架を見た。もし老人がこのまま訳のわからないことをしゃべり続けるなら、この場でひざまずき、祈りを捧げたいとすら思った。チケットの女性販売員にやったように強硬手段に出ることもできたが、そのやり方はこの老人には通用しないと思った。警部は穏健な態度を取り続けることにした。

「えっ？　ヴァルトラムズ？　ヴァルトラムズがどうしたんです？」

「自分で言ってたじゃないですか。十二人の息子のうち、十一人がさらわれた。十二人目だけが残った」そう言って、管理人は立ち上がった。クルフティンガーは相手が話を打ち切ったのかと思ったが、老人は本棚から何かを取り出した。それは小箱だった。老人は箱を小脇に抱えてテーブルへ戻ると、ゆっくりと蓋を開いた。タイプライターで書かれたメモ書きがたくさん出てきた。管理人は曲がった指で紙の山をほじくり返すと、一枚取り出して、それを警部に渡した。老人はすき間だらけの前歯を見せてニヤリとした。

手渡された黄ばんだ紙には、亀甲文字で〝十二人の息子〟と書かれてあった。警部は興奮を抑えながら読み始めた。

喉が渇き、顔がほてってきた。物語はこう始まっていた。「昔々……」警部の頭のなかで、亀甲文字が徐々に映像へと変わっていった。その場面には老婆がいた。老婆は貴族のフンピス家の前で、お腹を空かせた我が子のために物乞いをしていた。そこへ冷酷なフンピス家の主人の妻が来て、〝物乞いするくらいなら、そんなにたくさん子供を産むんじゃない〟と冷たく老婆をあしらった。腹を立てた老婆は、仕返しにフンピス家の妻に呪いをかけた。〝あの女が十二人の息子を産むように〟と。

呪いをかけられた妻は息子を十二人産んだ。一度にそんなにたくさんの子供を産んだ妻は、夫に不貞を疑われることを恐れた。そこで女中に、十一人の息子を籠に入れてヴァイデン川へ行き、水に沈めるよう命じた。ところが女中は、川に行く途中でフンピス家の主人にばったり出会ってしまう。女中は主人に犬を捨てに行くのだと嘘をついたが、主人はその言葉を信じなかった。結局、主人は真実を知ることになり、妻の冷酷さに恐れをなして、息子たちを安全な場所へ移して育てた。十二年後、主人は妻に、子供を殺した女はどんな罰を受けるか知っているかと尋ねた。妻は「死刑ですわ」と答えた。主人は「そうか、おまえは自分で自分に死刑を言い渡したのだな」と答え、部屋の扉を開けた。すると十一人の息子が母親に飛びかかった。物語はこう締めくくられていた。「フンピス家の紋章には、今なおたくさんの犬が描かれている」

クルフティンガーは顔を上げた。紙をもつ手が震えていた。戸惑いを覚え、少なからずショックを受けていたが、それは物語の内容のせいではなかった。最後の段落に書かれている一文を読んで、背筋が凍りついたからだ。「ヴュルテンベルク出身のフンピス家の先祖は、のちにヴァイトナウのヴァルトラムズ村に定住した」

警部は、泣きたいのか笑いたいのか自分でもよくわからなかった。謎が解けそうで興奮している一方で、事件の奇怪さをより一層痛感していた。

クルフティンガーはこぶのせいで背中が曲がっている管理人のほうを見た。まだニヤニヤと笑っている。管理人は言った。「ですよね、ですよね。わかりましたか。わかりましたか」

警部は管理人に、最初の殺人事件のことを話すべきだろうかと少し考え、話さないでおくことにした。管理人が警部と修道院長の話をどのくらい盗み聞きしたのか、事件の詳細を話して、彼が秘密を守れるかどうかわからなかったからだ。それでも目の前のチャンスを逃したくはなかった。

「ラッペンショイヘンで起きたことを知っていますか？」

警部は尋ねた。

管理人の顔から笑みが消えた。考え込み、無精髭の生えた顎をかきながら、残念そうに答えた。「いいえ、いいえ。残念ながら、残念ながら、残念です。本当に残念です」

管理人の言うことに嘘はないように見えた。警部は管理人に感謝していたので、誠意だけは示しておこうと思った。「もし何かお困りのことがあればお電話ください。ケンプテン地方刑事局警部のクルフティンガーです。わかりましたか？ では、さようなら」

「はい、はい。わかりました。ケンプテンですね。わかりました」年老いた管理人はそう答えて、最後にもう一度すき間だらけの前歯を見せてニヤリと笑った。

★　★　★

〈ガストホフ・エンゲル〉に戻る途中、クルフティンガーは考えた。捜査は、警部流に表現するなら〝煮詰まって〟きていた。死体の額に刻まれた数字の十一、説話の中の十一人の息子、ヴァルトラムズ。これらのキーワードの一致は偶然ではないと思えた。もしかしたら、ラッペンショイヘンの謎めいた殺人にもつながっているかもしれない。だが、暗号のような数字の意味はいまだに解明できていなかった。いったいどんな謎が隠されているのだろう？考えるだけで鳥肌が立った。

警部はレストランのドアを開けた。事件の新情報を話せる相手がいるのがうれしかった。妻は空の皿とほんの少し飲み残したグラスを前にして座っていた。夫の席には手つかずのツヴィーベル・ローストブラーテンが置かれていた。

「エリカ、驚かないでくれ」警部がいきなり話し始めた。「信じられないかもしれんが……」

「食事、冷めちゃうわよ」妻はそう言って、夫の言葉を遮った。冷ややかな口調だった。クルフティンガーは額に皺を寄せた。妻をここに置き去りにしたのがよくなかったらしい。

「聞いてくれ」夫は姿勢を正して言った。「おまえは捜査についてきたんだ。こういうことになっても仕方ないだろう……」

「そうね、食事が冷めても仕方ないわね。私にはどうでもいいことよ」とエリカは答えたが、その言葉には悪意が含まれていた。

「俺は……」

「食べなさいよ！」

妻の指図に、夫はギクリとした。ため息をついてフォークとナイフを手に取ると、肉を大きめに一切れ切り、その上にタマネギとケーゼシュペッツレをのせて豪快に口へ放り込んだ。口を閉じて噛み始めたが、途中で噛むのをやめて考えた。吐き出してもいいだろうか？　冷め切ったツヴィーベル・ローストブラーテンは実にまずかった。妻は固い表情で手を動かし、紙のビアコースターを細かく裂いていた。夫は口の中のものを吐き出さずに食べることにした。そのほうがお互いにとっていいことだと思ったからだ。

「それ、おいしいの？」妻がとげのある口調で訊いた。

「うん、うん」夫はうなずきながら、頭のなかの〝まずいものリスト〟に冷め切ったケーゼシュペッツレを書き加えた。

★　★　★

帰りの車中でクルフティンガーは部下に電話をかけて、まもなく刑事局に着くことと、着いたらすぐに会議を開くことを伝えた。妻は夫に、帰宅する前に駅へ行き、帰省する息子を出迎えてくれるよう頼んだ。車中で交わした会話はこれだけだった。妻を家で降ろすと、警部は刑事局へ向かった。

少し疲れを覚えてオフィスへ入ると、秘書が声をかけた。「奥様と一緒に過ごすのがそんなに大変なんですか？」

それには答えず、警部は自分の部屋へ入ってドアを閉め、大きなため息をついて椅子に腰を下ろした。会議で部下に報告する前に、頭のなかを整理する必要があった。ふと机の上に目をやると、見知らぬ本が何冊も積み上げられていた。警部は一番上の本を手に取って、ピンク色の文字で書かれたタイトルを読み上げた。『閉経——女性の分岐点』。警部はやれやれと首を振り、次の本のタイトルを読んだ。『憂鬱な日を軽快に乗り越えよう――女性の生理』顔が真っ赤になった。誰かのいたずらか？　『排卵ダイエット』、『バストアップ運動』似たようなタイトルの本があと二冊あった。それは部下も、さっきの電話の口調で察したはずは冗談を笑い飛ばせる気分ではなかった。今日なのに。"この本はいったい何なんだ"と大部屋にいる部下を怒鳴りつけようとして、急に口を閉じた。ミヒャエラ・ハイリゲンフェルト。血中のアドレナリン濃度が正常に戻著者名が目に入ったからだ。った。

クルフティンガーはホッと胸をなで下ろした。

もう少しで、真面目に仕事をしている部下に罵声を放つところだった。

そのときドアが開いて、シュトローブルが、続いてマイアーとヘーフェレが入ってきた。

「本はご覧になりましたか。よかった。私たちのほうからは……その前に、警部、緊急に伝えたいこととは何ですか？」

クルフティンガーは修道院で得た驚くべき新情報をすぐにも伝えたかったが、まずは部下の努力をねぎらうために、彼らの話を先に聞くことにした。驚くべき情報は最後に伝えたほうが、インパクトがあっていいと思ったからだ。

「いやいや。まずはそっちの話を聞こう」

「第二の殺人の被害者は、警部もご存知のとおりフュッセンの有名な産婦人科医でした」とシュトローブルが切り出す。「警部は八〇年代に起きた事件を覚えてますか？　産婦人科医のハイリゲンフェルトがひそかに違法な中絶を行ない、逮捕された事件です。その結果、彼女は医師免許を剝奪されましたが、刑事と民事両方の訴訟で有罪は免れました。その理由は、手術を受けたほうが罪悪感を抱いて、証拠の提示を拒否したからだと言われています」

クルフティンガーはうなずいた。

「ハイリゲンフェルトはその後もフュッセンに住み、作家として――まあ、書いたのは女性向けの本ばかりですが――とにかく有名になったんです」マイアーが口をはさんだ。「警部の机に彼女の本を何冊か置いておきました。興味があればぜひ……」

「もう見たよ。ありがとう。ほかには？」

マイアーが不満そうに警部を見た。もう少しほめてもらえるのを期待していたからだろう。

クルフティンガーがほかの部下に話を振ったので、マイアーはふてくされてソファーにドカッと腰を下ろした。

「事件のあと、ハイリゲンフェルトは家に引きこもっていたようです」ヘーフェレが話し始めた。「あんなにも世間を騒がせたら、誰だってそうなりますよね。親しくしていたのは妹だけだったようです。詳しいことはわかりませんが、ハイリゲンフェルトは作家としては成功しました。ですから金の問題はなかったようです。それ以上のことは、今となってはもうわかりませんが」

どうやらハイリゲンフェルトは、かなり長期間、世間との接触を絶って暮らしていたらしい。

「それならきっと、Ａクラスの葬式ができますね」マイアーは冗談を言ってみんなの気を引こうとしたが、誰も応じなかった。

「それで、殺された場所は特定できたのか？　何か手がかりはつかめたか？」

ヘーフェレがシュトローブルに視線を投げて、話をバトンタッチした。

「それが、実はまだ詳しいことはわかっていません。つまり、家で殺害された形跡はないということです」

させましたが、何も見つかりません。ハイリゲンフェルトのアパートも調べ
「まあ、それも一つの発見かもな」クルフティンガーは部下をほめようとしたが、途中で言いやめた。ディートマー・ローデンバッハーが部屋に駆け込んできたからだ。ガリガリに痩せ、日に焼けたニーダーバイエルン出身の上司は、上品に整えた白髪を上下に揺らせていた。

「いっだい、どうなってるんだ、クルフティンガー。どごに行ってでだんだ？　探じだんだぞ。まっだぐ何も進んでいないじゃないが。ごんなごどでいいのが……」

クルフティンガーは言いわけを探したが、結局何も言わないことにした。ローデンバッハーには鬱憤を吐き出したいだけ吐き出させよう。

局長が威圧的で大げさなジェスチャーを交えて話した内容はおおよそ次のようなものだった。今や由々しき事態だ。連続殺人事件の犯人をいち早く見つけ出す必要がある。警察は二十四時間厳戒態勢を取っているのに捜査は一向に進展していない。笑いものになることだけはなんとしても避けたい……

クルフティンガーは真剣に耳を傾けているふりをしながら、犯人逮捕を望むよりも、自分の名誉に傷が付くことを恐れている上司にあきれ返っていた。

それでも警部は、特別捜査チームを編成するという局長の申し出だけは笑顔で受け入れた。必要な人材を調達し、〝マンパワー〟を〝百パーゼンド〟確保してくれるという。これを機に、慢性的に人材が不足している刑事局の人事が刷新されることを期待した。

「みんなで力を合わぜれば、どんな残虐な事件も早期に解決できる」とローデンバッハーは言った。そこで警部は、直近の状況を短くまとめて報告した。

「どにがぐ捜査は少じずづ前進じでいるどいうごどだな？」局長は最後にそう言うと、オフィスを出て行った。

例によって、ローデンバッハーが去るとしばらく沈黙が続いた。やがてクルフティンガーが最初に沈黙を破った。「やれやれ、まったく！」

そうは言ったものの、部下たちが不安を抱いているのを察して、警部はこう言い添えた。

「特別捜査チームって言ったよな？　どんな人材も調達するって。悪い話じゃない」

「そうですね。普段は、節約、節約と言っている人が、いきなり何でもOKだなんて」ヘーフェレも驚いていた。「ところで、警部が我々に聞かせたい話って何ですか？」

邪魔者が突然来たせいで、クルフティンガーも部下に教えたくてたまらなかったことを忘れていた。話し始めると、部下たちの目が次第にキラキラと輝き始めた。ブックスハイムの修道院長との会話、管理人との会話、そして十二人の息子の説話を部下たちに聞かせてやった。みんな肩を寄せ合うようにしてソファーに座り、真剣に話を聞いていた。

「ということなんだ」と警部は締めくくった。「手がかりになりそうだと思わないか？　これからどう進めていけばいいだろう？」

　そこでマイアーが、小学生みたいに人差し指を立てて、意見を言いたいという意思表示をした。そのしぐさがクルフティンガーには滑稽に思えた。

「なんだ、マイアー。いい考えでもあるのか？」

　マイアーはためらいがちに言った。「僕たちの特別捜査チームに名称はあるんですか？」

　三人はあっけに取られた。

「名称って？」警部は答えた。「そんなものどうでもいいだろう。もっと大事なことがあるだろう。まあ、付けるとしたら……」警部は天井を見上げ、数秒考えた。「〝特捜チーム・大鎌男〟はどうかな……」

「アイデアは悪くはないですが、でも、大鎌男って？」シュトロープルが言った。「そのうちローデンバッハーは自分の名を上げるために、特捜チームに関する記事をマスコミに書かせるかもしれない。そのとき〝特捜チーム・大鎌男〟だなんて言ったら、バカにするなと怒られそうですね」

「確かにそうだな。じゃあ、何にすればいい？　ほかに案はあるか？」

　一分ほど沈黙が続くと、マイアーが急に顔を上げて言った。「〝特捜チーム・昔話〟なんかいいかも」

　三人は大きなため息をついて首を振った。みんな、ノーコメントだった。それでもマイアーはめげずに新しい案を出した。「じゃあ、〝特捜チーム・ツグミ〟」

「ツグミって？　ツグミがどう事件と関係するんだ？」クルフティンガーがイライラしながら訊いた。

「本当はカラスなんですが、カラスのことは秘密にしなければダメだから、代わりに別の鳥を選んだんです。カラスのことは犯人しか知りません。もし、なんでツグミなんだ、おかしいじゃないかと言い出すやつがいたら、そいつが犯人かもしれない。だからツグミなんです」

「いいじゃないか、マイアー。素晴らしい案だ。ほかに何かあるか？」

マイアーは不満そうだった。「みなさんには創造の意欲が感じられませんね。ダメだと思っても、みんなの前で自分の案を発表すべきです。みんなで意見を出し合う、つまりブレインストーミングしないと、いいアイデアなんか生まれませんよ。くだらない案でもいいんです。出し合いましょう。これが組織マネジメントの基本です」

「リヒー、落ち着けよ。もうわかったから。それでおまえの脳みそには、まだ案が残っているのか？　それとももう空気しか残ってないのか？」

マイアーがふてくされた顔をした。そんなマイアーを見ると、三人はニヤリとせずにはいられなかった。

やがてヘーフェレが思い切って提案した。「〝特捜チーム・大鎌（ゼンゼ）〟は？」

クルフティンガーとシュトローブルは左右に首をかしげながらヘーフェレの出した案を繰り返し口にした。

「悪くないな」警部が評価した。

「確かに悪くないですね。でも、なんかちょっと普通過ぎるというか。〝特捜チーム・カーラジオ〟とか、〝特捜チーム・冷蔵庫〟というのと変わらないような……」

「そうだな。ひねりが足りないかもしれないな。たとえば特捜チーム……特捜チーム……」

「エルンテダンク」

警部とシュトロープルとヘーフェレはびっくりして、蚊の鳴くような声でその言葉を口にしたマイアーを見つめた。みんなの予想外の反応に驚き、マイアーが説明を加えようと息を吸い込んだところで、隣に座っているシュトロープルが口をはさんだ。「エルンテダンク、いいじゃないか」シュトロープルはマイアーの肩を強く叩いた。

「うん、いいと思う」ヘーフェレも賛同した。

「大鎌のメーカーの名前だから事件にも関係しているし、マスコミ受けしそうな名称でもあるし。よくやった、リヒャルト！」クルフティンガーも続いて支持した。

マイアーには、自分の案が受け入れられた理由が理解できなかった。半信半疑で三人の顔を食い入るように見つめて、冗談を言っていないかどうかを確かめた。みんなが間違いなく賛同していることがわかると、マイアーの表情がパッと明るくなった。「エルンテダンク」そう誇らしげに言うと、マイアーはお気に入りの袖パッチのついた焦げ茶色のジャケットの袖をいじった。

そのとき、「畜生！」と警部が大声を出した。マイアーはビクッとしたが、自分が怒鳴られたわけではないことがわかって胸を撫でおろした。

クルフティンガーは時計を確かめた。「十五分も無駄話をしてしまったじゃないか。俺たちにそんな暇はないんだぞ」そう言って手を叩く。「さあ、仕事だ。そろそろ捜査を進展させないとな。被害者の職場や親族や交友関係についての〝一般調査〟は制服警官に続行させてくれ。俺たちは、二件の殺人の共通点を探し出すことに集中する。犯人が同一人物なら、殺人の動機もほぼ同じはずだ。二つの事件には何らかの接点があるに違いない。何か思いついたやつはいないか？」

オフィスがまた静かになった。二つの事件に共通点があることは間違いないが、それが何であるかは誰にもわからなかった。三人の部下は上司から目をそらした。

「大丈夫だ。すぐに見つかるとは、俺も思っていない。これはパズルみたいなものだ。ピースは全部揃っているんだから、あとは組み立てるだけだ。鑑識課のヴィリー・レンに、二つの事件の証拠物件をもう一度比較するよう頼んでくれないか？」

クルフティンガーの自信たっぷりの口調が部下を勇気づけた。部下は上司の考えを受け入れ、やる気満々でうなずいた。

「まずは伝説や説話について調べてみるのがいいと思います」シュトローブルが提案した。

「そのとおりだ、オイゲン。謎はまだまだあるとはいえ、第二の殺人は説話に関係していることがわかったからな。関係しているというよりも、事件のモチーフになっていると言っていいだろう。第一の殺人にもモチーフとなった説話があるはずだ。そう考えれば、カラスや奇妙な殺害方法にも説明がつく」

クルフティンガーは殺人、特に第一の殺人を解明する手がかりが見つかって一安心した。以前ほど恐ろしい事件には思えなくなった。

「たぶんいないだろうが、説話に詳しいやつはいるか？」

全員が首を振ったので、警部は続けた。「では、どこで説話に関する情報を集めたらいいだろうか？」

「本ですか？」マイアーが訊いた。

「説話に詳しい人間に話を聞くんです。郷土保存の関係者とか、市の史料管理担当者とか」シュトローブルが言った。

「市に雇われている考古学者がいるんじゃないでしょうか」ヘーフェレが言った。

クルフティンガーは満足してうなずいた。「いいだろう。アイデアは出揃った。俺は本を調べる。専門家に尋ねるのは、おまえたちでやってくれ。できるだけ詳細な情報が欲しい。なんとしてもズッターとハイリゲンフェルトの共通点を見つけ出したいんだ」

★　★　★

三十分後、クルフティンガーはケンプテンの商店街の〝行きつけの本屋〟の前に立っていた。〝行きつけ〟と言っても、クリスマスと親戚の誕生日のプレゼント、特に妻への誕生日プレゼントを買いにくるくらいだった。警部は読書家ではないので、教養が足りないことにコンプレックスを抱いていた。あまりにも教養がない自分に腹を立てることもしばしばだった。読書を始めようと何度も試みたことがあるが、読むのが非常に遅いので、結局、腹を立てて途中でやめてしまった。

クルフティンガーは、妻を含めて頭のなかで〝声を出さずに〟本を読める人間を何人も知っていた。警部の場合、本を読むのは頭のなかで文章を読み上げているのと同じことだった。だから、実際に朗読しているときの速度と変わりなかった。読書の速度の遅さを一番痛感させられるのは、妻と一緒にベッドに入り、それぞれに本を読んでいるときだった。夫が苦労して一文一文読んでいるそばで、妻は手を止めることなくページをめくり続けた。警部にとっての読書とは、しおりをはさんで本を閉じ、読んだ量を確認して、大したものだと自分をほめることで時間つぶしをしているようなものだった。

だからクルフティンガーはなるべく薄い本しか読まないことにしていた。千ページ近い本になると、生きている間に読み切れるかどうか心配になり、その心理的な負担が重過ぎて最初の数ページでさじを投げてしまう。途中でさじを投げたときは、内容が面白くなかったとか、暴力的過ぎると言いわけしていたが、自分が投げ出した本をすでに読んだ人に対しては、〝文章の推敲が足りないし、テーマに一貫性がない〟と言うようにしていた。実はそのコメントは新聞の文芸批評欄から拾ってきたフレーズだった。学術的で示唆に富んだ論評に反論できる人はそういないから、ここぞというときには文芸評論家風のコメントを使ってごまかしていた。

警部は、いつもだいたいエリカから本についての情報を得ていた。本を警部にすすめる人間は、妻以外はほとんどいなかった。警部はよく、素晴らしいから絶対に読んだほうがいいと言われて妻から本を渡された。どれほど頻繁に妻が素晴らしい本を読んでいるかは、夫の枕元に積み上げられた本の山が証明していた。

ときおり、特に休暇中に、警部もどうしようもなく本が読みたくなることがある。そんなときは、エリカから〝女性向け小説〟を借りて読んだ。妻が好きなのは、イギリスのなんとか卿の物語や、癌におかされた有名建築家と不倫し、相手の死後、その子供を養子に迎えた貴族の女性の物語などだった。

とりとめもないことを考えながら、警部は本屋の扉を開けた。客が来たことを知らせるチャイムが鳴り終わらないうちに、店主が腕を広げて警部に近づいてきた。「まあ、もうそんな時期ですか。奥様のお誕生日にまた何かをお探しで？」

クルフティンガーは、それほど店に来たことがないのに顔を覚えられているのが恥ずかしかった。店主は一度、テレビで警部がインタビューを受けているのを見て以来、警部のことをこの店唯一の有名人客だとみなして、来るたびに一生懸命応対してくれた。

「グリュース・ゴット、レーヴェンムートさん」警部は短く挨拶をした。今日も店主の名を口にしながら、〝ライオンの勇気〟という名がこの男にはまったくそぐわないと思った。とうてい勇気など持ち合わせているとは見えない男だった。六十代の店主は、握手をするときの力でわかるように老い込んでおり、頬が垂れ下がっているせいで第一印象が悪かった。今日は黄色い薄手のVネックのウールセーターに、色がまったく合っていないシャツを着て、スカーフを巻いていた。

店主は鎖のついた眼鏡を鼻まで下げて、警部をまじまじと見た。

「ウタ・ダネラ？ ロザムンド・ピルチャー？ それとも純文学系がいいですか？」

別の本屋に行くべきだったかもしれない、と警部は後悔した。でも来てしまったからには何か買うしかなかった。店主はいつも何か買うまで帰らせてはくれない。

「いいえ。今日は違うんです。欲しいものがほかにあって。アルゴイ地方の説話集なんかありませんか？」

店主は驚いた様子で眉をひそめ、「説話ですか？ まあ、新たな境地をご開拓ですか」と茶目っ気たっぷりに言った。そして、「もちろんありますよ」とつぶやく。「それじゃ、足音を立てずに、静かについてきてください」警部は店主のおふざけには慣れていた。

レーヴェンムートはクルフティンガーを二階の実用書コーナーに案内した。その一角に〝郷土〟という札が貼られた本棚があり、登山・山歩きガイドや郷土植物図鑑、マウンテンバイクのロードマップ、郷土料理本などがきちんと分類されて並べられていた。

「お待ちください。確かここにあったと思います」レーヴェンムートはそう言って、床に膝をついた。そこで店主の関節がポキッと音を立てたので、〝この男もか〟と警部はほくそえんだ。店主は指で本の背をなぞった。「説話……説話……ありました！ アルゴイの説話！ しかも説話全集ですよ」店主は背中に全集をもった手を回して警部に渡した。五百ページはある分厚い本だった。

「あと、バイエルンの説話集も」と言って、店主は別の本を警部に差し出した。「シュヴェービッシュ地方、アレマン語圏の説話集もありますよ」

レーヴェンムートが立ち上がったときには、警部は三冊の本を手に抱えていた。

「ほかにもありますよ。警部さんの好みにもよりますが」それはこれから店主のうんちくが始まる合図だった。クルフティンガーは、店主が一度しゃべり始めたら止まらないことを知っていた。著者の経歴から書籍の紙質まで、叙事詩的な語り口で微に入り細を穿って解説する。それを避けるために、警部は言った。「全部買います。あるだけ、全部ください」

数分後、警部は十冊もの本をもってレジの前に立っていた。レーヴェンムートは人差し指でレジを打ち、改まった声で値段を告げた。「百二十三ユーロ五十セントです」

クルフティンガーはごくりと唾を飲んだ。そんなに高いとは思っていなかった。財布を開けると、札で五十ユーロ、コインは合わせて三ユーロほどしか入っていなかった。そのとき、デビットカードで支払いができることを思い出した。警部も妻もデビットカードで支払いをする習慣はなく、普段は常に現金払いだった。そのほうが無駄遣いしないですむと思っていたからだ。でも、こんなときはデビットカードも便利だと改めて思った。

「では暗証番号を押してから、二度確認ボタンを押してください」レーヴェンムートはカウンターに置かれた小さな機械を警部のほうへ向けた。ディスプレイには横棒が四本並んでいた。警部はまたごくりと唾を飲んだ。暗証番号。いくつだったろう？　7から始まることだけは覚えていた。でも、そのあとは？　警部の頬が赤らんだ。まずゆっくりと7を押した。レーヴェンムートに暗証番号を忘れたことを気づかれたくはなかったが、デビットカードなどほとんど使わないのだから忘れて当然だった。クルフティンガー家では、毎週、妻が銀行へ行って適当な額を引き出し、それを居間の秘密の引き出しに入れておくのが習慣になっていた。もしほかの家庭で同じことをしていたら、刑事としての立場から安全ではないと注意しただろうが、我が家はうまくいっていたので安心していた。電子マネー取引に慣れている息子には時代遅れだと言われるが、現金を持っていないとなんとなく不安になるのだ。

だが、今はその習慣を後悔していた。ぼんやりと頭に浮かんだ数字を入力してみたが、ピーッという音が鳴って機械に拒否された。

「暗証番号を間違えた場合は、訂正ボタンを押して、また入れ直してください」店主はそう説明したが、警部がまごついているのを見て、カウンターの反対側から手を伸ばし、赤い訂正ボタンを押した。「これでもう一度押してみてください」

クルフティンガーはその間に暗証番号を79まで思い出したが、もう一度思いつきで入力すると違っていた。三回番号を入力したところで、ディスプレイに文字が現われた。〝カード取引を停止しました。銀行にお問い合わせください〟

なんてこった。カードが使えなくなった。

「もしあなたが刑事さんであるのを知らなかったら、今頃カード泥棒を疑ってましたよ」店主は目を細くしてニヤリとした。

「えーと……レーヴェンムートさん。お恥ずかしい限りです。違う番号を繰り返し押してしまったみたいです。もし可能なら、請求書をケンプテン刑事局に送ってもらえませんか？」

「では、警察手帳を見せてもらえますか？」

レーヴェンムートは警部の職業をこれまで何度も話のネタにしてきたが、実際に警部だと確認できる機会を得て喜んでいるようだった。警部はその要求を受け入れるしかなかった。

今、弱い立場に立っているのは明らかに警部のほうだった。

「いいですよ。見せなくても」店主は突然、要求を取り下げた。「でも、まさか外国に逃げたりはしないですよね？」

★　★　★

クルフティンガーが刑事局の階段を上りかけたところで、上からマイアーが下りてきた。

「僕、いいものを見つけたかもしれないんです」部下はそう言って目を輝かせた。

「見つけたって？　かもしれないって、何だ？」

「言葉のあやですよ。見てください」

オフィスのある二階まで一緒に上ると、マイアーはジャケットのポケットから小さな紙切れを取り出した。そこにはいくつかの数字が書かれていて、なかには線で消されていたり、下線が引かれていたりしたものもあった。紙を広げたマイアーの手は震えていた。クルフティンガーは部下が何を見つけたのか早く知りたかった。

「ズッターの誕生年は一九五六年です」

マイアーは、得意げに警部に顔を向けた。クルフティンガーはうなずいた。

「ハイリゲンフェルトは一九四七年生まれです」

警部はまたうなずいた。話がどう展開するのかまったく予想できなかった。しかし部下はそこで言いやめた。どうやら話は終わったらしい。

「それから……？」警部はじりじりとして尋ねた。

「わかりませんか？　五十六と四十七ですよ……」

「それがどうした？」

「五足す六も四足す七も、どちらも十一です」リヒャルト・マイアーは少し間をおいて、ゆっくりと大きな声で言った。「ハイリゲンフェルトの額に刻まれた数字と同じです」

クルフティンガーは部下に憐みと驚きの混じった目を向けた。冗談であることを祈った。

ところがマイアーの目は真剣だった。

「おまえは、容疑者リストから十一という数字が嫌いな人物を見つけ出せば、そいつが犯人だと言ってるのか？　勝手にやってくれ」警部はそう言うと、ポカンとしているマイアーを残してその場を去った。

★　★　★

「これ！　これ！　はい、これ！」クルフティンガーはそう言いながら本屋で購入した本を無造作に部下に配って歩いた。「みんな一冊ずつ担当してくれ。残りは特捜チームのほかのメンバーに渡してくれ。全部読まなくていい。必要なところだけ読むんだ」

クルフティンガーは一番薄い本を読むことにして、すぐに自分の席に着いて読み始めた。ところが数行読んで本を脇に押しやった。

「畜生」警部は叫んだ。全文が亀甲文字で書かれていたからだ。古い説話集を複製したものらしい。亀甲文字を読めないわけではなかったが、ただでさえ読むスピードが遅いのに、慣れていない文字だとよけいに時間がかかる。労力もより必要になる。亀甲文字は特に〝s〟と〝f〟の区別がつきにくいので、〝水の中にひます〟とか〝どこに行けばひひのかほとんどわからなひ〟なんて変な読み方をしてしまう。警部は頭をかいて立ち上がると、部下たちのいる大部屋のドアを開けた。ヘーフェレだけが席に着き、シュトローブルとマイアーはいなかった。説話集の一つを読んでいたヘーフェレは顔を上げたが、警部が〝気にしないでくれ〟と合図したので、また本に目を戻した。

クルフティンガーはマイアーの机にゆっくりと近づくと、ヘーフェレをチラッと横目で見てから、さっきまで読んでいた亀甲文字の本とマイアーの机に載っている本を交換した。ヘーフェレに見られていなかったことを確認したあと、かすかに笑みを浮かべて自分の部屋へ戻った。大きなため息をついて椅子にドシンと腰かけて、前の本よりはいくらか厚い本を開き、最初の説話を読み始める。それは亀甲文字ではなく普通の書体で書かれていた。

タイトルを見ただけで、中身は期待できないことがわかった。「ブッヘンエッグの夜のブタ」半ページほどの短い話なので読むことにした。

〝今は昔、オーバーシュタウフェンのあたり、ブッヘンエッグの裏のシュピルツレの野原いとあやしけり〟

警部は額に皺を寄せた。書体は近代だが、文体のほうは前近代だ。もう一度本を交換しようかと思ったが、読み続けることにした。〝ある夜、翁B、庭のあたりで物音聞きて打ちおどろけば、恐ろしげなブタ、目をギラギラ輝かせて向こうて来たり。翁、丈夫な枝を手に取ってブタを叩きけり。されど当たらず。にわかにブタ、十字架のあたりに現われ、角を曲がりて消え失せにけり〟

警部は首を振った。これが説話だって？　最後の文を読んで、さらに頭を抱えた。

〝さて、さて、これはいったい何じゃろな？〟

俺が訊きたいくらいだ！　いったい何なんだ？　古い城や謎めいた土地についての珍しい物語を期待していたのに、〝恐ろしげなブタ〟なんてありえない。ブタの章のページをさらにめくってみた。「ハッゲンの成熟ブタ」などわけのわからない題名ばかり並んでいた。みんな飛ばしてさらにページをめくる。するとやや長い説話を見つけた。薄気味悪いタイトルが目に留まった。「ヒンデラングの石の十字架」

その説話によると、ヒンデラングとオーバードルフを結ぶ道沿いに、155の年号が彫り込まれた石の十字架が立っているという。クルフティンガーはその道を何度も通ったことがあるので、石の十字架があることは知っていたが、年号が刻まれていたかどうかは定かではなかった。そこには昔、二人の兄弟が住んでいたという。ある夜、二人は道の真ん中でばったり出くわした。しかし暗かったので、二人とも相手が兄弟であるのがわからなかった。どちらも道を譲らなかったのでケンカになり、一方が他方を殺してしまった。殺したほうはしばらくして、兄弟を殺したことに気づいて、死体をそのままに外国へ逃亡した。死体を見つけた村人が、兄弟殺しの贖罪のためにそこに石の十字架を立てたという。

　そこで電話が鳴り、クルフティンガーはビクリとした。

　かけてきたのはヴィリー・レンだった。興味深い新情報を入手したと言いながらも、レンはいつものように落ち着いていた。「二件の殺人に共通する証拠物を見つけてくれとおまえから頼まれて、調べ直してみた。それでわかったんだ。両方の事件で赤い合成繊維が見つかってる。アルゴイではあまり流通していない繊維だ。とても丈夫で、安物ではない」

「じゃあ、それが売られている場所を調べたらいいってことか？」

「違う。あまり流通していないと言っても、決して珍しいものではない。よけいなお世話かもしれんが、俺はただ、二つの殺人が同一犯の仕業である確証を得たかっただけだ。これが事件解決の決定的な手がかりになるとは思っていない。でもこれで、容疑者が見つかったらまずやるべきことが明確になった。赤い合成繊維でできた持ち物を探せばいいのさ」

　警部はレンに礼を言って電話を切ると、改めて本を手に取った。「ヒンデラングの石の十字架」の説話が気になっていたからだ。石の十字架は、かつてそこで神への冒瀆が行なわれた証拠だった。警部が探していたのはこういうおどろおどろしい説話だった。古典的な文章が、話を一層気味悪いものにしていた。もっと読み進めたかったが、時計を見ると帰宅時間だった。警部は気になる本をコートのポケットに入れてオフィスをあとにした。
★　★　★

ケンプテンを出たところで、クルフティンガーのズボンのポケットで携帯電話が激しく振動して鳴り出した。

「まったく、今頃いったい何なんだ？」警部は仕事の電話だと思って悪態をつくと、不器用な手つきで携帯電話をポケットから引っ張り出した。

「はい、クルフティンガーですが！」携帯電話を怒鳴りつけた。

だが、電話の相手が妻であるのがわかると、急に態度を改めた。

「ちょっと確かめたかっただけなんだけど、駅にマルクスを出迎えにいくのを忘れてないわよね？」

「忘れてないさ。覚えてたよ。息子が久しぶりに帰ってくるんだ、忘れるわけないじゃないか。もうすぐ駅だよ」警部は大げさな口調で嘘をついた。そして、すぐにUターンするとケンプテンへ戻った。

戻る途中、もしマルクスを乗せずに家に帰っていたらと想像してゾッとしたが、何はともあれうまくごまかすことができて、警部はほっとした。結婚記念日を忘れるのは毎度のことで、エリカももう慣れっこになっていたが、さすがに息子の帰郷を忘れたらあとが怖かった。

妻は、息子を目に入れても痛くないほどかわいがっていた。夫よりも大事にしていたが、それについてはクルフティンガーも近ごろは慣れっこになっていた。

もちろん父親も息子を愛していた。一人っ子のうえに、いい子に育ってくれたからだ。だがエリカのように息子を溺愛するのは、母親にしかできないことだった。マルクス——正式にはマルクス・アレキサンダー。エリカがダブルネームがいいと主張して付けた名前だった——と父親の関係は、ここ数年で各段によくなった。マルクスがギムナジウムに通っていたころは、思春期ということもあって、父親と息子はよくケンカをしたものだ。当時のマルクスはだらしなくて、怠け者で、勉強もあまり好きではなかった。

一番苦々しい思い出は、マルクスが夜中にクルークツェルで無灯火で無保険バイクを乗り回し、警察に捕まったときのことだった。マルクスは当時十六歳で、普通自動二輪免許すらもっていなかった。父親は一週間も、交通警察から呼び出されては小言を言われ続けた。その一年後にも、息子はアルトゥスリートの工事現場でパワーショベルを無断で乗り回したが、こちらはトレーラーハウスに衝突しただけで警察沙汰にはならなかった。

しかし息子が〝アビトゥーア〟に合格して大学入学資格を得ると、さすがのクルフティンガーも息子を誇りに思わずにはいられなかった。息子は当時、長髪で、しかも兵役を拒否して兵役代替社会奉仕活動をすることに決めていたが、そういったこともアビトゥーア合格によって父親は許すことができた。クルフティンガーは決して兵役が兵役代替社会奉仕活動よりもいいとは思っていなかったが、兵役に就けば息子が髪を短くし、早起きするようになるとひそかに期待していたのだ。

しかし息子は、兵役に就かなくても早起きするようになった。大学の心理学部の席が空くまでの一年半、人命救援組織の〈マルテーゼ〉で運転手として働くことになったからだ。その間父親は、病人や体の不自由な人々との接し方を学び、時間を厳守し、熱心に働くようになった息子を尊敬の眼差しで見守っていた。クルフティンガーは、大学が始まるまでは銀行や保険会社や郵便局、場合によっては家具職人のもとで実習生として働いてほしいと考えていたが、マルクスは給与は安いが人助けに関わる仕事をしたいと救援組織を選んだのだ。そんな一方で、息子はその期間、妻からこっそりもらった小遣いでケンプテンでの夜遊びを謳歌していた。そのほかにも、わけのわからない気功のコースやスペイン語教室、乗馬教室、サックス教室に通ったりした。なぜそんなに多くの習い事をしたのか？　その答えは決まっていた。女漁りだ。女を追いかけて、次々と習い事を変えていたのだ。クルフティンガーはよく寝る前にため息をつきながら妻に問いかけたものだった。いつになったらマルクスの恋愛熱は冷めるのだろうか、と。

マルクスの愛の遍歴は、クルフティンガーの友人の間でもよく話のネタにされた。この父親からよくもまあ、あんなに女にもてるハンサムボーイが生まれたものだと、みんなにからかわれた。もちろんクルフティンガーも若い頃はマルクスのような黒髪だったが、恋愛経験に関してはマルクスの足元にも及ばなかった。当時は知人のなかでも、結婚前に複数の恋愛経験がある男は珍しかった。

その一方で、クルフティンガーはマルクスを〝更生させた〟のは女性たちだと考えていた。マルクスは大学で心理学の勉強を始めると、シルビアという医学部の女学生と付き合い始めた。そのとたん、長髪のヒッピー生活は終わりを告げた。髪を短く切って上品な服を着るようになり、朝はジョギングをし、文学や芸術やクラシック音楽にまで興味をもつようになった。

残念ながら息子はシルビアとは別れてしまったが、彼女が息子に与えたポジティブな影響だけは残っていた。というのも、息子はシルビアと別れてからも、父親には理解し難いインテリ志向を加速させていったからだ。

いずれにせよ、息子は二・九というあまりよくない点数で〈アビトゥーア〉に合格したものの、インテリであることに変わりはなかった。最近は会話のなかで外国語を多用するようになり、それが外国語をほとんど理解できない父親には気に食わなかった。一方、心理学を最も複雑で難しい学問とみなしている妻は、外国語を並べ立てる息子を誇らしく思っていた。

父親は、一人息子の趣味嗜好については興味よりも不信感を抱いていた。父親の目には、息子が故郷を大事にしていないように見えたからだ。異国の料理を好んで食べるところだけを見ても、それは明らかだった。いつだったか、マルクスはリンダウの日本料理店に両親を連れて行こうとして、直前で警部に阻止された。生魚を食べるなんて、警部には想像するのも恐ろしかった。そんなものを食べれば、名前も知らない病気におかされ死んでしまうに違いない。

また、二十五歳になったばかりの息子の旅行熱も、クルフティンガーには理解し難かった。旅先はバリやバンコクやメキシコやペルーなどの遠い国で、次の学期が終わったら、なんと香港に行くという。

クルフティンガーはパサートを駅前に駐車し、鍵をかけた。人生観はまったく違うとはいえ、息子に会えると思うとうれしくて思わず口笛を吹いていた。マルクスはエアランゲンの大学で熱心に勉強するようになり、修士課程の中間試験を素晴らしい成績でパスした。洗濯機と乾燥機付きのシェアハウスに引っ越して、新しい彼女ができて以来、あまり帰郷しなくなっていた。

クルフティンガーは電車の時刻表を見て、二十分も遅刻したことに気づき、慌てて三番ホームに駆け上がった。息が切れて頭がクラクラしたが、金髪のかわいい女の子と話している息子を見つけることができた。

父親が来たことに気づくと、マルクスは金髪の女の子の両頰に別れのキスをした。父親のほうは少し距離を置いてその様子を眺めていた。女の子と別れると、息子は父親のそばに近づいてきた。二人はぎこちなく肩を叩きあっただけで、ハグはしなかった。どちらも体をピタリとくっつけるのは好きではなかった。

「グリュース・ディッヒ、父さん」マルクスは陽気に声をかけた。〝父さん〟とアルゴイ弁のアクセントで言ったので、警部はうれしかった。

「グリュース・ディッヒ、マルクス。ごめんよ、遅れて」

「大丈夫」マルクスはニヤリとして振り返ると、女の子にウインクした。

「ガールフレンドだろう。家に呼んだらどうだ？」

「ガールフレンド？」

「ベンチに座っている彼女のことさ。ガールフレンドじゃないのか？」

「そんなにすぐにガールフレンドにはならないさ。今日、電車で知り合ったばかりなんだから。でも、かわいいだろう？」

　父親は息子をいくらかうらやましく思う気持ちを押し隠して、首を振った。「おまえは本当に手が速いな！　カバンをよこせ。俺がもつから」そう言ってはみたものの、息子からカバンを渡されるとすぐに後悔した。女の子が一人入っているのかと思うくらい重かった。

「何が入ってるんだ？」

「必要なものだけだよ。着替えと本が何冊か」

「相変わらず勉強熱心だな。ところで、大学の勉強はどうだ？」

　駅を出て車に向かう途中、クルフティンガーは息を切らしながら息子に尋ねた。エリカがいないと二人の会話はなかなかはずまない。マルクスは父親の質問には答えずに、車のドアを開けて少し後ずさりし、改めて顔を近づけて車内の空気をかいだ。「うわっ！　もう田舎の臭いがする」

　クルフティンガーは生クリームの臭いがすることを謝り、その理由を話そうとしたが、息子は父親の肩を叩いて言った。「平気さ。で、家は変わりない？」

「ああ、母さんから全部聞いたとは思うが。この間、風呂場の配管が破裂して大変だったんだ。しかも修理をしている間、ドクター・ラングハマーの家に泊まることになって」

「なんでおばあちゃんの家に泊まらなかったのさ？」

「母さんのことはおまえもよくわかってるだろう」

マルクスはそれだけで納得したようにうなずいた。

「ところで仕事はどうなの？　母さんが、連続殺人の捜査をしてるって言ってたよ」

クルフティンガーは驚いた。息子が父親の仕事に興味を示したことなど、これまで一度もなかったからだ。

「連続殺人と言うとテレビのドラマみたいだが、本当にそうなんだ。警察も手を焼いている。被害者は二人いて、同じ殺され方をしている。大鎌で首を容赦なくバッサリ、だ。死体は見られたものじゃなかったよ」

「具体的に言うと？」

「まあ、具体的に言うと、一人目の被害者の胸には死んだカラスが置かれていた。しかも犯人はカラスの嘴で被害者の目をくり抜いていた。二人目の被害者は女性で、額に十一という数字が刻まれていた。さらに犯人はヒントというか、奇妙な暗号を残しているが、それを解読できなくて困っている。前例がないほど残酷な事件だよ」

「うん、かなり謎めいた事件だね」マルクスは独り言のようにそうつぶやいた。車はクルークツェルの乳製品工場の前を通り過ぎ、カーブを曲がってアルトゥスリートに続く道に入った。「儀式殺人みたいだね。犯人は精神的、心理的に追い詰められていて、暗号を使って何かを伝えたがっているんだ。暗号に取り憑かれている。重篤な強迫性障害だな」

「それはどういう意味……くそっ、畜生。トラック野郎は方向指示器を出せないのか？　早く行けよ」

クルフティンガーは家のガレージに車を停めるとほっとした。待ちきれなかったのか、エリカは風呂場の窓からこちらを見ていた。そして〝男ども〟（妻は夫と息子のコンビをいつもこう呼ぶ）が車を降りるのを見ると、急いで玄関に回った。父は息子と二人きりでもう少し話をしたかったのだが、今日は無理だと納得し、息子は妻に託すことにした。夫には「グリュース・ディッヒ」とだけそっけなく言うと、息子を強く抱きしめた。

「まあ、マルクス。やっと帰ってきたのね！」妻は玄関を出るなり叫んだ。

「早く中に入って。今日はおまえのためにサルティンボッカとヤマドリダケのリゾットを作ったのよ。大好物でしょう。デザートはペストリー生地で焼いて、クッキークランチを散りばめたプラムケーキよ。あなた、マルクスのスーツケースを運んでくれない？」

最後の言葉が夫の心に深く突き刺さった。それだけでなく、夫は今晩の献立が気に食わなかった。サルティンボッカとヤマドリダケのリゾットのおもな食材は、子牛肉とハムとヤマドリダケで、それについては特に異論はなかった。しかしヤマドリダケのつけ合わせはリゾットではなく、ゼンメルクネーデル（白パンに水、小麦粉、卵を加えて練った団子）でないといけない。リゾットではダメなのだ。クルフティンガーに言わせれば、米はシュペッツレやカルトッフェルクネーデル

（ジャガイモ団子）がないときだけの代替食だ。そのうえ警部は、サルティンボッカのハムの下にくっついているセージが嫌いだった。セージは、消化不良の解消にハーブティーにする薬草としか考えられなかった。ハーブティーの味がする肉など、考えるだけでも嫌だった。今晩の献立で唯一救われるのはプラムケーキだが、それも完璧とは言い難い。プラムケーキの生地はペストリーではなく、イースト入りの昔ながらの生地でなくてはならない。ペストリーは甘いし、ねっとりしていて、警部は好きになれなかった。とはいえ、久しぶりに息子が帰ってきたのだ。とどのつまり、息子が喜ぶならどんなものでもよかった。

それでも、妻の手料理の味は上々だった。警部はその日、ブックスハイムで冷え切ったシュペッツレを無理して平らげてから何も食べていなかった。だからよけいに料理がおいしく感じられたのかもしれない。三人のおしゃべりも楽しかったが、ほとんど妻と息子が二人で話していたようなものだった。食事が終わると、クルフティンガーはいつものようにトイレにこもった。そこで、車の中でマルクスから言われた言葉――〝犯人は暗号を通して何かを伝えたがっている〟――を思い出した。改めてマルクスと話をしたほうがよさそうだ。

けれども、今夜は息子とは話ができないことが警部にはわかっていた。エリカがマルクスを独占していたし、息子は十時にケンプテンで友達と落ち合う約束になっていたからだ。

仕方なく寝室へ行ったクルフティンガーは目を疑った。妻は息子のベッドに洗い立てのシーツを敷いてやっていたが、その余波がここにも及んでいた。なんと、ベッドの上にパジャマが用意されていたのだ。

誇らしげな、青いヒエンソウよ
穀物畑に咲くアネモネよ
フクジュソウよ
ナルコユリよ
青いヤグルマギクよ
彼には何を言っても仕方がない
収穫祭の花輪にならないといけないなんて
気をつけるんだよ、可愛いお花さん！

「静かに！　マルクスが目を覚ましちゃうわ」

我が息子、マルクス様。息子が帰ってくると、妻はいつもピリピリする。朝の六時半からこれだ。クルフティンガーがいつものように（もっとも新婚当初ほどではないが）そっとベッドを抜け出して朝の身支度を始めると、妻も目を覚ました。妻が深い眠りから目覚め、真っ先に考えたのは夫ではなく息子のことだった。それを夫は驚きと嫉妬の入り混じった気持ちで受け止めた。妻の態度を責める気はないが、母に溺愛されている息子は家ではまさに無敵だった。とはいえ、クルフティンガーもその気になれば無敵になることができる。近所に住んでいる自分の母親のところへ行けばいいのだ。それでも、我が〝愛(まな)息子〟（妻には、夫が息子を愛しているようには見えないらしいが）に対する嫉妬心は抑えられなかった。

　だからというわけでもないが、クルフティンガーはこれから妻の意に反することをするのがうれしくてたまらなかった。マルクスを起こすつもりだった。警部はよろめきながらつま先で廊下を歩いた。息子を怒らせる気はなく、むしろほめてやるつもりだった。昨日の息子との会話が頭を離れなかった。息子の鋭い洞察力には脱帽していた。警部は頼もしくなった息子を誇らしく思い、同時に——自分の希望とは違ったが——心理学を学ばせてよかったと初めて思った。今までは、同年代の仲良しグループが集まると、みんな口を揃えて子供にはヨーロッパ経済や情報学を学ばせたいと言うのを聞いて、息子に心理学しか学ばせられなかった自分を恥じてきた。いまだにこの田舎では、心理学など学ぶのは変人であるという偏見が一般的だった。みんなに、「じゃあ、おまえの息子は将来カウフボイレン行きか（カウフボイレンには全病棟閉鎖型の精神科病院があった）？」とか「血は争えないな」などとからかわれたものだった。それでもクルフティンガーは、みんながそういう冗談を楽しんでいるならそれでいいと思い、笑って受け入れてきた。

昨日のように、父親と息子が互いの専門分野を認め合って専門的な会話を交わしたのは、覚えている限り初めてのことだった。父親はそのことがうれしかっただけでなく、息子の意見を取り入れれば事件の謎をもっと深く追究できるのではないかと期待していた。

「マルクス……すまん……もう起きてるか？」

クルフティンガーはとっさに、バカな質問をしたと思った。六時半に大学生が起きているわけがないし、〝起きているか〟と訊かれて、〝いいえ〟と答える人間はいないからだ。昔の息子はいつも母親に起こしてもらっていた。母親は上品に人を起こす術を心得ており、父親のように大太鼓を叩いて行進するような下品な起こし方はしなかった。

「何？」マルクスの部屋から、半分寝ぼけた返事があった。

「仕事に行く前に、昨日の話の続きをしたかったんだ。つまり事件についてだ。昨晩は、母さんの……いや、話す機会がなかったからな」警部は〝母さんのせいで〟と言おうとして言葉を呑み込んだ。妻にも息子の帰りを喜び、息子と話をする権利があると思ったからだ。

「すぐに行くよ」と、驚いたことに暗い部屋から明快な返事が戻ってきた。

父親は機嫌よく風呂場へ寄ってから台所に行くと、息子はすでに食卓に着いて新聞を読んでいた。

「何か食べるか？」父親が訊いた。

「ああ、コーヒーでいいよ。ブラックで」

「すまんな。起こしてしまって」

「いいよ。昔みたいな寝坊はしないから」

クルフティンガーは安堵のため息をついた。以前のマルクスなら、週末は午後の二時を回らないと起きてこなかった。いや、二時を過ぎても叩き起こさなければ起きなかった。父親はそんな息子が理解できず、朝起きると、息子の眠りを妨害しようとわざと家の中を騒がしく歩きまわったものだった。とはいえ、それは息子に対する単なる嫌がらせではなかった。神から与えられた貴重な一日を、息子がそんなふうに無駄に使うのを許せなかったのだ。

クルフティンガーが若い頃は、八時までに起きてこないと父親から叩き起こされたものだ。でも、そんな時代はもうとっくに終わっている。

「昨日の話だが。おまえ、いくつか面白いことを言ったよな」

マルクスは、さっきとはうってかわって真面目な顔つきになった。父親からほめられることなどめったにあることではない。

犯人は暗号を解読してもらいたがっているみたいなことを言ったよな」

「言ったよ。それは間違いないな。彼は……彼と呼んでおくよ。犯人は明らかに男だからね。

なぜそうとわかるのかはあとで詳しく話すけど、とにかく彼は死体をアレンジした。これ、いい研究テーマになるね。今度の研究発表ではこの事件をテーマにしようかな」

警部はドキッとした。「本当はこんな話、息子にしてはいけないんだ。秘密は守ってくれるだろう？」

「父さん、冗談だよ。誰にも言わないってば」

「よかった。それで、ほかに思いついたことはないのか？」

「そうだな。殺人犯が説話をモチーフにしているのは偶然じゃないと思う。何らかの事情があってそうしているのさ。その背景がわかれば捜査は進展すると思う」

父親は唖然とした。息子にはまだ一言も説話のことは話していなかった。それなのに息子はいとも簡単に事件のモチーフは説話だと見抜いたのだ。警察はそう気づくまでに一週間もかかったというのに。警部がもう一度ほめてやろうとした矢先に、息子が言った。「そんなに驚かなくていいさ」

息子はそう言って、テーブルの上の新聞を父親のほうへ押しやった。

クルフティンガーはマルクスが指差す記事の見出しを読み上げて仰天した。「殺人事件――説話をモチーフに」

「なんで……」警部は新聞を自分のほうへ引き寄せると、記事に目を走らせた。そして身を起こして歯ぎしりすると、一言叫んだ。「マイアー！」

「父さんの部下なの？」

父はうなずいて、額を叩いた。

「たぶん、俺が悪いんだ。手当たりしだいに電話して、事件のモチーフになった説話を見つけ出せと指示したのは俺だからな。マイアーは郷土文化に詳しい新聞記者をよく知っているんだが、もしかしたらその記者に……あとでマイアーを問い詰めてやる」

「まあ、落ち着いて。警察はマスコミに捜査を妨害されないよう情報提供には十分配慮すべきかもしれないけれど、一度くらい情報をもらし過ぎたからといって、捜査が行き詰まったりはしないよ。それより……父さんたちは犯人捜しに集中すべきだね」

「そうだな」警部はそうは言ったものの、マイアーをあとで取っちめてやるつもりだった。

「それで、このことをおまえはどう思う？」

「説話のこと？　奇妙なやり方だけど、犯人は何らかのメッセージを送っているんだろうな。可能性はいろいろあるけど、たとえば、犯人は自分の全能性と警察の無能を知らしめたがっているのかもしれない。これは昔からある古典的なモチーフだけど、この事件に関しては当てはまらないと思う。自分の全能性と警察の無能を伝えるだけなら、こんな手の込んだアレンジは必要ないからね。全能性を伝えたいだけなら、自分の目印を犯行現場に残していくだけで十分だ。アメリカではそういう事件がよく起きている。たとえばトランプのカードをいつも置いていく殺人犯がいる。彼はカードを使って警察に、〝犯人はまた俺だ。おまえたちはまた俺を捕まえられなかったぞ〟と伝えてるんだ。でも、今度の事件はもっと複雑な構成をもっている。手間ももっとかかっている。だから古典的なモチーフには当てはまらないんだ」

クルフティンガーは息子の説明を聞いて感じ入った。もう何十年も刑事の仕事をしてきたが、息子のように事件を分析する能力は身に着けなかった。クルフティンガーはいつも犯人像など分析せずに、直感で捜査を進めてきた。ところが今、彼の直感はこうささやいていた。

〝おまえの息子が正しい〟

「それなら、ほかにどんなモチーフが考えられる？」

「犯人は父さんたちに、殺人を〝解読〟してもらいたがっているんだ。警察とコミュニケーションを取りたがっていると言ってもいいかもしれない。僕が……僕が思うに、犯人は理解してもらいたがっているんだろう」

「何だって？」

「つまり、犯人は警察が説話というモチーフのなかから、自分のメッセージを読み取ってくれるのを待っているのさ。最後にこう言うためにね。俺はやっぱり正しかった」

「正しかった？　二人も人を殺しておいて？」

「それは父さんの考えだろう。彼はそうは思っていない。心理学的に犯人の思いを汲み取っていかないとダメなんだ。それぐらい、大学の犯罪心理学ゼミで最初に習ったよ。だから、僕はいつも犯人が考えるように考えることにしている」

クルフティンガーはコーヒーを一口飲んだ。生ぬるかった。マルクスの話が面白過ぎて、コーヒーを淹れたことをすっかり忘れていた。

「俺の理解が正しければ」と父親は息子の話をまとめた。「犯人は、警察が事件と真剣に向き合うことを望んでいる」

「そうだよ」

「でも、なんでそんな複雑なことをするんだ？　説話なんて難し過ぎないか？　もっと簡単な方法もあるだろう？　事件が簡単でも難しくても、警察は捜査するんだ。そんなことは犯人もわかってるだろうに」

「警察は警察の視点からしか事件を見ない。たとえば父さんたちはすぐにこう考える。被害者を憎んでいる人間はいたか？　被害者は最後に誰と会ったか、とかね。でも今回は、別の視点から事件を見る必要がある。つまり、犯人の視点からさ」

クルフティンガーはゴクリと唾を飲んだ。もちろん警部として、捜査では犯人の視点に立つのが大事だということを知っている。でも、その認識が十分ではないのかもしれなかった。刑事生活が長過ぎて柔軟さを失いつつあるのか。

「もっと深く掘り下げれば、犯人が警察に伝えたい以上のものを知ることができるかもしれない」とマルクスは言った。

「それは？」クルフティンガーは期待と疑念の入り混じった気持ちで尋ねた。

「さっき父さんも言ったように、事件が簡単でも難しくても警察は捜査する。でもね、犯人はそれだけでは飽き足らないんだ。いわゆる〝普通の〟殺人事件で見つけ出す以上のものを、警察に見つけてほしいのさ。一般的な殺人事件では、犯人と被害者は近い関係にあることが多い。だからこそ、今回の事件はそうでないと推測できるんだ」

警部は、目の前にいるのが自分の息子だとはとても信じられなかった。息子はこの数分間に、父親が数日かかって気づいた以上のものを提示してくれた。父親にはそんなふうに思えた。

「ほかにも推測できることはないだろうか？」警部は自分が興味深い講演会の聴衆の一人でもあるような気がしてきた。夢中で聞き耳を立てている感じだった。

「じゃあ、もう少し突っ込んで考えてみよう。犯人は何らかの使命を果たそうとしている。それを、父さんたちは認識しないといけない。もちろん犯人は、警察が使命の遂行を妨害しようとしていることを知っている。つまり犯人は、警察を必要としながら、警察を避けようともしている。だからよけいに事件が謎めいて見えるんだ。証拠さえも、犯人捜しの直接的な手がかりにはならない」

「手の込んだ計画だ」

「そう、そういうこと。だから犯人はおそらく、四十歳から六十歳のインテリの中年だと思う。だって、説話なんか若者は知らないからね。今は学校でも習ったりしないし。つまり、犯人はそこそこの年齢の男で、大鎌を振り回せるほど力があって、スポーツマンだ。さらに、計画を立てたり、先を読んだりできる人間。そうでなければ、こんな大演出は無理だろう」

「複数の犯人である可能性も？」

「その可能性はあるけど、高くはない。使命は個人的なものだから、そう簡単に協力者を見つけることはできないからね。でも、わからないよ。僕が話しているのはすべて学術的、科学的な推測でしかない。父さんもそれは承知しているだろうが」

マルクスはそこで話をやめ、コーヒーを一口飲んでからカップを見つめた。クルフティンガーも口を出さなかった。マルクスはまだ話を終えていないように思えたからだ。

「あともう一つだけ言うと、犯人は虚栄心の強い男だ。事件を芸術作品に仕立て上げようなんて、かなりの見栄っ張りだ。統計を見ると、犯罪の引き金になる心理的要因で一番多いのが虚栄心なんだ」

クルフティンガーはうなずいた。「もう一つ質問がある」

「どうぞ」

「なぜ説話なんだろう？　メルヘンや聖書じゃなくて。なぜ説話である必要があったんだろう？」警部は息子に、説話を調べれば調べるほど、どう捜査に活かしていいかわからなくなると打ち明けた。

「なぜ説話なのか。それは、現時点では答えるのが難しい」マルクスはためらいがちに言った。「その疑問はおおもとから考えたほうがいいかもしれない。つまり、質問をこう変えてみるのさ。そもそも説話とは何だろう？　説話や神話は何のためにあるのか？　僕がまず目をつけたのは、説話の主要モチーフだ。そう、〝正義〟だよ。そう認識することが捜査に役立ちそうな気がするんだけど。でも説話では、人智を超えた力が出来事に介入する場合がほとんどなんだ」

マルクスはそこでコーヒーを飲みほすと、カップをテーブルに静かに置いた。そして腕を頭のうしろで組むと、背もたれに寄りかかった。その姿勢はまるで、父親からの賛辞を待ち受けているかのように見えた。

そこで父親は、マルクスの期待どおりの言葉ではなかったかもしれないが、ポツリと言った。

「おまえを大学に行かせて本当によかったよ」そこで警部は時計に目をやった。「大変だ。もう出かけないと」

警部は立ち上がってコートを着ると、誇らしい気持ちで家を出た。とはいえ、いったい何を誇らしく感じているのかは自分でもよくわかっていなかった。

★　★　★

けれども、警部の誇らしげな気持ちは、職場に近づくと次第に罪悪感へと変わっていった。なぜなら、昨日は特別捜査チーム全員に宿題だと言って説話集を配っておきながら、自分は宿題をしてこなかったからだ。時間がなくて、説話集は読み進められなかった。それでも息子との今朝の会話のほうが、説話集よりもずっと参考になった。そう思うことで、罪悪感を追い払った。

警部が席に着くと、コンピューターはすでに立ち上げられていた。ヘーフェレとの一件以来、秘書に〝一分一秒でも節約したいから、朝一番にコンピューターを立ち上げておいてくれ〟と指示してあったからだ。とは言っても、届いていたメールは一件だけだった。

警部は青色に点滅しているメールのタイトルを読み上げた。〝新理論・内密〟。その横には差出人の名前があった。リヒャルト・マイアー（刑事課）。「なんだ、なんだ」とつぶやき、警部はダブルクリックしてメールを開いて読み始めた。例によって、全部小文字で書かれていた。マイアーは一度みんなの前で、小文字だけで書くのがネット社会の常識であり、〝ネチケット〟だと力説したことがある。誰も〝ネチケット〟の意味を知らなかったのに、あえて訊かなかった。みんな、マイアーの前では恥をさらしたくなかったからだろう。

〝おはようございます。マイアーです。昨日、警部がおっしゃっていた二つの殺人の共通点について考えたところ、次のようなことに気づきました。

まず、ゲルノート・ズッターの会社はウアズラスリートのポルシェ通りにあります。ハイリゲンフェルトも、結婚し、診療所の経営もうまくいっていたときはポルシェ通りに住んでいました。でもウアズラスリートではなく、フュッセンのポルシェ通りです。また、ズッターはポルシェに乗っていたそうです。一度その車で交通違反した記録が残っています。こうしたことは共通点になるでしょうか？　これらの点は掘り下げる価値があると、僕は考えます。念には念を入れるのがいいと思います。このメールに返信は必要ありません。では、

R〃

リヒャルト・マイアーはいつもメールの最後にイニシャルの〝R〃を記した。マイアーはそれを自分のトレードマークだと思っているらしい。

クルフティンガーはため息をついた。朝から部下が提示した二件の殺人の共通点はバカげているとしか言いようがなかった。楽しんでいるのか、あるいは陰謀論ごっこのつもりなのか。捜査の進展に役立つとはとうてい思えなかった。いったい何に刺激されて、マイアーがこんな妙な詮索を始めたのだろう。誰か、マイアーの口を閉じてやる者がいないだろうか。冗談みたいな作り話はもう聞きたくなかった。警部は返信無用の文言を口実に、返信せずにメールを消去した。こうしておけば、少なくとも互いに嫌な気分になることはないはずだ。

〝朝の会議〃では、マイアーと顔を合わせたあとも、誰もメールについては口にしなかった。一方マイアーのほうは、新聞の件を問われると、説話のことを話したのをあっさり認めて、警部から大目玉を食らった。怒り狂うクルフティンガーとは対照的に、シュトローブルとヘーフェレはしょげるマイアーを見てひそかに楽しんでいた。

お説教のあとは、昨夜読んだ説話についてそれぞれが報告した。警部はみんなの前で発表する小学生のような気分だった。だが残念ながら、ラッペンショイヘンと接点をもつ説話を見つけ出していなかったので、何も発表できなかった。一方、部下たちはお気に入りの説話

を披露した。最高傑作は「プードルの説話集」だった。ヘーフェレは似たような構成のプードルの説話をいくつか独特の語り口で語った。どの話もだいたいこういう内容だった。橋の上や道端の小さな礼拝堂などの人気（ひとけ）のない場所で、見るも恐ろしい、燃えるような赤い目をしたプードルが何度も目撃された。「ブッヘンベルクの夜のプードル」という説話には、赤い目ではなく、赤い舌をもったプードルが登場した。ほとんどの話は、プードルが悪臭のする雲の中へと消えていったところで終わる。

「アルトゥスリートにもプードルの話があるんです。礼拝堂のプードルって呼ばれていて、人の背中に飛び乗ってくるそうです。それが信じられないくらい重いようです」と、笑いながらヘーフェレは上司に伝えた。「でも、警部の大事な大太鼓よりは軽いと思いますがね」

それを聞いてみんなが笑い声を上げた。部下たちは、ことあるごとに警部が入っている村の音楽隊の衣装や大太鼓の異常な重さを冗談のネタにした。

現代のプードルは、人間に無理に被毛をおかしな形にトリミングされた、最もあわれな犬と言ってよかった。よりにもよってそのプードルが怪談の主役になるとは。みんなで笑い転げた。

だがマイアーが、プードルは悪魔のシンボルだと説明すると、みんなが一斉に笑うのをやめた。ゲーテの小説『ファウスト』では、悪魔のメフィストフェレスがプードルに変身し、それを知ったファウスト博士が〝なんだ、これがプードルの正体か〟と叫ぶ場面があるという。〝なんだ、これがプードルの正体か〟は〝裏の事実〟を意味する慣用句として、今でも使われている。

クルフティンガーは、マイアーの説明が終わると咳払いをして言った。「ありがとう、リヒャルト。とてもためになったよ。ほかに面白い説話はないか？　プードルじゃなくて、もっと怪談っぽいのは？　オイゲン、何かあるか？」

シュトローブルは、少し考えてから答えた。「ええ。怪談っぽいのを一つ読みました。ベッチガウの隣にあるシュタインという村の話です。あそこには〝大鎌の岩（デンゲルシュタイン）〟と呼ばれる大きな漂石（氷河で運ばれた岩が氷河の解けたあとに残ったもの）があります。なぜデンゲルシュタインと呼ばれるか、知ってますか？　夜になると、そこからまるで大鎌を鍛えるような音が聞こえるからです。死神が戦争好きな人間の首をごっそり刈り取るために、悪魔を呼び寄せてこう命令するんです。〝大鎌を鍛えろ！（デンゲル・シャーフ）〟と。デンゲルシュタインから大鎌を鍛える音が聞こえるたびに災いが起こり、大勢の人間が死ぬんだそうです」

しばらく沈黙が続いた。

「なんだか怖いですね」やがてヘーフェレが口を開いた。

「よくある説話のモチーフさ」と警部は答え、部下たちの顔を一人ずつ見回した。「つまり、正義だよ。人智を超えた力を主役にして、正義を……強調しているのさ」

またもや沈黙が続いた。部下たちは上司の言ったことを考えているようだった。とうとうシュトローブルがうなずいた。「確かに、警部の言うとおりです」そう言ってまた何度もうなずいた。それにつられてヘーフェレとマイアーもうなずいた。クルフティンガーは満足した。

「ところで昨日、市の考古学者と話をしようとしたんですが、つかまりませんでした」とヘーフェレが言った。

「わかった。俺があとで直接連絡を取ってみる」クルフティンガーはそう答えると、みんなのほうを向いてうなずき、部屋を出た。

★ ★ ★

警部は、市に雇われた考古学者が一日中どんな仕事をしているのか知らなかった。クルフティンガーが知っている考古学者は、トロイアを発掘したシュリーマンなど、どこか遠くの砂漠で衰亡した文明の遺跡を発掘する人間だった。ケンプテンにもローマ人とケルト人の居住跡があるが、警部が知る限り発掘作業は終わっていた。警部は考古学に少しだけ興味があり、それが仕事の役に立てられそうでうれしかった。今日は刑事局の局用車に乗り、町を見下ろす丘の上の細い道を走っていた。

なぜ今日は局用車を選んだかというと、自分の車のガソリンタンクが空っぽだったからだ。刑事局内にもガソリンスタンドはあるが、いろいろな決まりがあってそう簡単に利用できなかった。だから自家用車ばかり乗っている警部は、いつもガソリンは外で入れ、あとで費用を刑事局に請求するという形を取っていた。そのため車の中にはノートを常備し、走り出す前に必ず日付と目的地を書き込んだ。そのノートを毎月一回、サンディーに提出することにしていた。サンディーは毎回少なくとも三時間かけて上司の汚い字を解読し、走行距離を確認し、交通費清算書を作成してくれた。

クルフティンガーは出来上がった交通費清算書にサインをするたびに、秘書がいてくれてよかったと心から思った。警部は自分の古いパサートが大好きだった。一番乗りやすかったし、古いので傷つけても気にならなかった。フォルクスワーゲンのバンタイプのパトカーを駐車場の壁にぶつけて以来、局用車には乗っていなかった。車庫の管理人に〝駐車時は気をつけてください〟と毎回注意されるのが嫌だったからだ。

警部は今日、局用車の中で気づいたことがあった。紺色のゴルフヴァリアントは、走行距離が十八万キロメートル、年式も三年前なのに新車の臭いがした。悪臭を放つ自分の車とは大違いだった。

茶色の地に白字で〝APC〟と書かれた看板が道端に立っているのが見えた。APCは〝考古学公園カンボドゥヌーム〟の略だった。カンボドゥヌームはローマ時代のこの地域の名称で、のちにそれが変化しケンプテンになった。市役所の考古学研究課に問い合わせたところ、考古学者は今日ここにいるという。考古学者が働いている場所なんて限られているのだから、市役所に訊く必要もなかったかもしれないが、とりあえずスムーズに確認できたのでよしとした。

車のドアの鍵を閉め、古代をイメージしたシンプルな長い建物の門に向かう途中で、警部はふと立ち止まった。丘の下には市街地が広がっていて、しかも今日は秋晴れだった。しばらくそこから街を眺めることにした。警部は山の上から市街地を見下ろすのは好きだったが、ケンプテンの市街地そのものはあまり好きではなかった。それでもこんな秋晴れの日には、ケンプテンの街並みもどこか魅力的に見えた。丘の上から見ると、刑事局も開けた場所にあった。人口六万一千人の街の喧騒も、ここからはくぐもった小さな音にしか聞こえなかった。陽射しを浴びていると、恐ろしい殺人事件のことをしばし忘れることができた。

クルフティンガーはため息をつくと、景色から目をそらした。門をくぐり、考古学公園の中に入る。初めて来たので、まずは場所全体を把握することにした。向かって左側には、ローマ風の小窓が取り付けられた二階建ての赤い瓦屋根の家とチャペル風の小さな家が向かい合わせに建っていて、その間に東屋(あずまや)があった。地面には、発掘された古代建築物の外壁の基礎部分がところどころに見られた。向かって右側には、ラテン語の文字が刻み込まれた円柱が立っていた。正面の建物は二十年ほど前に建てられた古代建築のレプリカだろうが、白壁は磨かれていて、古代の雰囲気をよく醸し出していた。

クルフティンガーは小さなチャペルのそばで、背中をこちらに向けてひざまずき、大きな尻を突き出して身を乗り出している男に気づいた。そちらに近づいていくと、あと数メートルというところで、男は恥ずかしげもなく尻をさらに高く突き出した。

警部は男の気を引こうとして、大げさな咳払いをした。着古したジーンズに紺色のシャツを着た男は驚いて振り向き、大きな麦わら帽子の下から汗まみれの赤い顔をのぞかせて、警部を見つめた。五十代前半の中年男だった。

「シュナイダーさんですか？」

「そうです。私がシュナイダー博士です。失礼だが、お名前は？」

「クルフティンガーです。ケンプテン地方刑事局の刑事です。こんにちは」

考古学者は面倒くさそうに体を起こした。汗でシャツが肉づきのいい上半身にピッタリ貼り付いている。今日は秋晴れとはいえ、気温は低いのに。

「すみません。大事なお仕事の最中に」警部はそう言って、男が手に持っているブラシや小さなノミやカッターを指差した。

「ああ、これ。いやいや、遺跡の維持管理をしているだけだよ。こういうことは誰かがしないとな。ところで、ご用件は？」

「実は今、二件の殺人事件を捜査しているのですが、少し力を貸していただけないかと。一週間前に、ラッペンショイヘンで謎めいた殺人事件が起きたんです」

「ああ、それなら新聞で読んだよ。説話が関係してるとかって、そのことかね？」

クルフティンガーは鼻息を荒らげた。その瞬間、顔が怒りで赤らみ、今朝マイアーをもっと叱っておくべきだったと後悔した。

「そのことです。それなら、話は早い。警察は第二の殺人のモチーフになった説話を見つけました。ですから、第一の殺人にもモチーフになった説話があるかもしれないと考えています。そこで、あなたなら……過去を研究されているあなたなら、何かご存知じゃないかと思いまして……」

「そういうことか」と言うと、シュナイダーは腹を揺らしながら笑った。「おわかりだろうが、考古学者は説話とは何の関係もない。考古学を説話がらみの学問と考えている人もいるが、それは間違いだ。科学なんだ。考古学は歴史的事実を基盤にした学問だ。説話はしょせんファンタジーの世界だよ」

クルフティンガーは考古学者から教え諭されている小学生のような気分になった。もちろん警部も、考古学と説話が関係ないことはそれなりにわかっていたが、一縷の望みをかけていただけだった。

「もちろん、それはわかっています」警部は思わず強い口調で言い返した。

シュナイダーはそれ以上の反論を許さなかった。「考古学者として、ラッペンショイヘンの殺人事件について言えることは、あそこにはかつて城があり、今は影も形もないということだけだね。市の公文書館に行ってみれば、力を貸してくれる人もいるんじゃないかな。いや、それよりウアバンを、カイザースマードに住むヒルトルート・ウアバンを訪ねたほうがいい。彼女は古い農家を改築した趣のある家に住んでいて、何年も前からアルゴイ地方の説話や伝説を調査している。私は考古学的見地から説話に興味を持ち、一度彼女を訪ねたことがある。あの人なら、あなたの期待に多少は応えてくれるんじゃないだろうか。まあ、気が向いたら、訪ねてみることだね」

話を聞けば聞くほど、警部はシュナイダーに好感を持てなくなった。シュナイダーの人を見下すような口調が癪に障った。しかし警部には、関係者からあらゆる情報を聞き出す義務があった。警察の仕事は最悪の場合、人間の生死に関わる。考古学者の仕事は死人としか関わらない。根本的に次元が違うのだ。

そうシュナイダーに言ってやろうかと思ったが、警部にはその勇気がなかった。おそらく、博士号を持つ人間は尊敬しなさい、と幼い頃から母に教えられて育ったからだろう。警部の母は博士号取得者を神のように崇めては、名字を呼ばずに〝博士様〟とか〝教授様〟と呼んだ。そのせいで、警部は子供の頃、かかりつけの医者の名前を知らなかった。クルフティンガーはできるだけ謙虚にシュナイダーに別れの挨拶を告げると、出口へ向かった。

「そうだ、ついでと言ってはなんだけど」考古学者が警部を呼び留めた。「少し手伝ってもらえないかな？」

シュナイダーはそう言うと、地面に置かれた大きくて角ばった物体を指差した。

「もちろん」警部はボソッと言うと、元いた場所に戻った。「何をするんですか？」

「これだよ。この蓋を石の上に戻すんだ」クルフティンガーは蓋に目を向けた。それは大きな銅板だったが、風化してほとんど黒色に変わっていた。石は低く盛り上がった台座の上に載っていた。その瞬間、警部は目前の光景に見覚えのあるものが隠れているという感覚を抱いた。これと同じ感覚は今までに何度も味わったことがある。〝あっ〟と気づく瞬間だ。警部はその場にじっと立ち尽くして、今日もその感覚がうまく機能し、漠然とした思いつきが実を結ぶのを待った。その間も考古学者は、銅板を石に載せるのを手伝うよう促していたが、クルフティンガーの耳にその声は届かなかった。

やがて機は熟した。警部は考古学者に手を振ると、くるりと向きを変え、出口まで走った。シュナイダーがうしろで怒鳴っていたが、警部には聞こえていなかった。「力を貸してやったのに、手伝ってもくれないのか！」

★★★

いくらかスピード違反をしたおかげで、十分も経たないうちに、クルフティンガーは一週間前に捜査を始めた場所にいた。ラッペンショイヘン。毎度のことではあるが、捜査なかばで殺人現場に戻ってくると妙な感じがした。最初ここに来たときは、辺り一帯が警察の色に染まっていた。警官や医者や刑事の姿がそこかしこにあった。殺人現場だというのに生気に満ちていた。

ところが、しばらく経って戻ってくると、そこにはもう生気はなく、殺人現場の雰囲気しか残っていなかった。暗く、薄気味悪く、当然のように謎めいていた。

警部は小高い丘を上って、ズッターの死体があった場所まで行った。吐き気をこらえて、死体のイメージを頭のなかで再現する。けれども頭のなかの警部の視線は、グロテスクなポーズで横たわる死体ではなく、それがうしろに投げ出していた右手に注がれていた。右手は大きな金属板の上に載っていた。警部はその場所にもう一度立ってみた。金属板の下には岩がある、とズッターの死体の第一発見者である農夫が言っていた。岩をなんと呼んでたっけ？〝遺跡〟だったか。警部は、あの日すぐに岩に注目しなかった自分に腹を立てた。もっともあの日はまだ、事件については何も知らなかったのだから仕方ない。

今、警部は金属板の前に身を固くして立っていた。金属板は一週間前とまったく様子が違っていた。研磨されたように銀色に光っている。おそらく、誰かが新しい板と交換したのだろう。交換したのが農夫だとしても、警部には少しも不思議ではなかった。もしこの岩と金属板が自分の家の庭にあって、その上で誰かが殺されたら、自分も同じことをしたに違いない。そのとき、金属板の上にネジで固定された小さなプレートが目に留まった。プレートは風化して赤みを帯びた黄緑に変色していた。思い起こせば、それは古い金属板にも付いていたのに、一週間前はプレートに書かれた文字を読まなかった。ところが、いざ読もうとすると、なかなかの難物だった。それでもなんとか読み取れた。〝蓋を開けた人は必ず閉じること!〟

クルフティンガーは身をかがめると、金属板の両端をつかんで持ち上げ、勢いよく横に放り投げた。

最初に目に入ったのは、突然光を浴びて逃げ惑う数え切れないほどのワラジムシだった。ナメクジも二、三匹いて、身を隠す場所を探している。警部は次に、岩に書かれた文字を探した。考古学公園で、岩にも文字が記されているかもしれないと思いついたのだ。確かに岩には文字が刻まれていた。最初の何文字かは読み取れたが、あとは泥にまみれて読めなかった。クルフティンガーは落ち葉を数枚つかんでできるだけ泥をこすり落とすと、岩から少し離れて文字を読んだ。古めかしい大きな飾り文字でこう書かれていた。〝ラッペンショイへン城。ヒルシュドルフの領主、ケンプテン司教区の大修道院長会会長居住地。一二三九年に歴史上初めて公文書に記載〟

クルフティンガーは大修道院長会会長が何なのかは知らなかったが、この新たな発見を大いに喜んだ。それは、パズルの正しいピースをようやく見つけたときに感じる、恍惚感にも似た喜びだった。ここにはかつて城があった。城主にまつわる説話があるに違いない。警部は岩に書かれた文字をメモ帳に書き留めた。

メモ帳をポケットにしまったとたん、背後から怒鳴り声が聞こえた。「おい！　何をやってるんだ。そこをどけ！」振り返ると、堆肥フォークをもって農夫が駆けてくるのが見えた。

「グリュース・ゴット、ガスナーさん」と警部が挨拶すると、ガスナーは憤った顔つきのまま口を閉じ、歩調を緩めてゆっくりと近づいてきた。警部のところまであと数歩の距離に近づくと、急に男の表情が和らいだ。

「ああ、警部さんか。すぐにわからなくてすみません。事件以来、少々神経質になっているもんですから」

「わかりますよ。私こそすみません。ガスナーさんにまず挨拶しておくべきだった。でも、急いでたもので。ご理解ください」

ガスナーはうなずいた。今日も一週間前と同じいでたちだった。作業用ズボンの裾を深緑色の長靴に押し込み、襟を立てたゴワゴワの汚いシャツの袖をまくり上げている。ガスナーはもっていた堆肥用フォークを深々と地面に突き刺した。痩せているのに力はありそうだった。そして物問いたげに警部と岩へ交互に視線を投げた。

「ここで何をしているのか、知りたいんですね」と切り出したが、警部はすぐには本題に入らなかった。時間を稼ぎたかった。ガスナーにどの程度、情報を提供していいかわからなかったからだ。

「えーと……もしかして、この土地にまつわる説話をご存知じゃないですか？」

「昔ここに城があったって話かね？　岩の上に書いてあるさ。でも、説話なんかじゃない。本当に城があったんだ。この土地は俺の親父が開墾した。城の残骸を撤去し、丘を切り開いて。今ではご覧のとおり、岩がいくつか残ってるだけだ」

「それは……わかります。城があったことも、よくわかってます。私が訊きたいのは、この土地にまつわる説話があるかどうかです」

「怪談みたいなやつか？　そんなのは聞いたこともない。俺が知ってるのは城のことだけだ。昔はここに城があった。ここは今よりもずっと起伏の多い丘陵地だった。城の残骸が残っていて、親父がそれを撤去した。開墾前の写真があるが、見せてやってもいいぞ」

ガスナーは五〇年代の風景写真を見せてくれた。といってもそれは写真ではなく写実画で、そこに描かれているのは今とさほど変わらない風景だった。岩――ガスナーの言う遺跡――のある丘が、今より少し大きく見えるだけだった。

警部はガスナーに礼を言うと、新しい情報をつかんだ気分で刑事局へ帰ったが、そうした情報が捜査に役立つかどうかはまだわからなかった。

今日三回目の外出で、警部はまたしてもパサートに乗ることになった。今朝借りた紺色のゴルフヴァリアントはすでに同僚が借りていて、残りの車はみなパトカーだったからだ。警部は目立ち過ぎるのでパトカーが嫌いだった。格安ガソリンを提供するガソリンスタンドが刑事局の近くにあったので、そこで自家用車に給油することにした。

★　★　★

数分後、クルフティンガーはヘーフェレと共に車で郊外へ向かっていた。その理由を、部下には車に乗ってから説明した。

警部は暖房の温度を上げた。寒かったからだ。空には黄色みを帯びた灰色の雲が広がっていた。雪雲だった。曇っているうえに気温も低いので、初雪の降る予感がした。まだ十月の初めだというのに、ズボン下をはく季節が来ようとしていた。警部は大体いつも、秋から四月末までズボン下をはいた。その間、ワイシャツの下にはTシャツも着込んだ。母親が毎年編んでくれる毛糸のソックスは一年中はいていた。羊毛のソックスは蒸れないと思い込んでいたからだが、それが間違いであることは、夏になると悪臭を放つ靴棚が証明していた。それでも警部は、その事実を無視した。エリカはたぶんこの数日の間に、屋根裏部屋のタンスから冬服を下ろし、ベッドの布団を羽毛布団に換えるに違いない。

徐々にクルフティンガーの足が温もってきた。ところがヘーフェレは自分の側の窓を半分ほど開けていた。警部は顔をしかめて睨んだが、部下はまったく気にしなかった。仕方なく、警部は暖房を最高温度まで引き上げた。すると、しばらくしてヘーフェレが窓を全開にした。

「窓を閉めてくれないか？　足が冷たいんだ」

ヘーフェレは上司の足を見ていなかったが、どんな靴をはいているかは推測できた。季節外れのスポーツシューズか、お気に入りのトレッキングシューズのどちらかだろう。一つだけ、ヘーフェレにも確実にわかっていることがある。それは、上司が毛糸のソックスをはいていることだ。

「毛糸のソックスをはいても、まだ足が冷たいんですか？」

「下の足じゃない、上の足だ！」

「そうですか」

アルゴイ弁には太腿やふくらはぎという言葉はなかった。どこも全部〝足〟という。だから足について話すときは、誤解が生じることがよくあった。アルゴイ人は昔から〝上の足〟か〝下の足〟としか言わないので、具体的にどの部位を指しているかは前後の脈絡から判断するしかない。

ヘーフェレは窓を閉めかけたが、十センチほど開けたままにした。

「全部閉めてくれないか？」

上司にそう言われて、ヘーフェレはムッとした。厳しい選択を迫られていた。上司が寒いと言うのを無視して怒鳴りつけられるか、自分の不快感を上司に告白するか――どちらを選ぼうかとヘーフェレは迷った。そして結局、第二の選択肢を選ぶことにした。

「なんか、カビ臭いんですよ」ヘーフェレはこわごわ言った。

「そうか。俺は臭わないぞ」クルフティンガーは嘘をついた。

ヘーフェレはもう二センチほど窓を閉めた。

「本当にすごく臭いんです」

「俺にはわからんな」

警部に軽くあしらわれたヘーフェレは、我慢できなくなって本音を吐いた。「なんかこう……その……つまり、酸っぱい臭いが。甘酸っぱい臭いが。いや、すごく臭いんです。耐えられません。私はいつもたいていのことには寛容ですが、これだけは……」

沈黙が続いた。ヘーフェレが勇気を奮って沈黙を破った。

「なんでこんなに臭うんです？」

「大げさに言うな。大したことじゃない。生クリームをこぼしただけだ。しばらくすれば全部分解してしまうさ。時間が解決してくれる」

「この甘ったるい、なんとも言えない臭い。本当に消えますかね？」

「バニラだと思え。すぐに慣れるさ」

それから目的地に着くまで、二人は悪臭の消し方について議論を続けた。ヘーフェレは、波動とある種のイオンを発して臭いのもとを絶つクリスタルを買うように警部に勧めた。クルフティンガーは車内の空気を思いっ切り吸い込んだあと、クリスタルを買おうかという考えを頭から追い払った。それは〝波動なんちゃら〟なる商品を毛嫌いしていたからではなく、どんな石もクリスタルも、この臭いにはとうてい太刀打ちできないと確信したからだった。

カイザースマードの小集落に到着すると、二人の前に問題が立ちはだかった。農家と民家が混在し、番地の付け方が非常にわかりにくかったのだ。目指す住所はカイザースマード7番地だった。警部はシュナイダー博士から、趣のある大きな農家だと聞かされていたのでそういう家を探したが、どの家もそんなふうに見えた。番地はとにかくバラバラだった。3a番地の隣に6c番地、その隣は23番地、という具合に。

しばらく探して、ようやく目的地にたどり着いた。家は上り坂の左側の窪地にあった。アルゴイ地方の典型的な農家だ。以前ケンプテンの文化財保護課の課長が警部に説明してくれた農家と同じ形をしていた。長屋で、勾配の少ない屋根は雨風に強いこけら葺きだった。納屋の窓にカーテンが掛かっているのを見ると、そこは住居に改築されているらしい。家正面の木製の壁は風化して黒ずんでいる。古い農家特有の小窓が風情を醸し出しており、新築家屋の安っぽい大きな窓とは大違いだった。砂利の敷かれた中庭の奥には、特注の緑の鉄柵に囲まれた花壇があった。

中庭に車を乗り入れると、すぐに二つのものが警部の目に留まった。一つは、壁に立て掛けられた聖人画。それはだまし絵になっていて、見る角度によって聖母マリアに見えたり、苦悩するキリストに見えたりした。二つ目は、玄関の木戸から少し離れたところで、砂利の上に寝そべっているドーベルマン。警部は車を停めてエンジンを切ると、ピクリとも動かず横たわっている犬に、次に星が描かれた玄関の木戸に目をやった。そしてもう一度犬に視線を投げてから、ヘーフェレのほうに顔を向けた。

「玄関の呼び鈴を鳴らしてくれないか？」

「私が？」ヘーフェレはうろたえた。やはり犬が気になっていたのだ。ドーベルマンを見つめながら口をへの字にして少し考えていたが、やがて「無理です」と上司に向かって答えた。警部は仰天した。

「許さん。俺は運転したんだから」

「私は真面目に仕事しています。警部の指示にもすべて従ってきました。でも、それだけは勘弁してください！」

ヘーフェレは泣き落とし作戦に出た。警部はふたたびドーベルマンに目をやった。犬は前脚に細長い顔をのせ、見るからに退屈している様子だった。クルフティンガーはしばらく犬と目を合わせているうちに、その瞳から残虐さと憎しみを感じ取った。

二人はしばらく無言のまま車内に留まっていたが、突然ヘーフェレがパイプタバコ入れからマッチを取り出した。警部は部下がパイプタバコ入れを常に持ち歩いているのを知っていたが、パイプを吸っているところは一度も見たことがなかった。警部は部下に目を向け、それからもう一度、不安そうにドーベルマンを見つめた。車を停めてから、犬はずっと同じ体勢のままだった。

ヘーフェレが黙ってマッチ棒を二本、警部に差し出した。

「短いほうを引いた者が行くことにしましょう」

その方法については、警部もあえて異論を唱えなかった。公平な決め方だと思った。誠実な男が考え出した正しいやり方だ。警部はヘーフェレの提案を受け入れた。だがそうしたのは、手段が公平だからというよりは、行かずにすむ可能性が少なくとも五〇パーセントは保証されているからだった。警部は右側のマッチ棒を引いた。

「警部、あの犬は何もしませんよ。寝ているだけです。大丈夫、大丈夫ですから」ヘーフェレが穏やかに言った。

先の折れたマッチ棒を持つクルフティンガーの顔は青ざめていた。手をゆっくりとドアハンドルに置き、しばらくじっとしていたが、やがてドアハンドルから手を離した。警部は首を左右に振った。たとえ臆病者だと言われても、今度ばかりはできそうにない。

「この犬はダメだ。ドーベルマンは無理なんだ。子供の頃、庭で三輪車をこいでいて、ドーベルマンに咬まれたことがある。庭に柵がなかったから、どこからか入ってきて俺を三輪車から引きずり降ろし、腕に咬みついたんだ。晴天の霹靂(へきれき)ってやつさ、わかるだろう？　そういう出来事は一生消えないトラウマになる。心理学を学んでいる息子のマルクスもそう言っていた。本物のドーベルマン恐怖症なんだ」

「それなら、玄関に車をつけたらいいじゃないですか。呼び鈴を鳴らして、すぐに車に飛び乗るんです」

「そんなことできると思うか？」

「ずっとここで待っているわけにもいかないでしょう！　刑事の面子が丸潰れですよ。こんなところを誰かに見られたらどうするんですか！」

興奮しているヘーフェレを横目で見ながら、警部はエンジンをかけた。車をバックして方向転換する。部下はなぜ上司がそんなことをするのか理解できなかったが、玄関前に来て初めて合点がいった。助手席のドアの側に玄関がある。

二、三秒の沈黙のあと、ヘーフェレは勇気を振り絞ってドアを開けると、犬を無視して〝呼び鈴〟と書かれたプレートの上にある真鍮の棒を引っ張った。

車の中で待っていたクルフティンガーの視線は、その間ずっとドーベルマンに注がれていた。見張りをしているつもりだったが、それは単なる自己欺瞞で、内心ほっとしていた。ヘーフェレが車に飛び乗りドアを勢いよく閉めても、ドーベルマンは微動だにしなかった。そこで二人の視線は玄関のドアに移った。誰も出てこない。それでも二人は、いつかドアが開き、飼い主が口笛で犬を呼び寄せ、家に入れてくれるのを期待して待ち続けた。

「もう一度鳴らしたらどうだ？」クルフティンガーがためらいがちに言った。

そのときドアが開いて、女性が姿を現わした。ヘーフェレはドーベルマンを一瞥してから、慎重に窓を開けた。犬は動かない。六十代とおぼしき女は痩せて青白い顔をしていた。口をへの字に曲げ、クレオパトラのようなおかっぱ頭のせいで目鼻立ちが鋭く見える。膝下丈のグレーのスカートとヒダ飾りの付いた襟なしのワインレッドのブラウスを着ていた。ブラウスの上に濃い赤色のカーディガンをはおり、細い金の鎖が付いた十字架を首からさげている。ヒルトルート・ウアバンはクルフティンガーに高等学校時代の英語教師を思い出させた。ヘルタ・ヘップナーという名の高校教師は、母親と二人暮らしの五十女だった。〝th〟の発音をオックスフォード・イングリッシュ風に発音したが、英語の能力はドイツ人英語教師の域を脱しておらず、〝to kiss〟を生徒に教えながら顔を赤らめるオールドミスだった。クルフティンガーが知る限り、生涯〝ミス〟と呼ばれて喜んでいるたぐいの女だ。

「何か御用ですか?」ウアバンはドアの敷居に立って言った。その声は明るく穏やかで、しかもまったく訛りはなかった。それはどこかヘップナーの〝th〟の発音を思い起こさせた。

「ケンプテン市の考古学者のシュナイダー博士に紹介されて来ました。これは部下のヘーフェレです。ウアバンさん、驚かないでほしいのですが、私たちは刑事です」

「何かあったのですか? もしかして息子が? 事故ですか?」

「心配しないでください。私たちはアルゴイの説話について教えていただきに来ただけです。シュナイダー博士から、説話ならあなたがご専門だと伺ったので。急に押しかけてすみません」

その瞬間、ウアバンの表情にチラリと影が差した。エリカが息子の帰りが遅いときに見せる表情と似ていた。ウアバンは穏やかな口調で、二人に家の中へ入るよう言った。しかし警部とヘーフェレは車を降りられなかった。

「どうぞお入りになって!」ウアバンは繰り返した。

それでも警部とヘーフェレは動かなかった。ひたすら犬に視線を注いでいた。ウアバンは二人の態度を理解できなかった。だから、さらにもう一度苛立ちもあらわに言った。「どうぞ、入ってください！」

クルフティンガーはためらいながら、声にもならない「えー……」という音を発した。「あの犬は？」

「ああ、犬ですか……怖がらないで。優しい犬ですから。車から出ても問題ないですよ。ティラス、おいで！」

「大丈夫そうだ」上司はほっとして部下に言った。「ティラス。実にいい名前だ。安心できる」

ティラスは飼い主の命令に従い、玄関のドアまでやってきた。クルフティンガーはゆっくりと車を降りた。速過ぎず、遅過ぎず、適度な足取りで玄関側へ回る。ありがたいことに、ティラスは見た目こそ獰猛（どうもう）そうだがおとなしい犬のようで、ゆっくり警部のほうへ近づいてきた。警部は自分に言い聞かせた。まっすぐ前を向いて歩くんだぞ。急ぐと犬を刺激してしまう。おとなしいとはいえ番犬なのだから、いざというときは何をしでかすかわからない。警部は、犬の習性については警察犬からよく学んでいた。

なんとか玄関にたどり着くと、二人はウアバンに握手の手を差し出した。ティラスは退屈そうに三人の周りをうろうろしていた。クルフティンガーは携帯電話をポケットから出してマナーモードに切り替えた。

「我が家にいらっしゃる間は電源を切っていただけますか」と、ウアバンは厳しくはないが、きっぱりと言った。

「マナーモードに切り替えましたから、音は鳴りません」

「お願いですから、切ってください。マナーモードにしても電磁波は出ますので。我が家では、電磁波の出る電気製品はいっさい使っていません」

クルフティンガーはずいぶん大げさだなと思った。おそらく彼女も、この地域で最近始まった通信塔建設反対運動の支持者なのだろう。いたるところに建設反対を訴えるポスターや看板が立てられており、牧草を円筒状に巻いた牧草ロールに〝反対〟と書かれていることまであった。警部はこの手の人々とは議論しても無駄なことは思い知らされていたし、ここでは自分はただの客なので、従順に携帯電話の電源を切ることにした。同時に、ヘーフェレにもそうするよう指示した。ウアバンは警部の期待に反して、礼を言ってくれなかった。

家のインテリアは警部が予想していたものとは大きく異なっていた。がらんとした廊下には、古くて重厚な黒いクルミ製食器棚が一つ、その斜め前に飾り棚が一つ置かれているだけだった。そんな豪華な棚は、バブル期に建てられた別荘にしか似合わない。温かみのある古い板張りの床には農家風の家具のほうが似合うだろうにと思ったが、警部はその考えを口には出さなかった。天井が低いので、家の中の雰囲気はさらに重々しく感じられた。飾り棚の上にはダイヤル式電話が置かれ、オレンジ色の受話器には金と赤の糸で織られたバロックスタイルのカバーが被せられていた。叔母の一人もバロックスタイルの織物が好きだったことを警部は思い出した。きっと英語教師のヘップナーも好きだったに違いない。そこで警部は考えた。真の意味で、人間を不健康にするものは何なのだろう？　電磁波を避けて生活することか、それとも悪趣味な家で生活することか？　考えているうちに、ウアバンが左側の木戸を開けて二人を居間に通した。

居間に置かれた家具も、廊下同様すべて黒だった。巨大な本棚があり、その向かいには飾り棚、その横にはレースのカバーを掛けた食卓が置かれていた。窓には床につくほど長い白のレースカーテンが掛けられ、それが外から射し込む淡い光をさらに淡くしていた。レースカーテンの外側に掛かった分厚いカーテンは開け放たれていたが、どうやらそれは受話器カバーと同じ生地で作られているように見えた。窓の前の飾り棚には、ローズクォーツや水晶などの石が飾られている。部屋の隅に置かれた小さい棚の上にあるクリスタルランプには火が灯っていた。

ランプに火が灯されているのは、電磁波を避けるためだろうと警部は思った。居間にはテレビもラジオもなかった。部屋の奥には重々しい革のソファーセットが置かれ、そのすき間に真鍮製で笠だけが革製のスタンドランプが立っていた。ここにあるものは電灯まですべて前世紀のものだった。窓の外では、白髪の男が花壇をかきならしていた。クルフティンガーはこの家の持つ、矛盾した二つの雰囲気に驚かされた。外は典型的な農家の牧歌的なたたずまいなのに、中は古臭い前世紀のブルジョワの住居のようだった。

警部はウアバンと向かい合わせに食卓の席に着いた。彼女は、郷土史研究家である自分を刑事たちが訪ねてきたことに驚いてはいない様子だった。様々な人々から郷土史に関する情報を求められるのに慣れているのか、それとも動揺を顔に出さないタイプなのかのどちらかだろう。警部は、とりあえず冷静さを装って、すべてをありのまま記憶しておこうと思った。

その瞬間、警部は愕然とした。ドーベルマンのことをすっかり忘れていた。知らぬ間に犬がそばにいて、警部を見つめていた。クルフティンガーはゴクリと唾を飲み、冷や汗を流し始めた。心の緊張が姿勢にも表われ、体が硬直してきた。この野獣がそばにいる限り、自然体で会話を交わすのはとうてい無理そうだ。

「それで、ご用件は？」

「シュナイダー博士がよろしくと言ってました」警部が口を開いた。

「そんなことをおっしゃるために、わざわざここにいらしたのですか？」ウアバンが真面目な顔で訊き返した。

クルフティンガーはなんとか笑みを浮かべた。「今日ここへ来たのは、郷土史についてお訊きしたいことがあったからです。ラッペンショイヘン城にまつわる説話についてお話を聞くためです。力を貸していただけますか？」

「それは殺人事件ゆえに、お訊きになりたいのですか？　事件については新聞で読みました」

クルフティンガーはうなずきながら、ウアバンが会話ではあまり使われない〝ゆえに〟という言葉を正しく使ったことに感心していた。〝ゆえに〟を正しく使える人は今日日（きょうび）、数少なくなった。最近は新聞や宣伝の見出しでも、刑事局の同僚が雑談するときのような言葉遣いが目立つ。〝強盗事件のせいで、やつは少年院送りさ〟などというふうに、〝～ゆえに〟の代わりに〝～のせいで〟が使われることが多い。

警部がそんなことを考えている間に、ウアバンはきちんと整頓された本棚の前に行き、分厚い本を何冊か取り出した。その中には、警部がすでに知っている本も含まれていた。ウアバンは本を食卓に並べて話し始めた。

「ラッペンショイヘンの城にまつわる説話は存在します。話をお聞かせするのはかまいませんが、その前に説話について少し説明させていただきます。そのほうが説話をより深く理解していただけるからです。話が退屈でしたら、すぐにそうおしゃってください」

クルフティンガーは〝それはない〟と強く手を振ったが、ドーベルマンと目が合うと手をすぐに下ろした。

「ここアルゴイには、世代を超えて語り継がれてきた説話が数多く存在します。理由はともあれ、風変わりな迷信や説話はおおむね二十世紀初頭で絶えてしまったのですが、地方では今でも語り継がれています。幸いなことに、およそ百年前に重要な迷信や説話を集めて書き留めた郷土史研究家がいました。彼がまとめた説話集はまさに歴史の宝で、それがなかったら、ほとんどの説話はとうの昔に忘れ去られていたでしょう」

「数え切れないほどの村に説話が残っているんですよね。最近、説話を読み始めて、改めて驚かされました」

ヘーフェレは上司の顔を横目で見て、さすがに的（まと）を射たコメントだとでも言うようにうなずいていた。

「しかし、純粋な説話とキリスト教的な聖人伝や英雄伝とは区別されなくてはなりません。たとえば、〝ケンプテンのハインリヒ〟はこの地方の英雄伝ですが、それを一つの村で世代を超えて語り継がれてきた説話と一緒くたにはできません」ウアバンは話を続けた。「また、怪談や村名の由来を伝える説話も別物です。もちろん刑事さんのおっしゃったとおり、数え切れないほどの村に説話が残っています。同時に、地方全体で語り継がれている説話も存在します。幽霊が一定の間隔を置いて朝のお祈りをしたり、ミサを催して歌をうたったりする説話が、ほとんどの村に存在するのはそのためです。また、不気味な動物の説話もほとんどの村で語られています。村の名前が違うだけで、中身はほとんど変わらないという説話も少なくありません。ところで、刑事さん、ここカイザースマード地区の名称の由来をご存知ですか？　おそらくご存知ないと思います」

クルフティンガーは首を横に振り、「説明してもらえますか？」と興味津々に尋ねた。

「ええ、こんな説話があるんです。昔々、身分の高い男——一説では皇帝その人が、ケンプテン近くのこの集落に家臣を引き連れて宿営しました。何人かの家来が退屈しのぎに、大鎌で草を刈り始めました。けれども宮廷でしか仕事をしたことのない家来たちは、大鎌をうまく扱うことができなかった。ところが皇帝は幼い頃に大鎌の扱い方を習っていたので、上手に草を刈ることができた。それ以来、この集落は、皇帝の草刈り（カイザースマード）と呼ばれるようになったのです。クルッフィンガーさんはどこにお住まいですか？」

「クルフティンガーです……」警部は訂正してから、質問に答えた。「アルトゥスリートです」

「まあ、アルトゥスリートには説話がたくさん残っていますわ。少々お待ちを……」

突然立ち上がると、ウアバンは飾り棚から眼鏡ケースを持ってきて、金縁の眼鏡を掛けた。すると、さらに一層、厳格な教師の顔つきになった。郷土史研究家は一冊の本を開くと、パラパラとページをめくってニコリとした。初めて見せた笑顔だった。

「ここです。〝グシュナイトの説話〟と呼ばれています。アルトゥスリートのグシュナイトという集落をご存知ですか？」

「グシュナイト？　ええ、もちろん。フラウエンツェルの近くですよね。あそこの丘の上には小さな礼拝堂があって、その周りに信者が立てたという石の十字架がたくさんあるんですよ」

「そうです。ところで、それらの十字架の意味をご存知ですか？」

「いいえ、存じません」

「グシュナイトに移住してきた僧侶が水を飲める場所を探していたところ、カラスが湧き水の出る場所を教えてくれたという話です」

クルフティンガーは〝カラス〟という言葉を聞いてゾッとした。

「それから数年後、そこで僧侶の死体が発見されました。村人は彼をフラウエンツェルの墓地に埋葬することにしました。すると奇妙なことが起こったのです。フラウエンツェルの近くまで行くと、棺桶を引く馬がみんなグシュナイトに引き返してしまうのです。結局、村人は彼をフラウエンツェルに埋葬することはできなかった。そこでやむをえず、僧侶をグシュナイトの丘に埋葬し、そこに小さな礼拝堂を建てたということです。それが刑事さんもご存知の礼拝堂です。多くの巡礼者が訪れる場所になり、礼拝堂からカラスが教えてくれた湧き水の出る場所まで道が敷かれました。それ以来そこで、俗に言う超常現象が見られるようになったのです……」

クルフティンガーはまたゴクリと唾を飲んだ。ウアバンの話は衝撃的だった。

「それで、若い刑事さんのほうのお住まいは？」

ニヤニヤしながら、クルフティンガーは四十代後半の部下に目をやった。ウアバンは、老女ならではの厳格さと、婚期を逃した老嬢特有の古風な魅力を併せ持っていた。いかにも長生きしそうだった。

「ロスハウプテンです。ケンプテンの刑事局からはかなり離れていますが」

「ロスハウプテン？」

ウアバンは今度は本を開くことなく、土地の由来を語り始めた。

「東アルゴイにあるロスハウプテンにも説話があります。ロスハウプテンは昔々、深い森の中に数軒の小屋があるだけの小集落でした。そこは猟師の宿舎になっていました。ある夜、猟師たちが外に馬をつないで寝ていると、野獣が来て馬を頭から食べてしまいました。だから切断頭(ロスハウプテン)という名が付けられたのです」

ずっと黙って聞いていたせいで声が出にくくなった警部は、咳払いしてから言った。「興味深いお話ですね、ウアバンさん。ずっと聞いていたいくらいです。でも、気を悪くしないでください。そろそろラッペンショイヘンの話を聞かせてもらえないでしょうか?」警部は話を本題に戻した。

「もちろんです。そのためにお二人はここまでいらしたのですから」

ウアバンは本の山から読み古された本、というより冊子と言ったほうが適当なものを一冊抜き取った。色あせた緑色の表紙には、謎めいた騎士の版画があしらわれていた。

「全部お聞きになったほうがいいと思いますので、私が朗読します。では、読みますね。ケンプテンからメミンゲンへ行く途中、ヒルシュドルフ村を通り過ぎ……あら、アルトゥスリート村は無視されてますね」ウアバンはそこでニッコリとすると、クルフティンガーのほうを見た。「南へ十五分ほど行くと、道からそう離れていない森の際に城の廃墟があった。その辺りは若いモミの木やトウヒが生い茂っていて、近くには家が数軒点在するだけの集落があった。その集落は今でも城の名にちなんで〝ラッペンシャイヘン〟と呼ばれている」

そこまで読んで、ウアバンは顔を上げた。「ショイヘンじゃなく、シャイヘンって書かれてるわ。面白いわね」そして、また朗読を続けた。

「昔々、城には極悪非道な騎士が住んでいた。この辺りの住民はみな彼を恐れていた。城主クーノは残忍な家来と共に藪に身をひそめ、南欧から商品を運んでくるウルムの商人を待ち伏せし、品物を略奪したり、恐喝したりしていた。城主はまた、小作人に非道な行ないをしたり、物乞いが城門に来ると、猟犬を放って襲わせ、その様子を見物して楽しんだりした」

クルフティンガーはティラスを横目でチラリと見てから、ウアバンの話に注意を戻した。犬はピクリともせずに警部を見つめていた。

「クーノは老女も容赦せず、なけなしの財産を奪ったりした。多くの人間がクーノのせいで腹を空かせ、悲嘆にくれながら死んでいった。クーノは贅沢な酒盛りを開いて、略奪と恐喝で貯めた金を散財していた。どんちゃん騒ぎをし、盗んだワインを飲み尽くしては、城の堀にワイン樽を投げ捨てた。クーノはそんなふうに何年間も、神や人々の意思を無視して略奪を続けた。悪行を重ねては、〝悪魔に魂を売り渡した城主クーノに怖いものはない！〟と豪語していた。ところがある夜、流血の略奪を終え、城に戻ったクーノが急死した。家来はすぐに、主人の死体を城の最上階にある部屋へ運び込んだ。そこはクーノがいつも往来を見張っていた部屋だった。家来たちが二階で財産分与について言い争っていると、カラスの大群が嘴を鳴らしながら城壁を飛び越え、最上階の部屋へ飛び込んできて、クーノの死体に襲いかかった。カラスたちは、怒気のこもった鳴き声を上げながら死体の顔の肉をついばんだ。見張り番がなんとかカラスを追い払ったときには、シーツから突き出している死体の顔はすでに骸骨になっていた。駆けつけた家来たちはそれを見て恐れおののき、神の罰だと信じ込んで、慌てて盗んだ品物を貧しい人々に分け与えたり、教会に寄付したりした。さらに盗賊の巣窟である城に火をつけ、城を焼き尽くした。今でも城の廃墟に火事の痕跡を見ることができる。廃墟には〝ラッペンシャイヘン〟の名が刻まれている」

ウアバンは鼻まで下げた眼鏡の上から刑事二人の顔をうかがった。クルフティンガーは大きく息をついた。

「ちょっと待って。警部が口を開く前に、ウアバンが先を続けた。

「この説話には別のバージョンがあるの。その話では、極悪非道の城主はケガをして城に運ばれたことになっている。翌日、召使いが主人の様子を見に寝室へ行くと、死んだ城主の体の上にカラスが群がっていた。召使いはカラスを追い払おうとしたがうまくいかず、カラスの大群は嘴で死体をくわえて連れ去ってしまった」

「すごいですね」

「それはロッククリスタルです。悪い電磁波を避けるにはそれが一番ですわ。〝純粋の石〟と呼ばれているんです」クルフティンガーはウアバンに話しかけられてもポカンとしていた。やがて、ようやくうなずいた。どうやら話を聞きながら、テーブルの上にあったロッククリスタルを無意識に撫でまわしていたようだ。それを見たウアバンが、警部は石に関心があると勘違いしたらしい。クルフティンガーがさっき口にした〝すごいですね〟は、実はロッククリスタルではなくラッペンショイヘンの説話についての感想だった。この数日間探し続けたものがとうとう見つかって、警部は昂揚していた。すぐにでもオフィスへ戻り、頭のなかを整理したかった。クルフティンガーはウアバンのほうへ顔を向けた。「そうですか」

「ロッククリスタルは悪い波動を追い払う磁場を作ってくれるんです」

「なるほど……今日は本当に助かりました。ありがとうございます」警部が強引に話を終わらせると、ウアバンの口調も突然、玄関で初めて会ったときと同じ他人行儀に変わった。

「刑事さん、どういたしまして。玄関まで見送らせていただきます」

まるでそれが合図であるかのように、ティラスも突然、身を起こした。クルフティンガーはウアバンと話している間、片時もティラスから目をそらさなかった。それほど注意を集中していた。犬は主人について行った。

「素敵なお宅ですね」玄関を出ながら、警部はウアバンに言った。

「ありがとうございます」ウアバンが説話を語っているときとはうってかわって、冷ややかな声で応じた。いったいどうすればそんなに気分をコロコロ変えられるのだろうと、警部は首をひねった。

「しかし、維持管理が大変でしょうね?」ヘーフェレが言った。

「そうでもありませんわ」

二人の刑事は、ウアバンの協力ぶりにいかにも感じ入ったかのように感謝の言葉を述べて、別れの挨拶をした。

最後に、警部が一言言い添えた。「また質問したいことができたら、連絡を差し上げてもいいでしょうか?」

「どうぞ。でもそのときは前もってお電話ください」ウアバンはそう言うと、犬に刑事二人のエスコートを任せて玄関のドアを閉めた。

二人はドーベルマンに注意を払いながら車へ向かった。乗り込んでから初めて、初雪が舞っていることに気づいた。粒雪だった。アルゴイでは粒雪がよく降るのだが、秋に降るのはアルプス山脈東北部でもそうないことだった。

もっともクルフティンガーは、ここに来る前から雪が降ることを予測していた。朝から雪の臭いを感じていたからだ。ティラスは湿った砂利の上で腹這いになり、前脚に顔をのせて、車が走り去るのを見守っていた。警部はティラスのうつろな黒い目に最後の一瞥を投げた。今夜からは、カラスではなくドーベルマンの悪夢を見ることになるだろう。そう思うとゾッとした。

★ ★ ★

しばらくの間、車内に聞こえるのはワイパーの音だけだった。警部は妙な動きをする壊れた左ワイパーが気になってしようがなかった。

雪が降っていると、外の景色はどこか平和に見えた。平和で……静か……なぜ雪が降ると静かなのだろう？　ただの思い込みなのだろうか？　ドーベルマンも静かだった……変な犬だった。女も変だった。犬が飼い主に似たのだろうか？　それとも飼い主が犬に似ているのか？　なぜウアバンは、高等学校時代の英語教師にそっくりなのだろう？　変な女と変な話。すべてが変だった。

「世の中、変わり者ばかりですね」とヘーフェレが言ったが、クルフティンガーにはその声が遠くで響く雑音のようにしか聞こえなかった。警部は物思いにふけると、外界をほとんどシャットアウトしてしまうことがある。心地よい穏やかな想像を楽しんでいると、自然と顔の筋肉も緩んでくる。そんなときは妻や息子に、口を半開きにして舌をはみ出させている顔がバカみたいだと言って笑われることがある。

クルフティンガーは我に返ると、急いで部下に返事をした。「確かに、変な人間っているもんだな。家の中は石だらけだった。十字架も嫌というほどあった。俺も信仰心は強いほうだが、あそこまでいかないな」

「でも、本当に薄気味悪いとは思いませんでしたか？」

「犬のことを言ってるのか？」

「いいえ。もちろん、犬も薄気味悪かったですが。何と言えばいいのかな。警部は、あの家の中で何が一番気になりましたか？」

「うーん……今言ったように、石が……」

「じゃなくて、ほかにもあるでしょう。たとえば、鏡とか」

「えっ、鏡？」

「ええ。家に鏡が一つもなかったんです。家を出るときに風呂場をのぞいたら、なんと洗面台の上の鏡まで外されてました。普通、風呂場には一つくらい鏡を掛けるものでしょう。改めて家の中を見回したんですけど、鏡はなかった。気持ち悪いと思いませんか？」

「それは、だな。ウアバン女史が、ヘーフェレが来るので外しておいてくれたのさ。鏡に映った自分の顔を見てびっくりしないようにな」

警部は自作の冗談に満足し、言い終わるか終わらないかのうちに大声で笑い出した。
「面白いですね」ヘーフェレはムッとしたが、すぐに一緒に笑い出した。「もしかしたらウ
アバンは吸血鬼かもしれませんよ。私たちに正体がばれないように鏡を外したんです。吸血
鬼は鏡に映りませんからね」
二人はもう一度大笑いした。そのとき携帯電話が鳴った。ヘーフェレはポケットから携帯
電話を取り出し、ディスプレイを確認すると、笑い続けながら言った。「警部の携帯です
よ」
クルフティンガーは午後のひとときを大いに楽しんでいた。ヘーフェレとの関係は数日前
より格段によくなっていた。二人のもつユーモアの質もよく似ていた。警部が他人を評価す
る際に一番大事にしているのはユーモアの質だった。
警部は笑いながら電話に出た。「はは……クル……クルフティンガーですが」
「僕です。リヒャルトです。訊きたいことがあるんですが……」
マイアーはそう言うと、車の中の楽しそうな雰囲気を感じ取って嫌味を言った。「なんか、
そちらはやけに楽しそうですね。こっちは真剣に仕事してるっていうのに」
「リヒー、いいじゃないか。ユーモアはどんなときでも大切だ。ところで、何かあったの
か？」
「いえ。いつこちらへ帰られるか訊こうと思って。話したいことがいくつかあるんです。僕
たちはこれから食堂で昼食を取ります」

「それはいい。じゃあ、みんなで食堂に集合しよう」

「みんな？」

「なんだ、みんなじゃダメなのか？」

「特別捜査チーム・エルンテダンクのみんな、という意味ですか？」

警部は少し考えてから言った。「いや、俺たちだけだ。いつものメンバーさ。じゃあ、あとで」

電話を切ると、警部はまた笑い出さずにはいられなかった。携帯電話を見つめながら、ヘーフェレに言った。

「本当に、世の中、変わり者ばかりだな」

★　★　★

十分ほどのちに、クルフティンガーとヘーフェレは刑事局の隣の製紙工場の食堂に着いた。刑事局には食堂がないため、同僚の多くはここで昼食を取っていた。今では週ごとのメニューまで、刑事局で配布されるようになっていた。

クルフティンガーは目を細くして部下の姿を探した。食堂の建物は昔、倉庫だったようで、今でもその面影を残していた。背もたれが茶色、台座がオレンジ色のレトロなパイプ椅子が、簡易食堂風の雰囲気を醸し出している。そこかしこで会話が飛び交い、椅子の脚が赤ワイン色のリノリウムの床をこする音と、食器のぶつかり合う音がホール全体にこだましていた。

昼を過ぎていたため比較的空いていたが、それでも汚れた青いオーバーオール姿の大勢の労働者が昼食を取っていた。

食堂に入ると、警部は何人もの同僚から「どうも（マールツァイト）」と挨拶された。そのたびに、警部はそっけない返事を返した。〝マールツァイト〟の呼びかけが嫌いだったからだ。刑事になった当初はさほど気にしていなかったが、時が経つにつれて嫌になってきた。刑事局では九時半になるともう、挨拶の文言を〝おはよう（グーテン・モルゲン）〟から〝マールツァイト〟に切り替え、仕事が終わるまでこの呼びかけを続ける者が少なくなかった。警部は熟練刑事として、同僚のこの言葉をこう分析していた。刑事の多くは、廊下で同僚に出くわしたら〝何か言わないといけない〟と思い、話題がなければ〝マールツァイト〟と声をかけるようになった。〝ハロー〟や〝ごんちは（グリュース・ゴット）〟は日に何度も言うと嫌になるが、〝マールツァイト〟なら気楽でいいと思ったのだろう。それでも刑事局では、同じ相手に続けて廊下で会った場合は、二回目なら「また会ったね。〝元気か（セルヴス）〟」、三回目なら「三回目に会うと、いいことがあるって言うよな」と声をかけるのが習わしになっていた。四回目以降は、適宜言葉を選ぶことになっている。

そんなわけで、刑事局の廊下では〝マールツァイト〟と挨拶されることが圧倒的に多かった。これは、クルフティンガーが刑事になって以来ずっと変わらなかった。

ところが驚くべきかな、自宅で〝マールツァイト〟と挨拶する者はいなかった。廊下で誰かにばったり出くわしたとき、不愛想だと思われるのを覚悟で無言で通すか、適当な挨拶をするか、あるいは好感度の高い〝マールツァイト〟を使うか悩む必要がないからだ。

クルフティンガーが嫌う理由はもう一つあった。的外れの言葉だからだ。本来〝マールツァイト〟は、食事の前に言う〝お上がりなさい〟の意味なのに、その意味を理解している者は少ない。だから刑事局の人間は、午後にオフィスでコンピューターを使っている同僚にまで、〝マールツァイト〟と声をかけている。警部は自分の部署ではこの呼びかけを禁じていた。耳が腐るほど〝マールツァイト〟と言われる日常からしばし距離を置くためだった。ときどき警部は、〝マールツァイト〟と挨拶されると、〝グリュース・ゴット〟と言い返し、驚く相手を見てほくそ笑むことがある。

食堂の奥の席に座っている人間が高々と上げた手で手招きした。

「あそこです」とヘーフェレが言って、手を上げているマイアーを指差した。その横にはシュトローブルが座っていた。クルフティンガーとヘーフェレはテーブルのそばへ行くと、珍しくサンディーも来ているのに気づいて驚いた。サンディーを見た瞬間、ヘーフェレの体が強ばったのを警部は見逃さなかった。ヘーフェレは、サンディーの前で弱みを見せるのを極度に恐れていた。そのため、昼食の際に彼女に話しかけることはまずなかった。残念ながら、そうすることでよけいに弱みをさらしていることにヘーフェレは気づいていない。

席に着くと、通りかかった四人の警官が〝マールツァイト〟と声をかけてきた。クルフティンガーはそれぞれに、〝セルヴス〟〝ハロー〟〝グリュース・ディッヒ〟〝おまえも来たか、俺もだ〟と返答した。そして、テーブルの上にあるメニューを見て、今日のおすすめを読み上げた。「ローストポークの黒ビールソース添え。スズキのカリカリ焼き。ポテトサラダ。デザートはプラムケーキ。さすが、ヴィンネだ」

噂では、ヴィンネは元は三ツ星ホテルのシェフだったが、ストレスが原因でこの食堂のシェフに転職したと言われている。ヴィンネは大変なデブで、いつも汗をかいていて機嫌が悪かった。だから今までその噂が本当かどうか直接訊けた人間はいなかった。もっともクルフティンガーは、そんなことを訊く必要はないと考えていた。なぜなら、料理を食べれば答えは明らかだったからだ。こんなのが星付きレストランの味であるはずがなかった。とはいえ、その味は警部の好みには合っていた。

数分後、〝マールツァイト〟を二、三十回聞かされながら、警部が選んだ料理をトレイにのせて席に戻ると、ヘーフェレがカイザースマードのことを話し始めた。クルフティンガーはしばらくおとなしく聞いていたが、途中でどうしても話の腰を折らざるをえなかった。というのも、なんとも驚いたことに、いつもなら二人前の肉を平気で平らげるヘーフェレが、スズキのカリカリ焼きを選んでいたからだ。スズキのカリカリ焼きは、今日唯一の〝ヘルシーメニュー〟だった。もっとも、残念ながら、皿の上のカリカリ焼きはただの魚のフライにしか見えなかったが。警部から問い詰められたヘーフェレは、最近食事制限を始めたのだと言いわけしたが、マヨネーズソースのかかった魚のフライで痩せられるはずもなかった。サンディーが皿のサラダだけを食べていたので、ヘーフェレはそれに合わせたように見せたかったらしい。

ヘーフェレが報告を終えると、警部はナイフとフォークを皿に並べて置き、ナプキンで口を拭いた。いつものように誰よりも先に食べてしまった。一番先に食べ終わって腹立たしいのは、まだ食べている人を見るとまたお腹が空いてくることだった。とはいえ、早食いは警部の楽しみでもあったので仕方がなかった。

「まるで復讐〝魔〟が、アルゴイを横行しているようじゃないですか」マイアーがヘーフェレの説明にコメントした。シュトローブルはマイアーを睨んで言った。「鬼」

「ああ、ありがとう。僕は確かに鬼かもしれないね、シュトローブルちゃん」マイアーは猫撫で声で言って、シュトローブルに寄りかかった。シュトローブルはそれをはねのけ、こう罵った。「バカ、復讐〝魔〟なんて言い方はないぞ。復讐〝鬼〟って言うんだ」

「そのとおり」と念を押すと、クルフティンガーは部下全員が食べ終わったことを確認してから立ち上がった。「じゃあ、生クリーム付きのプラムケーキを取ってくる。みんなも食べるか？　取ってきてやるぞ」

シュトローブルとマイアーはすぐに欲しいと言ったが、ヘーフェレはためらいながら、クリームはいらないがケーキは二切れ食べたいと答えた。

「脂質の多いクリームは体に悪いからね」ヘーフェレはサンディーにそう声をかけると、彼女の隣の席が空いたので、すばやくそこへ移動した。その様子を見て、警部はヘーフェレもなかなかやるもんだと感心した。

「クリームはいらないって言ったじゃないですか」ヘーフェレは警部が目の前に置いたケーキを見て文句をつけた。

「わかってるよ。わざとクリーム付きを選んだのさ。こうするために」と言って、警部はヘーフェレのケーキのクリームを、持ってきたスプーンですくって自分のケーキの上にのせた。「これでよし」目の前にできたクリームの塔に、警部はいかにも満足そうだった。そして、ケーキ1にクリーム3の割合でフォークにのせて口に放り込み、しばらく目を閉じて至福の境地に浸った。

「俺の母さんのケーキみたいだ」警部は言った。だが、部下たちに変な目で見られたので、慌てて訂正した。「母さん……って。もちろん、妻のことさ」本当は言葉どおり〝母さん〟のケーキという意味だったのだが、部下たちの反応を見る限り、五十代の男が自分の母親のケーキをほめるのは社会的に許されないようだった。それでも警部は、内心、母のプラムケーキが一番だと思っている。母の作るプラムケーキはプラムがジューシーで、生地に対するプラムの割合が絶妙に調整されていて（フルーツケーキではこの調整が最も難しい）、生地の味がプラムに負けないくらい引き立っていた。生地の上の層はしっとりとしているのに、下の層はカリカリに焼き上がっていた。どうしたらそんな神業が可能なのか、クルフティンガーも知らなかった。さらに、母のプラムケーキの上にはアーモンドクランチが散りばめられていた。星付き食堂のシェフ、ヴィンネのケーキも同じだった。警部はクッキークランチよりもアーモンドクランチを散らしたプラムケーキのほうが好きだった。クッキークランチは時間が経つと固くなってしまうが、アーモンドは固くならないからだ。とにかく、警部は目の前のケーキにこれ以上なく満足していた。

クルフティンガーはケーキを矢継ぎ早に口へ放り込み、部下たちも無心で食べた。サンディーだけはケーキを食べていなかったが、みんなが食べている様子を見ていると、一つの疑問が湧いてきた。そこで、思い切って尋ねた。「それで、これからどうなるんですか。第三の殺人事件が起きる可能性はあるのかしら？」

全員が命令された犬のように、嚙むのをぴたりとやめた。警部はアーモンドのかけらをいくつか気管に詰まらせ、むせて涙を流した。四人の刑事は同時にフォークを置くと、顔を見合わせた。全員の顔が心なしか青ざめていた。

「なんてこった」クルフティンガーが大声で言った。

「私、何か間違ったことを言いましたか？」サンディーがひるんだように訊いた。

警部は首を横に振った。「いや、間違ってないよ、ヘンスケ女史。ちっとも、ちっとも、間違ってなどいないさ」

「君は正しいことを言ってくれたんだ」そう口をはさんだシュトローブルを、ヘーフェレが睨んだ。サンディーに説明するのは自分の役割だと思っていたのに、シュトローブルに先を越されたからだ。

★　★　★

「父さん、車体が地面に付きそうだよ！　このオンボロ車に、こんなに荷物をのせたらダメだよ。タイヤが回らないかもしれないよ」

「こいつは、今までに多くの修羅場を乗り越えてきたんだ。大丈夫さ」

クルフティンガーはそう言って、息子を無理やり車に乗せた。荷室に大量に積み上げたリンゴ入りの木箱のせいで、リアウインドウがふさがってしまった。仕方なく、サイドミラーを調整して後方が見えるようにすると、警部はガレージから慎重にバックで車を出した。道路に上がる勾配で、マフラーがアスファルトに当たってゴリゴリという嫌な音を立てた。

「畜生！」警部が罵った。

「ほらね、父さん！」

「詰め込みは災いのもと。確かにリンゴを一個か二個、詰め過ぎたかもな」クルフティンガーは渋々と自分の非を認めたが、スピードをほんの少し落としただけで、バックを続けた。

「マフラーはあとで見てみよう。壊れてはいないさ。ゆっくり走れば問題ない」

車は時速六十キロで、アルトゥスリートからデューラッハ方面へと向かった。

これが毎年恒例の行事になっていた。クルフティンガーの住む地域では、秋のリンゴの収穫期になると〝さあ、リンゴをとって、ジュースを煮るぞ〞が住民の合言葉になった。この伝統だけは、誰もがずっと守り続けている。リンゴジュースを手作りするのはもちろん骨の折れる作業だが、その分ジュースの味は格別だった。手作りとはいえ、デューラッハのモスト醸造所に（青臭くて〝実の詰まりの悪い〞市販のリンゴではなく）自宅の庭でとったリンゴを持って行き、大型の搾り機で果汁を搾ってもらう必要があった。もちろん有料だったが、それでも市販のリンゴジュースよりは安くついた。手作りリンゴジュースからはリンゴ酢やリンゴ酒も作ることができ、友人宅にお呼ばれしたときは、それを手土産として持って行ったりした。エアランゲンに住んでいるマルクスにも毎秋、手作りリンゴジュースをケースに詰めて送ることにしていた。そのおかげで、息子のもとには一年中リンゴジュースのストックがあった。

デューラッハに入って田舎道を走ると、寂しげな場所に農家が見えた。それがモスト醸造所だった。道中、クルフティンガー親子は何人ものドライバーの怒りを買ってきた。それが警部の車の老朽化したディーゼルエンジンが煙やススの塊を吐き出すせいなのか、ゆっくり運転しているせいなのかはわからなかったが、とにかく中指を立てたり、顔を怒りでゆがませたり、聞こえはしないが罵り声を上げたりする運転手に事欠かなかった。それでも警部はまったく動じることなく、「わかったよ、バカ野郎！」とつぶやきながら運転を続けた。けれどもザルツブルクへ続く道路との交差点で、スーツ姿のＢＭＷのドライバーが窓を下げ、中指を立てて「のろまなバカ農夫、トラクターでも運転してやがれ！」と怒鳴ったときは、さすがの警部もかっとして窓を開け、「おまえの車の番号はひかえたぜ」と言って、相手の鼻先に警察手帳を突きつけた。ＢＭＷの運転手は青くなり、タイヤをキュイーンと鳴らして慌てて逃げていった。

農家の裏の小さな小屋が〝果汁搾りホール〟だった。そこに大型のプレス式搾り機があり、リンゴの収穫期には常に誰かが使っていた。男が一人、小屋の前で大きな牛乳缶を牽引車に積んでいるところだった。牽引車にはすでに、琥珀色の果汁で満たされたプラスチック製の大型タンクがのせられていて、色鮮やかなズボンをはいた、どうやら双子らしい二人の青年が、金属のジョッキを使ってアルミニウム製の桶から果汁をプラスチック製容器へと移し替えていた。モスト醸造所の主人、通称〝ジュース・マイスター〟のヘルムート・クラーマーは、プレス式搾り機から薄く延ばされて出てくる搾りかすの山を積み上げる作業の最中だった。妻のヒルデガルトのほうは、〝プレスケーキ〟と呼んでもよさそうな、搾りかすの四角い塊を一輪車で小屋の外へ運び出している。

「グリュース・ゴット、クルフティンガーさん。もしかして、今年も大量にあるんですか?」ヒルデガルトは坂の下に停めてあるパサートを不安そうに見た。

「ええ、ちょっと持ってきすぎたようだな。でも、大丈夫ですよね?」

「まあ、大丈夫でしょう。では、搾り機使用の受付は、今日はあなたたちでお仕舞いにしましょう。私はちょっと先を急ぐのでね。家畜小屋に早くこれを持って行かなくちゃならないんです」

「どうぞ、どうぞ。今日は家畜たちもご馳走にありつけますね?」

「そうですね。連中は搾りかすが大好きですから。でも、搾りかすは胃の中で発酵するので、食べさせすぎないように注意してますよ」

色鮮やかなズボンをはいた双子の兄弟はリンゴを桶に移していた。リンゴはその桶の中で洗浄されたあと、刻み機に送られて細かく裁断されることになる。クルフティンガーは、自分たちの番が来るまで、暇つぶしにリンゴ搾り機の構造を観察することにした。まずリンゴが刻まれ、刻まれたリンゴは網で覆われた板の上に押し出される。そこで鉄製の圧縮板によってプレスされ、リンゴの搾りかすと果汁に分離される。警部は、果肉が圧縮されて果汁が溢れ出し、アルミニウム製の桶へと流れ込むのを感心しながら眺めていた。その間に、マルクスはリンゴを全部、車から降ろし終えていた。

「マルクス、大学を出て就職先が決まらなかったら、モスト醸造所に就職しろ。食っていけるぞ」

「一カ月だけだぞ。アルバイトだ、就職とはいかないぜ」モスト醸造所の主人のヘルムート・クラーマーが口をはさんだ。

「はは、そうですね。なんだかんだ言っても、息子は大学で頑張っているので大丈夫です」

警部は内輪の冗談を人に聞かれてばつが悪かった。

「僕はプロファイラーとして稼ぐから、心配ないよ」とマルクスが言った。

「そうか。おまえがそう言うならそれでいい、マルクス」

そのとき、双子の兄弟が運び込んだリンゴの最後の山が圧縮機にかけられた。クラーマーは警部に、持ってきたリンゴを順に洗浄用桶に入れるよう指示した。警部とマルクスは力を合わせて一つ目のカゴを持ち上げ、リンゴを桶に移した。

「さっきおまえ、何で稼ぐって言った？」

「プ・ロ・ファ・イ・ラーだよ、父さん。プロファイラーになるって決めたんだ。実はずっと父さんに言いたくて言えなかった」

息子は、父親は反対するに違いないと決め込んでいる様子だった。

「それはいったい何だ？」父親が疑わしげに訊き返した。

「プロファイラーさ。犯人像を割り出す専門家、犯罪心理分析官のことだよ。父さんのほうがよく知ってるはずじゃないか」

息子は父親を立てるように、用心深く言った。

クルフティンガーはカゴを地面に置くと、手の甲で額の汗をぬぐいながら、息子の顔を見つめた。

「気でも狂ったのか？」

「それ、どういうこと？」

「警察に就職して、異常犯罪を分析するだと？」

「悪い？　僕が心理学を専攻したのは、心を病んだ人の分析をしたかったからだ。それは父さんも知ってるはずだよ」

「そのことは聞いてたが、犯罪心理分析官だけはよしたほうがいい。もっといい職があるじゃないか。大学に残って教授になるとか、児童心理学者になるとか」

そう言いながら、クルフティンガーは自分の話しぶりが父親に似てきたのを自覚した。

「でも父さんの仕事だって、プロファイラーみたいなものじゃないか」

実は警部は、そう言われるのをひそかに恐れていた。図星だからだ。それでもなんとか反論したかった。

「だから言ってるんだ。どんなに大変な仕事か、俺にはわかっているからな。甘く見ちゃダメだ」

マルクスはひるまなかった。「僕は、プロファイラーより教授になるほうが楽だとは思わないね。それに近頃は、大学の講師や教授の求人も少ないんだ。今僕は、主ゼミの授業の一環として司法精神科病院で実習を受けている。そこで気づいたんだ。やりたかったことはこれだって。息子が父親と同じ道を歩もうとしているんだよ、喜んでくれてもいいじゃないか」

「俺は、そんなことは望んでない。犯罪心理分析官になったら、人間の心の奥底にあるドロドロしたものと向き合うことになるんだぞ。ほとんど毎日な」

「心理学者にとって、それ以上に面白い仕事があると思う？」

そのとき、「次！」というクラーマーの大声が響き、親子の議論は一時中断となった。

「次の箱のリンゴを入れてくれ」

「あとで話そう」と父親は息子に耳打ちすると、二つ目のリンゴの箱と格闘し始めた。

「保存料はどうする？　いらないのか？」とクラーマーが尋ねた。

「いらない」と警部は答えた。生のジュースに添加物を入れる者が存在すること自体、警部には理解できなかった。そういうやつらは、生ジュースを家に持ち帰って、一度沸騰させる面倒を省きたいだけなのだ。

★　★　★

「あのことを母さんには言うなよ！」

アルトゥスリートへの帰途、マルクスは後部座席の背を倒し、それと荷室の境目に座っていた。クルフティンガーはリンゴジュースの樽を助手席に重ねてシートベルトを掛けようとしたのだが、息子は樽を荷室にのせて、自分が押さえていると言って聞かなかった。

「あのことって？」

「プロファイラーの一件さ。母さんが聞いたら卒倒するぞ」

「もちろん母さんにも話すよ。僕がきちんと説明する」

警部のパサートは、クルークツェルとアルトゥスリートの間にある最後の坂を上っていた。警部がバックミラーを見ると、赤い文字がチカチカ点滅しているのが見えた。

「畜生！」

マルクスもうしろを振り返った。息子は半ば荷室に座っているうえに、シートベルトもしていなかった。しかも、荷室はジュースの樽でふさがっている。

「大丈夫さ。同僚だよ」警部は自分自身を安心させるためにそう言った。こんな状況でも、マルクスのほうはいたって冷静だった。

警部の車を停車させた警官は、荷室をのぞいて信じられないという顔をした。

「こんばんは、交通警察です。免許証を……」中年の警官はクルフティンガーを見て、驚きのあまり身を凍りつかせた。

一緒にいた二十歳そこそこの女性警官は、不思議そうな顔つきで上司とドライバーを見比べた。女性警官はクルフティンガーの顔を知らなかった。刑事局にあった交通課が、元は兵舎だった町中の建物に移って以来、刑事課と交通課の交流はほとんどなくなっている。中年警官は若い部下にこう説明した。

「お嬢ちゃん、見てごらん。このおじさんは勲章ももらってる警部さんなんだよ」

女性警官は黙ってうなずいた。

「なあ、ヘーベルト」クルフティンガーは中年警官に言った。「反省してるよ」

「反省。結構、結構。それで、今後の手続きについてはわかってるよな？」

「罰金のことはよく知らないんだ」と警部が口ごもった。

開け放った窓から冷たい風が吹き込んでいたのに、クルフティンガーは汗をかいていた。

「過積載、無車検……それから……」警官はいったん車の前に回ってから、また戻ってきた。

「……排ガス点検期限切れ……同乗者のシートベルト不着用、乗車積載方法違反。そうだな。全部合わせると……」

「本当に罰金を取るつもりか？」

「あとは、タイヤ整備不良、救急箱不携帯。まるで交通違反の見本市だな。ローデンバッハーに報告が行けば、大目玉を食らうことになるぞ。罰金だけじゃなく、もちろん減点もする」

「頼む、へーベルト！　家はすぐそこなんだ」

へーベルトは首を左右に振ると、女性警官に寒いからパトカーの中で待つよう指示した。

「新米の部下の前で、大目に見るなんて言えるわけないだろう。じゃあ、こうしようじゃないか。その樽を半分、ここに置いていけ……中身はいったい何なんだ？」

「リンゴジュースさ」クルフティンガーが自慢そうに答えた。「おまえにも少し分けてやろう。今年は大量に収穫できたから」

「いや、けっこう。半分の樽をここに置いていけ。あとで引き返して、取りに来ればいい。それから来週、車検証と排ガス検査証を持って交通局に来い。煤の出方を見る限り、排ガス検査は絶対に必要だ。とにかく、今言ったとおりにやれば、あとは大目に見てやる。それにしてもあんたは無茶苦茶だよ！」

「車検のことなどすっかり忘れてたよ。連続殺人事件のことは知ってるよな。今はほかのことが手につかないんだ」

「ごまかすなよ。次は容赦しないぜ。個人的にもな。じゃあな」

へーベルトから必要以上にきつく肩をつかまれたクルフティンガーは、これまで恨まれるようなことを彼にしたかどうかを考えてみた。けれども、刑事課と交通課の日常的なロゲンカ以外に、これといった問題は思い浮かばなかった。樽の半分を車から降ろす父親を手伝いながら、マルクスの頭を嫌な予感がかすめた。この琥珀色のジュースが父親にとってどれほど大切なものか知っていたからだ。

「じゃあ、ここでジュースを見張っていてくれるな？」父親は息子に、質問というより、念を押すように言った。

「父さんが見張ってればいいじゃないか。もとはといえば、車いっぱいにリンゴを詰め込んだ父さんのせいだろう。この雨のなかで息子を道端に置き去りにしたと知ったら、母さんがただじゃおかないよ」

クルフティンガーは少し考えて、息子の意見が正しいと思った。道端に置き去りにされた〝かわいそうなマルクス〟のことを妻が知れば、カンカンになるに違いない。筋の通った意見だった。

そこで警部は、縮んできつくなった作業用ジャケットのフードを渋々かぶると、道端に並べた三つの樽の上に腰を下ろした。

「早く戻ってこいよ！」マルクスが運転する車を見送りながら、警部は叫んだ。

三十分後、クルフティンガー・ジュニアが戻ってくると、父親は全身ずぶ濡れで凍えていた。待っている間、前を車で通り過ぎた五、六人の知り合いや友人から奇異の目を向けられた。今度の音楽隊の集まりのときに話のネタにされ、笑われるのは確実だった。アルトゥスリートは小さな村だ。ちょっとしたことでもすぐに村中に知れ渡ってしまう。

「ごめん、父さん。樽を一つ倒してしまって。それで遅くなったんだ」マルクスは全身びしょ濡れの父親をなるべく見ないようにして謝った。見ると、噴き出してしまいそうだったからだ。

★ ★ ★

「私は、マルクスが公務員になるのには賛成だわ。だって安定したお給料がもらえるでしょう」エリカは、洗濯場にある古いコンロでリンゴジュースを煮沸している夫のそばに来て、楽しそうに言った。

クルフティンガーには信じられなかった。息子は、父親が考えているよりもずっと優れた心理学者であるらしい。プロファイラーが素晴らしい職業だと母親を納得させられるなんて、よほど高度な読心術を身につけているに違いなかった。父親は自分にもそんな才能が欲しいと思った。

妻はさらに言った。「卒業したら、あなたのコネで就職先を探してあげたらいいじゃない」

妻の言葉は、まさにマルクスの期待どおりのものなのだろうと思い、警部は顔をしかめた。今日中に十リットルものリンゴジュースを煮沸しなくてはならなかった。本当は猫の手も借りたいくらいだった。

クルフティンガーが全部のリンゴジュースの煮沸を終えて、ベッドにもぐり込んだのは夜中の一時半だった。割に合わない気がした。この家で今日一番働いたのは、明らかに自分だったというのに。そう思う一方で、明日の朝、妻が準備してくれた朝食を前にすれば、そんな気持ちは簡単に吹き飛んでしまうこともわかっていた。だから今だけ、しばし不憫な自分をなぐさめてやりたかった。

心を、なぐさめよ、時はやってくる
苦悩から君を解き放つのだ
蛇よ、龍よ
釘よ、ろうそくよ
苦悩の象徴よ
収穫祭の花輪にならないといけないなんて
気をつけるんだよ、可愛いお花さん！

クルフティンガーはその朝のオフィスの様子に違和感を覚えた。数秒考えて、その理由がわかった。自分の机が、机とは認識できないほど大量の書類で埋まっていたからだ。朝の会議の始まる前は時間がなくて机の上を見なかったので、今初めて気づいた。自分が仕事のなかに埋もれてしまいそうな気分になり、警部は大きなため息をついた。もっともそのため息は、昨日夜なべで瓶に詰めたリンゴジュースを一ケース、二階のオフィスまで運び上げたせいでもあった。最近はよく筋力の衰えを感じることがあったが、リンゴのフレッシュジュースを一ケース、オフィスに常備する習慣を、体力の衰えのせいでやめたくはなかった。自動販売機で飲み物を買うよりは安上がりだし、自動販売機が壊れたり在庫切れになったりしても喉を潤せる。何より、リンゴのフレッシュジュースは最高にうまかったからだ。

各課の課長と特別捜査チームの合同会議が終わると、クルフティンガーは通信指令課に呼び出された。通信指令課は緊急通報を一手に受信し、出動要請を管理している課で、刑事局の〝心臓〟と呼ばれていた。通信指令課に休みはなかった。電話とコンピューターのモニターとキーボードと無線機に埋め尽くされた部屋では、常に何かが起きていた。その部屋で警部を待ち受けていたのは、顔を真っ赤にした警官だった。

ゲルハルト・ランティッヒは大変な癇癪持ちで有名だった。ファーストネームのゲルハルトをイニシャルのGに変えて〝G・ランティッヒ〟と書くと、〝気難し屋（グランティッヒ）〟になることを、以前誰かが教えてくれたが、言い得て妙と言うほかなかった。クルフティンガーはなるべく遠回りして彼に近づいた。先輩警官はおおむねバカにしていた警部も、六十代でなお筋骨隆々のベテラン警官ランティッヒには絶大なる敬意を払っていたからだ。

警部が挨拶する間もあらばこそ、ベテラン警官はこうまくし立てた。「俺たちをバカにしてるのか？　通信指令課は暇だとでも思ってるのか？　なあ……どうなんだ……」声を張り上げ過ぎて息が切れたのか、一度深呼吸してから吐き出すように言った。「このクソ野郎！」

「まあ、気を落ちつけて！」

クルフティンガーは一方的に怒鳴りつけられるのは嫌だったが、朝から事を荒らげたくはなかったので、下手に出ることにした。

「いったい何があったんですか？」

「何があったって？　見ろよ」ランティッヒは電話のそばにあるメモ用紙の束を指差した。

それを見て、警部は自分の机の書類の山を連想した。

ベテラン警官はメモの束をすばやくつかむと、その手を振り上げた。「全部、おまえらのせいだ。ここには、やるべき仕事が嫌ってほどあるのを知らないのか？　それがどうだ、今はおまえらのせいで、四六時中メルヘンやおとぎ話を聞かされるはめになっている。説話だと！　バカバカしい……もう無茶苦茶だよ」

クルフティンガーが下手に出たのがよかったらしい。ランティッヒの口調から当初の激しさが消えている。警部はベテラン警官に理解を示した。

「確かにおっしゃるとおり。でも、私たちは通信指令課の仕事を増やそうなどとはこれっぽっちも思ってませんよ。すべての責任は、新聞社に説話のことをしゃべってしまったマイアーにあるんです」

〝マイアー〟の名前が出ると、ランティッヒの顔にまた血が上ったが、まもなく怒りも収まった。小言を言い続ける代わりに、「また、マイアーか」とポツリと言うと、椅子に腰を下ろした。

やるべきことはいくらもあったが、当面、急ぎの仕事はなかったので、クルフティンガーはランティッヒの隣の椅子に腰かけた。

「それで、電話ではどんな話を聞かされましたか？」

「いろいろだ。自分の知ってる説話を教えてくれる人もいれば、屋根裏部屋で幽霊を見たなんて言うやつもいた。そういうのは無視したが、ほとんどの話は記録に残してある。何が事件の手がかりになるかわからないからな。変な話もあったぞ。たとえば——」

ランティッヒは額に皺を寄せながらメモ用紙をめくった。

「――これだ。こいつは長年プードルを飼ってるそうだが、その飼い犬の目がずっと前から赤くなったと訴えてきた」

クルフティンガーはランティッヒに同情しながらも、思わずニヤリとした。彼には悪いが、通信指令課がそういったくだらない電話を刑事課に回さずに処理してくれるのはありがたかった。その罪滅ぼしというわけでもないが、ランティッヒのストレス発散のためにも話をじっくり聞いてやろうと警部は思った。

「ああ、これなんかも面白いぞ。シュタインに住む農夫の話だ。大鎌の岩（デンゲルシュタイン）のあるベッチガウ近郊のシュタインって村、知ってるだろう？　女医が殺された夜に、そいつは変な金属音を何度も聞いたと言うんだ。まるで死神が大鎌を鍛えるような音だったそうだ。こんなデタラメ話をするやつって、いったい何考えてるんだろうな？」

そのあと三つほど電話の内容を話し終える頃には、ランティッヒは子羊のようにおとなしくなっていた。今がチャンスと警部は、「迷惑ばかりかけますが、どうぞよろしく」と言って通信指令課の部屋を出た。

自分の部屋に戻ったクルフティンガーは、ランティッヒのと同じくらい分厚いメモの束を処理しなくてはならなかった。仕事が増えたのは、ハイテク機器の進化のせいだった。警察がファックスやメールを使い出して以来、通信指令課を通さずに刑事課に直接連絡をする人が多くなったのだ。

「説話の種類ごとに少し整理してみたんですけど」

その声を聞いて、警部は秘書が部屋に入ってきたことに気づいた。

「ありがとう、ヘンスケ女史。ところで、今日はいいものを持ってきてるんだ」

急に思いついて、クルフティンガーはリンゴのフレッシュジュースを三本秘書にプレゼントすることにした。

「まあ、気をつかってくださらなくてもいいのに。でも、ありがたくいただきます」サンドラ・ヘンスケは顔を少し赤らめて言った。赤らんだ頰と明るい茶色の髪の組み合わせがいつも以上に秘書を魅力的に見せていた。

思いがけないプレゼントに心を弾ませたサンディーが無言で部屋を立ち去ろうとすると、クルフティンガーは机の書類の束にチラッと目をやってから、「ちょっと待って」と言うと、机の一番下の引き出しからブランデーグラスを二つ取り出した。

「最初の一口くらい一緒に飲もう。このジュースは家で採れたリンゴで作ったんだ。完全に無添加。こんなジュースは東ドイツにはなかっただろう」

警部は最後の言葉を言い終わる前に、〝しまった〟と思った。リンゴジュースをプレゼントされた喜びで輝いていたサンディーの顔が一瞬のうちに強ばるのを、警部は見逃さなかった。サンディーが一番嫌いなのは、東ドイツが話題にされることだった。三十歳そこそこの彼女には、共産主義体制は子供の頃の思い出でしかないのだが、それでも東ドイツをバカにされると腹が立つらしい。

「ありませんでした、警部」サンディーがいくらか皮肉っぽさを含んだ口調で言った。「リンゴはバイエルン人が発明したもので、西ドイツではどこでも採れるが、東ドイツ人はベルリンの壁が崩壊するまでそういう果物があることすら知らなかった。西側のテレビを見ていた人たちだけがその存在を知っていた——とでもおっしゃりたいんでしょうね」

「サンディー」クルフティンガーはニックネームで呼び、機嫌を取ろうとした。「東ドイツは集団農業が盛んだったから、個人でリンゴジュースを作るのは難しかっただろうって思っただけさ。ほら、コルホーズとかがあったから……」

「コルホーズではなくて、農業生産協同組合（LPG）です」

「そう、それだ。東ドイツ人は、自分の庭を持つことも許されなかったんだろう」警部はそう言ってから、また墓穴を掘ったことに気づいた。

「それは間違いです。私たちは家を持つことさえ許されていませんでした。ベルリンの壁が崩壊して、西ドイツ人が水洗トイレを運んできてくれたときは、心から喜びました。ようやく公営住宅の中庭ではなく、建物の中にトイレを持てるようになったんですから」

少しずつサンディーは冷静になっていき、最後に言った。

「気を悪くなさらないでね。このバイエルンでは特に東ドイツ人に対する偏見が強いのを感じます。東ドイツには何もなかった、東ドイツの人々は中世の人間のような生活をしていたって、みんな信じ込んでるんです。でもオレンジはあっただろう、キューバと同盟関係だったからね、なんて皮肉を聞かされると、私、腹が立ってならないんです。悪気はないんですけど。すみません、警部」

サンディーは機嫌を取り戻して微笑み、リンゴのフレッシュジュースを三本持って部屋を出て行った。クルフティンガーはほっと胸をなで下ろすと、ふたたび書類の束と格闘し始めた。すべての元凶は、マイアーが新聞社に説話についてしゃべってしまったことだった。ところが、送られてきた報告を読んでいるうちに、マイアーに対する怒りは消えていった。報告のほとんどは事件解決の手がかりにはならないものだが、その内容には大いに興味を惹かれたからだ。日を追うごとに、知られざる過去、故郷の謎めいた過去が明らかにされていく――警部にはそんな気がした。今まで説話に興味をもったことなど一度もなかったから、この地方にこれほど多くの説話が存在することを知らなかった。子供の頃、父親からよくグシュナイト地区には幽霊が出るから一人で行くなと注意された。でも、その背景にあった説話については、ウアバンの話を聞くまで知らなかった。

それはなぜだろう？　学校の神話学の授業ではギリシャ神話を読んだだけで、アルゴイの説話を学んだことはなかった。でも本当は、説話からこそ郷土の歴史や地理について多くを学ぶことができるのではないだろうか？　たとえばアルゴイの説話では、川や山が悪魔の住処とされることが多いが、それは当然と言えば当然だった。何百年も昔であれば、この地方の自然は人間にとって今よりもはるかに威嚇的で、無慈悲な存在だったはずだ。もっとも月の出ていない暗い夜に森から聞こえてくる音は、我々の祖先ばかりか現代人でも怖いものだ。つまるところ、電話もラジオもテレビも新聞もない山奥の空き家で現代人が感じる心もとなさは、昔の人々が自然に対して抱いた恐怖と何ら変わりないのではないだろうか？

郷土の伝説を調べていくなかで、クルフティンガーの心をとらえて離さないことが一つあった。それは、まったくの作り話だと誰もが認める説話が数多く存在する一方で、今も昔も誰にも解明できない真実を語った説話があるという事実だった。子供の頃に繰り返し読んで影響を受けたシャーロック・ホームズの本のなかに、刑事になってからもよく思い出す言葉があった。著者のアーサー・コナン・ドイルがシャーロック・ホームズに言わせた言葉だった。〝不可能なものをすべて消去すれば、残ったものは、たとえそれが奇妙なものに見えても、真実なのだ〟

クルフティンガーは自分の心のなかをのぞき込んだ。つじつまが合わないとか、奇妙に見えるからといって、よく考えもせずに多くの物事をバッサリ切り捨ててはいないだろうか？たとえば、ブックスハイムの修道院長の話はどうだろう？　院長は例の木像がほかの木像とは別の木から作られていると言った。なぜあの木像だけが別の木から作られたのだろうか？　修道院長はそれらしき理由を語ってくれたが、それは科学的に証明されたものではなかった。しかし、科学的に証明されていないからといって、すべて間違っていると見なしていいのだろうか？

妻がよく口にするパワースポットについても同じことが言えるかもしれない。パワースポットに行ったら体調がよくなったという人は決して少なくない。これをただの思い込みと解釈していいのだろうか？　スピリチュアリズムに魂がだまされて、その結果、自己治癒力が高まったと解釈すべきなのか？　それとも、ほかに解釈があるのだろうか？

そこでクルフティンガーの自問自答は中断された。ドアが開いて三人の部下が入ってきたからだ。

「何か面白いものは見つかりましたか？」シュトローブルは警部の手にある書類の束を見ながら訊いた。どうやらその書類の束が何なのか知っているらしい。

「面白いものもなくはないが、捜査の手がかりにはならんな」

三人はソファーに座り、クルフティンガーはソファーの前まで自分の事務椅子を転がして行って腰かけた。部下たちに何か言いたいことがあった……そう、修道院のことだ。

「ブックスハイムの木像の話についてだが、いろいろあって、まだきちんとおまえたちの意見を聞いていなかったな。それで、どう思う？　写真にあったあの木像だが」

「どこか最初の話と似ていますね」シュトローブルがそう言うと、みんなの視線が彼に集中した。

「〝最初の話と似ている〟って？」

「第一の死体が見つかったラッペンショイヘンには、死んで罪を償わなくてはならなかった泥棒騎士の説話が残っており、第二の死体に添えてあった写真には悔い改めて神に救われた罪人の木像が写っていた」

「でも、なぜ犯人は第一の死体に写真を添えなかったんだろう？」とヘーフェレが問いかけた。

一分ほど沈黙が続き、クルフティンガーが大きく息を吸い込んで言った。「あったのさ」

「なかったですよ」ヘーフェレが言い返した。「メモが残されていただけで」

「それは、わかってる。俺はそういうことを言ってるんじゃない」クルフティンガーがヘーフェレに説明する。「俺が言いたかったのは、写真が第一の死体に添えてあったことを、俺たちがすっかり見逃していたってことさ」

部下たちは怪訝な顔で互いに見つめ合った。

「こう考えればいい。ズッターは俺たちが最初に〝見つけた〟死体だ。でも、時間的に見れば最初の被害者はハイリゲンフェルトなんだ」

「なるほど。確かにそうだ」シュトローブルは大声で言うと、首を振った。

「そういうことだ。俺たちはそんな大事なことを見逃していたんだ。信じられないよ。今回の事件では、犯人は手がかりを意図的に残していった。だから手がかりを見逃したり、順序を間違えて推理したりすれば、全部台無しになる」

「でも、写真を添えられていたのが、第一の死体か第二の死体かで、いったい何が変わるというんです?」とマイアーが疑問を呈した。

「犯人が置いていった暗号を解くためには、一つひとつの手がかりを順を追って見ていく必要がある。どうやら犯人は、説話を通して一定の方向性を示したかったようだ。悔い改めた罪人は許され、悔い改めなかった罪人は罰を受ける、というような」

部下たちは必死に上司の話を聞いていた。

「前に、二つの殺人の共通点を見つけ出すことが大事だと言っておいたが、誰か、わかったやつはいるか？　オイゲン？　ローランド？」

クルフティンガーはシュトローブルとヘーフェレだけに視線を送った。二人はわからない、と黙って肩をすくめた。

「僕は見つけたんじゃないかと思うんですけど」訊かれもしないのにマイアーが答えた。警部はそれを無視した。「そうか。じゃあ、改めて集めた資料を見直すしかないな」

「ちょっと待ってくださいよ。僕は見つけたんじゃないかと思うんです」

「ああ、もうこんな時間だ。じゃあ、一時間後にまたここで集まろう。いいか？」

「ちょっと待ってください。僕、なんかおかしなことでも言ってますか。見つけたんだってば！　聞いてくださいよ！」

マイアーが大声で訴えたので、さすがのクルフティンガーも無視できなくなった。マイアーはため息をついてから、話を始めた。

「真剣に聞いてくださいよ。これは、すごい発見だと思うんです。ズッターもハイリゲンフェルトも、告訴されたことがありますよね。だから調べてみたんです。すると、二人の裁判は同じ裁判所の同じ法廷で開かれたことがわかりました。法廷番号を見てゾッとしましたね。十二、つまりハイリゲンフェルトの額に刻み込まれた十一より一多い、十二だったんです」

マイアーはそこまで話すとソファーに深く腰かけて、頭のうしろで手を組んだ。今回の発見についてはいささか自信がある様子だ。クルフティンガーは無言で立ち上がろうとしたが、途中で動きを止め、もう一度椅子に腰を下ろした。

「すごいじゃないか、リヒャルト。本当にすごいな」

上司からほめられることなどめったにないので、マイアーはまず上司の賞賛が本気かどうか確かめるために、数秒間様子をうかがう必要があった。どうやら本気らしいと思うと、とりあえず当たり障りのない説明をした。「なんでそう思いついたかわからないけど、突然頭に浮かんだんです。裁判記録は何度か目を通したのですが、法廷番号までは見てませんでした。でも、警部に細かいことまで確認しろと言われて……」

そこでクルフティンガーが口をはさんだ。「大事なことが見えてなかった。まったく、俺たちの目は節穴だらけだ。裁判のことをすっかり忘れていたよ。情報としては頭に入っていながら、俺たちは意味のない理屈ばかりに気を取られていた」警部は〝俺たち〟と言いながら、マイアーを見る目つきだけはほかの者を見るときと違った。

シュトローブルとヘーフェレは、警部が言う〝俺たち〟にはマイアーが含まれていないことを感じ取った。

「確かに、被害者は二人とも告訴されたことがある」シュトローブルは自分の考えをまとめながら話した。「俺たちは告訴状ばかり読んで、二人の共通点を探すことをしなかった」

マイアーがそこで言った。「でも本当に偶然だったんです。被害者二人の裁判資料をたまたま横に並べて置いたら、数字が気になってきて……」

「そんなことはどうでもいい。あてずっぽうで発見したことでも、みんな満足してるんだからな」クルフティンガーが苛立ちながら言った。

「でも、警部があんなふうにほめるから……説明しようと思って……」

「リヒャルト、まだわからないのか？　ここで大事なのは、数字でも、法廷番号でも、ズッターのネクタイの色がハイリゲンフェルトのソックスの色と同じだったということでもない。裁判が二人の共通点だ、わかるか？　裁判だ！」

警部は思わず大声を出してしまった。重要な手がかりを見つけ出したマイアーには感謝していたのに、またしても新聞社に説話の件を暴露されたことを思い出して、ムカッとしてしまったのだ。マイアーはしょんぼりした。

「さあ、仕事に戻るぞ！　新情報が手に入ったんだ、捜査を進めないとな」そう言いながらも、警部はマイアーに罪悪感を覚え、なぐさめる言葉を見つけようとした。

「裁判資料は俺が確認するから、リヒャルト、おまえは説話の調査を続けてくれないか？」

マイアーは立ち上がると、肩を落としてとぼとぼとドアまで歩いた。警部は部屋を出て行く部下の肩をつかんで言った。「よくやった、リヒャルト。よくやったぞ」

マイアーが部屋のドアを閉めると、クルフティンガーはすぐに席に戻って、受話器を取って内線電話で部下たちに伝えた。「俺がメビウスに電話して、裁判資料を取り寄せるつもりだ」

警部がメビウスという名前を口にしただけで、隣の大部屋にいる部下たちは大喜びした。ヘーフェレは、ナンパ男が女性の気を引くときのような軽い口笛を吹いた。部下たちにそんな反応をさせてしまう張本人、メビウス博士は検事だった。正式には、刑事事件の捜査を指揮するのは検察庁なのだが、ありがたいことにここケンプテンでは、弁護士と違い、刑事はほとんどお役所的手続きなしで検事と連絡を取り合うことができた。検事が捜査に干渉することもまれで、おかげで刑事は自由を享受できた。

メビウスも刑事に干渉しない検事の一人だった。

メビウスという名前に刑事たちが妙な反応をするのにはわけがあった。メビウスはゲイだという噂がささやかれていた。証拠はないのだが、典型的なゲイの要素を具えているせいだった。オールバックにした髪、きれいな肌、上品なダブルのスーツ、胸のポケットにいつも挿してあるネクタイとお揃いのチーフ、香水好き、少し甲高い声などがゲイ疑惑を生んだらしいが、はっきりしたことはわからなかった。噂はいつの間にか広まっていた。こういった噂は、ケンプテン刑事局では話のネタとして大歓迎される。

クルフティンガーもその噂は知っていたが、可能な限り無視していた。その一方で、ゲイの男性と向かい合わせで話をする場面を想像すると、いい気持ちでないのは事実だった。息子からは〝潜伏性のゲイ恐怖症〟と言われていた。息子の見解は正しい、と内心、警部は思っていた。

普段はゲイの噂など気にしないクルフティンガーなのだが、周囲の人間が少しでも気にして、嫌がらせなどを始めようものなら、もう気にしないではいられなくなる。警部は部下の反応を忘れるようにして、裁判所に電話をかけた。

「もしもし、クルフティンガーです。メビウス博士をお願いします……ありがとう……メビウス博士？　クルフティンガーです。あの……お元気そうで何よりです」

隣の大部屋でそれを盗み聞きしていた部下たちは、じっとしてはいられなくなった。シュトローブルがガラス越しに警部に向かって投げキスをし、次にヘーフェレが自分の頬をそっと撫でた。

「バカ」クルフティンガーが小声でつぶやく。「えっ？　いえ、違います。すみません、喉に何か詰まったらしくて」警部の顔が真っ赤になった。「緊急で、いくつか裁判資料を見せていただきたいのですが……これからですか？……はい……また、あとで」警部は電話を終えると、受話器を乱暴に置いて部屋のドアを開けた。

「またあとでね、ダーリン」シュトローブルがささやくように言う。

クルフティンガーは即座に言い返した。「ここは本当に警察なのか。雄牛が二頭座っているだけじゃないのか」明らかに動揺していた。「早く外回りをしろよ。こんなところで座ってる場合じゃないだろう」

その言葉に押し出されるように、部下たちは出かけて行った。数秒と経たず、ドアが開いてシュトローブルが顔を出す。「警部、メビウス博士によろしくお伝えください」そう言うと、部下は投げキスをした。

★　★　★

クルフティンガーは覆面パトカーやレッカー移動した車、事故車が何台か停めてある中庭を抜けて、自分の車へ行こうとしたが、途中で気が変わってエルヴィン・メッグレの事務所へ向かった。メッグレの事務所へ行くには、刑事局の裏手にある自動車整備工場と洗車場を突っ切らなくてはならない。洗車場に入ると、十六歳くらいの若い娘がパトカーを洗っていた。青いオーバーオールを着て、くすんだ金髪の髪を三つ編みにしている。警部は九月初めの新人歓迎会で彼女とは会っていたので顔は知っていた。この娘を雇うことで、ケンプテン刑事局はいくらか株を上げることができた。女性には珍しく自動車整備士の免許取得を目指している娘だった。閉鎖の噂もあるこの修理工場には、カザフスタン移民の若い娘も働いており、ローデンバッハーはその二人を雇ったことを、ケンプテン刑事局の素晴らしい社会貢献とほめたたえていた。

クルフティンガーは娘に微笑みかけると、メッグレの事務所のドアを叩いた。中から「はっ？」という声が聞こえ、警部はそれを〝どうぞ〟という意味と受け取ってドアを開けた。

メッグレはいつもと同じ〝POLIZEI（警察）〟と大きな白い字で書かれた緑色のオーバーオールを着ていた。二十五年前に自動車整備工場主任としてケンプテン刑事局に雇われて以来、彼はずっと自分の仕事に誇りをもってきた。いつも機嫌がよかった。警部が中に入ると、メッグレは大衆紙を読みながら昼食を食べていた。

「おやまあ！　この小屋には珍しいお客さんだな！　グリュース・ディッヒ！」メッグレはソーセージをはさんだプチパンサンドを横にどけると、右手で髪をかき上げた。五十代なかばだが、十五年前から増え始めた白髪のせいで、今は混じりっ気なしの白髪頭になっていた。

「いったい、何の用だ?」

「車を探してるんだ」と警部は答えたが、自分の車の悪臭がひどいからだとは言えなかった。

「それで?」メッグレはニヤリとしてとぼけた。

「刑事局には、ありあまるほど車があるだろう」

「いや、ないよ。一台もな」

そうは言ったが、すぐにメッグレは大声で笑い出し、車の鍵が入っている壁掛け棚の扉を開けた。そこにはまだ鍵が二つ残っていた。探せば見つかるものだ、と警部は思った。

「そうだな……ルドミラが今一台洗車してる。それが終わったら、使ってもいいぞ。鍵はこれだ」

クルフティンガーが礼を言って去ろうとすると、メッグレはその背中に向かって微笑みながら声をかけた。「駐車するときはくれぐれも気をつけろよ、クルフティー!」

★　★　★

侯爵・大修道院領時代のケンプテンを代表する黄色と白の豪華なロココ様式建築であるレジデンツ宮殿に着くと、クルフティンガーはパトカーを宮殿内にある州・区裁判所の入り口前まで乗り入れた。〝遊歩道は駐車禁止。ただしパトカーは例外〟と書かれた標識を見て、警部はしてやったりと破顔した。

警部は入り口でメビウス博士の部屋が二階であるのを教えられた。玄関ホールを突っ切っていく途中で、一枚の絵画が目に留まった。それは、十年以上前にケンプテン市民の間に大論争を巻き起こした有名な絵画だった。

ケンプテン市は九〇年代に、西アルゴイのある画家に、侯爵・大修道院長の居城と大修道院領ケンプテンの歴史をテーマにした絵を描いてくれるよう委嘱した。ところが、出来上がった絵画は、市がイメージしたものとまったく違っていた。市が求めていたのは、栄華を極めた大修道院領ケンプテンの美しい街並みの絵だったのに、画家が描いたのは、大修道院領ケンプテンの影と衰退を寓意的に表現した絵だった。絵画が公表されると、その後数週間は地方紙の文化欄を舞台に議論が白熱した。それを読めば、市当局だけでなく、ほとんどの市民がこの絵画に好感をもっていないことがわかった。クルフティンガーは当時、文化欄の記事をすべて読んだが、絵を直接見るまでは特に意見をもたなかった。その後ある夏にレジデンツ宮殿のガイドツアーに参加し、絵を間近で見て、ようやく自分の見解をもつことができた。

自分の見解をもつようになってからは、警部は絵の前を通るたびにその美しさに感動し、己の美意識に自信をもつようになった。だから今日も、ニッコリと微笑んで絵に描かれた人物を見つめた。雌ブタにまたがった上半身裸の〝権力者を象徴する娼婦〟だ。敬虔なキリスト教徒であるケンプテン市民のなかに、嫌悪感から娼婦の胸の周辺の絵の具をけずり落とした者がいた。警部はそれをケンプテン人の不寛容さの表われだと思っていた。一七七五年に大修道院領ケンプテンで行なわれた魔女裁判で、ドイツで最後の死刑が執行されたときから、ケンプテン人の視野の狭さは変わっていないようだ。新しいもの、見知らぬものに対する市民の異常なまでの嫌悪感がそれを証明していた。

クルフティンガーは首を振ると、階段を上りながら絵の右下に書かれたラテン語の文字に目を向けた。レジデンツ宮殿のガイドがツアーの際中に翻訳してくれたので意味は知っていた。〝ケンプテンのみが剣とストラ（司教、司祭の祭服用頸垂帯）によって裁きを下す。正義を成せ（フィアット・ユスティティア）〟

ありがたいことに、死刑執行人が剣を、教会の権力者がストラを掲げて裁く時代は終わった。現代は禁固刑と裁判官の時代だ。数百年前に比べて、裁判は大きく変化した。とはいえ、裁判所の中では今なお、正義と贖罪の要求に正しく応えようと努力を続けている点は変わりなかった。

★★★

クルフティンガーは、メビウス博士のいる二〇二号室のドアをノックした。中から少し仰々しい「お入りください」という声が聞こえ、警部はドアを開けた。目の前に突然現われた部屋は、普通の役所にあるような家具しか備えられていないにもかかわらず、上品で、落ち着いていて、洗練されているように見えた。それは、化粧しっくいで装飾された高い天井と、部屋の隅にある大変古い丸型のタイル張りの暖炉と、大きな窓だけでなく、この部屋にいる人物が醸し出す雰囲気のせいかもしれない。その人物はきれい好きで、美的センスの持ち主だった。弁護士や検事の部屋はだいたい、机もサイドテーブルも床もすべて資料で埋め尽くされている場合が多いのだが、メビウス博士の部屋はファイルが四つ、机の上に置かれているだけだった。どこを見てもきちんと整頓され、明るかった。小さなオーディオセットから、クラシック音楽が静かに流れていた。モダンなガラス製のティーポットがキャンドルウォーマーの火に照らされて金色に輝いている。サイドテーブルの上には卓上噴水が置かれ、水がピチャピチャと音を立てて湧き出ていた。「ようこそ、クルフティンガー警部！」

メビウス博士は立ち上がると、クルフティンガーのほうに近づいてきた。いつもと同じ、洗練された装いだった。黒地に灰色のストライプの入った高級スーツ、薄紫色のシャツと同系色のラメ入りネクタイ。服の色使いといい、エレガントな歩き方といい、手の動かし方といい、すべてが噂を裏付けているように警部には思えた。

「ちょうど、お手空きのときでよかったです、メビウス博士」クルフティンガーが言った。

「刑事局の男性たちには、特別に時間を作るようにしてるんです」

メビウスはそう言って、歯並びのいい白い歯を見せた。

〝刑事局の男性たち〟だって。女には時間はやらんというわけか。先が思いやられる、と警部は思った。そこで何気なく、警部は検事が椅子に座る様子に目を留めた。わずか数秒だが、検事の尻を見ながら、警部は思わず〝四十八歳でこれなら悪くないな〟と評価を下していた。

次の瞬間、そんなことを考えていた自分に気づいて身を強ばらせた。驚きと羞恥で顔が真っ赤になった。なんてこった！　知らないうちに、メビウスの体を細かくチェックしていた自分が信じられなかった。

警部の頭のなかでは、同僚や部下の噂話が滅茶苦茶に飛び交っていた。本当にメビウスは……？　どうすればこの男に、俺はおまえの仲間ではないと暗に伝えられるだろう？

そんなことを考えていると、警部は次第に話に集中できなくなった。マイアーが説話の件を新聞社に漏らしたせいで厄介な事態になる可能性があることを検事に伝えようとしたのだが、それに対するメビウスの意見はどれを取っても実に洗練され、話す仕草は女性のように柔和だった。もう耐えられなかった。

クルフティンガーは逃げ出したい衝動に駆られた。普段の警部は、他人の性的嗜好には一切興味がなく、〝ネコがネズミを食べるからって、俺はネコを嫌いにはならないぜ〟などと言って、性的マイノリティーに対して寛容な態度を取っていた。しかし今日は、部下たちの噂話に刺激されて、意識せずにはいられなくなっていた。

「では、裁判資料は取り寄せていただいたのですね？」警部は会話を早く終わらせようと、まとめに入った。

「資料は入り口のカウンターで受け取ってください。でも、すごい量ですよ。びっくりなさらないでくださいね。入り口には力持ちの男性たちがおりますから、車まで運んでもらったらいいと思います」

もう限界だ。〝力持ちの男性たち〟だって！　こ、こ、こんな男の前で自然に振る舞うことなどできるわけがない。警部は検事にすばやく別れの挨拶をすると、手を差し出した。ありがたいことに、検事は柔らかい手で握手しただけでキスはしてこなかった。メビウスの部屋を出ると、警部は長い廊下を駆け出した。卓上噴水を見ていたら尿意を催し、話している間ずっと我慢していたのだ。小便用の便器の前に立つとほっと安堵して、ようやく用を足せるのがうれしかった。そのとき、トイレのドアが開いた。振り返った警部は目を丸くした。入ってきたのはメビウスだった。警部の体がカッと熱くなった。もしや俺を追ってきたのか？　まさか隣の便器で用を足すつもりじゃないだろうな……？　俺のを見るために……？

「やあ、奇遇ですね」動揺を押し隠して、警部はメビウスに声をかけた。

「そうですね」検事はニッコリと微笑んだ。

その笑みが、警部にはどこか怪しげで、意味ありげに見えた。警部は目の前のタイルを見つめながら、メビウスが大便用の個室に入ってくれることを願った。

残念ながら、その願いは叶わなかった。メビウスは警部の隣の便器の前に立った。警部の額に玉の汗が浮かぶ。目の端で隣の男の目線を確認しようとするが、よくわからない。体全体の筋肉が硬直し始める。硬直するだけでなく、恐るべき副作用も生じた。尿が出ない。途中で止まってしまったのだ。今までにもこういう状態になったことは何度かあった。十年、いや十二年前が最初だった。アウクスブルクの大学のトイレに行ったときだ。警部はその日、同僚と一緒に著名な犯罪学者の講演を聴きに来ていた。休憩時間にトイレに行くと、すぐあとから講演者である犯罪学者もトイレに入ってきた。すると突然、尿が出なくなった。つまんだり、引っ張ったり、押さえたりすればするほど、よけい出にくくなった。それ以来、そういうことが何度かあり、誰にも相談できずにいたが、時が経つにつれてよくなってきたので安心していた。たいていの場合、深呼吸すれば出るようになった。ところが今日はそうはいかなかった。

二メートルほど離れた隣の便器ではピチャピチャという音がしており、検事が問題なく用を足していることがわかった。

畜生、こいつは二週間トイレを我慢していたのか？　警部は心のなかで罵った。ピチャピチャという音は止まるところを知らなかった。ようやく検事は水を流すと、愛想よく——警部には同情の響きも聞き取れたが——「ごゆっくり！」と言うと、突っ立ったままの警部のうしろを通ってトイレを出て行った。警部がほっと胸をなで下ろした瞬間、勢いよく尿が噴き出した。

★　★　★

「目を通してくれたか？」

「この量では、すぐには無理です。全部目を通すのに、数日かかりますよ」

ヘーフェレは会議室の大きな丸テーブルの上に広げられた裁判資料を見て嘆いた。八人の刑事たち——クルフティンガーはローデンバッハーの提案を受け入れ、ほかの部署から四人を引き抜き、特別捜査チーム・エルンテダンクのメンバーにしていた——は、三十分前から資料と首っ引きでメモを取っていた。

さそうだった。

「担当裁判長に片っ端から電話して、重要事項を訊き出したほうが早いと思うけどなあ」マイアーが独り言のように言ったが、その口調からして同僚の同意を期待しているわけではなさそうだった。

けれども、残りの七人の刑事は顔を見合わせた。実はみんな、マイアーが思いを代弁してくれてうれしかったのだ。裁判資料を読むのはそれくらい骨の折れる作業だった。まずは、みんなで裁判長の名前を確認することにした。「ズッターの裁判では、ハルトマンが裁判長を務めた」とヘーフェレが言った。それを聞いて眼鏡をかけている太った刑事が反応した。

「ハルトマンだって。ハイリゲンフェルトの裁判で、担当検察官だったハルトマンと同一人物じゃないのか？　名前は一緒かな？」

「確かに。元検察官の判事もいるからな」

「そいつもギュンター・ハルトマンって名前か？」ヘーフェレが訊くと、太った刑事はうなずいた。

「鬼の判事ハルトマンのことを言ってるのか？　確かに元は検察官だったかもな。ハルトマンなら話は早い」と警部は喜んだ。「でも、彼はもう定年退職したはずだ。メビウスに電話して、ハルトマンの電話番号を訊いてみるよ」

「もう彼の声が聞きたくなったんですか？」シュトローブルが目をしばたたかせた。全員が大笑いした。

「バカ！」クルフティンガーは受話器を耳に押し当てたまま怒鳴った。「ごめん、ヘンスケ女史、君のことじゃない。こっちの話だ。いや、君に話すまでもないよ、バカげた話だから。いつものことさ。ところで、検事のメビウス博士の電話番号を調べてくれないか？……え、覚えてるだって？　それはけっこう……それなら、すぐにつないでくれ。ありがとう」

数字を記憶するのが苦手な秘書がメビウスの電話番号を覚えていると聞いて、警部はびっくりした。三人の部下もみんな、顔を引きつらせた。

「クルフティンガーです。メビウス博士、すみません。たびたびお仕事の邪魔をしてしまって。もう一つお願いがあるんですが」警部は部下たちの顔を見ながら言った。「いえ。裁判資料は問題ないです。それとは別のお願いでして……電話番号をお一つ、ちょうだいしてもよろしいでしょうか？　実は……」

クルフティンガーはそこで口ごもった。部下たちが一斉に笑い出したからだ。シュトローブルは真っ赤な顔をして、「電話番号をお一つ、ちょうだいしてもよろしいでしょうか」と繰り返した。警部は急いで受話器を手で押さえた。

「出て行け。おまえらはガキか。バカどもが！」クルフティンガーが吐き捨てるように言うと、全員が笑いをこらえながら部屋を出て行った。警部はうろたえていた。その一方で、メビウス博士という存在が刑事局に笑いのネタを提供し、笑いが職場の雰囲気をよくし、結果的に仕事にいい影響を与えていることは認めざるをえなかった。

「了解しました、クルフティンガー警部。番号はすぐに調べさせますから」検事はそう言って、電話を切った。

それからまもなく、警部は家路についた。今日はただでさえ大変な日だったのに、部下たちの幼稚園児並みの言動に振り回されて、心底疲れ切っていた。しかし、車に乗り込むと、電話でメビウスに言った〝電話番号をお一つ、ちょうだいしてもよろしいでしょうか〟という言葉を思い出して、つい独り笑いしてしまった。

痛みはひそかに、君をとらえて離さない！
なぐさめの宝は、もうすぐ奪われてしまう
香(かぐわ)しき憧れも
涙に溢れた杯(さかずき)も
期待にからまる蔓(つた)も
病んだ考えも
収穫祭の花輪にならないといけないなんて
気をつけるんだよ、可愛いお花さん！

「手短にすませてくれ。私は急いでるんだ！」

判事はそう言いながらオフィスに入ってきた。ただの来訪者とはまったく違う雰囲気をもっていた。少なくとも、クルフティンガーにはそう感じさせた。部屋にいた者全員に否応なしに畏敬の念を抱かせた。まともな挨拶もしない相手に、一同気を悪くしてもおかしくないはずなのに、なぜか全員が姿勢を正した。

「マイアーです」マイアーが最初に名乗って、握手の手を差し出し、小さくお辞儀をした。判事が手を握り返すと、マイアーの視線はすでに、乗り遅れまいと手を差し出すヘーフェレのほうに注がれていた。

「ヘーフェレです。グリュース・ゴット」

全員が自己紹介しても、判事は名乗らなかった。有名だから名乗るまでもないと思っているのだろう。事実、それは正しかった。ギュンター・ハルトマン博士は定年退職したあとも、いまだに刑事局でその名を知らないものは一人もいないほどの有名人だった。陰では〝鬼の判事ハルトマン〟と呼ばれていた。〝鬼の判事〟なんて大仰なニックネームを誰が付けたのかはわからないが、大げさな表現とはいえ、そこに一片の真実が含まれていることは否めなかった。ハルトマン博士は判事時代に、可能な限り重い刑罰を、可能な限り多く科したことで知られていた。被告人と弁護人からは恐れられていたが、刑事や警官からは高い評価を受けていた。それは彼らが、温厚な裁判長が科した軽い刑罰では、捜査に費やした労苦が報われないと感じていたからかもしれなかった。ハルトマン博士が科した刑罰は重く、それゆえに刑事や警官から畏れ敬われる存在になったのだろう。

しかし、ハルトマンが周囲の人間に畏敬の念を抱かせるのは、その厳めしい外見のせいでもあるとクルフティンガーは思っていた。そのせいか警部も、判事に手を差し出すと、必要以上に深くお辞儀をしてしまった。

「クルフティンガーです」と警部は言ったものの、これまでにハルトマンが裁判長を務めた裁判に証人として出廷したことが何度もあったので、互いに相手のことはよく知っていた。実はクルフティンガーは、証人として呼ばれたときしか裁判所には行かないと決めていた。同僚は、自分の担当した事件の裁判を傍聴することもあるらしいが、警部は捜査が終了した段階で事件は解決したとみなし、判決の内容と量刑の軽重を確認することはほとんどなかった。

「君のことは知っている」ハルトマンは警部に言った。その言い方は無礼と言ってもいいものだったが、判事に名前を覚えてもらっていることのほうがうれしくて、警部は気にしなかった。

「どうぞお座りください」警部はそう言って、自分の机の前の椅子に判事を招いた。判事はゆっくりと黒いコートを脱ぐと、それを腕にかけたまま、マイアーがコートを受け取るのを待った。コートの下には、体にぴったりフィットした黒のスーツと黒のハイネックセーターを着ていた。判事は締まった体つきで、日焼けしていて、頭髪も眉毛も真っ白だった。黒が似合い、洗練された雰囲気を漂わせていたが、それは姿勢のよさと、厳しい顔立ちのせいでもあるようだ。ただ目の下のたるみだけが、スポーツマン風の体形にそぐわない感じがした。ハルトマン博士は椅子に腰を下ろし、タック付きのズボンの皺を伸ばしてから脚を組み、慣れた手つきでジャケットのボタンを外した。それから、唇をへの字に曲げたまま、部屋の中を見回した。

「ハルトマン判事殿、お忙しいなか、お越しいただきありがとうございます」クルフティンガーはそう言ってから、年金生活者でしかない相手をへりくだって〝判事殿〟などと呼んでしまった自分に腹を立てた。しかしハルトマンはその呼び方に満足した様子で、首をかしげて、警部にうなずき返した。

「とにかく、ありがとうございます」警部は何から質問しようかと考えながら、とりあえずもう一度礼を言った。判事の頑なな態度に、少し緊張せざるをえなかった。「今日ここにお越しいただいた理由は、すでにお聞きになったと思います」と、警部は切り出した。

「いや、聞いていないな」判事は少し不愉快そうにそう言った。

クルフティンガーは説明を怠ったマイアーとヘーフェレを睨みつけたが、二人とも肩をすくめただけだった。

「実は……その……つまり……ある事件が起きて……」

「すぐに本題に入ってくれないか？　さっきも言ったように時間がないんだ」

「では話をまとめます。ハルトマン博士、あなたは我々が目下調査している二件の訴訟に関わっておられました。すでに新聞でお読みになられたと思いますが。最近発生した事件で……」

「新聞はほとんど読まない。特に地方紙は。話を続けてくれ」

警部は予想しなかったハルトマンの答えに戸惑い、もう一度話の筋道を立て直す必要に迫られた。

「単刀直入に言いましょう。ミヒャエラ・ハイリゲンフェルトとゲルノート・ズッターの訴訟についてです。二人のことを覚えていらっしゃいますか？」

ハルトマンは即座に答えた。「ハイリゲンフェルトは産婦人科医で、非合法の中絶を行なったかどで訴えられた。私は検察官として事件に関わった。だが、ズッターという人物のことは覚えていないな。誰なんだね？」

「あなたはズッターの訴訟の裁判長を務めています。ズッターは詐欺罪で告訴されました。

押し付け商法のバスツアーを企画したかどで」

「ああ、それか。覚えてるよ。無罪判決だったと思うが？」

　クルフティンガーはうなずいた。

「それが、君の担当する事件とどう関係しているのかな？」

「びっくりなさらないでください。二人とも殺害されたんです」

　判事は顔色一つ変えなかった。

「殺害された二人の共通点は、確証こそありませんが、今のところ一つしか見つかっていないのです」こう言って、警部はマイアーのほうに目を向けた。マイアーは恥ずかしそうに下を向いた。

「二人とも過去に告訴されたことがある、それだけなのです。今、二件の裁判を調査し、殺人犯の動機を探っているところです」

「つまり警察は、共通点らしきものは見つけたが、裏付けはないということだな。とはいえ、目の付けどころは悪くなさそうだ。私が話せることなら何でも話そう。裁判資料はすでにおもちだろうが」

「ありがとうございます。もちろん裁判資料はここにあります。ですが、二つの裁判について、判事のお言葉で順を追って説明していただけないでしょうか？　まずはハイリゲンフェルトの裁判から……」

「あの裁判のことはよく覚えている。広く注目を集めた裁判だったからな。検察庁はある筋から非合法の中絶を行なっている産婦人科医がいることを知らされ、捜査に乗り出した。中絶が道徳に反するかどうかは議論の余地があるが、違法であることは間違いない。それで検察はハイリゲンフェルトを起訴した。裁判資料にも書かれているとおり、判決は検察側の部分的勝訴になった。ドクター・ハイリゲンフェルトは医師免許を剝奪されたからな。だが懲役刑は免れた」

「ええ、裁判資料にもそう書かれていました。でも私がお訊きしたいのは、ハルトマン博士、裁判の間にあなたが気づかれたことです。法廷で、ハイリゲンフェルトに特に不利になる証言をした人物はいなかったでしょうか？　証人への不当な働きかけがあったと私は聞いたのですが……」

「まず、私が気づいたことをお話ししておこう。ドクター・ハイリゲンフェルトの裁判は、無罪を主張する一派と有罪を主張する一派に二分されていた。もちろん無罪派にも有罪派にも、熱心な支持者がいた。被告は差出人不明の脅迫状まで受け取っていた。私は、次に証人について言うと、証人への不当な働きかけがあったという噂は確かに存在した。私は、不正があったと思っている。しかし検察側はそれを証明できなかった。その理由はこうだ。非合法の中絶は、法的にも社会的にも隠れて行なわれることがほとんどだ。そのうえ、中絶手術を受ける女性は複雑な社会的環境に置かれている場合が多い。そういう女性には、証言を変えるよう強要されると、あっさり変えてしまう者が少なくない。だが、検察側はその事実を立証できなかった。立証されないものは、法律上、ただの憶測でしかない」

「なるほど。では、ズッターさんの裁判でも証人への不当な働きかけがあったのですか？」

「なかったと思う。ただ悲惨な結果に終わった。ある女性はズッターの会社から、誰が見ても明らかに法外な値段の商品を買わされ、支払い不能に陥った。だがズッターの販売方法に違法なところは一つもなかったので、無罪になった。そして、そのあとに悲劇が起きた。一文無しになった女性が自殺したのだ。ズッターがほんの少し女性に同情し譲歩していれば、そんなことにはならなかったはずだと多くの人が考えたが、法律はそういった同情心を考慮することはない」

「わかります。判事の力でもそれはどうにもできませんからね」

「できない。ハイリゲンフェルトの裁判では、私は検察官でしかなかったが、ズッターの裁判では裁判長として自ら無罪判決を下さなくてはならなかった。でもそれは、私という人間が決めたことではない。私は法律に従ったまでだ。それだけのことだ。裁判官はしょせん法律のしもべだ。法律がなければ何もできない」

「確かに。ところで、裁判で特にズッターさんに不利になる証言をした人物はいなかったでしょうか？」

　そこでハルトマンが初めて、朗読のような語り口をいったん中断し、少し考え込んだ。

「ああ、そういえば、自殺した女性の親類で付帯訴訟の原告になった男がいた。もちろん彼の努力は無駄に終わったが。その男は、ズッターに無罪判決が下されたとき、こう叫んだ。〝神の裁きを免れることはできないぞ！〟と。それがハイリゲンフェルトの裁判と関係があるとも思えないが、気になったのでいちおう話しておく」

クルフティンガーと部下たちは、ハルトマンが言った男の言葉に関心を持った。神の裁き——その言葉は謎めいており、調べる価値があるように思えた。みんな同じ思いだった。

「その男の名前は……」

「……それは覚えていないが、裁判記録に記載されているはずだ」そう言うとハルトマンは立ち上がり、話を締めくくった。「ではみなさん、私から話すことはもうないので」

クルフティンガーは不承不承うなずいたが、いつものセリフを付け足さずにはいられなかった。「また何かお気づきになりましたら……」

言い終わらぬうちに、判事が口をはさんだ。

「クルフティンガー警部、私も長年、刑事事件に関わってきた人間だ。どういう情報が大事で、どういう情報が大事でないかくらいわかっている。それに、私の記憶力は同年代の人間とは比べものにならないくらいいいのだ。とにかく、私は大事なことはすべて伝えた。また質問があれば、いつでも連絡をくれてかまわない。できる限り助力はするつもりだ」

判事は顔色一つ変えずにそう言い捨てると、マイアーにコートを持ってこさせ、小さくうなずいてから部屋を出て行った。

ハルトマンがいなくなったとたん、刑事たちはほっと胸をなで下ろした。肩の力を抜き、いつもの状態に戻った。それでも、去った人物を小バカにするいつものジョークは、誰の口からも出てこなかった。今日は必要なかったからだ。ヘーフェレがついた大きなため息が、全員の気持ちを表わしていた。ヘーフェレは目を見開いて一言言った。「あれが判事様さ！」

★　★　★

それからしばらくして、クルフティンガーと部下たちは、ズッターの公判の最後に謎めいた言葉を発して注目を集めた男の名を裁判資料から見つけ出した。「ハインツ・ブレンターノ。彼は当時、ブッヘンベルクの実家に住み、精肉職人としてケンプテンの食肉解体場で働いていた。バツイチ、子供なし。現在は、ケンプテンのビュール地区にあるアパートメントに居住。電話がないか、電話帳登録をしていないため、番号は不明。現在の職場についての情報もない」とシュトローブルが報告した。〝オイゲンは仕事が早くて、的確だ〟と警部は思った。昇進リストにシュトローブルの名前を入れておこう。

★　★　★

「おやまあ、ごちそうさま！」とクルフティンガーはつぶやいて、リヒャルト・マイアーを同乗させた車を食肉解体場の中庭に停めた。〝ごちそうさま〟と言ったのは、シートもかけずに、牛の骨をいっぱい積んだ灰色の小型トラックが目の前に停まっていたからだ。

「クラフティスリートに運ばれて、スープの素にでもなるんですかね」とマイアーが言った。クラフティスリートには畜産廃棄物処理場があり、アルゴイ人はよくジョークで、そこではひそかに家畜の骨や皮から固形スープの素が作られていると噂した。

「グリュース・ゴット、ケンプテン刑事局のクルフティンガーです」

古びたガラス窓の向こうに、十六歳くらいの受付嬢がありふれた事務所にはそぐわないお洒落な服装で座っていた。警察や検事の権力をまだ怖がる年齢なのだろう、受付嬢は刑事局と聞くと、体を強ばらせた。彼女のうしろには〝カンボ精肉工場〟と書かれた色あせた看板が掛かっていた。

「ご用件は何でしょう？」受付嬢は姿勢を正して髪型を整えた。

「お宅の従業員についてお尋ねしたいんですが」

「はい、では、人事部に問い合わせます。お待ちください」受付嬢はガラス窓を閉めると、内線電話をかけた。警部が、なぜ従業員の名前を訊かなかったのか不思議に思っていると、玄関の脇からキャリアウーマン風のスーツを着た黒髪の魅力的な女性が現われ、アイグラーと名乗った。

クルフティンガーとマイアーがハインツ・ブレンターノのことを尋ねると、ブレンターノが〝解体ホール〟で働いていることを教えてから、アイグラーは言った。「ご案内しましょう。直接お話しなさったほうがいいと思いますから。でも、ご用件をうかがえますか？」

「これといった話があるわけではないんです。巡回の一種です」警部は答えた。アイグラーはその答えに納得がいかないようだったが、渋々受け入れると、二人の先に立って中庭を抜け、解体ホールへと案内した。ホールの前には、牛や豚を運んできたトラックと肉屋の冷凍車が停まっていた。コンバイントレーラーを牽引する二台のトラクターが、昇降スロープを上っている。三人がドアを開けて解体ホールの中へ入ると、三人の男が一頭の反抗的な牛に縄をかけて、メインホールへと引っ張って行く最中だった。クルフティンガーは目をそむけた。肉は大好きだが、肉料理になる前の残酷なプロセスは見たくなかった。

ホールの入り口付近で、三人はプラスチック製の靴を自分の靴に重ねてはくよう言われ、ナイロン製の帽子をかぶらされた。衛生管理のためだという。警部はしばらく前に捜査で乳製品工場に行ったときも、同じことをさせられた経験があった。三人は完全防備で、室温が五度か六度ぐらいのメインホールに入った。

クルフティンガーがメインホールに入ってまず気づいたのは、その強烈な臭いだった。血と生肉の臭いがした。この食肉解体工場で働くのは、警部にとってはホラー映画並みに恐ろしかった。

ゴム製のエプロンとゴム長靴を着けた従業員が、濡れた床の上を水を撥ね飛ばしながら歩き回っていた。耳をつんざくような轟音が響いている。ベルトコンベアーが出す低音をベースに、従業員の喚声、金属を叩く音、刃物を研磨する音、巨大な丸ノコギリの甲高い音が入り混じってホール全体を覆っている。ナイロン製のカーテンで仕切られた一角から、股鉤で吊り下げられた牛肉の塊が、天井のレールをつたって次々と出てきた。この〝肉リフト〟から少し離れた場所では、二人の男が肉をリフトから降ろし、ベルトコンベアーにのせていた。

アイグラーは、大きな肉の塊をベルトコンベアーから降ろして、解体台にのせたばかりの黒髪の男に近づいた。

「サルヴァトーレさん、ブレンターノさんは今日はどこにいるんですか？」周囲の大音量に負けじと、アイグラーは女性らしい上品な声で叫んだ。

恰幅のいいイタリア人は、耳から小さな栓を外すと叫び返した。「こんちは、シニョーラ・アイグラー。ケッ・ベッラ！　どうかしましたか？」

「ブレンターノさん、ハインツ・ブレンターノさんはどこです？」

「ハインツ？　今日は骨切り場にいますよ。一日中」

アイグラーはサルヴァトーレに礼を言った。三人は少し歩いて、キーキーと悲鳴のような音を立て続ける切断機の前へ行った。

「ブレンターノさん！」アイグラーは、切断機のそばに立っている、背は低いが力の強そうな男に向かって叫んだ。「ブレンターノさん！　聞いてください！」アイグラーが肩を叩くと、男はいきなり怖い顔で振り向いた。ギョッとして、アイグラーがあとずさる。

「おい、危ないだろう！」男が怒鳴った。口には噛み潰したマッチ棒をくわえていた。「アイグラーさんか。どうしたんですか？」男は怒りをいくらか和らげたが、声の音量は変えずに言った。アイグラーは男に耳栓を取るよう言った。

「刑事さんがお話があるそうです！」丸ノコギリが回転を続けるなか、アイグラーは声を張り上げてクルフティンガーとマイアーを紹介した。二人の刑事は男に向かってうなずいた。

「俺は何も悪いことはしてないぜ」ブレンターノは顔色一つ変えずに言った。

「どうぞ三人でお話しください。私は上の事務所にいますから。何かあったら声をかけてください」そう言うと、アイグラーはその場を立ち去った。

そこでようやくクルフティンガーは、ブレンターノをまじまじと観察した。背は警部より少し低く、百七十センチくらいだが、腕は筋骨隆々だった。精肉工場のマークの付いた、白地に青のストライプが入った薄手のシャツの上からでも、筋肉の盛り上がりがわかる。ブレンターノはいわゆる、ずんぐりむっくりの筋肉マンだった。白いゴム長靴をはき、血まみれの白いゴム製エプロンを着け、手にはステンレスメッシュの防刃手袋をはめていた。短くて太い首、丸い顔。無精髭を生やし、赤い頰には青い血管が浮き出ていた。鼻には大きな傷跡があり、それが男をより野蛮に見せていた。ふさふさの太い眉と狭い額、短くてツヤのない茶色の頭髪。まるでB級ボクサーのような風貌だ。始終、瞬きを繰り返している。マッチ棒をくわえた分厚い唇は左右で大きさが違っていた。

丸ノコギリのそばは、ほかの場所より強烈が臭いがした。湿った血の香りだけでなく、ノコギリでカットする際に生じる熱のせいで骨の焼ける臭いがした。機械の奥からは、牛の叫び声が聞こえている。警部はだんだん肉が嫌になってきた。菜食主義者になりたいとすら思った。それほど食肉解体場の光景は想像を絶していた。

ブレンターノはむかっ腹を立てているようで、切り終えた骨を片付けようともしなかった。クルフティンガーが名乗って、「ブレンターノさん、ゲルノート・ズッターのことを覚えてますか？」と質問しても、男は切断機のスイッチを切らなかった。

ブレンターノが苦り切った表情になった。目を細め、唇を噛みしめると、鼻の穴をふくらませて喚いた。「ズッター？　あのクソ野郎め！」

次の瞬間、意外にもブレンターノは切断機のほうに向き直り、手に持っていた骨の粉砕を始めた。

「ブレンターノさん。まだ訊きたいことがあるんです。聞いてください！」

「仕事をしないとな。ここは出来高払いなんだ。ズッターのクソ野郎なんか、知ったことじゃない。あいつはママをだましたんだ。そのせいで、ママは死んだんだ！」

少ない言葉から、警部はブレンターノに関する情報をいくつか読み取った。まず、話し方から男の知性のレベルと性格を見極められた。また、ズッターに対する憎しみが今でも根深いこと、それに〝ママ〟という表現を使ったことから、母親への愛情が深いこともわかった。

警部がもう一度口を開く前に、ブレンターノは切断機で骨を砕く作業を続けながら叫んだ。

「ズッターなんかクソくらえだ、あの汚い野ネズミ野郎め！」

クルフティンガーはついにブレンターノの言動に我慢ができなくなった。マイアーに目配せして、切断機の〝緊急停止ボタン〟を押すよう指示した。丸ノコギリの回転が止まって静かになると、警部はブレンターノの腕をつかんで軽くねじった。「ズッターは死んだんですよ、ブレンターノさん。殺されたんです。当時の裁判資料には、あなたが法廷で〝神の裁きを免れることはできないぞ！〟と叫んだことが記録されている。もし私があなたの立場なら、少しは捜査に協力すると思いますがね」

ブレンターノはクルフティンガーの脅しにも屈しなかった。「そうか、俺は間違ってなかったんだな。あんなやつ、喉を掻っ切られても、首をねじ曲げられても当然の報いだ。とうとうやつにも裁きが下ったんだ」ブレンターノはさっきよりも声を張り上げ、怒りをあらわにした。「死神が大鎌をもって現われたんだ。汚い野ネズミ野郎のもとにな！」

〝死神が大鎌をもって〟だと？　今こいつは、〝死神が大鎌をもって〟とか〝喉を掻っ切られて〟とか、確かに言っていた。

クルフティンガーはマイアーのほうに目を向けた。部下も同じ言葉を聞いたかどうか確かめたかったからだ。マイアーは上司の視線に応えるように、ボイスレコーダーと手錠を取り出すと、ブレンターノに歩み寄ろうとした。

警部は首を振り、マイアーの腕をつかみ、「待て、リヒー！」と小声で制した。

「死神が大鎌をもって現われて喉を掻っ切ったって言ったんですよ。犯人に間違いないじゃないですか！」マイアーも興奮しながら、警部に小声で言った。

クルフティンガーは少し考えを巡らせてから、「ブレンターノさん、着替えてください。警察署に来てもらいます。訊きたいことがいくつかあるので」と言った。

そう言われても、ブレンターノは意に介さず、ふたたび切断機の電源を入れた。

「俺は何もやっちゃいない。警察になんか行かないぜ！」男はきっぱりと言った。

マイアーがまた切断機の電源を切った。クルフティンガーは最後の手段を取るしかなかった。

「では、逮捕します！」警部は毅然としてそう言うと、男の腕をつかみ、丸ノコギリから引き離した。抵抗されそうになったので、警部は相手の両腕を背中に回して絡ませると、出口のほうへ背後から強く押した。ブレンターノは警部の力に驚いたようで、それ以上抵抗しなかった。二人の刑事が同僚を連行するのを、ほかの従業員はポカンと見とれていた。

「着替えろ！」マイアーが怒鳴りつけた。「逃げようなんて思うなよ。俺たちも更衣室までついて行くから」いつものように、マイアーは事件の関係者が容疑者と断定されたとたん、敬語を使うのをやめていた。クルフティンガーにはこれがなかなかできなかった。

二人は素直に言うことを聞かないブレンターノを更衣室へ連れて行き、着替えを持ってこさせた。

「シャワーくらい浴びさせろよ」ブレンターノが不平を言った。クルフティンガーとマイアーは顔を見合わせて肩をすくめると、不承不承言った。「なら、さっさと浴びろ！」

三人一緒に、シャワー室へ入った。

ブレンターノは暗い顔つきで、黙々と服を脱いだ。刑事二人は、真っ裸の男をすぐ近くで見て気まずい思いをしたが、それでも逃亡しないように見張っている必要があった。クルフティンガーは、できればシャワー室の外で待っていたかったが、ブレンターノを信用できなかった。意外な行動をする男であるのが、さっきわかったからだった。警部は男を見張りながらも、裸体は見ないようにした。裸の男を見るのはあまり好きではなかった。

★★★

「捕まえたぞ！　ズッター殺しの犯人を！」シュトローブルとヘーフェレがオフィスに入ってくるや、マイアーが興奮した声で叫んだ。

「リヒー、俺たちは容疑者とおぼしき人物を一人捕まえただけだ。まだ事情聴取もろくにしていないんだぞ。それに、やつがハイリゲンフェルトを知っているかどうかもわかっていない」クルフティンガーは部下の興奮を鎮めようとした。

「でも、やつが臭うことは確かですよ。やつが言ったことは全部録音しています。有罪の証拠になるはずです」

クルフティンガーは、食肉解体場での聴取を報告書にまとめるようマイアーに指示を出した。そうすればマイアーはすることができて、少しは静かになると思ったからだ。警部はシュトローブルとヘーフェレに食肉解体場であったことを手短に説明すると、取調室に一緒に来るよう指示した。

ブレンターノは取調室の大きな机の前におとなしく座っていた。食肉解体場から車へ移動する際に暴れたので手錠を掛けられたが、今はそれも外されていた。取調室の前には、何が起こっても対処できるよう警官が待機していた。

容疑者はふてくされて下を向いていた。先が思いやられるな、と警部は思った。

「ブレンターノさん、私たちが逮捕したのは、あなたのズッター氏についての供述と奇妙な言動のせいです。ゲルノート・ズッターを惨殺した犯人の疑いがあります。九月二十五日の十八時から二十四時の間、あなたは何をしていましたか？」

「言いたくない。でも、俺は野ネズミ野郎を殺してない。まあ、殺されて当然だとは思ってるけどな」

「言わないと、あなたの不利になりますよ。今からでも、刑の軽減になるように行動したほうが身のためですよ」

「何も言うことはない！」

「あなたが何も言わないなら、警察のほうであなたを殺害犯と立証するまでです。それまでは留置場にいてもらいます。あそこでよく考えるんですな。このまま黙秘を続けるのと、自白するのと、どっちがいいかを！」

クルフティンガーは緑色の制服を着た警官、通称〝緑〟たちを呼ぶと、ブレンターノを刑事局の留置場に入れるよう命じた。

★　★　★

一時間後、留置場から電話があり、ブレンターノがどうしても警部と話したいと言っていると伝えてきた。クルフティンガーはマイアーを連れて留置場のある刑事局の地下へ足を運んだ。そこで、机が一つ、椅子が四つあるだけの小さな格子窓付きの取調室にブレンターノを連れて行った。

「話したいことがあるそうですね。話はすべて録音します。あとで調書を作るために。あなたは殺人事件の容疑者とされています。弁護士を呼びますか？」

「弁護士なんか一人も知らないし、必要もない」

ブレンターノはふてくされてはいるが、一時間勾留されたことで、少し従順になったようだった。

「では、九月二十五日の夜はどこにいましたか？」

「さっき思い出してみた。メーメットと一緒にビデオを観ていた」

「メーメット？」

「ビュールの〈ヴァイキングジョッキ〉で知り合った仲間だ。いいやつだ」

〈ヴァイキングジョッキ〉は暴行、傷害、脅迫、恐喝などが頻繁に起きることで有名な酒場で、警部もよく知っていた。

「メーメットの姓は？」クルフティンガーは小学生に語りかけるように訊いた。

「メーメット・エルドアン」

「ビデオはどこで観たんですか？」

「俺んちだ。うちはフラットスクリーン、ドルビーサラウンドだから」

クルフティンガーは最新技術にうとく、特にビデオの付属機器のことはまったく知らなった。

「それで、メーメットはどこに住んでるんだ？」今度はマイアーが質問を引き継いだ。

「メーメットの家？　この間までケンプテンに住んでたな。ビュールに住んでたこともある。でも今はトルコにいる」

「そいつは今休暇中なのか？」

「さあ、どうかな。ドイツにもう帰ってこないかも。トルコに家があるんだ」

「それなら、警察がその男の住所を調べましょう」警部は不満そうに言うと、こう付け加えた。「住所があればの話だが」

警部はマイアーにメーメット・エルドアンの調査をするよう指示し、改めてブレンターノに顔を向けると、取り調べを続けた。「九月二十五日の夜、ビデオを観てからどこかに行きましたか？　ビデオレンタル店とか、酒場とか？　ビールを買いに行ったとか？」

ブレンターノはしばらく考え込んでから、「いや」と手短に答えた。

「ドクター・ハイリゲンフェルトのことは、いつから知ってますか？」クルフティンガーは話題を変えてみた。

「誰だって？」

「ドクター・ハイリゲンフェルト、フュッセンのミヒャエラ・ハイリゲンフェルトのことです」

「そんなやつは知らない」

「知らない？」クルフティンガーはここで取り調べが行き詰まることを恐れた。「彼女もゲルノート・ズッター氏と同じように惨殺されたのです。ブレンターノさん、しゃべったほうが身のためですよ。不利になることは一切ない。遅かれ早かれ、すべてが明らかになるんですから」

それはある種の脅しだった。脅しがときに有効なこともある。

「もう一度言います。ハイリゲンフェルト氏が殺害された九月二十四日の二十時から次の日の朝まで、何をしていましたか？」

「知らない。俺は殺してないぞ。そんなやつは知らないんだから」

「ブレンターノさん、真面目に考えてください」そう言いながらも、クルフティンガーの堪忍袋の緒が切れそうだった。

「家にいたよ、一人で。俺は何もやってない。警部！　畜生！　死ねばいいってズッターに言ったからって、何で俺が犯人なんだ。バカにしやがって」

「大鎌をもっていますか？」

「もってない」

「本当に？」

「俺はアパートに住んでるんだぜ」

「わかりました。では、あなたが話してくれるまで勾留を続行します。ズッターが殺害された日のアリバイについても、警察のほうで独自に調査しますので。あなたは今日中に刑務所に移送されることになるでしょう。未決勾留ですが」

こう告げると、警部はブレンターノを制服警官に預けてオフィスへ戻った。

★ ★ ★

「わかりません。まったくわかりません。ブレンターノの夢物語に違いありません！」

クルフティンガーにはマイアーが何を言っているのかわからなかった。「はあ？」

「ケンプテンにメーメット・エルドアンなんて男はいません。一年半前まで同じ名前の男がケンプテンに住んでいましたが、海外に引っ越しています」マイアーが自信満々で言った。

「つまり、ブレンターノはズッター殺害時のアリバイはないが、犯行の動機は十分あるということか。やつとハイリゲンフェルトの関係はつかめないが」

「犯人を見つけたと発表して、記者会見でも開きますか？」

「バカなこと言うな！　ブレンターノは容疑者でしかない。判事にうまく請求したら逮捕状くらいはもらえるだろうが、まずは証拠を見つけないと。捜査は一からやり直しだ。まだ犯人逮捕なんて発表できる状態じゃない」

「でも、そうだと思うんだけどな……」

「リヒャルト！　頭を冷やせ、わからないのか？　まずは判事に逮捕状を請求してブレンターノをビュールにぶちこんでくれ」

「ビュールってブレンターノのアパートのことですか？」マイアーが驚いて訊き返した。

「刑務所だ！　ビュールに新しい刑務所ができただろう。そんなことも知らないのか？」クルフティンガーは部下を叱責しながら、早く家に帰ろうと思った。今日は神経を酷使し過ぎたようだ。「リヒー、俺はもう家に帰る。みんなも一段落ついたら、家に帰っていいから。明日は九時に集合だ」

「でも……」

「日曜日も当然仕事だ。リヒャルト、安心しただろう」警部は有無を言わさぬ口調で言った。「じゃあ、帰るから。また明日」

警部は「このあと二、三時間は、俺の携帯電話はつながらないからな。よろしく」と付け加えて、今日最後の大仕事へと向かった。

★　★　★

クルフティンガーは、ケンプテンに最近できた大型ウォーターパークの駐車場で、妻とラングハマー夫妻を待っていた。しかし、心中は複雑だった。今日は殺人事件解明のための重要な一歩を踏み出すことができたが、それを喜べない自分がいた。問題は山積みなのに、問題を解く鍵がどこにあるのかわからないからだ。気が重かった。目の前のガラス張りの大きな建物を見ると、胃のある辺りがよけいに重く感じられた。

クルフティンガーは泳ぎが得意ではなかった。飛行機と同じくらいプールが嫌いだった。大地に足が着いていないと不安になった。安定志向なのだ。今日はプールなどより、家の庭の寝椅子に寝転がっていたかった。裸になるには腹が出過ぎていやしないか。そんなよけいな心配をしなくていい場所に避難したかった。

警部には新しい屋内プールを見ると必ずよみがえる苦い記憶があった。クルフティンガーが通った小学校には、当時にしては珍しく地下に小さな温水プールがあった。ところが警部は水泳の授業を嫌っていた。まず、着替えが嫌いだった。警部の母は、十月から三月までずっと息子にズボン下をはかせていた。冷えないようにと、夫のはいていたズボン下を短く切ってはかせたのだ。そのせいで、クルフティンガーは同級生の物笑いのタネになっていた。そのうえ、水に潜るのも嫌いだった。十秒も水の中にいると耐えられなくなり、水から真っ赤になった顔を上げると、まるで地上に投げ出された魚さながら闇雲に手足をバタバタさせ、ゼーゼーあえぎ続けたものだった。

「やあ、待ち遠しくて、早く着いてしまったんですか？」

誰かがクルフティンガーの肩に手をのせた。その声と手入れの行き届いた爪から判断して、それがドクター・マーティン・ラングハマーであるのは明らかだった。警部は振り向くとニッコリと微笑み、ドクターの期待に応えて待ち兼ねていたふりをした。

「グリュース・ディッヒ」妻は夫の頬にキスをすると、「水着よ」と言って革カバンの把手を夫の手に握らせた。

クルフティンガーは今朝、プールに行くことをすっかり忘れて、手ぶらで刑事局へ行ってしまったので、妻に水着を持ってくるよう頼んでおいた。ひそかに妻が水着を忘れてくることを期待したが、期待するだけ無駄だった。こういうイベントのときに、エリカが忘れ物をすることなど百パーセントありえないからだ。休暇旅行の準備などはいつもエリカに任せてえた。
軽い足取りで向かっていた。その建物は、無理やり口をこじ開けられたクジラのようにも見
「ありがとう」夫は妻に小声で礼を言った。
クルフティンガーを除く三人は、明るい照明に照らされたアーチ型のガラス張りの建物へ
いたが、忘れ物をしたことはこれまで一度もなかった。

中に入ると、四人はすぐに湿った暖かい空気に包まれた。クルフティンガーには、室内は外より三十度以上温度が高いように感じられた。塩素特有の鼻にツンとくる臭いが気になった。塩素アレルギーの症状が出たと言って逃げ出そうかと考えたりもした。

ラングハマーが先頭に立って、チケット売り場へ向かった。

「四枚お願いします」ドクターが言うと、エリカがすぐに反論した。

「ダメよ。今日は私たちがあなたがたを招待する番ですから。それは前もって言ってあったでしょう。風呂なしの迷子二人を泊めてくれたお礼よ。約束は守って」

「ああ、そうだったね。でもつい払いたくなって……」

「ダメよ。ダメ、ダメ。あなたからも言ってよ」エリカが夫の肘をつついた。夫は料金表に見入っていた。ラングハマーにおごってもらいたくはなかったが、この金額なら払ってもらってもいいかなとも──

「いや、いや……ダメです。ここは私たちが払います」警部は形ばかりの異論を唱えた。

「四枚、一時間利用でお願いします」

だ。

「もう、違うでしょう。最低でも二時間よ。二時間利用でお願いします」と妻が口をはさん

うしろからラングハマーも声をかけた。「サウナも忘れないで！」

「ええ、もちろん。サウナ付きでお願いします」

クルフティンガーは〝サウナ〟という言葉を聞いて身を強ばらせた。尻はたるんで、腹はビール腹。水着を着て泳ぐくらいは耐えられるが、真っ裸のサウナは嫌だった。

「じゃあ、三枚サウナ付きで、一枚はサウナなしでお願いします」

妻が不満そうな顔をするので、夫は即座に耳打ちした。「サウナは熱すぎるだろう。俺は血圧が高いんだから気をつけないと」人前で裸になるのが嫌であることは言わなかった。

「医者がすぐそばにいるから大丈夫ですよ」ラングハマーがうしろから言った。どうやら彼の耳は地獄耳らしい。

「四枚、サウナ付きでお願いします」エリカがチケット販売員にきっぱりと言った。その口調は、〝もうこれ以上口出しするな〟という夫への合図だった。

★　★　★

数分後、クルフティンガーはひどく狭い更衣室のブースで、妻がもってきた水着をカバンから取り出した。水着を見たとたん、衝撃を受けた。この二、三年、水着は着ていなかったが、家には数種類の水着があることは知っていた。エリカが選んだ水着は〝勘違い〟と言っ

ていいほど恥ずかしいデザインの水着だった。地色はオレンジで、七〇年代に流行(はや)ったサイケデリックな茶色の水玉模様。最悪なのはその形だった。クルフティンガーは、ボクサーパンツすらはけないのに、水着はそれ以上にタイトだった。チケット売り場で水着のレンタルをしていなかっただろうか？　入り口に、〝水着レンタル可能〟と書かれたプレートがあったことを警部は思い出した。とはいえ、他人の陰部が何度も触れた水着を着るのは、恥ずかしい水着で人前に出るよりも不快に思えた。

警部は大きなため息をついて水着に着替え始めた。狭いブースで水着に着替えるのは至難の業だった。警部は靴下を脱いで素足を床につけたとたん、反射的に椅子に腰を落とし、膝を曲げて抱え込んだ。それから、入念に床を観察した。白いタイルの床は濡れて水たまりができ、ところどころにゴミや縮れた毛がこびりついていた。警部は昔行った野外プールのトイレの床を思い出した。あのときも吐きそうになったが、今も同じ嫌悪感が湧き上がってきた。この水たまりの中に、いったいどんな細菌がいることだろう？　警部は、水虫の原因菌が骨まで食べ尽くす可能性があると知って以来、水虫になるのを極度に恐れていた。

だから警部は、曲芸のような無理な姿勢を取り、足を床につけないようにして水着に着替えた。なんとか着替え終わると、もう一度スポーツシューズをはいて、妻がもってきたマルクスのクマのバスタオルを肩に掛けた。警部は運命に翻弄され、疲れ切った人のように大きなため息をつくと、脱いだ服をカバンにしまい、個室を出ようとした。そのとき、鏡に映った自分の姿が見えた。

その姿は、想像以上に醜かった。警部はいつも、軽い冗談のつもりで〝ポテ腹〟と自分の腹を呼んでいたが、鏡に映った腹は水着が隠れてしまうくらい極端に飛び出し、たれ下がっていた。ズボンのゴムが股上に食い込み、太腿の肉も盛り上がっている。尻は、ギリギリ露出狂と見なされない程度に水着に覆われていた。オレンジ色の水着は肌をより一層白く見せていた。クルフティンガーはこの水着を問題なく着られた時代を恨めしく思った。これ以上鏡を見るのはよしたほうがよさそうだ。

更衣室のドアをそっと開けると、警部はつま先立ちで外に出た。バスタオルでできる限り下半身を隠し、おそるおそるロッカーへ近づいた。

「ママ、変な人がいるよ！」うしろからそんな声が聞こえて、警部の顔が真っ赤になったが、振り返って、その言葉が自分に向けられたものかどうか確認する勇気はなかった。

「クルフティンガーさん、いったいどこに消えてしまったのかと……」ラングハマーはシャワー室の前で警部を待っていた。ドクターは警部の体を上から下までチェックすると、スポーツシューズに目を留めた。「それでは消毒コーナーに入れませんよ」

そんなことは警部にもわかっていた。少なくとも消毒コーナーの入り口までは靴をはいて行きたかったのだ。警部はロッカーにカバンをしまうと、バスタオルをもって靴をはいたまま消毒コーナーへ向かった。入り口から中の様子を確認してから靴を脱ぐと、それをもってシャワーがあるところまで行き、濡れない場所を探した。タオルが入れてある棚があったので、そこへ靴を入れておいた。プールから出たあと、間髪いれず靴をはくためだ。

噴射ノズルから出る消毒液で全身消毒し、長々とシャワーを浴びてから、警部はドクターのあとを追ってプールへと向かった。

遊泳ホールに入ると、二つのことが気になった。一つ目は耐えられないほどの騒音。人の喚声とゴボゴボという水が吸い込まれる音と水しぶきが上がる音が同時にこだましていた。二つ目はドクターの体形。ミントグリーンのピッタリとした水着のドクターは、警部より数歳年上であるにもかかわらず、贅肉がついていなかった。決して筋肉質ではないが、ここ数年間続けているジョギングのおかげか、なかなかの体つきをしていた。ドクターは振り向いて警部を見つけると、差し歯に違いない完璧な前歯を見せてニッコリしながら手を振った。そのときの警部は、いつも以上に強くドクターに憎しみを覚えた。

警部のあとから、シャワーを浴びた妻二人も遊泳ホールに入ってきた。

「私たち、これから蒸し風呂に行くんだけど、一緒に来る？」そう訊いたアンネグレートは黒い水着を着て、夫同様スマートな体形を誇示していた。エリカは流行遅れの花柄の水着だったが、体形は悪くなかった。警部は世界で自分一人だけが肥満体であるような気分だった。これから二時間、知り合いに会わないことをひたすら祈った。

「いや、やめておこう。女性だけで行ってきたらいい。私たち男組は、とりあえずこの辺りを見学するよ」ドクターが答えた。「三十分後にここで会おう、いいかな？」

クルフティンガーは啞然とした。三十分もドクターと二人きりでプール見学をするなど、とても考えられなかった。

のに訊いてみた。

「ここは初めてなんですか?」何も話さないのはよくないと思い、警部はさして興味もない
「いえ、来たことはありますよ。でも女だけで蒸し風呂を楽しむのも悪くないんじゃないかと思って。私たちは……男だけの時間を楽しみましょうよ、ね?」そう言ってドクターはウインクした。クルフティンガーにはドクターの意図がわからなかったが、それ以上追及はしなかった。

「それじゃあ、展望台に上ってみませんか? ここの施設が一望できますよ」

警部はその提案に賛成だった。人から見られるのは好きではないが、上から人を眺めるのは好きだった。

「バスタオルはここに置いてください」

クルフティンガーは渋々バスタオルを、展望台に続く階段のそばに置いた。バスタオルを盗まれては元も子もないので、念のために植木鉢の陰に隠すようにした。それから、ラングハマーのあとについて曲がりくねった急階段を上った。上から見たウォーターパークは魅力的だった。きらびやかな照明に照らされたプール、その周りを囲む木々、頭上では巨大なガラス屋根がアーチを描いていた。素晴らしい光景に見とれていたクルフティンガーは、ラングハマーが立ち止まったのに気づかず、その背中にまともに衝突してしまった。ドクターの肌とベッタリ接触し、ゾッとして思わず飛び上がった。

「ね、素晴らしいでしょ?」ラングハマーはそう言うと、目の前に広がる光景が、まるで自

分のものであるかのように大げさに腕を広げてみせた。

　クルフティンガーはうなずいた。

「じゃあ、下りますか」

「もう、ですか？」

「ここにはずっといられないんです」ドクターはそう言うと、一歩横に足をずらした。すると、警部の目の前に姿を現わしたのは広々とした展望台ではなく、狭い空間に作られた直径一メートルほどの真っ暗な穴だった。穴の上には〝ブラックホール・ウォータースライダー〟と書かれたプレートが掛かっている。プレートにはさらに小さい字で〝百二十二メートル〟と記されていた。

　警部が状況を把握するのに二、三秒かかった。そして、すべてを理解した。

「まさか、ここに入れなんて……」

「もちろんです。何のためにここまで上ってきたんですか。すごく面白いですよ！」

　ラングハマーはそう言うと、勢いをつけてブラックホールに飛び込み、闇のなかへと消えて行った。

　〝ラングハマーにはめられた〟と警部は思った。こんなわけのわからない穴に飛び込む気にはなれなかった。踵を返して、上ってきた階段に戻ろうとしたが、警部のうしろにはすでに長蛇の列ができていた。すぐうしろでは、二人の女の子が〝早くすべってよ〟と言いたげに、じりじりして待っていた。警部は悩んだ。勇気を奮って得体の知れないブラックホールに飛び込むか、恥をさらして長い列を乱しながら階段を下りるか、どちらを選ぶべきだろう。仕事中でさえ果敢な行動に出ることはまれだったから、プライベートな時間にはなおさらありえない。ジェットコースターみたいな絶叫マシーンに乗ることなど考えたこともなかった。さあ、どうしよう？ ブラックホールは怖いが、他人の濡れた体に触れながら、何分もかけて階段を下りるのも嫌だった。

「おい、何やってるんだ？」女の子のうしろに立っていた男が我慢できずに叫んだ。すると男のうしろの若者グループがクスクスと笑った。

ついにクルフティンガーは決断した。ウォータースライダーの乗り口へ行くと、そこに座って三回深呼吸した。そして、一蹴りした。暗闇に落ちる前に警部が目にしたのは、こう書かれた小さなプレートだった――〝運動神経がよく、泳ぎが上手な人のみ滑走可能！〟。

だがクルフティンガーには、自分の運動能力を正しく評価し、階段で下りる決断をする時間的余裕は残されていなかった。ウォータースライダーの乗り口に座ってから数秒後には、深い穴の中へ落ちていた。すぐに心臓が止まりそうになって、らしからぬ行動を取ってしまった。なんと、悲鳴を上げたのだ。落下を止めようと腕を広げてみたが、それが逆効果になった。宙で体が回転し、うつぶせに滑り台に着地した。アッと思う間に急カーブが迫ってきて、腹這いのままカーブに吸い込まれた。口と鼻の中に水が流れ込んできて、警部はむせかえった。息ができず、何秒かの間パニック状態に陥った。滑り台がふたたび途切れると、また宙を落下し始めた。そのおかげでまた呼吸ができるようになった。体がくるりと回転して、今度は仰向けに滑り台に着地できたが、その代わりに尾骨を強打してしまった。痛みを感じる間もなく、滑り台の壁面に激しく体を打ちつけながら、いくつもの急なカーブを滑り落ちた。

突然、音楽が聞こえてきた。ブラックホールに落ちて以来、初めて光が見えた。それは滑り台に取り付けられた薄暗い桃色のLED照明の光だった。警部はスライダーの壁面に頭をぶつけないようガードしながら照明の間を潜り抜け、また闇のなかへと吸い込まれた。最後の十秒間は、永遠ほどに長く感じられた。するとまた光が見えた。最初は針ほどの小さな光だったが、それが徐々に大きくなっていった。救済のときが近づいていた。

★　★　★

ラングハマーはかなり長い間、滑り台の出口で警部を待っていた。なかなか警部が出てこないので心配になり、階段へ戻ろうかと考えた。そのとき、水のとどろきが聞こえて、誰かが滑り落ちてくるのがわかった。数秒後、ザブンという水しぶきの音がして、プールの監視員が近づいてきた。滑り台の出口に作られた小さなプールが大波を立て、泡立ち、その中から警部の顔がぽっかりと現われた。

警部は浅いプールで仰向けになって浮いたまま、何度も深呼吸をし、方向感覚を取り戻そうとした。プールサイドにいるドクターに気づいて、慌てて立ち上がろうとすると、目まいがした。それでもなんとか身を起こし、ドクターに向かって手を振った。

「どうでした、楽しかったでしょう？」

「ええ、すごく」警部は嘘をつき、咳をして気管に入った水を吐き出した。

「もう一度、滑りますか？」

「いえ、いえ。ここには、ほかにもいろいろあるでしょう。滑り台ばかりではもったいない。時間は二時間しかありませんからね」

警部はいつもの足取りを取り戻すと、大股でタオルを取りに行き、顔を拭いた。

「それが今の流行なんですか？」

警部はドクターの言葉が理解できなかった。インテリのドクターはいつも遠回しな表現をする。警部は質問を問い返すことに慣れてしまった。ドクターは説明した。「いえ、警部の水着はセクシーだな、と思いまして」

自分の水着に目をやった警部は絶句した。滑り台のせいでパンツがずり上がり、片方の尻がはみ出ていた。警部は顔を真っ赤にして、はみ出た尻をつまんでパンツの中に戻した。

クルフティンガーは辺りを見回して、ドクターに反撃する手段はないかと考えた。警部の目が、さっき上った階段のそばにある別の階段へと注がれた。そこには、筆記体で〝リバーボート〟と書かれたプレートが掛かっていた。〝リバーボート〟の入り口の前には、座ると気持ちよさそうなふかふかのゴムボートを抱えた若者や子供たちが、のんびりと順番を待っていた。これならいけそうだ、と警部は思った。

「ラングハマーさん、リバーボートを試してみませんか？」

「いいですよ、警部！」

クルフティンガーは二人乗りボートではなく、それぞれが一人乗りボートに乗ることをラングハマーに承諾させると、仲睦まじく水流レーンの前で順番を待った。

「クルフティンガーさん、お若いあなたからお先に」

広くて緩やかに流れる水流レーンを見ていると、クルフティンガーはワクワクしてきた。しかしそのワクワク感も、ラングハマーに突然背中を押されたとたん、すっかり消え失せた。みんな、一定の間隔を空けて行儀よく待っているというのに、ドクターはそれを守らなかった。どんなことも一番早く、一番上手にやろうとする負けん気の強い子供がどの学校にもいるが、ラングハマーも昔はそんなだったに違いない。警部はそういう子供が大嫌いだった。

「狂ってる」警部は心のなかでつぶやこうとして、実際に口に出してしまった。警部とドクターは横に並んで、レーンの真んなかにある水流までボートを漕いでいった。水流に乗り、レーンを二、三回回ると、ラングハマーは飽きたと言って、「ではでは」という言葉を残して出口へ消えた。

クルフティンガーもドクターに続こうとしたが、水流に押されてレーンの端に追いやられた。降りて歩けばいいのに、警部は必死でボートを漕いで水流から逃れようとした。そうしたために人のボートの邪魔になり、ティーンエイジャーに肘でつつかれたり、子供連れの父親たちに睨まれたりした。それでも五分後には、なんとかボートに乗ったまま出口へたどり着き、機嫌よくリバーボートを終えることができた。

ちょうどそのとき、妻二人もプールに戻ってきた。蒸し風呂に入ったせいで二人とも頬を真っ赤にし、女学生のようにはしゃいでいた。二人はそれぞれの夫の腕にしがみつくと、「サウナに行きましょうよ」と言った。クルフティンガーは少し休みたかったが、あいにくそんな時間はなかった。

サウナコーナーは素晴らしかった。ローマ風呂のように、円柱もアーチもすべて大理石で作られ、壁には果物をかたどったレリーフが刻み込まれていた。だがクルフティンガーには、サウナの素晴らしい内装を眺める余裕はなかった。裸になるのが嫌でたまらなかったからだ。〝水門〟を越えると全裸にならなくてはならない。四人はまだそこを越えていなかったが、ラングハマーが早くも全裸になったので、二人の妻もそこで全裸になった。エリカはすぐにタオルを巻いて体を隠した。クルフティンガーはタオルを身体に巻きつけたまま、無理な姿勢で水着を脱ごうとしたので、みんなよりも時間がかかった。

長年の不摂生がたたって、神が創造したとは思えないほどの醜くなった体をさらして、警部は三人のそばに立った。一方、ラングハマーは深呼吸をすると、うっとりとしたように言った。「ああ、この香り、わかるだろう？　焼けた石の香りだよ。なんて素敵なんだ！」

ドクターは全裸であることも気にせず、背伸びをした。

〝この露出狂が〟と警部は思った。できればエリカに、ドクターの裸体は絶対に見るなと注意したかった。

「じゃあ、みんなでサウナへ行きましょう。座る場所はまだあると思うわ」

アンネグレートは楽しそうにそう言うと、ドクターと一緒に先を歩き始めた。二人ともタオルは体に巻かずに、肩に掛けていた。

クルフティンガーは二人のプルプル動く尻をなるべく見ないようにした。

「ねえ、あなた、楽しんでる？」エリカが夫に訊いた。警部は妻の裸を見るのには慣れているはずなのに、どこか気まずかった。妻が今日ここに来るのを楽しみにしていたことを知っていた夫は、嘘をついた。「もちろんさ。本当に、ここは素晴らしいね」

本音はいずれ、時間が経ってから家で妻に話そう。

ところがサウナの入り口のドアを開けると、その本音が消え去りそうになった。なぜならそこは、警部が想像していたような大衆サウナではなかったからだ。マフィア映画ではよく、十数人の汗まみれの太った男たちが、スタイルのいい若い女性と一緒にサウナに入り、湯気の中で闇取引に関する話し合いを行なう場面があるが、スタイルのいい女性はともかくとして、ここにはそんなエグゼクティブな雰囲気が漂っていた。しかも警部は、三十分前と比べてそれほど自分が太っているとは感じなくなっていた。それよりは、なぜ太った人間ほど裸体をさらけ出したがるのかを真面目に考えようかと思った。

「ここの定員は五十人なんです」ラングハマーにそう耳打ちされ、熱い息を耳元に吹きかけられた警部はゾッとして、一歩前に踏み出した。サウナの中には二十五人ほどの人がおり、牛の胴体が並んだ食肉解体場に似た光景だったが、もちろん雰囲気はこっちのほうが断然よかった。石ストーブが木張りの部屋を熱し、天井は警部好みの木の切り株を組み合わせたものだった。ここが雪山のログハウスだったら最高なのに、と警部は思った。

サウナに慣れていなかったので、クルフティンガーは目のやり場に困った。中に入ったらとりあえず下を向き、床の板の数をかぞえながら前に進んだ。四人は四十七番目の板のところで立ち止まり、向かい合わせに座った。ドクターは満足そうに背もたれにもたれかかると、頭のうしろで腕を組み、警部の目を気にせず堂々と股を広げた。それを見たクルフティンガーは身を強ばらせた。必要以上に体がほてって、汗が噴き出した。警部はなるべくドクターの体を見ないように努めた。

顔だけ見るんだ、と警部は心のなかでつぶやき続けた。警部の目があまりにも真剣なので、ラングハマーは心配して声をかけた。「大丈夫ですか？　サウナは、血圧が高い人には向かないこともありますよ」

滝のように汗を流しているクルフティンガーは、我慢の限界に来ていたが、こう答えた。

「いやいや。とっても気持ちいいですよ。それほど熱くないですね」しかし、その声は緊張のせいで上ずっていた。今はドクターと会話する気にはなれなかった。サウナを出てから話の相手をしてやろうと思った。

警部は他人の裸体は見たくないので、視点をどこか一点に定めたかったが、サウナには適当なポイントがなく、目のやり場に困った。緊張のあまり、首筋が凝って痛み始めた。首を少しかしげて手で首筋をもんでみた。そのとたん、誠に不本意ながら、ドクターがあらわにしている大事な部分に目が行ってしまった。警部はとっさに視線をそらした。すると今度は、アンネグレートの胸が目に飛び込んできた。警部のこめかみの血管がドクドクと波打ち、目まいがした。どうしていいかわからなくなり、腿に両肘をついて、腕の中に顔をうずめた。

それを見て、エリカが心配し始めた。

「あなた、大丈夫？」妻が訊いた。

「ああ……そうだな。そろそろ出たほうがいいみたいだ」警部が答えると、三人ともうなずいた。

「じゃあ、ビストロで待ち合わせましょう。いいわね？」

警部は、助かったと心底思った。救いの道が開けたのだ。その瞬間、サウナのドアが開いた。

そのとき起きたことは、ほんの数秒間の出来事だったのに、クルフティンガーの目にはスローモーション映像みたいに長く引き延ばされて映った。サウナのドアが開くと同時に、警部が身を起こす。バスタオルがベンチに引っ掛かっているのに気づかず、そのまま立ち上がる。ドアの敷居に立つ人物に目を向けると、見覚えのある顔だったが、薄暗いので誰かはわからない。なぜかその男は警部に近づいてくる。男が目の前に来たとき、警部は真っ裸で直立不動で立っている。前を隠しているはずのタオルは、ベンチの上に残されている……。目の前の人物は警部に挨拶をして、握手の手を差し出した。警部はその男を知っていた。検事のディーター・メビウス博士だった。

ゲイの検事、と警部は心のなかでつぶやいた。

真っ裸でゲイの検事と会ったことを部下に知られたら……どうしよう……なんとかして逃げないと！　警部は検事と握手しながら、もう片方の手でバスタオルをすばやく拾い上げ、汗を拭くふりをして前を隠した。握手をすませると、そのまま見ず知らずの人々の胸やだらりと垂れ下がった性器を横目に出口まで歩き、ドアを開けて外へ出た。そこは気温が高い遊泳ホールから二十メートルほどしか離れていなかったが、それでもひんやりとしていた。ようやく頭がなめらかに働き始めた。サウナはもうこりごりだ。疲労困憊の警部はビストロへ向かった。ピルス・ビールを注文し、一口飲むと、なんとか人心地がついた。だが、その安堵の思いも長くは続かなかった。うしろから突然声をかけられたのだ。

「まあ、なんてことでしょう。プールで会うなんて。しかもこんなところで、警部」

振り向くまでもなく、警部にはその声の主が誰かわかった。サンドラ・ヘンスケだ。彼女はプライベートな時間に、こんな場所で偶然上司に会えたことを喜んでいるようだった。一方警部にすれば、今はプライベート過ぎる時間であり、秘書には挨拶だけして立ち去ってもらいたかった。同じテーブルに座るなんてことは、絶対にやめてほしかった。

「そちらのテーブルでご一緒してもいいですか？」サンディーはそう訊くと、返事をする間も与えず、警部の隣のプラスチック製の椅子に座った。

「ま、いいだろう」警部は質問に答えるというよりは、自分にそう言い聞かせた。

こうなると若い秘書と雑談をしないわけにはいかない――しかも裸同然で――。

「もうお祝いシュてるんでシュか？」

「え?」

「ほら、犯人が今日捕まったじゃないでシュか。だから」

「犯人じゃなくて、容疑者だ、ヘンスケ女史。有罪判決が出るまでは犯人とは呼べない」

「そう、もったいぶらないでくだシャい。いジュれ、犯人になることは確かなんでシュから」

クルフティンガーはサンディーが方言丸出しで話すのを聞いてびっくりした。どうやらプライベートの時間は方言を使うらしい。

「ほら、警部に会いたいという人がもう一人来まシュたよ」サンディーはそう言って、突然手を振り始めた。警部が秘書の視線の先を目で追うと、ラングハマー夫妻とエリカ、それに検事までもがこちらに近づいてくるのが見えた。検事の姿を見て、警部はふたたびしゃちこばって立ち上がったが、腿が安物のプラスチック製の椅子にこすれてブッと音を立てた。

警部は検事に近寄り、サウナできちんと挨拶ができなかったことを謝ろうとしたが、検事はそれを無視して、サンディーの背中に覆いかぶさると、彼女の口にキスした。

クルフティンガーは仰天した。

「そうだ……ったのか……知らなかった……」警部は声を詰まらせた。

物事は見た目だけでは理解できるものではない——警部は部下のために定期的に開いているセミナーでよくそう言っていたが、それが正しいことを今再認識した。

★ ★ ★

帰宅したクルフティンガーはびしょ濡れの靴を脱いだ。いたずら好きな人間が警部の靴をシャワーの下に置き、水をたんまりと注いでくれたからだ。それでも、警部は大変な一日を終えた爽快感に浸っていた。その一方で、ドクターから別れ際に言われた言葉が気になって仕方がなかった。ドクターは車の窓をわざわざ開けて言ったのだ。「まるで生まれ変わったような気がしますね」と。警部はうなずきはしたものの、生まれ変わるどころか老け込んだように感じていた。少なくとも自分の父親と同じくらい老けたような気がした。

ミツバチが野原を去って行く
ハチミツの家が壊される
喜びの泉も
瞳も、太陽も
ツチグリの奇跡も
今、落ちてゆく
すべてが収穫祭の花輪になるのだ
気をつけるんだよ、可愛いお花さん！

「何だ、詩って？」マイアーの言うことが、クルフティンガーには理解できなかった。上司は、自称文学好きの部下が詩の朗読を始めたりするのではないかとひやひやした。今日は土曜日で、ただでさえ刑事局はいつもと様子が違っていた。部下たちは気ままに休憩を取り、パンを食べたりピザを買いに出たりしていた。まるでキャンプでもしているような感じだった。

「見つけたんです。所有物の中に」

「所有物って？」

「ハイリゲンフェルトの所有物です。警部は僕の話をちゃんと聞いていないんですね？」

図星だった。クルフティンガーは、マイアーの話ではなく、たった今オフィスに入ってきたサンディーが投げた眼差しの意味を考えていた。彼女はいつものように愛想よく上司に挨拶をすると、いたずらっぽくウインクした。警部は、一度水着姿を見たからといって、上司と親しくなったと勘違いしてもらいたくなかった。プールでの出来事は、ヘーフェレには話さないつもりだった。愛する秘書の新恋人を知ったら、部下は気絶してしまうかもしれない。

「詩って、何のことだ?」

「きっと、びっくりしますよ。よく聞いてください。〝死という名の大鎌男がいる。神の名のもとに男は麦を刈り取る。ほら、もう大鎌を研いでいる……〟」

〝大鎌〟という言葉を聞いたとたん、クルフティンガーはマイアーの手から紙を奪い取り、自分の目でその内容を確かめた。読み進めていくうちに、顔が青ざめた。最後まで読み終えると、警部は椅子に深く腰かけて、目の前の紙を見つめた。紙の下のほうに、数字とアルファベットが書かれていた。それは、ハイリゲンフェルトのハンドバッグに入っていた写真の裏に書かれた謎の暗号とピッタリ符合した。

「これが所有物の中に?」

「ええ、所有物の中に。手紙として」

クルフティンガーはしばらく思いを巡らせていたが、突然顔を輝かせた。

「証拠保全課は……」

「……残念ながら何も見つけていません。手紙についていたのは、ハイリゲンフェルトの指紋だけでした」

クルフティンガーは口角を下げた。

「それでも、一歩前進じゃないか」

「どういう意味で？」

「差出人の指紋がついていない手紙なんて、普通はありえないだろう。つまり、差出人は指紋をつけないように手紙を書いたことになる。そんなことをする人間は一人しかいない。大鎌という言葉を使った手紙ならなおさらだ」

「差出人は犯人。そんなこと、わかりきってますよ」

「なぜ、わかりきってる？」

「写真の裏にあった暗号が手紙にも書かれているからです」

「それなら、なんで犯人は犯行前に、殺したい相手にわざわざ詩を送ったりしたんだろう？」

二人は眉をひそめて顔を見合わせた。

「もしかしたら警告のためか」とマイアーが言った。「いや、警告にしては内容が不明瞭過ぎる。消印を見ると犯行日の数日前だし。ハイリゲンフェルトの行動は、犯行日までほとんど変化はなかったと報告書にも書いてあった。つまり、この手紙を受け取っても、彼女は脅されているとは思わなかった」

「というよりは、心配しなければならないほどの脅しとは思わなかった」と警部が補足した。

「それはどういう意味です？」

「非合法の中絶手術をして訴えられてから、ハイリゲンフェルトは何度か脅迫されたことがあった」

「そうか。でも今回は、中絶手術とは関係ないんじゃないですか?」

「いや、あると思う。説話にそのヒントが隠されていると思うんだが」

「本当言うと、僕は説話をそれほどよく理解していないんです。この数日間、時間がなくて、説話まで手が回らなかったので」

「まあいい。みんなそうだから。ところで詩についてだが。この詩は犯人が自分で書いたのか、それとも文学作品なんだろうか? 古典文学みたいな感じもするが」

「僕は演劇とか文学について多少造詣があるんですが、この詩は知りませんね」

「ということは、犯人が書いたということか」

マイアーは警部が早合点したので、異を唱えた。「そんなこと言ってないですよ。ただ、僕は知らないと言っただけで。文学作品ではないと決まったわけじゃない」

クルフティンガーはうなずくと、立ち上がって秘書室のドアを開けた。そして、サンディーにいつもより堅苦しい口調で、インターネットでその詩を検索するよう指示した。本来、それは秘書がやるべき仕事ではないのだが、常々彼女は捜査に関係する仕事をしたいと望んでいたし、コンピューターに詳しかったので、その仕事を任せることにした。

クルフティンガーは自分の席に戻ると話を続けた。「じゃあ、説話に話を戻そう。犯人は、復讐魔……いや、復讐鬼だという話がこの前出たが、犯人が〝復讐〟を試み、俺たち警察に暗号を通して何らかのメッセージを伝えようとしたと仮定すると、犯人が説話を通じて伝えたかったのは、なぜ被害者二人にそれぞれの説話が当てはまるのか、ということじゃないだろうか。まず、ハイリゲンフェルトについて考えると、ブックスハイムで我々は自分の子供を殺した女の説話を見つけ出した。明らかにハイリゲンフェルトがやったことと関連している。彼女は非合法の——いや、なかば非合法の——中絶手術を行なった。おそらく犯人は判決に満足していない人間なんだ。だが説話の中の女は、ハイリゲンフェルトほどの罰は受けなかった。まあ、詳しく書かれていないからわからないがな。俺の考えでは、犯人はハイリゲンフェルトが死ななければならなかった理由を説話を通して伝えようとしたに違いない」

「それなら、ズッターは?」

「ズッターの説話のほうが解釈は難しかったが、それも明らかになったと思う。犯人はズッターを現在の泥棒騎士とみなしたんだ。老女から金を奪うとんでもない男だと。泥棒騎士の行く末は説話のとおりさ」

そのときドアが開いて、ヘーフェレとシュトローブルが入ってきた。

「いったい彼女、どうしちゃったんですか?」シュトローブルはそう尋ねて、秘書室のドアを指差した。

「誰のことだ?」警部が訊き返した。

「サンディーですよ。さっきあるところへ電話するよう頼んだら、〞捜査に関わる重要な仕事を任されたので、今は電話できません〟って言うんです。あんなこと、普段は言わないのに」

クルフティンガーはため息をついた。これだから、捜査に関する仕事はなるべくサンディーには任せないようにしてきたのだ。

「いいじゃないか」とヘーフェレが秘書をかばうと、シュトローブルは意味ありげにニヤリとして、警部に向かって尋ねた。

「ところで、二人で何を話してたんですか？」

「俺たちは、説話を解釈し直していたんだ。犯人は説話を通じて犯行動機を警察に伝えようとしてるんじゃないかとな。俺もマイアーも、その見方が正しいと思っている」

「警部はまだ〝犯人〟って言ってるんですね。犯人の名前はもうわかっているのに」ヘーフェレがいちゃもんをつけた。

「確かに、母親の裁判のことを考えれば、ブレンターノ犯人説はつじつまが合う。だが、なぜやつがハイリゲンフェルトまで殺さなくてはならなかったのか、それがさっぱりわからない。だから俺は、まだやつを犯人とは呼びたくない。取り調べは今も続いているから、ちょっと様子を見てくる。まもなく何らかの手がかりがつかめるはずだ」

警部が話し終えたとたん、ドアが開いてサンディーが部屋に飛び込んできた。興奮しているらしく、頬が赤らんでいた。警部から受け取った紙を机に置くと、その横にウェブサイトのコピーを置いた。そこにはハイリゲンフェルトが受け取ったのと同じ詩が書かれていた。もっともハイリゲンフェルトが受け取ったのは詩の第一節目だけだった。警部はウェブサイトにあった十四節の詩を全部読み通すと、うなずいた。「犯人が自分で書いた詩じゃなかったのか。ヘンスケ女史、ありがとう。助かったよ」

秘書は礼を言われても去ろうとはせず、大きな目で警部を見つめた。

「何かほかに言いたいことがあるのか？」

秘書は、警部なら何も言わなくても気づくと思っていたのだが、そうはならなかったので、コピーの一部を指差した。秘書の指先に視線を走らせた警部は、ギョッとして目を見開いた。

「あのクソ野郎！　とっちめてやる。みんな、行くぞ」

警部はそう言うと、コピーをつかんで部屋を飛び出した。

★　★　★

ブレンターノのいる取調室に着く前に、あとを追いかけてきた部下たちが警部を呼び止めた。

「警部、いったいどうしたんです？　サンディーは何を見つけたんです？」

警部は答える代わりに、部下たちにウェブサイトのコピーを渡した。マイアーはそれを手に取って読むとたちまち青くなり、何も言わずにヘーフェレに渡した。ヘーフェレはシュトローブルと頭を突き合わせてコピーに目を通し、すぐに重要なポイントを探し当てた。詩の下に小さな文字でこう書かれていた。〝クレメンス・ブレンターノ作、ロマン主義の代表的詩人〟

クルフティンガーは取調室の隣の部屋に入った。取調室では、特別捜査チームのメンバーである二人の刑事がハインツ・ブレンターノの取り調べを行なっていた。警部は取調室の中に顔だけ突っ込むと、女性刑事に外に出るよう合図した。マルティーナ・シュッツは、身長こそ百六十センチ弱で小柄だが、美しい茶色の髪の美人刑事だった。シュッツは取調室を出てドアを閉めると、「なかなか手ごわいですね」と言った。

「訊き出せたことはないのか？」

「重要なことは何も。事件当日のアリバイがないということだけは確定しています。一緒にビデオを観たという友人は見つかっていません。何か臭いますね」

「臭うとか臭わないとかじゃなく、具体的なことは何も訊き出せていないのか？」警部はそう訊いてから、乱暴に言い過ぎたと後悔した。事件解決が間近に迫っていると感じて興奮しているのだ。

女刑事は少しムッとしたが、すぐに機嫌を直した。「ここにブレンターノの犯罪歴があります。かなり警察の厄介になってますね。傷害容疑で何度も。とにかく頑固です」

「暗号については何か言ってたか？」

「いいえ」

「俺が話そう」

女刑事はドアを開けて、ブレンターノの前に座っている同僚にうなずいてみせると、脇に寄って警部を中へ通した。部下三人もあとに続く。ブレンターノは刑事が大勢入ってきたので目を丸くし、皮肉った。「なんだ、俺は刑事二人じゃ手に余るとでもいうのか」

クルフティンガーはブレンターノの言葉を無視して、さっきまで取り調べをしていた刑事に何か耳打ちした。それを見て、ブレンターノはまたムカッとしたようだった。

警部は容疑者の前に腰を下ろし、落ち着いた口調で言った。「ブレンターノさん、あなたは今置かれている状況がわかっているのですか？　しゃべらないでいると、自供したときより罪は重くなるんですよ」

二十秒ほど、二人は黙って睨み合った。やがてブレンターノが怒鳴り出した。「このブタ野郎！　殺してもいないのに自供なんかできるか」

「我々にはわかってるんです。証拠をさっき見つけましたから」警部はあくまで冷静に低い声で言った。

ブレンターノは困惑して、腕組みして机の周りに立っている刑事たちを見回した。

「何だ？　いったい何なんだ？　これが警察の手口かよ？」

「手口なんて必要ありませんよ。ブレンターノさん、特にあなたに対しては」

そう言って、警部はウェブサイトのコピーをフォルダーから取り出すと、容疑者の前に突き出した。

ブレンターノはコピーに目を走らせると、警部を不思議そうに見た。「詩の暗唱でもしろって言うのか？」

それを聞いたとたん、クルフティンガーはカッとなり、「この下に書いてある名前を読んでみろ」と大声で言って、詩人の名前を指差した。

ブレンターノは目を丸くした。「これは……これは俺のじゃない。俺はマジで詩なんか書かねえよ」

「もちろんこれはあなたが書いた詩じゃない」クルフティンガーはふたたび気持ちを落ち着けて言った。「これはロマン主義の代表的詩人が書いた詩だ。クレメンス・ブレンターノ。よく知られている詩人だ」

「なんだよ、それ！　いったい俺にどうしろと言うんだ？　俺が書いたんじゃないって、もう言っただろう」

「あなたが書いたわけではない。それは明らかです。でも、これを送った。違いますか？」

「何を言ってるのかわかんねえよ」

「言いたくないのなら、それでもかまいません。でも、あなたにとっては何の利益にもなりませんからね。もっとも、それはあなたの問題であって、私たちの問題ではない」

「畜生、いったい誰に送ったって言うんだ？」

「被害者の一人にですよ、ブレンターノさん。警察は、殺害される数日前に、被害者のハイリゲンフェルトさんがこの詩を郵送で受け取ったことを知っているんです」

ブレンターノの顔が青ざめた。

「そろそろ吐いたらどうです？」

ブレンターノが答えるまでに数秒の間があった。容疑者はゆっくりと、しかしこれまでとは違って自信なさそうに、言葉を選びながら答えた。「俺は……やっぱり……できるなら弁護士に電話したい」

クルフティンガーはうなずいた。警部が振り返って部下たちを見ると、みんなもうなずき返した。

「一つだけおまえらに言っておく。俺がこの詩を書いていないことは明らかだ。それと同じくらい、俺が犯人じゃないってこともな」

警部はしばらく黙ってブレンターノを見つめてから、取調室を出た。

★★★

「やつが犯人ってことで、間違いないですかね？」クルフティンガーの部屋に戻ると、マイアーが質問した。

「そう見えるな」と警部は答えた。「だが、まだはっきりさせなければならないことがいくつかある。ハイリゲンフェルトを殺害した動機。あとは、ズッターも同じ手紙を受け取ったかどうかだ」

部下たちは警部の意見に同意した。警部は受話器を取ると、ズッターの妻に電話をかけた。スピーカーのスイッチをオンにして、会話がみんなに聞こえるようにした。

「アロー、ジュッターですが？」居候のフランス娘が電話に出た。

クルフティンガーがヘーフェレに意味ありげな視線を向けると、部下はニヤリとした。

「こんにちは、ジャクリーヌさん。奥さんと話せますか？」警部ははっきりした口調でゆっくりと話した。

「ちょっとお待ちください（アンモマン・シルヴープレ）」

数秒待つと、別の声が受話器から聞こえた。

「警部さん？　犯人が捕まったんですか？」

「グリュース・ゴット、ズッターさん。犯人についてですが、現段階では有力な手がかりが見つかったとしか言えません。ご理解ください」

「ええ、もちろんです。有力な手がかりが見つかったとわかっただけでもうれしいわ。少し安心しました」ズッター夫人の声はかすかに震えていた。

「ズッターさん、お訊きしたいのですが。ご主人は殺……いえ、事件の数日前に、何か妙な手紙を受け取られなかったでしょうか？」

しばしの沈黙のあと、ズッター夫人が答えた。

「いいえ。そんな手紙は受け取っていませんわ。それは確かです。郵便物は全部、私が確認するよう、夫に言われてましたから。間違いなくなかったと言い切れます」

「そうですか。では、具体的に質問します。詩の一節が書かれた手紙が届かなかったでしょうか？　差出人不明で、詩以外には何も書かれていない。そんな手紙はなかったですか？」

「ないです、絶対に。警部さん、そんな手紙が届いていたら忘れませんよ」

クルフティンガーはため息をついた。もしかしたら詩は有力な手がかりにはならないかもしれない。

「わかりました。これ以上お尋ねしても仕方ありませんね。大変助かりました。ズッターさん、どうぞお体に気をつけて。またご連絡します」

「ちょっとお待ちになって。会社にも訊いてみてください。今はグレンツマンさんが会社を切り盛りしてくれています。私には何もできないので。もしそんな手紙が会社に届いていたら、グレンツマンさんが覚えていると思います」

「ああ、確かにそうですね。ズッターさん、ありがとうございます。では、また。どうかお元気で」

「待って、警部さん……」

「はい？」

「私との約束をお忘れではないですね？」

「ええ、もちろんです。覚えています。約束はしっかりと守ります」

「ありがとうございます、警部さん」

クルフティンガーは受話器を置いた。

「誰かグレンツマンに電話して、今すぐ会社に来るよう頼んでくれないか？　土曜日だから、会社にはいないだろうが」

シュトローブルはため息をついた。「土曜日に働いている哀れな人間なんて、私たちくらいですよ。ところで、警部、ズッター夫人と何を約束したんです？」

クルフティンガーは顔の前で手を振った。「大したことじゃない。それより、グレンツマンと早く連絡を取ってくれ」

★　★　★

一時間後、警部とオイゲン・シュトローブルはシュタインボック・ツーリスティックの事務所にいた。今日のグレンツマンはラフな服装で、化粧も控えめだった。家にいた彼女に無理を言って出社してもらったからだ。彼女は薄化粧だと、皺が目立っていくらか老けて見えた。とはいえ、外見は変わっても中身は同じだった。

「まだお見せしてないものがあるとは思えませんが、刑事さんがあるとおっしゃるならあるんでしょうね」グレンツマンは先日と変わらない不機嫌そうな口調で言った。

「あると思います」クルフティンガーは答えた。そして役人特有の冷たさでこう言った。

「犯行日の数日前から前日にかけて届いた手紙を確認したいのですが」

「まあ、そんなものを今すぐ見つけ出せと言われても、できるかどうかわかりませんわ」

「とにかく探してください」警部は普段とは違い、厳しい刑事口調で言った。

グレンツマンは渋々、元の社長室に入っていった。そこは前に来たときと少し様子が変わっていた。社長の机の上には、吸い殻でいっぱいの灰皿とピンク色の化粧鏡が置かれていた。

「手紙を探していただけますか？」警部が焦れたように訊いた。

「手紙ですか、それともメールですか？」

「まずは手紙を。なかったら、改めて考えます」

ゲルダ・グレンツマンは社長椅子に腰かけると引き出しの中を漁った。彼女が手紙を探している間、シュトローブルは事務所を歩き回り、書類棚の前をうろつきながらファイル名を行き当たりばったりにチェックしていた。それを見たグレンツマンが金切り声を上げ、シュトローブルは肩をビクッとさせた。「何をやってるんです？　手紙を探しにいらしたんですよね？　書類の中に手紙はありませんよ」

クルフティンガーは、グレンツマンは当てにできないかもしれないと思った。彼女は刑事の来訪に苛立ち、引き出しを漁りながら、二人の刑事を油断なく見張っていた。

「グレンツマンさん、ズッターさんが亡くなられたあと、誰がこの会社の経営を引き継いだのですか？」

警部が話題を会社の現状に切り換えたので、グレンツマンは一瞬不安そうな表情を浮かべたが、おとなしくこう答えた。「誰も正式には引き継いでいません。今後のことがはっきりするまでは、私が……なんとか業務を継続している状態です」

急にグレンツマンの機嫌が少しよくなった。

警部が、残業続きで仕事をしているのかと訊こうとしたとたん、彼女が叫んだ。

「あったわ！　これですわ。取っておいてよかった」

グレンツマンはそう言って、クルフティンガーに手紙の束を手渡した。それは八十通ほどの束だった。警部は束を二つに分けると、半分をシュトローブルに渡した。

「探し物が何なのか訊いてもいいですか？」秘書が知りたがった。

「ええ、いいですよ」警部はそう答えたものの、手紙探しに注意を集中した。

「あった！」一分ほど真剣に探したあと、警部が叫んだ。

クルフティンガーは封筒をもった手を挙げると、シュトローブルに鑑識課からもらってきたナイロン袋を渡すよう指示した。

「本当にそれですか？」シュトローブルが念押ししようとした。

「封筒が同じだ。差出人の名もない。宛先もコンピューターで書かれている。中をちょっとのぞいてみたら、詩の最初の数行が見えた」

二人の刑事が別れの挨拶をすると、グレンツマンはほっとしたようだった。

「また何かありましたら、いつでもご連絡ください」秘書は出口まで刑事を見送りながら、めずらしく丁寧に言った。

グレンツマンがドアを閉めると、クルフティンガーは部下に言った。「経済犯罪課のホフマンとベルナースに連絡して、この会社を一度とっちめてやるよう言ってくれ。ボロは必ず出る。経済犯罪課が、あの案山子女にどんな一発を食らわすか見てみたいものだ」

ズッターの会社から刑事局まではさほど遠くなかったが、クルフティンガーは待ちきれずに手袋をはめると封筒を開けた。

「それで？　ハイリゲンフェルトの手紙と同じですか？」運転しているシュトローブルは、警部が持っている手紙にちらりと視線を投げた。

「いや、まったく同じじゃない」クルフティンガーはそう答えてから、少し間をおいて先を続けた。「暗号と、それに詩が二節」

★　★　★

クルフティンガーは不機嫌な顔で居間のドアを閉めた。本当は刑事局に残って仕事をしていたかったのに、緊急の仕事はなかったので、「今日は大事な用事があるんですから、早く帰ってください」と部下たちに言われ、オフィスから追い出されたのだ。

エリカはすでに玄関先で夫を待っていた。夫は外に一度出たが、大太鼓のバチを忘れたことに気づき、家の中に取りに戻った。リンネルのシャツの上に真鍮製のボタンの付いたワインレッドのベストを着た警部は、革ズボンとハイソックスをはいた足をドシドシと踏みならしながら階段を下りた。

「忘れものはもうない？　民族衣装を着るとやっぱりかっこいいわ」

エリカは家の前で夫を持ち上げた。夫が音楽隊のイベントを嫌がるのは、毎回着ていかなくてはならないこの民族衣装のせいであることがわかっていたので、あえてほめたのだ。今日は収穫祭の前日の土曜日で、アルトゥスリートの市庁舎の前で毎年行なわれる音楽会に出演することになっていた。近頃は郊外からも人が訪れるほど有名になった〝オーガニック・マーケット〟も今日開催されることになっていた。

クルフティンガーの気分がすぐれないのは、コンサートのせいだけではなかった。「おまえ、本当にまたあのマーケットで、ジャガイモやキャベツを買うつもりか？」夫は不満そうに尋ねた。去年、妻が〝オーガニック・マーケット〟で〝健康への投資〟として百二十一ユーロ八十八セントも出費したことを覚えていたからだ。なぜ〝投資〟と表現するのかというと、支払い額が野菜の値段とは思えないほど高額だったからだ。しかし、妻の返事は訊くまでもなかった。「もちろんよ、あなた。有機野菜はおいしいし、体にもいいのよ」

「有機野菜が体にいいなんて、おかしいな。俺はあの値段を見ただけで胃が痛くなってくるのに」警部は妻と教会の裏手のマーケット会場に到着すると、また不平を言った。毎年ここに群がるやつらときたら、まるでバッタだな、と警部は心のなかで皮肉った。すぐ目の前にある店の棚には、インド製のドリームキャッチャーや絵付けされた陶器の玉や岩塩ランプが並べられていた。ここのところ、こんなたぐいのものばかりを招き寄せてしまうようだな、と警部は思った。店の前のテーブルには、ウールのざっくりしたセーターと靴下、様々な大きさの毛糸玉が置かれていた。

「ねえ、見て。靴下を買いましょうよ。あなたの古い靴下、もう穴が開いてるでしょう。つくろうのも大変だし」エリカは弾んだ声でそう言うと、靴下に近づいた。

警部は怪しげな靴下に目を向けた。くすんだ白と土色の二色があった。この店では、ほかの色があるかと尋ねても無駄だろう。どう見てもチクチクしそうな粗い編み目のウールソックスだった。警部は毛糸の靴下が好きだったが、このウールソックスは目が粗過ぎる。

「一足いくらですか？」エリカが訊くと、販売員はオーガニックウールの長所を延々と話し始めた。警部はこれまでのオーガニック・マーケットでの経験から、説明が長ければ長いほど値段が高いことを知っていた。肩まで金髪を伸ばした販売員は四十歳くらいで、ノルウェー製の着古したウールのセーターを着ていた。販売員によると、この店で売られているウールは完全オーガニックで、天然ウールワックスに覆われているため、あまり洗ってはいけないし、洗うとしても洗剤を使ってはならないという。彼自身が着ているセーターもオーガニックウール製で、風にさらすか埃を落とすだけで、洗ったことは一度もないということだった。

手入れが簡単でいいな、と警部は思った。販売員もそう思って着ているのだろう。

「俺はいらないぞ。こういうウールはチクチクするから嫌だ」クルフティンガーは妻にそう言うと、マルクト広場へ向かった。

サラミを目いっぱいのせたワゴンの前を通り過ぎたとき、うしろから追いかけてきた妻にウールソックスを突きつけられた。

「臭いをかいでみて」

「羊の臭いがするし、すごくチクチクするじゃないか。それに分厚過ぎるって、さっきから言ってるだろう。安いのか、それ？」

「二十四ユーロよ。質がいいんだから、少々高くて当たり前」

一足二十四ユーロの靴下なんてはくものか！　警部はイラッとした。

「なんだ、田舎の警部じゃないか！　今日は民族衣装か。ピストルを没収されたのか。なんで木の棒なんかもってるんだ？」

部はシャウアーにいきなり肩をつかまれたので、思わず大太鼓のバチで殴り返したくなったが、なんとか我慢した。大太鼓のバチはかなりいい凶器になるはずだった。

それは、キムラッツホーフェンの〈LVA〉の店長エドゥアード・シャウアーだった。警

警部は「グリュース・ディッヒ、エディ」と手短に挨拶し、妻を簡単に紹介すると、「もう、行かないと……」と言って、エディをその場に残して歩き出した。今日は民族衣装を着ていることを誰からもバカにされたくなかった。特に、農作業着を着てマーケットをうろついている連中には。

そのあとは、結局今年もエリカと一緒に有機野菜店へ行ってジャガイモとキャベツを買う羽目になった。クルフティンガーは野菜の値段を確認したとたん、喉が締めつけられるような感じがした。そのとき、背後で聞き覚えのある声がした。

「おや、驚いた！　美女のエリカと素敵な旦那様じゃないか！」

〝驚いた〟なんて大げさな。ドクターには遅かれ早かれ出くわすことが、警部にはわかっていた。秋のマーケットに来ない村人などいないからだ。

「おやおや、今日は〝晴れ着姿〟で演奏ですか！」

クルフティンガーはため息をついて振り返った。ところが、ラングハマー夫妻を見た瞬間、機嫌を直すどころか、大笑いしたくなった。なんと、二人とも民族衣装を着ていたのだ。ドクターは粗布の縁飾りとシカの角のボタンが付いた革ズボンに、古い麻袋を縫い合わせたようなおかしなジャケットというでたちだった。アンネグレートは大きなリボンの付いたべ

ージュと緑の細身のワンピースを着ており、寄せ上げた胸とヒダ飾りの付いたブラウスが妙に盛り上がっているように見えた。

これこそがラングハマーの言う〝晴れ着姿〟だ。

「有機野菜をたくさん買ったんだね。エリカ、素晴らしいよ！　採れたて野菜は生命力の源さ！　うちはさっき、オーガニックのジャガイモを百キロ注文したよ！」

「だから、ジャガイモの入っていた麻袋を着たってわけか」警部はラングハマーには聞こえないようにボソッとつぶやいた。

★　★　★

十分後、クルフティンガーは民族衣装のまま、ジャガイモの入った麻袋二つと二十キロのキャベツを積んだ一輪車を押して、野菜を置きに家へ戻ろうとしていた。エリカはその間、ラングハマー夫妻と一緒に〝ちょっと散歩に行って〟いた。

警部はイライラしながらマーケットの人ごみを掻き分けるように一輪車を押していたが、ときどき石畳の隙間に一輪車のタイヤがはまって動けなくなった。そんなクルフティンガーを、子供連れの一家が悠々と迂回して行った。警部が怒りで顔を真っ赤にしてまた進み始めると、今度は一輪車のタイヤが縁石に乗り上げてしまい、ジャガイモの麻袋がドサッと地面に落ちた。警部は毒づきながら身をかがめた。もっともそうしたのは、落ちた麻袋を拾うためだけではなく、ディーター・ヘシュ市長が前から歩いてくるのが見えたからだ。身を隠したつもりだったが、結局、見つかってしまった。

「手伝おうか？」警部に気づくと、ヘシュ市長はうれしそうに声をかけた。

ここでも事件のことを訊かれるな、と警部は覚悟した。

「なんだ、今日も音楽隊か？　最近は仕事が大変そうだから、いい気分転換にはなるんじゃないか」

「まあな、ディーター」

「それで、捜査は進んでるのか？」市長は訊いた。

今日、ヘシュは事件に話題を持ってくるまでに二つのフレーズしか使わなかった。これまでで最速と言っていいだろう、と警部は思った。

「まあ、様子見ってところだ。一歩一歩かな……」クルフティンガーは無愛想に答えた。警部が市長を信用できないのは、彼が北ドイツ出身者だからではなかった。警部は基本的に誰とでも話ができるタイプだが、この市長とだけはあまり話したくなかった。ヘシュと話していると、まるで取り調べを受けているような気になってくるからだ。

「具体的に何かわかったのか？」

「具体的なことは何も。ちょっとした手がかりは見つかったかもしれない……でも、今日は事件のことは忘れて、マーケットを楽しもうじゃないか」

「もちろんさ、クルフティンガー、もちろん！」

市長はそう言うと〝我が家の居間〟と呼んでいる、マルクト広場を誇らしげに眺めた。クルフティンガーは〝しめしめ〟と思ったが、そうは問屋が卸さなかった。

「新聞で説話のことを読んで、ちょっと調べてみた。クルークツェルへ向かう途中に礼拝堂があるだろう、あそこは昔、プードルのお化けが出るので有名だったんだ。知ってたか？」

警部は、〝そんな説話はどこにでもあるさ〟と言って市長を黙らせたかったが、そうする勇気はなかった。

「プードル？」警部はそう訊き返してから、市長に話題を提供してしまったことを悔やんだ。待ってましたとばかり、市長は礼拝堂のプードルだけでなく、本で読んだというブタや馬、その他の動物をモチーフにした説話のことを延々と語り続けた。話が続く間、クルフティンガーは縁石に落ちた麻袋を一輪車にのせたくてうずうずしていた。

「どうだ。俺の話、役に立つかな？」ひとしきり話すと、ヘシュは警部の評価を尋ねた。

「何だって？」

「俺の話が捜査の役に立つかどうか訊いてるんだ」

「もしかしたら……いや……役に立つと思うよ」と警部は嘘をついた。残念ながら警部は、嫌々とはいえ、つい役人に敬意を払ってしまう世代の人間だった。

市長は、警部から〝役に立つ〟と評価され、そのうえ〝我が自治体〟の祭りにたくさんの人が来ていることがよほどうれしかったのか、嬉々として一人でジャガイモの麻袋を一輪車に積んでくれた。通りかかったアルトゥスリートの住民は、親切な市長に尊敬の眼差しを向けた。ヘシュは笑顔でそれに応えた。どうやらこれも、次の地方選に向けた選挙活動の一環らしい。

クルフティンガーのジャガイモのせいで、市長の着ていた民族衣装は汚れてしまったが、本人は気づいていないようだった。市長は警部に手を差し出すと、別れの挨拶をした。

「なあ、ディーター、そこが……」クルフティンガーが服の汚れを指摘した。

するとディーターは恥ずかしそうに自分の腹を見て、笑顔で答えた。「ああ、昔はこんなに腹が出てなかったんだがな。歳も歳だし、仕方ないさ！」

「違うよ。もっと下のことを言ってるんだ！」

ヘシュはどう応じていいかわからず、顔を赤らめた。

「違う、そうじゃない。麻袋のせいで、ジャケットのすそが汚れてるぞ」

市長はほっと胸をなで下ろすと、ジャケットの汚れをはたいてすぐに立ち去った。

★　★　★

クルフティンガーは舞台の最後方に座って、コンサートの開演を待っていた。今日は舞台で演奏するので、大太鼓を肩に担ぐ必要はなかった。大太鼓は台にのせてあった。

「おー、クルフティー、この間、おまえ、樽の上に座ってたよな。張り込みでもしてたのか。それとも、また水道管が破裂して家にいられなかったのか？」

トロンボーン奏者のパウルが振り向いて、クルフティンガーに話しかけた。水道管が破裂したことを、パウルは誰から聞いたのだろう？　何であれ、田舎では隠しごとはできないのだ。

「違うよ。つまらん冗談を言い過ぎて、エリカに家を追い出されたのさ！」クルフティンガーが言い返した。

パウルはびっくりして、突き出していた頭を戻した。「そうだったのか！　続きはあとで聞かせてくれ」

「いいとも。とにかく最近は、大変なこと続きでな」

ようやく指揮者が舞台に現われ、コンサートが始まった。今日ばかりは、コンサートはクルフティンガーにとって願ってもない時間となった。少なくともあと三十分は、誰にも邪魔されずに心休まる時を過ごすことができるからだ。

行進曲が終わり、『我がアルゴイよ、おまえはなんて素晴らしい』の演奏の前に、警部は客席にいる妻のほうを見た。意外にも、妻は賞賛の眼差しで夫を見つめていた。

★　★　★

「エリカ、俺には、プラムケーキとコーヒーを頼む」

「あんないい演奏をしたあとは栄養補給しないとね」ドクター・ラングハマーがお世辞を言った。「アンネグレート、私にはヨーグルトケーキとルイボスティーを！」妻たちがケーキと飲み物を買いに行き、クルフティンガーとドクターはテーブル付きのベンチで女たちを待った。

「あれから、どうしたんです？　マーケットで何か買いましたか？」警部が気を遣って話を切り出した。

「ええ、ハーブティーを何種類か買いました。いつも言ってるように、ハーブティーは健康の源なんです。エリカは岩塩ランプを買いましたよ。けっこう高いランプです。私が、高価なほうを買うよう勧めたのでね。素材の岩塩が純粋であればあるほど値段は高くなりますが、その分効果は抜群ですからね！」

〝俺はドクターに呪われている〟と警部は思った。日頃の恨みつらみは忘れて、こちらから気分よく話しかけると、いつも決まって嫌な気分にさせられることになる。

「失礼ですが、医学は科学と事実に基づくもので、迷信や家庭薬とは一線を画すものではないのですか？」クルフティンガーが応戦した。

「おや、ご存知ないのですか？　警部、ハーブの効能は医学的にも認められています。迷信などとは一切関係ありません」ラングハマーが教師口調で反撃した。

「でも、まさかあなたが、波動調整や空気のビタミンなんて説を信じているわけじゃないですよね。あなたは、何といっても……」警部はそこでいったん口を閉じ、笑いを抑え込むと先を続けた。「……医学者なんですから」

クルフティンガーとドクターの小さな戦いはそこで幕を閉じた。妻たちがケーキとコーヒーをもって戻ってきたからだ。もちろんケーキは、体にいい全粒粉で作られていた。ドクターいわく、白い小麦粉は体に悪く、お腹の脂肪になりやすいという。

結局、全粒粉ケーキのせいで警部はお腹を壊し、夕方に何度もトイレに行かなくてはならなかった。しかしそのことはドクターには内緒にしておいた。

おお、星と花よ、心と衣よ
愛と、苦と、時と、永遠よ！
花輪を編むのを手伝っておくれ
藁（わら）を束ねるのを手伝っておくれ
花は一輪たりとも欠けてはならない
どんな穀物の粒も数えるのだ
主が打穀場においでになった
気をつけるんだよ、可愛いお花さん！

クルフティンガーは収穫祭の日は必ず教会に行くと決めていた。毎年欠かさずそうしてきたのだが、その甲斐もなく、警部と神父との関係は相変わらずギクシャクしたままだった。今日も、神父が行なう死ぬほど退屈なミサに大勢の人が集まっていた。警部は心のなかで彼らを〝犠牲者〟と呼んでいた。きっと彼らは、〝あの世〟で煉獄の火に焼かれないように、この退屈に耐えているのだろう。今日の〝犠牲者〟は前年の倍以上だった。それは、警部がいつもの回より一つ早い七時のミサに出席したからだった。安息日の日曜日なのに、今日は出勤するつもりだった。ミサの間、警部は収穫祭の飾り付けをされた祭壇の素晴らしさを心のなかでほめたたえた。頑固で不愛想な神父が作った祭壇を、これだけほめられる自分の度量の広さがうれしかった。神父が警部の立場なら、絶対にほめたりはしないはずだ。

★　★　★

クルフティンガーがオフィスのドアを閉めようとすると、上司のディートマー・ローデンバッハーが突然入ってきた。局長の日曜出勤は思いもかけないことだったが、その服装を見ると、ゴルフに行く途中に立ち寄っただけであるらしい。チェックのニッカーボッカーにハイソックスと白い革製サンダル、白っぽいツイードジャケットというでたちだった。そこにベージュのキャップを被った姿は、まるで『ゴッドファーザー』の場面から抜け出してきたようだった。

「そんなふうに私を見ないでくれ」ローデンバッハーは警部の訝しげな眼差しに気づいて、そう言った。「今日はオールドファッションでゴルフをじようどいう会なんだ。マフィア映画みだいな恰好をじでごいど言われでな。ごの衣装なら問題ないだろう」局長は高笑いしてから、すぐにまた真剣な顔に戻った。「今日は君だぢに釘を刺ずだめに立ぢ寄っだだげだ。一刻も早ぐ犯人の首根っごをづかんでぐれよ」

クルフティンガーはローデンバッハーの言いたいことはわかったが、そんななりで言われても説得力がなかった。といっても、普段から説得力があるというわけではないが。

局長は「手ぬがりなぐな」と言って、ブレンターノに早く自供させて事件をサッサと解決するよう指示すると、部屋を出て行った。警部は、局長が喜ぶ別れの挨拶を思いつかなかったので、「楽しいゴルフを」とだけ言った。実は一つ、浮かんだ言葉があったのだが、言わずにおいた。〝ご健闘をお祈りします〟と言ったら、ゴルフが下手な局長はムッとしたに違いない。

その後、部下たちが次々とオフィスに入ってきたが、全員が開口一番、「ローデンバッハーが来てましたよ」と言った。警部が「早く仕事を終わらせろ。ぞうじだら早ぐ家に帰れるぞ」とローデンバッハーの真似をして急かすと、みんなさっそく真面目に働き始めた。

「大鎌の岩にまつわる説話をもう一度読んでみてください」とマイアーが警部に言った。

「ブレンターノの詩の内容とかぶっている部分があると思うんです。大鎌ってところが。あと、あそこについて調べたら、面白いことがわかりました。ゲルマン人はデンゲルシュタインのある場所で、礼拝や裁判を行なっていたんです。知ってましたか？」

クルフティンガーはデンゲルシュタインに関する説話が捜査に役立つとは思えなかったが、とりあえず目を通すことにした。

「どこだ？」警部が説話集を手に取って訊いた。

「僕の本では、四、七、三、十二です」とマイアーが答えた。

警部には何のことかさっぱりわからなかった。

「はあ？」

「四、七、三、十二です」マイアーが繰り返した。

「それは聞こえてるさ。数字の意味がわからない」

「僕の説話集は、亀甲文字で書かれているから、数字も読みづらくって……」

「そうなのか？」警部はしらばっくれたが、内心、本をすり替えて悪かったと思った。

「……すごく変なページの付け方なんです。たとえば、今僕が探している説話は、第四巻、

第七章、第三節の十二ページ目の説話です」

「それなら、もっと別の言い方が……」

クルフティンガーはそう言いかけて中断し、口を開けたまま目を閉じた。数秒間そのまま立ち尽くしていたが、いきなり声を張り上げた。「畜生！ そうなのか。バカだった！ 信じられん！」

部下たちはポカンとして上司を見つめた。特にマイアーは心配そうだった。警部を怒らせたと思ったからだ。

クルフティンガーは自分の机の引き出しを開けると、メモ書きの束を机の上に投げ出したが、また引き出しに戻し、悪態をつきながら次の引き出しを開け、ようやく……「見つけた！」と叫んだ。

「何を見つけたんですか？」緊張の面持ちで、シュトローブルが上司に尋ねた。警部はメモを一枚、部下たちに見せた。

「数字だ。殺人現場に残された数字を書き留めておいたんだ。すぐに見られるように。この数字の組み合わせ！ わからないか？」

部下たちの頭も徐々に働き始めた。

「もちろんです。それは……」

「説話だよ！」クルフティンガーがシュトローブルの言葉をさえぎった。

「ずっと前からこんないい手がかりが手元にあったのに、俺たちは見逃していた。まったくバカだった。リヒャルト、おまえの説話集を持ってこい」

マイアーが慌てて自分の説話集を取りに行った。戻るまでの間、警部は考えを巡らせた。もしも亀甲文字の説話集をマイアーではなく自分が読んでいたら、この数字の組み合わせに気づいただろうか？　たまたま気づいたのは、もしかしたら裁きの神の恩寵なのかもしれない。

「これです」マイアーが本をもって戻ってきた。警部は本をすり替えたことを悪いとは思わなくなった。

「じゃあ、見てみよう。ハイリゲンフェルトの殺人現場に残されていた数字は〝Ⅲ／2－4(32)〟だった。つまり、第三巻、第二章、第四節、三十二ページ目の説話だ。この本だと……」

部下たちは固唾を吞んで見守った。警部はページをめくる手を止めると、顔を上げ、部下たちの顔を真っ直ぐに見て言った。「十二人の息子だ。当たってる！」

しばらく沈黙が続いたあと、ヘーフェレが言った。「ズッターの数字も見てみましょう」

クルフティンガーは数字を読み上げながら、本のページをめくった。「えーと、第五巻、第七章……」そこで警部が言葉を詰まらせた。

「何かまた見つけたんですか？」待ちきれずに、マイアーが質問した。

「いや、ダメだ。この全集には、第四巻までしか収録されていない」

部下たちはがっかりして、ソファーに深く身を沈めた。

「なんてことだ。本当にないんですか？」

警部が首を振った。「あきらめるのはまだ早い。おそらく説話全集は出版社によって取り扱っている範囲が違うんだと思う」

「なら、ほかの出版社が出している全集を買いに行きましょう」マイアーがやる気満々で言った。

「日曜日に？」シュトローブルが鼻で笑った。

「確かに」

四人はしばらく言葉を失っていたが、気持ちを切り替えて警部が言った。「よし、俺はブレンターノの取り調べを続けている特捜チームのメンバーに数字の件を伝える。おまえたちはブレンターノの家宅捜索をした警官チームに、説話集が家になかったかどうか訊いてくれ。ここまで明らかになって捜査が進展しなければ、笑いものだぞ。三十分後にまたここに集合。わかったな？」

★　★　★

三十分後、部下たちが暗い表情でオフィスに戻ってきた。取り調べを続けている特捜チームは暗号と説話についての情報をブレンターノから訊き出せなかった。さらにブレンターノの家宅捜索でも、説話に関する書籍は見つかっていなかった。家宅捜索をした同僚は、「あんな人間は珍しい。電話帳以外に本らしい本は一冊もなかったよ」と言ったという。

「残念です。本当に」マイアーが思いを口に出した。「でも、だからって捜査が行き詰まったわけじゃないですよね？」

確かに、と警部は思った。そして、心のなかでもう一度自問自答して自分を納得させた。

「ブレンターノが沈黙を続ける限り」警部は言った。「自分たちで情報を集めるしかない。犯人が犯行現場に残していった暗号が警察へのメッセージなら、俺たちがそれを解くしかないだろう。これからが本番なんだ。違うか？」

マイアーがうなずき、シュトローブルとヘーフェレもそれに同意した。

「よし、それならリヒャルトとローランドは、市立図書館に行って説話全集のことを照会してくれ。市の史料管理係にも訊いたほうがいい。オイゲン、俺たちはカイザースマードに行くぞ。ウアバンの家にはまだたくさん本があるからな。何か見つけたら、すぐに電話をくれ。さあ、行くぞ」

★ ★ ★

「心配するな。こいつは何もしないから」クルフティンガーはじりじりしながら腕時計を確かめると、メモ用紙をめくって何か探すふりをしながら部下に言った。「今日中に玄関の呼び鈴を鳴らしてくれないか？　それとも、日曜出勤までして、ずっと車の中にいるつもりか？」

ウアバンの家の前で車を停めると、前回同様ドーベルマンのティラスがドアのそばに寝そべっていた。ティラスを初めて見たシュトローブルは少なからず怯えていた。クルフティンガーは用意周到に、車を中庭に乗り入れる前から部下に、車を停めたらすぐに呼び鈴を鳴らしに行くよう指示しておいた。日曜日なので早く仕事を終わらせたい、というのが表向きの理由だった。シュトローブルは警部の指示に素直にうなずいたが、犬を見ると怖気づき、車を降りられなくなった。

「おまえさん、そろそろどうするか決めてくれないと。本当にこいつは何もしないから」クルフティンガーはシュトローブルを急き立てながら、部下がへっぴり腰で玄関に近づいて行く姿を想像して内心楽しんでいた。

ところが、意を決したシュトローブルがそつなくことを成し遂げたので、警部はがっかりした。シュトローブルに犬が駆け寄っていたら面白いことになったはずなのに、ティラスはぴくりとも動かなかった。シュトローブルは呼び鈴を鳴らすと、警部に車を降りるよう合図した。

警部が車のドアを開けたとたん、ドーベルマンが耳を立てて顔を上げた。警部が玄関へ行こうとすると、不意に犬が起き上がり、獰猛な鳴き声を上げて駆け寄ろうとした。クルフティンガーは真っ青な顔で、その場に立ちすくんだ。足の指先までアドレナリンが駆け巡る。だが、ティラスは警部の二メートル手前で突然脚を止めると、その場に座り込み、ふたたび警部を睨みつけた。警部の額から玉の汗が噴き出した。

「大丈夫ですよ。こいつは何もしませんから」今度はシュトローブルが玄関から警部に声をかけたが、内心面白がっているのが見え見えだった。

そのとき、家の中からカチッという音が聞こえた。誰かが鍵を開けたのだ。クルフティンガーは額の汗を拭い、シュトローブルの横に立つと、作り笑いを浮かべた。ところがドアが開くと、警部の笑みはたちまち消え失せた。目の前に、ギュンター・ハルトマンが立っていた。一昨日、刑事局に来て、容疑者ブレンターノを逮捕するきっかけを与えてくれた、あのハルトマン判事だ。

「えっ……なんでまた?」クルフティンガーは言葉に詰まった。頭のなかを様々な考えが駆け巡った。

「こんにちは。これはこれは、刑事さん。安息日の日曜日にお仕事かな? また訊きたいことでも?」判事は刑事たちとは反対に、この再会に驚いてはいない様子だった。

クルフティンガーが放心状態なので、代わりにシュトローブルが訊いた。

「ここで何をされているんですか?」

「何って? 住んでるんだ」

そこで警部がふたたび口を開いた。

「グ、グリュース・ゴット、ハルトマン博士。まさかここにいらっしゃるとは思いませんでした。私たちが来たのは、あなたに会うためではなく……」

「ああ、なるほど。妻に会いにきたんだね? お入りなさい」

ハルトマンはドアの脇に体を寄せて、二人の刑事に入るよう手招きした。

判事はウアバンのことを〝妻〟と言っていた。

「あの、ウアバンさんは……あなたの……」警部は口ごもった。

ハルトマンは警部が言わんとすることをすぐに理解した。「そうだ。私の妻だ。ここにも書いてある」

判事は呼び鈴の下に掛けられた小さなプレートを指差した。確かにそこには〝ヒルトルート、ギュンター・ウアバン＝ハルトマン〟と書かれていた。

警部はこの事実をどう判断すればいいのかわからなかった。不吉な考えが浮かんできたが、それはあまりにも漠然としていて、当たっているかどうか判断できなかった。

「その姓だが」と判事が警部の困惑を察して説明を加えた。「私たちは結婚してダブルネームにしたんだが、正直言うと、ウアバン＝ハルトマンってあまりいい響きじゃない。だから私たち夫婦は、役所以外の場所ではそれぞれ別姓を名乗っている。我々以外にもそういう人はたくさんいると思うが」

確かに、と警部は思った。現に自分の部下にもそういう人間が一人いた。ヘーフェレだ。ヘーフェレの本名はヘーフェレ＝バイトリッヒだが、彼をそう呼ぶ人間はいない。ヘーフェレ自身もそう名乗ることはなかった。離婚前もそれは同じだった。ともかく、思いもよらない場所で判事と再会したことで警部は混乱し、頭のなかを整理できなかった。

刑事たちがハルトマンに続いて家の中に入ると、ドーベルマンのティラスもついてきた。

「どう思う？」暗い廊下を歩きながら、クルフティンガーは部下に小声で訊いた。

「判事ですか?」シュトローブルが上司の耳元で答えた。「わかりませんが、何か変ですね。だって一昨日、刑事局に来たときは、ウアバンのことは言ってませんでしたから」

「すごく変だ。俺が……」

「どうぞ、刑事さん」判事が刑事たちのヒソヒソ話をさえぎって、居間のドアを開けた。テーブルの前に座っていたウアバンが二人の刑事に顔を向けた。クルフティンガーは、テーブルの上に何もないことが気になった。普通、居間のテーブルには本とか雑誌とか編み物などが置かれているが、ウアバンは何をするでもなく、ただそこに腰かけていた。

「こんにちは、ウアバンさん。お休みのところ、お邪魔して申しわけありません」

「何のご用です?」ウアバンは警部の気遣いなど無視して、冷ややかな口調で尋ねた。

「大事な質問が一つあるんです」

判事は妻のうしろに立ち、彼女の肩に手を置いた。犬も二人のそばに座った。二人と一匹が刑事二人に目を据えた。その光景は、まるでオットー・ディクス(二〇世紀ドイツを代表する画家)の絵のようだった。

「説話集のことなんですが、もしかしたら、こんなふうに説話が分類されている説話集をお持ちじゃないでしょうか? 古い説話集だと思いますが」

クルフティンガーはズボンのポケットから数字が書かれたメモを取り出した。尻のポケットに入れてあったので、かなりクシャクシャになっていたが、それをテーブルの上に置くと、軽く皺を伸ばした。

「もっていません」ウアバンは間髪いれずに答えた。

クルフティンガーはウアバンがメモを手に取って、考えてくれるものと思っていたが、その予想は裏切られた。警部は戸惑いながらシュトローブルに目を向けた。

「とりあえず、メモに書かれた数字を見ていただけませんか？」と警部が訊いた。

「聞いてください、クレプフェラー警部……」

警部は名前の言い間違いは無視することにした。

「私は自分の蔵書を知り尽くしています。長年、研究してきたのですから。こんなふうに分類された説話集は持っていません」

クルフティンガーは食い下がった。「しかし、少なくともこれがどの……」

突然、警部の携帯電話が鳴り出した。すぐにドーベルマンが牙を剝き出してうなり始めた。

警部の顔が真っ赤になった。家に入る前に携帯の電源を切っておくのを忘れていた。

「先日、この家に入る前に携帯電話の電源を切るようお願いしましたよね」ウアバンに叱責されると、警部は英語教師のヘップナーに雑にやった宿題を提出して叱られている高校生のような気分になった。ウアバンは血の気がなくなるほど強く唇を嚙みしめていた。

「す……すみません……今すぐ」警部はどもりながら慌ててポケットをまさぐった。なんとか携帯電話を引っ張り出し、電源を切ろうとして驚いた。ディスプレイにディートマー・ローデンバッハーの番号が出ていたからだ。ゴルフの試合を楽しんでいるはずなのに、なぜだろう？

ウアバンに叱られるのを覚悟で、警部は電話に出た。

「もしもし？」

「クルフティンガー警部、出てくれてよかった。早く来てください」

電話の声の主が誰なのかすぐにわからなかった。ローデンバッハーからの電話だと思ったのに、声が違う。声はかすれていて、鼻息が荒かった。しかし、明らかにその声は、ディーター・メビウス検事のものだった。

「メビウス博士？　どうしたんですか？　何かあったんですか？」

「クルフティンガー警部、今すぐ刑事局に戻ってください。大変な……大変なことが起きたんです」

クルフティンガーはゴクリと唾を飲んだ。メビウスは泣き出すのを必死にこらえているようだった。

「すぐに戻ります」警部は事情を訊けるような状況ではないと判断し、それだけ言って電話を切った。警部は携帯電話をポケットに戻すと、三人と一匹の怪訝そうな顔を見回した。ドーベルマンも、まるで話を全部聞いていたかのように緊張していた。

「すみません。すぐに刑事局に戻らないと。お邪魔しました」

そう言うと、警部はシュトローブルに目で合図し、踵を返して玄関へ向かった。

警部は車の向きを変えながら、開いたままの玄関のドアを見て、ハルトマンとウアバンが見送りに来なかったことに気づいた。そこで警部はアクセルを踏んだ。

「危ない！」シュトローブルが口を全開にして叫んだ。警部は危険を察知して、すぐにハンドルを切ったが遅かった。タイヤが砂利にはまってしまった。

「くそっ、まったく！」警部があえぐような声を出した。

そのときだった。中庭にフォードのエスコート・ワゴンが入ってきて、警部の車の数メートル前で停まった。フロントガラスに照りつける日差しに目がくらみ、警部は運転手の顔をはっきりと識別できなかった。見えたのは、ハンドルを握るぼんやりとした輪郭だけだった。

警部は、運転していた男をどこかで見たような気がした。

「あれは誰だった？」青色灯を屋根に付け、百五十キロの速度で車を走らせながら、警部がシュトローブルに訊いた。

「息子かもしれませんね。若そうでしたから」シュトローブルが答えた。

「どこかで見た気がするんだが。俺が……」

「それよりも、なんでこんなに急いで帰らなきゃならないんですか？」考え込んでいる警部に、シュトローブルが尋ねた。

「それがわからないんだ。オイゲン。俺にもわからないんだ……」

★　★　★

オフィスに到着した警部を待っていたのは不思議な光景だった。メビウス検事は静かにすすり泣きながら机に突っ伏した頭を抱えて座っていた。そのうしろで、サンドラ・ヘンスケが検事の頭をさすっていた。ローデンバッハーは部屋の隅に立ち、難しい顔をしている。神経を張り詰めているように見えた。クルフティンガーとシュトローブルの姿を見ると、局長はあたふたと近づいてきた。

「クルフティンガー、聞いでぐれ、メビウズ博士の弟が行方不明なんだ。彼の妻が手紙を見づげだらじい。なんどがじないど。新じい手ががりは見づがっだのが？」ローデンバッハーが唾を飛ばしながら大声で言った。警部は上司の説明が曖昧過ぎて理解できなかったので、もっと具体的に説明してくれるよう頼んだ。

　ローデンバッハーは二、三度深呼吸をすると、もう一度説明し直した。メビウスは今朝、義理の妹から電話をもらい、弟がジョギングに行ったきり戻ってこないと知らされた。メビウスは義理の妹と一緒に弟を探したが、見つからなかったという。

「ディーターは弟さんのジョギングコースを全部見て回ったけれど、いなかったんです！」サンディーが口をはさんだ。「でも墓地で弟さんの自転車が見つかりました。これって、どういうことなんでしょう！」

　そこでローデンバッハーが情報を付け加えた。「そのうえ、二人は家で手紙まで見づげでじまっだんだ。まっだぐ、どんでもないだろう」

　サンディーがクルフティンガーに問題の手紙を渡した。警部には手紙の内容が予測できた。手紙を開くと予測どおりだった。最初に数字の暗号、次にブレンターノの詩の第一節から第三節目までが書かれていた。

警部は自分の机に戻って席についた。

「これでブレンターノは容疑者ではなくなったということか」と警部はつぶやいた。

「そんなごどを言ってる場合じゃないだろう！　行方不明者を今ずぐ見づげ出ざないど！」ローデンバッハーがヒステリックに叫んだ。サンディーも警部を睨みつけた。メビウス博士だけが何も言わずに頭を垂れて座っていた。

「局長、わかってます。そんなことはわかってますよ！　次から次へと事件が起きていることも！」クルフティンガーが言い返した。警部はこれまでの経験から、緊急事態に自分が冷静な態度を保つと、かえって人を苛立たせてしまうことを知っていた。その一方で、緊急事態だからこそ冷静でいるべきだということもよくわかっていた。警部は受話器を取ると、ヘーフェレに連絡した。

「俺だ。本は見つかったか？……本当か？……番号は合ってるか？……よかった。で、どこにいるんだ？……五分後か、わかった。急いでくれ！」

警部は受話器を置くと、メビウスのほうに向き直った。

「博士……メビウス博士。我々にはあなたの助けが必要です。聞こえてますか？　どうか気持ちを強く持ってください……弟さんのためにも」

クルフティンガーは感情的になっている人を扱うのが苦手だったが、今日はかなりうまくできたと思った。

メビウスが初めて顔を上げた。

「五分もすれば、弟さんが受け取った手紙に書かれた番号が、どの説話に関係しているか判明すると思います。部下がまもなく説話集を持って帰ってきますので。合致する説話が見つかったら、弟さんを救い出せます」

「よりによって、なんでホルストが……」検事は喉を詰まらせた。目は赤く腫れあがり、泣いていたのは明らかだった。

行方不明の弟ホルストは今頃、生き延びる努力を続けているに違いない。〝大鎌男〟にさらわれてから、まだそれほど時間は経っていなかった。それでも警部は、つい最悪のシナリオを想像してしまい、軽い目まいを感じた。

「メビウス博士、弟さんは過去に……罪を犯して、それを無理やり──といっても犯人のゆがんだ解釈ですが──正当化した、または、なかったことにしたことはないでしょうか?」

メビウスは首を横に振った。

「私はまだ、手紙に書かれた番号がどの説話を指すのかは知りませんが、おそらく今回も犯人の動機は、復讐か不公平な判決の告発のどちらかでしょう。もう一度よく思い出してください、メビウス博士。些細なことでも捜査の手がかりになるかもしれません」

「本当に知らないんです」

「何かあるはずです。義理の妹さんに訊いて……」

「やめてください……妹は話せるような状態じゃありません」

少し冷静になったメビウスが反論した。

「刑事を二人、妹さんのそばに待機させている。もじがじだら犯人は妹さんに連絡じでぐるがもじれないがらな」ローデンバッハーが警部に耳打ちした。

そのとき、ドアが勢いよく開いて、ヘーフェレとマイアーが駆け込んできた。

「いったいどうしたんです？　大急ぎで帰ってきましたよ！　市の史料管理担当者がすごくいい人で……」マイアーは不意に口を閉ざした。オフィスの見慣れない光景に気づいたからだ。ヘーフェレはサンディーと検事を嫉妬の眼差しで見つめたが、ただごとではない雰囲気を感じ取り、すぐに冷静さを取り戻した。

クルフティンガーはただちに部下に、入手したばかりの説話集を見せるよう命じた。それは小さくて薄い冊子を集めたもので、八十年ぐらい前のもののようだった。表紙には二人の子供と妖精がイチゴ摘みをしている版画が、裏表紙には表紙ののどかな田園風景とは対照的に、恐ろしげな犬と龍の版画があしらわれていた。説話集にぴったりの絵だと警部は思った。

クルフティンガーはメビウスの弟が受け取った手紙を手に取ると、そこに書かれた番号を小声で読み上げた。〝II／5－9（57）〟。警部は八冊ある冊子の二冊目の第五章、第九節、五十七ページ目を開いた。説話のタイトルは「オーバーティンガウの凝灰石」だった。読もうとして、警部はギョッとした。説話は全部、亀甲文字で書かれていた。ゆっくり読むしかなかった。部屋にいる全員が、警部の朗読に耳をそばだてた。

一六五四年のある夜、オーバーティンガウの農夫、ヨハン・フレイの家に一人の巡礼者が立ち寄り、神のお告げを伝えた。それは「教区教会の名のもとにオリーブ山を築き、完成したらエシェナウ近郊の粉屋へ行き、水車小屋の裏手の坂の上にある凝灰石を買い取りなさい」というお告げだった。農夫はそれを実行しようとしたが、粉屋は頑固で、農夫が四年間頼み続けても凝灰石を売ろうとはせず、それどころか信心深い農夫を嘲笑った。「俺は絶対に売らない。凝灰石はこの家のために必要なんだ。おまえには別の石を調達してやる」と言って一歩も引かなかった。そこで農夫は最終手段として粉屋に告げた。「このまま自分の主張を押し通し、神の御業を邪魔するなら、巡礼者のお告げどおりおまえは死ぬだろう」と。すると粉屋は「俺を脅すのか」と言って笑い、農夫に「おまえは凝灰石を受け取る資格などない。百グルデン払うと言っても石を引き渡すつもりはない」と言い捨てた。その後まもなく、粉屋は森で、倒れてきたトウヒの木に頭を割られて死んだ。

クルフティンガーはそこで朗読を中断し、話に聞き入るみんなの顔を見回してから、また朗読を続けた。

その後、未亡人になった粉屋の妻は再婚して三人の息子をもうけた。しかし、長男と次男は口がきけなかった。未亡人は粉屋同様頑固だったので、農夫に凝灰石を売ろうとはしなかった。ある日、巡礼者がふたたびティンガウを訪れた。巡礼者は未亡人を訪ね、

「凝灰石を農夫に譲れば、子供たちを話せるようにしてやろう」と約束した。そこで未亡人の後夫が水車小屋の裏に凝灰石を取りに行くと、大きな石は簡単にもち上げることができた。巡礼者が凝灰石を割ると、中から聖母マリアとイエス・キリストの姿を刻んだ木版が出てきた。のちにオリーブ山が完成すると、そこへ二つの木版が供えられた。するとと未亡人の息子たちは、巡礼者が予言したように話ができるようになった。この出来事がきっかけとなり、聖母マリアとイエス・キリストの木版は神の恩寵と奇蹟を引き寄せると言われるようになった。今でも教区教会に行くと、二つの木版を見ることができる。


クルフティンガーが朗読を終えても、みんな黙ったままだった。その間に、シュトローブルはマイアーにこれまでの経緯を耳元で説明した。するとマイアーが一番に口を開いた。

「メビウス博士、あなたの弟さんは粉屋でしたか？　それとも建築資材業者だったとか？　いや、なに、石なら建築関連かなと思っただけですけど」

みんなが一斉にあきれ返ってマイアーを見つめた。ところがメビウスはマイアーの質問にためらいなく答えた。「ほぼ当たっています。弟は建築技術者です」

メビウスはマイアーが過去形で質問したことに気づいていない様子だった。みんなはほっと胸をなで下ろした。

「では、メビウス博士。あなたは事件が弟さんの職業と関係があると思いますか？　弟さんは職場で何か問題を抱えていませんでしたか？」クルフティンガーがさらに突っ込んだ質問をした。

メビウスは首を振った。「絶対にないです。ホルストと私は兄弟ですが、親友のようなものです。何でも話し合う仲ですから」

「この説話を聴いて、実際の弟さんの生活に当てはまるような箇所はありませんでしたか？たとえば、誰かが欲しがっているものを、頑なに所有し続けているとか」

メビウスは考え込んだ。記憶の片隅から答えをしぼり出しているかのように、額に皺を寄せた。

「どう考えても……ないですね。そんなことはないはずです。弟は裕福ではありませんから。誰かが欲しがっているものを、頑なに所有し続けているなんて考えられません」

「そうですか。でも、私たちはこれを言葉どおりに受け取る必要もないと思うんです。たとえば、もう少し解釈を広げて、弟さんは絶対に人に与えたくないというような、大事なものをもってませんか？」

メビウスは何も思い当たらないようだった。

「それとも、何らかの事情で誰かに対して何かを拒んだことはありませんか？　物でなくてもいいんです。たとえば、仕事とか？　もしかして、助けを拒んだりとか？」

最後の言葉を聞いて、メビウスは肩をビクッとさせた。見た目にはほとんどわからないほど小さな動きだったが、クルフティンガーは見逃さなかった。

検事は何かを言い出せずにいるようだった。警部はここぞとばかりに追い打ちをかけた。

「メビウス博士。何か思い当たりましたか？　私が今言ったことは図星なんじゃないですか？」

メビウスは黙り込んだ。大事なことを知りながら、それを言おうか言うまいか悩んでいるようだった。

「メビウス博士。言いにくいことでしたら、二人だけで話してもいいですよ。みんな、席を外してくれないか？」

警部はそう言って、部下たちの顔を見渡した。みんな、硬い表情でニコリともしなかった。メビウスも警部の部下たちを見てうなずいた。「警部と二人きりで話がしたい。みなさんには申しわけないが……」

検事にそう言われると、三人の部下は部屋を出て行った。ヘーフェレは出て行くときに、悲しそうな顔でサンディーのほうを見た。結局、クルフティンガーとサンドラ・ヘンスケとローデンバッハーが部屋に残った。警部はローデンバッハーを見て眉をひそめた。だが、ローデンバッハーはまったく動じた気配もなく、そっくり返ってそこに立っていた。

「すみません、局長。あなたも……」警部が催促した。

「グルブディンガー、メビウズ博士も私がごごにいるごどを望んでいらっじゃるに違いない。なんどいっでも、私は……」

「私はクルフティンガー警部と二人きりで話したいのです。ローデンバッハー局長、恐縮だが、ご理解ください」

ローデンバッハーはしばらくポカンと口を開けて突っ立っていたが、やがてその顔が真っ赤になった。

「わがりまじだ」局長はムッとして答えた。「何をぞんなに秘密にざれだいのが、わがりまぜんが、どうぞご勝手に！」

局長はふてくされたようにドアを閉めた。

「では、続けましょう」警部は緊急事態であることを思い出して、話をすばやく元に戻した。

「もしかして、弟さんと説話の接点が見えましたか？」

「ええ、警部が〝助けを拒んだり〟とおっしゃったときに……」

そこで検事はまた言い淀んだ。

「メビウス博士、どうかお気づきになったことを話してください。弟さんの命がかかっているんです」

「弟と固く約束しました。どんなことがあっても、このことは誰にも話さないと。でも……」

検事はジレンマを抱えていた。

「わかりました。弟のためになるなら話しましょう。弟はヒマラヤなど、難易度の高い山も経験しているアマチュアの登山家です。確か十五年ほど前でしたが、ネパールから戻ったばかりの弟が私を訪ねてきました。登山パートナーが山で亡くなり、大変なショックを受けていました。その人は弟と二人で登山している最中に亡くなったんです。私は、〝パートナーが亡くなったのはおまえの責任じゃない。病院も何もない標高七千メートルの高所で、おまえに何ができたというんだ〟と言って、弟をなぐさめました」

クルフティンガーは黙ってうなずいた。メビウスが心を開いたと確信したからだ。

「ところが、弟は〝実は、誰にも話せない秘密がある〟と打ち明けました。私は誰にも話さないと約束し、その秘密を弟に語らせました。それはこんな話でした。登山パートナーはもともと弟よりも体力がなく、最後の難関である崖に着く数日前から疲労困憊し、苦しんでいました。寒さは厳しくなる一方で、パートナーは脚の冷えに悩まされていた。頂上到着まであと二時間というところで、パートナーはその場に倒れ込んでしまった。弟の励ましと助力もむなしく、パートナーは力尽きてしまったのです。でもホルストは、どうしても頂上にたどり着きたかった。弟ももちろん疲れていたが、どうしてもあきらめられなかった。頂上はもう目の前です。そこで弟は、パートナーを残して先に進むことにした。パートナーに防寒ブランケットを掛けてやり、すぐに戻ってくると約束して頂上を目指した。

急いだので、ホルストは最後の斜面を一時間ちょっとでクリアできました。頂上に着くとただちに下山を始めた。二時間後、パートナーを見つけました。しかし顔に血の気はなかった。凍死していたのです。そこで弟は思った。もし頂上を目指さずにそばにずっといてやれば、パートナーは凍死しなかったはずだ、と。でも私は、それでもパートナーは凍死していたと思います。確信はありませんが。とにかく弟は、パートナーが死んだのは自分のせいだと思い込んだ。結局、弟は凍死したパートナーを雪の中に残して下山した。彼をおぶって下山する力は弟には残っていなかったので。最後の力を振り絞ってベース・キャンプにたどり着いた弟は、そこにいた人々にパートナーが登山途中で突然死したと伝えました。弟は罪の意識に苛(さいな)まれていました。私は弟に、神の前で懺悔し、パートナーの遺体を雪の中から見つけ出す努力をすべきだと助言しました。でも弟は納得せず、私から法的な助言を欲しがった。もし警察で自供すればどうなるか、と私に質問したのです。私は当時はまだ検事補になったばかりで、その質問には答えられなかった。結局、月日だけが経ち、弟は何か行動に出ることはありませんでした」

メビウスは話し終えてほっとしたようだった。サンドラ・ヘンスケはメビウスが話している間、ずっと彼の手を撫で続けていた。

「あなた以外にその話を知っている人はいますか？」クルフティンガーが訊いた。

「私だけです。弟は妻にさえ話していません」

「あなたはその話を誰かにしませんでしたか？」

メビウスは大げさに首を振った。警部はその大げさなところが気になった。

「思い出してください。部分的にも話したことはなかったですか？」

沈黙。

「些細な情報が大きな手がかりになるんです。そんなことはわざわざ説明しなくても、あなたならわかるでしょ」

「本当にわからないの？　ホルストの命がかかってるのよ！」

サンディーも問い詰めた。

検事は一点を見つめてじっと動かなかった。これから話す内容の重大さを嚙みしめているようにも見えた。メビウスは首を振った。

「これが、決定的な手がかりになるなら……私には信じられないが……」

「手がかりになるかならないかは、あなたが決めることじゃない！　警察が調査して決めることです。まずは話してください」

検事はおそるおそる語り出した。

「実は……私は弟との約束を破ってしまいました。でも、それは弟が法的な助言を必要としていたからです。私にいったい何ができたでしょう？　私だって弟を助けたかったんです、わかりますか？　私の周りには経験豊かな法律の専門家がたくさんいた。でも、私には相談できる相手は一人だけだった。それは私の師匠です。彼は私にとって完全無欠の法学者であり、正義の番人です。さらに父親的存在でもあった。ホルストの話を打ち明けると、彼は自首を強く勧めた。自首することでしか弟は罪を償えない、そのほうが弟のためでもある、と。その一方で彼は、弟が自首しなければ警察は捜査すらしないだろう、とも言っていた。彼はそのあとも、私に弟を説得するよう言い続けた。最後には、弟と直接話して自首するよう説得したいとまで言い出したんです」

警部の喉はカラカラに渇いていた。〝彼〟が誰なのか見えてきたからだ。本当にそうなのか？　あとは名前を言わせるだけだった。

「メビウス博士、その人物の名は！」

検事はそこでまた慎重になった。「警部さん、どうか早合点しないでください。私には信じられないんです。まさか彼が……」

「早く、名前を言ってください！」警部はそう叫んで、勢いよく立ち上がると机を叩いた。

「彼とは……ハルトマン判事です」

クルフティンガーの心に衝撃が走った。予想どおりの答えだったが、メビウスの口から改めてその名を聞くと、目まいを覚えてまた椅子に腰を下ろした。ハルトマンが犯人であるのは間違いない。彼が犯人なら、つじつまがすべて合うからだ。ハルトマンは被害者を全員知っていた。彼らの事情も知っていた。判事が復讐鬼に変貌した？　クルフティンガーは事実を受け入れられなかった。正義の番人である判事が殺人を犯すなんて。とはいえ……

しかし今、明らかにしなくてはならないのは犯人ではなく、メビウスの弟の居場所だった。まだ生きているのか、もう殺されているのかわからなかった。それでも、ここで希望を捨てるわけにはいかない。ことは一刻を争う。急がなくては。警部は勢いよく立ち上がるとドアに向かった。ドアを開けようとしたその瞬間、外からドアが押し開かれて警部の頭を直撃しそうになった。入ってきたのはヴィリー・レンだった。レンは禿げ頭のてっぺんまで真っ赤な顔をしていた。息を切らしている。だが、警部はレンに話す間を与えなかった。

「ヴィリー、今はダメだ。急いでるんだ。行方不明者の命がかかっている！」

「俺だって、俺だって急いでるんだ。聞いてくれ！　衣服の繊維から犯人を割り出せそうなんだ」

「ヴィリー、犯人はわかった。たぶん間違いないと思う」

「そうか！」

レンは残念そうな顔をした。

「大ニュースをもってきてやったと思ったのに。それで、〈LVA〉の従業員なのか、それとも客なのか？」

「誰が？」クルフティンガーが慌ただしく訊いた。

「そりゃあ、犯人がさ。見つけた衣服の繊維は〈LVA〉のものだった。芯がケブラー製で、テフロン加工されたミクロ繊維だ。元はスイスの小さな会社のユニフォームに使われていたもので、ドイツでは〈LVA〉しか扱っていない。独占販売だよ。しかも〈LVA〉のユニフォームもこの繊維で作られている。色は赤だがな。そこまで調べるのは骨が折れたぜ。探偵みたいに探し回って、二、三日眠れなかった。大げさに言ってるわけじゃないぞ。俺もなかなかやるだろう？」

「すごいぞ、ヴィリー。時間ができたときに、どうやって調べたか教えてくれ。だが犯人は、残念ながら〈LVA〉の社員じゃない。法学者だ」

「法学者？　でも、繊維は……」

「そうだな、〈LVA〉で俺が見た連中はみんな……待てよ……」クルフティンガーがカッと目を見開いた。そして額を叩くと言った。「くそっ、俺はバカだった！　そうだ！　白いエスコート・ワゴンに乗っていた男。どこかで会った気がしたんだ！　やっとわかったぞ、どこで会ったか。なんであのとき気づかなかったんだろう」

クルフティンガーはレンを腹で押しのけ、ドアの敷居をまたぐと、部下たちのいる大部屋へ駆け込んだ。

シュトローブル、マイアー、ヘーフェレの三人は静かに自分の席に座っていた。ローデンバッハーはいなかった。ふてくされて自分の部屋に戻ったに違いない。

「みんな、わかったぞ！　ハルトマン判事を逮捕する。カイザースマードへ出動だ！　鑑識課、パトカー、一式手配してくれ。みんな一緒に行くぞ。あと、ハルトマンか、ウアバンかわからんが、息子の名義になっている白いエスコート・ワゴンを追跡してくれ！」

部下たちは訳もわからず、興奮した上司に急き立てられて立ち上がると、それぞれの任務に走った。

★　★　★

クルフティンガーは手に汗握りながら助手席に座っていた。パトカーのサイレンに合わせて貧乏ゆすりをする。止めようとしても止められない。首を左右に振ってばかりいた。

「もっとスピードを出せないのか？」運転しているマイアーに向かって、警部が叫んだ。マイアーはそれには応えずに、ケンプテンの夜道をパトカー軍団に追随して走ることに神経を集中した。

うしろからクルフティンガーの肩に手を置いた者がいた。オイゲン・シュトローブルだった。

「警部、そんなにイライラしないでください。警部がいなかったら、まだ犯人が誰かわかっていなかったと思いますよ。すごいことです」

「俺がいなかったらって？　おまえたちだけでも犯人はわかったはずだ。俺は本当にバカだった！」

「自分を責めてもどうにもなりませんよ」

「ワゴンの運転者が〈LVA〉で大鎌を見せてくれた男であることに、なんであのときすぐ気づかなかったんだろう……」

警部はシュトローブルに口をはさむ隙を与えずに続けた。

「そういう細かい点に、即座に気づくのが刑事の使命なんだ。それなのに、俺はどうだ？　指をくわえてひたすら答えを待っていた。まったく、自分に一発くらわせてやりたいよ。もし手遅れだったら……」

「今から悲観的になってどうするんですか」ヘーフェレが口をはさんだ。「オイゲンの言うとおりですよ。ワゴンの男のことはともかくとして、説話の謎を解いたのは警部じゃないですか」

そう言われて、警部はいくらか落ち着きを取り戻した。ヘーフェレの言うとおりだ。説話の謎を解いたのは自分だった。それでも、救助が間に合わずに第三の犠牲者が出てしまったらと考えると、胸に鋭い痛みが走った。パトカーはちょうどケンプテン市の市境を時速百五十キロの高速度で超えたところだったが、警部にはノロノロ運転しているようにしか感じられなかった。とにかく、あのときワゴンの男を見逃したことが運命の分かれ道だったとは思いたくなかった。ハルトマン判事が、ズッターとハイリゲンフェルトの裁判に関わっていたことは偶然知り得たことだが、実はそれは警告でもあったのだ。警察はそのことに気づかず、のんびり構えていた。だがここにいたって、愚痴をこぼしてもどうしようもない。自分を責めるのはあとにしよう。今一番大事なのは、メビウスの弟の命を救うことだ。手遅れでないことを祈った。

「ところで、ワゴンを運転していた男は誰だったんですか?」シュトローブルが訊いた。

「やつは、俺が最近〈LVA〉に行ったときに大鎌を見せてくれた販売員だ。でもちょっと様子が変で、なんというか……」警部はそこで言葉を詰まらせたが、やがてだしぬけに叫んだ。「着いたぞ!」さっきまで冷静だったマイアーが肩をビクッとさせた。目の前にカイザースマード地区の家々の明かりが見えた。そのとき、前を行くパトカーのタイヤがキーッと音を立てたかと思うと、砂埃が巻き起こり、真向かいの農家が黄色い砂のベールで覆われた。その農家の中庭へ入ると、すでに五、六台のパトカーが青色灯を回しながら停まっていた。パトカーのドアが一斉に開き、銃を構えた警官が飛び出してきた。クルフティンガーも、マイアーがエンジンを止める前に車のドアを開いた。

た。

「警部、気をつけて……」というマイアーの声が聞こえたときには、警部はもう外に出ていた。

最初に目に入ったのは、ドーベルマンだった。今日は攻撃的で、警部を見ると牙を剝き出して駆け寄ってきた。口から垂れたよだれが、パトカーの青色灯に照らされて怪しい光を放つ。犬が迫ってきても、警部は逃げ出さずに根が生えたみたいにその場に立ち尽くした。犬の低い唸り声。口から立ち昇る白い息。五メートルほどに近づくと、犬が飛びかかる体勢を取るのが見えた。それでも警部は動けなかった。体が凍りついたようだった。その瞬間、銃声が鳴り響いた。同時に体の硬直が解け、警部はとっさに両手を挙げて、その場にうずくまった。銃声の余韻があとを引くなか、自分が無事であることを確認すると、警部は身を起こして犬に目を向けた。犬は喘いでいた。片脚をうしろに投げ出したまま腹ばいになり、舌を垂らしたままクンクンと静かに鼻を鳴らしている。警部は大きく見開いた目で、銃声の余韻が残る右の方角を見た。

銃からはまだ煙が立ち昇っていた。緊張で顔を強ばらせたヘーフェレが、武器を静かに下ろした。クルフティンガーはヘーフェレにうなずいて、感謝の意を示した。犬の行動は誰にも予測できなかった。ヘーフェレのとっさの決断がなければ、警部は命を落としていたかもしれない。

安堵のため息をもらす間もなく、数秒後には警官たちが玄関のドアへ向かって走り出していた。だが、一団が玄関にたどり着く前にドアが開いて、光のなかから判事が姿を現わした。

「動くな！」と警官の一人が叫んだ。それを無視して、ハルトマンは走り出した。

「動くと撃つぞ！」ほかの警官が叫んだが、ハルトマンの耳には届いていなかった。判事は警部の横でうずくまっているティラスだけを見つめていた。

「撃つな！」判事が犬に走り寄ろうとしているのを見て、警部が叫んだ。

「ティラス！　なんてことだ」ハルトマンが悲鳴を上げた。判事は警部の数メートル手前で向きを変えて逃げ出そうとしたが、三人の警官に取り押さえられた。判事は狂ったようにわめき、手足をばたつかせて警官の手を振り払おうとした。

「おとなしくしろ」判事をうしろから羽交い締めにした警官が叫んだ。ハルトマンはしばらく抵抗を続けたが、警官に押さえつけられると、あきらめて泣き始めた。

クルフティンガーはため息をついた。泣く男を見るのは耐え難かった。警部は判事のそばに行くと言った。「ゲルノート・ズッターとミヒャエラ・ハイリゲンフェルト殺害を共謀したかどで逮捕します」警部の口調はきわめて冷静だったが、心のなかは怒りで煮えたぎっていた。正義の番人である判事が法を犯したことが信じられなかった。クルフティンガーは法の正義を信じていた。こういう事件を起こしたことで、ハルトマンは法に対する市民の信頼を裏切ったのだ。警部は判事に近づくと、自分でも信じられないほどの厳しい調子で詰問した。「ホルスト・メビウスはどこだ？」ハルトマンはまた警官の腕を振り払おうとしたが、無理だとわかり、膝からくずれおちた。

警官が判事の腋の下から腕を抜くと、ハルトマンはそのまま地面に倒れ込んだ。警部は判事が罪を認めるものと思った。これまでに何度も、逮捕され、地面に倒れ込んだ犯人が自白するのを見てきたからだ。被害者に対しては横暴に振る舞い、容赦なかった犯人が、警官の前では一転、泣きながら理解と許しを請う姿を。だが、判事は違った。

ハルトマンは地面に横たわるドーベルマンのそばまで這って行った。犬はすでにピクリとも動かない。判事は愛犬の死を確認すると、クルフティンガーを睨みつけて叫んだ。「この殺人鬼め！」

警部の腹(はらわた)が煮えくり返った。よりによって殺人犯であるハルトマンに、殺人鬼呼ばわりされるとは。警部はゴクリと唾を飲んだ。「連れて行け」とかすれ声で言い、部下がハルトマンに手錠を掛けるのを見守った。そのあと玄関に向かって数歩歩いたところで、ピタリと足を止めた。開け放たれた玄関のドアから廊下の照明の光がもれ、その中に人影が見えた。疲れ果てたようなその姿を見て、ヒルトルート・ウアバンだとわかった。なぜか鳥肌が立った。二人の警官が彼女をはさむように両脇に立ったが、どう扱っていいかわからない様子だった。ウアバンはじっと立ったまま、放心状態で外を見つめていたからだ。微動だにしない。それを見た警部は、ドーベルマンに睨まれたときよりも恐ろしいと思った。

警部は心の動揺を隠しながらウアバンに近づいた。彼女の前に立ち、ハルトマンに告げたのと同じ言葉を言おうとした。「ゲルノート・ズッターとミヒャエラ・ハイリゲンフェルト殺害を共謀したかど……」

そこで警部の言葉が途切れた。ウアバンの平手打ちが飛んできたからだ。警部は思いもかけない痛みに声も出なかった。痛みよりショックのほうがはるかに大きかった。直立不動の警部の背後からマイアーが駆け寄り、ウアバンの肩を乱暴につかんで手錠を掛けると、居間へ連れて行った。

「ホルスト・メビウスはどこですか？」手錠を掛けられ、居間のテーブルの前の椅子に座らされた夫婦を、警部が尋問した。二人とも口を開こうとしなかった。クルフティンガーが質問を繰り返そうとすると、シュトローブルが警部の肩を叩いて耳打ちした。

「畜生」警部はそうつぶやいて、改めて二人のほうに向き直った。「あなたがたの息子はどこです？　車で出かけたのですか？　ホルスト・メビウスと一緒ですか？」

二人とも答えない。

警部は進退きわまってパニックに陥りかけた。これ以上我慢できなくなり、声を張り上げた。

「舐めるんじゃない！　息子はどこだ？　まだ罪を重ねたいのか？　もう終わったんだ！　わかるか？　もう逃げ道はないんだ」

すると、周りにいた警官が一斉に声を上げた。みんな顔を真っ赤にして、叫んだり声を荒らげたりしながら、同じ質問をぶつけた。「息子はどこだ？　メビウスはどこだ？」

やがて夫妻が口を開きかけたので、みんなが一斉に口を閉じた。しかし夫婦は警官たちの質問には答えず、神に祈りを捧げた。夫婦は声を合わせて祈り始めた。「天にましますわれらの父よ……」

警部はまた堪忍袋の緒が切れた。「正義は神のもの、裁くのは神だ、ハルトマン博士。あなたではない」興奮のあまり、唾が飛び散った。

クルフティンガーが正義という言葉を口にすると、判事がようやく顔を上げた。

「正義だって？」ハルトマンは言い返した。「正義とは何か、君には少しもわかっていない。正義を成せ（フィアット・ユスティティア）！」

クルフティンガーにはそのラテン語の意味がわかった。裁判所の玄関ホールの絵に書いてある言葉だった。

完全な沈黙が部屋を覆った。部下たちは固唾を呑んで成り行きを見守っていた。大鎌で草を刈る音が聞こえてきてもおかしくないくらい静かだ、という言葉が頭に浮かんで、警部は皮肉を思いつくぐらい自分の気持ちに余裕があることに気づいた。良い予感がした。

「雑談はもう終わりにしましょう。メビウスはどこにいるんですか？」

判事は警部を睨みつけた。「君に、神の裁きを食い止めることはできない」

確かにそうかもしれないなと納得しかけたが、今だけは運命に逆らいたいとクルフティンガーは思った。

「連れて行け」警部が部下に命令すると、警官たちが夫妻の肩を押さえて外に連れ出した。

「オイゲン、あの二人と一緒の車で行ってくれ。まだ何か訊き出せるかもしれない。できることはすべてやるんだ。ローランド、息子を指名手配するんだ。ワゴンの追跡も頼む。家宅捜索令状の申請もよろしく。あと、何人かでオーバーティンガウの教会付近の張り込みをしてくれ。これまでの殺人では、犯人は説話の舞台に必ず現われているからな」それから、己を鼓舞するかのようにこう言った。「必ず見つけてやる」

警部が外に出ると、ヒルトルート・ウアバンが緑と白のバンタイプのパトカーに乗せられるところだった。警部はパトカーの前を通り過ぎながら、シュトローブルに向かってうなずいた。そばにいたハルトマンが睨んできたので、その顔を指差して言った。「必ず見つけてやるからな！」

ハルトマンは首を振り、パトカーに乗り込む前に一言言い足した。「無駄なことはしないほうがいい。あいつはもう大鎌を鍛えているからな」それを聞いて、警部の背筋に寒気が走った。

★　★　★

クルフティンガーはマイアーとヘーフェレの車の後部座席に腰を下ろしたが、気分は最悪だった。犯人は突き止めたが、喜びはかけらもなかった。どんな犠牲を払っても第三の殺人を食い止めなければ、と車に乗った三人はみな思っていた。

警部は判事が最後に言った言葉を、呪文のように心のなかで繰り返しながら自らに問いかけた。〝あいつはもう大鎌を鍛えているからな〟——つまり、まだ手遅れではないということか？　メビウスの弟はまだ生きているのか？　どうやって彼を見つければいいだろう？　やつらは彼をどこに隠しているのだろうか？　あの夫婦は刑事局に着いたら口を割るだろうか？　一瞬、希望の光が見えたが、すぐに疑念がそれを覆い隠した。

道中、三人は揃って押し黙っていた。だが、マイアーがベッチガウ教会方面の道へハンドルを切ろうとすると、警部が突然、沈黙を破った。「左へ曲がるんだ、リヒャルト！」と声を張り上げた。

「なぜですか？　僕たちの行き先は……」

「よくわからんが、俺の直感がそう言うんだ。左へ曲がれ！」警部は最後の言葉を厳しい口調で言った。心臓の鼓動が速くなり、手にはぐっしょり汗をかいていた。本当にこれでいいんだろうか？　それは突然、天から降ってきたような直感だった。

マイアーは警部の口調があまりにも厳しかったので、訊き返す勇気が出なかった。黙って道標を見上げると、ケンプテンの森に近いシュタイン地区の名が記されていた。

「スピードを上げろ、リヒャルト！　直進しろ！」クルフティンガーが急き立てた。警部は前かがみになって、運転席と助手席の間から顔をのぞかせ、ヘッドライトに照らされた田舎道に目を凝らした。

車は時速百キロを超すスピードで農道を走っていたが、マイアーが通行禁止の標識を見つけて急ブレーキを踏んだ。

「行くんだ！」警部が叫んだ。

「え、いったいどこへ？」マイアーが悲痛な声で訊き返す。

「この先に何があるんだ？」

「大鎌の岩(デンゲルシュタイン)があるだけですよ。その奥は森です」

「ほう？　そうか。リヒャルト、進め、進むんだ！」

「ここからは山道です。通行禁止って……」

「進め。早く！」ヘーフェレが叫んだ。マイアーは振り向いて、念を押すように警部の顔色をうかがった。「本当に行くんですか……」

クルフティンガーはヘーフェレも自分と同じことを直感したと知って安心した。ひょっとしたら、まったくの見当違いではないのかもしれない。

「わかりましたよ。行けばいいんでしょう！」マイアーは金切り声を上げ、アクセルを踏み込んだ。タイヤがキーッと鳴って車が走り出し、警部は後部座席のシートに強く背中をぶつけた。それでも怒鳴らずに、一言言った。「よし、いいぞ……」

車は森と野原にはさまれた舗装道路を疾走した。

そのとき、「危ない！」と警部が叫んだ。野ウサギの姿がヘッドライトに浮かび、次の瞬間、ドンという小さな衝撃が伝わってきた。よけ損ねたのだ。マイアーが反射的にブレーキを踏もうとしたので、警部が「止まるな」と命じた。

「でも、無視するのは……」マイアーは動揺していた。

「心臓マッサージでもするつもりか？」

警部がそう諭すと、マイアーはアクセルを踏み直した。

沈黙が続くなか、一分ほど走り続けると、警部が小声で言った。「スピードを落とせ、リヒャルト」

ヘッドライトの光が別の車のリアランプに反射した。数メートル先のカーブに、土に埋もれたような感じで、白色のフォード・エスコートが停まっていた。

しばらく三人は言葉を失っていたが、ヘーフェレがそっと言った。「ほらな！」

マイアーは口をポカンと開けたまましばらく動けずにいたが、なんとか言葉を絞り出した。

「なんで犯人がここにいるって、二人ともわかったんですか？」

警部が答えようとしないので、ヘーフェレが代わりに話した。「警部も同じことを感じたのかどうかはわからないけれど……」ヘーフェレはクルフティンガーのほうに目を向けた。上司は顎をしゃくって話を続けるように促した。

「とにかく直感なんだ。確信はなかった。でも……」

「……でも、今考えると、ヒントはたくさんあった」と警部が口をはさむ。「決定的なヒントは、ハルトマンが最後に言った言葉だ。やつは、〝あいつはもう大鎌を鍛えて（デンゲルン）いるからな〟と言った。その言葉に俺の直感が反応した。デンゲルン？　そうか、大鎌の岩（デンゲルシュタイン）だ、とな。デンゲルシュタインには聞き覚えがあった。そこで、オイゲンが話してくれた大鎌にまつわるシュタインの説話を思い出した。昔の人はデンゲルシュタインのある場所で裁判を行なっていたと、リヒャルト、おまえも言ってただろう。それに……」

警部はヘーフェレを見て、その先はおまえが説明しろと目配せした。部下はすぐに了解して話を続けた。「……シュタインに住む農夫からの通報が刑事局にあったっていう話があったじゃないか。農夫は犯行日当日に、大鎌を鍛えるような音を聞いている」クルフティンガーはそのとおりとばかりにうなずいた。

マイアーは二人の洞察力に感嘆しながら、路傍に車を停めた。そして軽い咳払いをすると、上気した声で言った。「二人とも天才だ！」

だが、警部はまだそんなほめ言葉は聞きたくなかった。「ほめるのは、メビウスの弟を救ってからだ」そう言い返して、部下の意識をふたたび目の前の現実へ向けさせた。

マイアーが車のライトを消すと、三人はゆっくり車を降りた。

「あきらめなくて本当によかった」警部はため息をついた。

三人は無言で拳銃を取り出し、ワゴンに近づいた。右後部のドアが半開きだったので、クルフティンガーが右手に拳銃を持ったままドアを開けた。うしろでヘーフェレが拳銃を構えて待機する。マイアーは大きな懐中電灯でトランクの中を照らした。予想どおり、荷室にも座席にも人の姿はなく、荷室にしわくちゃの汚れた毛布が何枚か置かれていただけだった。警部はマイアーに、懐中電灯で毛布を照らすよう指示し、それをめくってみた。「血だ！」と、それだけ言った。

「リヒャルト、おまえはここに残れ。犯人が来るかもしれないから。それと、無線で応援を呼んでおいてくれ。サイレンなしで、静かに来るようにと。応援部隊が着いても、俺たちが指示するまではここで待機すること。わかったな」

クルフティンガーは心臓が飛び出しそうなほど緊張してはいたが、目の前の任務に完璧に集中していた。マイアーとヘーフェレは、警部がこういう状態になると、スイス時計のような精密さを発揮することを知っていた。

「行くぞ」警部が声をかけると、ヘーフェレは拳銃を手に、あとに続いた。二人は、デンゲルシュタインがある、森の空き地の手前に立つ木まで静かに進んだ。デンゲルシュタインは氷河期からここにある古い岩だった。二人は念のために懐中電灯を消した。月の光だけで十分だと思ったからだ。とはいえ、目の前の暗がりに何が待ち受けているかは想像もつかなかった。

★ ★ ★

夜の闇が警部とヘーフェレを呑み込むと、マイアーは無線で救援を要請し、恐怖で膝を震わせながら白いワゴンに近づいた。耳をすまして、どんな音も聞き逃さないようにした。薄気味の悪い場所だった。昔々、ケルト人はここで血生臭い生贄の儀式や裁判を行なっていたという。だからよけいに不気味に思えた。薄暗い月明かりの中では、どの木もどの藪も今にも襲いかかってきそうに見えた。デンゲルシュタインの岩の上に人を連れて行き、処刑を行なう地獄の使徒のようでもあった。マイアーは心を落ち着けるために、声には出さずに鼻歌を口ずさんだ。『ムーンリバー』だ。それ以上いい歌は思い浮かばなかった。

不意に、マイアーは体を強ばらせた。口の中が乾き、息がほとんどできなかった。そこで、目を見開いた。足音！　明らかに足音だ。靴がそっと砂利を踏みしめる音。それは、警戒しながら忍び寄っているようにも思えるゆっくりした足取りだった。マイアーはハッと息を呑んだ。二人の人間が森の中をゆっくりと歩いている。間違いない。

どうしよう？　警部とヘーフェレの姿はもう見えなかった。二人は無線機を持っていない。マイアーはこういった緊急事態にどう対処すればいいか、何度も受けたセミナーで理論だけは学んでいた。でも、ここは暗い森の中だった。学んだ知識が通用するだろうか？

「まず、状況を把握する……」マイアーは小声で自分に言い聞かせた。「状況を把握し、相手を驚かせて動きを止め、その瞬間を有効活用する」足音はまだ聞こえるばかりか、大きくなっていた。近づいているのか？　そこでマイアーは決断した。懐中電灯を手に取り、それを森へ向けた。スイッチの上に指を置き、もう片方の手に握っている拳銃を同じ方向へ向けた。これで犯人を驚かせることができるかもしれない。彼は懐中電灯のスイッチを押した。

★　★　★

クルフティンガーとヘーフェレは後方で瞬いた小さな光には気づかなかった。ゆっくりと歩いてはいたが、どちらも息を切らしていた。音を立てないようそっと足を踏み出すたびに、危険な夜の闇へ徐々に吸い込まれていく気がした。やがて、デンゲルシュタインが見えてきた。岩に近づくと、音が聞こえた。石で金属を叩くような音だった。二人は目を見合わせると、走り出した。

二人が走ると、地面に落ちた枯れ木が割れて音を立てた。割れた木の破片が顔まで飛んできた。どこへ向かっているのかもわからずに、二人はただ全速力で走った。走れば走るほど、気味の悪い金属音は大きくなった。森の中の空き地を照らす月の光は輝きを増していった。二人は空き地の手前の木々の間に身をひそめた。目を細くして、月明かりに照らされて青く光る岩を見つめた。金属音はすでに疑う余地のないほどに大きかった。ケンプテンの森の奥深くで、しかもこんな真夜中に、誰かが大鎌を鍛えている。

大鎌を鍛える音にゾッとしながらも、警部には一筋の希望の光が見えた。犯人が今大鎌を鍛えているということは、メビウスの弟がまだ殺されていない証拠だった。

その瞬間、二人は危険も顧みずに駆け出していた。

★　★　★

「警察だ！　動くな！」マイアーが闇の中で声を震わせて叫んだ。相手は驚いて足を止めた。光に照らされて大きく見開いた黒い目がマイアーを見つめていた。それを見て、マイアーもうろたえた。足音はただの空耳で、誰もいないことをひそかに期待していたからだ。だから、目の前の出来事にどう対応していいかわからなかった。

そうこうするうちに相手はショック状態から抜け出し、踵を返した。マイアーはもう一度、同じセリフを叫びそうになったが、すぐに我に返った。拳銃を下ろし、心臓が激しく鼓動するのを感じながら、森の奥へと消えて行くシカを見送った。

★★★

時間との戦いだった。クルフティンガーとヘーフェレは身をかがめて、砂利道から右側の小道へ移動した。観光者向けの二つの説明板の前を通り過ぎ、木の陰から犯人の様子をうかがった。まずクルフティンガーが、次にヘーフェレが状況を確認した。目の前には、信じられないような光景が広がっていた。月明かりのなか、こちらに背を向けて立つ人影が、巨大な岩の窪みの前でハンマーを大鎌に叩きつけていた。クルフティンガーはゾッとした。まるで死神が死刑執行の準備をしているような光景だった。人影の左下には、袋のようなものが見えたが、目を凝らすと、それは縄で縛られた人間だとわかった。警部の目は催眠術にでもかけられたみたいに、その光景に釘づけになった。息をするのも難しかった。ところが、警部は突然、安堵のため息をついた。縄で縛られた人間が動くのが見えたからだ。手遅れではなかった。

クルフティンガーは深呼吸をしながら、音に意識を集中した。金属音と共に低い音の鼻歌が聞こえた。しばらく耳をすましていると、〝大鎌男〟が歌っているのが何かわかった。警部の大好きな讃美歌『ほめたたえよ、力強き主よ』だ。信じられなかった。警部は問いかけるようにヘーフェレを見た。どうやらヘーフェレも讃美歌だと聞き分けたようだった。

突然、地面に横たわる人間がシクシクと泣き始めた。メビウスの弟のホルストに違いない。大鎌男は、声を上げて泣くホルストに向かって何かつぶやいた。ホルストはそれでも泣きやまなかった。大鎌男は手を止めることなくホルストを蹴りつけ、鼻歌をうたい続けた。「わが心よ、今じも目覚めで、だでごどがぎならじづづ、御名をぼめまづれ」鼻にかかったひどい歌声だった。警部は〈LVA〉で出会った禿げ男の口唇裂の口元を思い出した。

警部はヘーフェレよりも一歩早くショック状態から抜け出した。讃美歌の詩句が警部を覚醒させてくれたのかもしれない。警部は目覚めた。だが、讃美歌をうたう大鎌男の本望は、〝たてごとかきならしつつ〟神の恩恵を賛美することではないようだ。

「おまえは藪の中を通って岩の左側へ回ってくれ。メビウスの弟の救出を頼む。俺は大……」警部はそこで〝大鎌男〟と言おうとしたが、嫌悪感を覚えて言い直した。「……ハルトマンの息子を逮捕する！　俺が口笛を吹いたら、同時に突撃だ」

警部はゆっくりと男の影に近づいた。その間に、ヘーフェレは岩の左側に回って身を隠した。警部はまだ岩から十メートルほど離れた場所にいたが、目を閉じて深呼吸し、耳をつんざくほどの音で口笛を吹いた。

「動くな！　警察だ」クルフティンガーとヘーフェレが同時に叫んだ。犯人が驚いて動作を止めた瞬間、警部はホルスターから拳銃を抜き、犯人に向かって突進した。ところが予想に反して、男は驚いた素振りも見せずにゆっくりと振り向いた。警部は懐中電灯をつけて、大鎌男の顔を照らした。一瞬、いたずらっぽく顔をゆがめた若い男の顔が浮かんだ。警部は男に飛びつくと、岩に相手を押しつけようとした。男は手に持ったハンマーを振り回そうとしたが、すんでのところで警部がそれを食い止めた。しかし最初の一振りがクルフティンガーの左手に当たり、懐中電灯が宙に舞ったかと思うと岩の上で粉々に砕けた。月明かりだけになった。警部は横目で懐中電灯の小さな光が輝くのを見た。へーフェレがメビウスの弟を連れて逃げ出したのだ。警部は部下がすぐに戻ってくることを祈った。というのも、ハルトマン・ジュニアが本気を出して抵抗を始めたからだ。すごい力だった。警部は相手の頭を岩に押しつけようとしたが、男はクルフティンガーの手を逃れて飛びすさった。警部が驚いて振り返ると、男は大鎌を振りかざした。警部はとっさに頭を下げた。シュッという鋭い音がして、恐ろしい凶器が頭上をかすめる。

ハルトマン・ジュニアは攻撃をかわされるとは予想していなかったのか、そこで一瞬、浮き足立った。その数秒を利用して、警部は体勢を立て直した。ハルトマン・ジュニアも負けずに気を取り直すと、もう一度大鎌を振り上げ、歯を剝き出して骨の髄まで響くような叫び声を上げると、警部に向かって突進した。警部はジュニアが振り上げた大鎌の柄を両手でつかんで勢いを押し止めようとしたが、相手の腕力は予想以上だった。大鎌の刃が警部の右腕を直撃した。その瞬間、銃声が夜の森に響き渡り、ジュニアが大鎌をもつ手を下ろした。

クルフティンガーは後ずさりして、その場に倒れ込んだ。地面に横たわって目を上げると、ジュニアがまた大鎌を振り上げるのが見えた。絶望感に打ちひしがれながら、周りを見回した。どうしよう？　そのとき、右の方角で何かが動くのが見えた。藪の中から、へーフェレが拳銃を手に姿を現わした。だが、まだ銃で狙える距離ではなかった。

「撃て！」射程外で発砲すれば、弾が警部に当たるか、岩に跳ね返って悲惨な結果を招きかねない。それでも警部は叫ぶしかなかった。だが、ヘーフェレは警部の指示に従わず、拳銃をホルスターに戻すと、雄叫(おたけ)びを上げながらジュニア目がけて突進した。ヘーフェレに気づいたジュニアは大鎌を振り下ろす手を止めた。ヘーフェレが体当たりして相手を岩に叩きつけると、ジュニアはもっていた大鎌を地面に落とした。

「神のご加護がありゃんごどを！」ジュニアが突然、甲高い声で叫んだ。クルフティンガーはゾッとしたが、なんとか起き上がった。そのとき、今度はジュニアがヘーフェレを勢いよく岩に叩きつけた。ヘーフェレが悲鳴を上げる。警部は急いで地面に落とした拳銃を探したが、暗くて何も見えなかった。

ハルトマン・ジュニアが大鎌に手を伸ばすのを見て、ヘーフェレがジュニアの背中に飛び乗って首を絞めた。ジュニアはヘーフェレを背負ったまま背中を岩に強くぶつけた。それを何度も繰り返す。とうとう痛みに耐えられなくなって、ヘーフェレが腕をほどき、地面に倒れ込んだ。ハルトマン・ジュニアはヘーフェレには目もくれず、よろよろしながら大鎌の在処を探した。だが、数歩歩いたところでジュニアは足を止めた。警部が月明かりを受けてギラギラ輝く大鎌をもって立っていたからだ。数秒間、二人は睨み合った。次の瞬間、ハルトマン・ジュニアが逃げようとした。警部は容赦しなかった。「わーわー！」と喚声を上げながら大鎌をもち上げると、それを振り下ろした。ハルトマン・ジュニアの足を大鎌が直撃した。ジュニアは仰向けに倒れ、頭を岩にぶつけて気を失った。

警部はヒーヒー喉を鳴らして深呼吸をした。地面に横たわる男を見据えて、本当に意識を失っていることを確認した。それから、自分の手にある大鎌を見てゾッとし、それを草の上に放り投げた。庭の草刈りに大鎌を使っていてよかったと警部は思った。使い慣れていたおかげで、刃ではなく木の柄がジュニアの足に当たるように振り下ろすことができたのだ。

★　★　★

マイアーはビクッとした。夜の静けさを破って、突然、銃声が響いたからだ。何が起きたんだ？　二人が発砲したのか？　それとも犯人か？　二人の応援にデンゲルシュタインまで行こうか？　それともここに残って、逃げてくる犯人を捕まえるか？

考えを巡らせていると、森の端にパトカーの青色灯の光が見えた。同僚の到着を知って、マイアーはほっとした。応援部隊は静かに近づく配慮など一切せず、青色灯を派手に回して大急ぎで来たらしい。マイアーは同僚にデンゲルシュタインのある場所を教えると、最後に着いたパトカーに自分も乗り、岩へ向かった。

デンゲルシュタインのある空き地に到着すると、警官たちがただちに負傷した警部とヘーフェレ、それに縄で縛られたままのメビウスの弟に応急処置を施した。警官の一人が警部の腕に包帯を巻こうとすると、警部はその手を振りほどいた。すぐにしなければならない大事なことがあったからだ。警部は森の奥へ行くと、みんなに背を向けて立った。ヘーフェレとマイアーは信じられなかった。こんな状況でよくもまあ……

「ケンプテンを出てからずっとションベンがしたかったんだ！」警部は大声で言った。

「なぜ、あんなことを息子にやらせたんです？」

★★★

クルフティンガーはいたたまれない気持ちだった。劇的な夜の逮捕劇から一時間ほど経ち、ようやく頭が正常に働くようになった警部は、事件の陰惨さを痛感していた。ハルトマン判事は息子を殺人鬼に仕立て上げたのだ。

警部は、質問の仕方を少し変えたほうがよさそうだと思った。ハルトマンは息子に犯罪を許したのではなく、犯罪をするようそそのかしたのだと気づいたからだ。マルクスの推測では、犯人は〝インテリの中年〟だった。無能な息子ではなく、ハルトマンがまさにその特徴に当てはまる。しかも悪魔じみた知性の持ち主でもあった。その知性はクルフティンガーが最も嫌悪し、恐れるたぐいのものだった。

そんなことを考えながら、警部はシュトローブルと共に、青白い蛍光灯に照らされた取調室Ⅱで判事と向き合っていた。疲れていたし、まだ出血している右腕は脈打つように痛んだ。マイアーとヘーフェレは別の部屋でヒルトルート・ウアバンの取り調べを行なっていた。ハルトマンは弁護士を呼ぶのを拒んだ。〝私は法学者だから〟というのが理由だった。

クルフティンガーは質問を変えた。「なぜ、あなたは息子を殺人鬼に仕立て上げたのですか？」

判事はしばらく何も答えなかった。警察に与えてもいい情報は何か、それを与えることによって自分が法律上どのような立場に立たされるかを細かく考えているらしい。やがて、クルフティンガーの目を見て言った。「私に息子はいない」

警部は判事から目をそらさずに、その瞳から意図を読み取ろうとした。判事はすべての罪を息子になすりつけたいのか？　それとも、自分かわいさに息子との縁を切ろうとしているのか？　それはありえなかった。なぜなら判事は事実上罪を認めていたからだ。それは判事自身、よくわかっているはずだった。彼の計画はすべて実行に移された。この期に及んでしらばっくれたところでどうしようもないことは明らかだった。

取調室のドアが開いて、サンディーが入ってきた。サンディーはあれからずっとオフィスでメビウスのそばにいた。みんなが戻ってきたのでコーヒーを淹れてもってきたのだ。彼女は刑事局の天使だった。

警部は、サンディーが片手に小さな茶色の小瓶を、もう片方の手に包帯をもっているのに目を留めた。秘書が自分にうなずきかけたのはわかったが、それを無視して判事のほうに向き直った。「つまり、あなたはすべての罪を息子になすりつけたいわけだね？　息子はいないなどと言って。そんなことは誰も信じないぞ、ハルトマン」クルフティンガーはもう〝ハルトマン博士〟とは呼ばなかった。数日前まで、目の前の男を尊敬し、〝ハルトマン判事殿〟などと呼んでいたことが信じられなかった。

クルフティンガーが怒声を上げている間に、サンディーは警部のシャツの袖をまくり上げ、傷口を確認した。警部は秘書の手を振り払おうとしたが、サンディーは一歩も譲らず、警部の腕をつかんで動かないようにした。警部は、大事な取り調べの最中に傷口を手当てされるのが嫌でたまらなかった。

「君は何もわかっていない」と、ハルトマンが口を開いた。サンディーは、もってきた茶色の小瓶から液体を数滴ガーゼに落とした。「私たち夫婦に息子はいない。私たち夫婦に子供はいないのだ」

「もしそうなら……」警部には判事の言葉の意味がわからなかった。そのとき、腕に激痛が走って、何も考えられなくなった。まるで腕に火をつけられたような痛さだった。横目で腕を見ると、サンディーが液体を含ませたガーゼを傷口に貼りつけたところだった。警部は顔を真っ赤にして秘書の手を無理矢理振りほどくと、顎をしゃくって立ち去るよう命じた。どのみち手当ては終えたので、サンディーも文句を言わずに退散した。

警部は判事の最後の言葉のことを考えていた。〝私たち夫婦に子供はいないのだ〟とは、どういう意味なのだろう? 犯人は彼らの息子以外の何者でもない。警部はそこでシュトローブルと視線を合わせた。部下もまた、ハルトマンの意図が読み取れずに悩んでいるようだった。その一方で、判事は二人の刑事が困り果てているのを楽しんでいるように見えた。判事はニヤリとして言った。「もっと綿密に調査していれば、君たちにもわかっていたはずだ。判事まあ、刑事たちの無能さは判事である私が一番よく知っているがね。こんなことはあらかじめ予想していたよ」

警部は顔に血管が浮き出るほどの怒りを覚えた。だがここで、判事の挑発に乗るわけにはいかなかった。気持ちを落ち着けるために、一、二、三と心のなかで数えた。

「ふん。それでも私たちはあなたを捕まえた。違いますか？」冷静さを取り戻した警部が言った。

ハルトマンが歯ぎしりした。

「そうだ。それでも君たちは何もわかっていない」

「それなら説明してください」シュトローブルがムッとして言った。

「私の妻はレイプされた。三十年前に」

判事は吐き出すように言った。クルフティンガーとシュトローブルは目を見合わせた。今夜は驚きの連続だった。

「私たちは絶望に襲われた。妻は悲しみを乗り越えることができなかった。そのせいで二人の結婚生活は滅茶苦茶になった。取り返しがつかない、とはまさにこのことだ。私たちが最も耐え難かったことは何かわかるかね？　犯人がまだその辺りをうろついていることだ。警察は手がかりをつかめなかった。誰がやったのかすらわかっていない。判事の私にも何もできなかった」

「それなら、あの息子は……」

「……正確に言うと、私の子ではない。私たち夫婦は彼に生まれてきてほしくなかったのに、神は創造してしまった。当時、私たちには神の意志が理解できなかった。だが今になれば、その意志は明らかだとは思わないか？」

クルフティンガーは身震いした。本当に事件の裏には神の意志があるような気がしたからだ。

「それで、あなたは……あなたは息子を殺人鬼に仕立て上げたわけですか？」

「殺人鬼ではなく、裁判官に、だ！」

少しずつ判事の意図がわかってきた。彼が叩きのめしたかったものが見えてきた。

「つまり、あなたは奥さんの味わった苦しみを、ほかの人間にも味わわせたかったわけですね？」

「違う！　君は何もわかっていない」と判事が叫んだ。「復讐ではない。復讐は神にしかできないことだ。私が示したかったのは正義だ。人間が作り出した法律では裁き切れない悪がこの世には存在する。だから私が実行するしかなかった。私たちは正義とは何かを身をもって学んだ。それこそが神の意志だったのだ」

「つまり……あなたは」警部はどう質問していいかわからなかった。「つまり、あなたは天命として神の裁きを執行したと？」

ハルトマンはうなずいた。

クルフティンガーは考えた。もしかしたら判事は心神喪失を装い、無罪判決へ導こうとしているのかもしれない。これほど不条理な供述であれば、そうなる可能性もないとは言えない。だが、警部はここまで来てハルトマンを逃がすわけにはいかなかった。

「あなたは判事でした。法の番人であり……」

「そうだ。だが、法律には限界がある。その限界を、私は受け入れることができなかった。君たちは、逮捕した犯人が適正に裁かれていないと感じたことはないかね？　苦労して見つけ出したのに、法律の不備のために公平に裁かれなかった、もしくは無罪になって釈放された犯人がいたはずだ」判事は警部を眼光鋭く睨んだ。「私を刑務所へ送りたいなら送ればいい。おそらく私は、殺人幇助、あるいは殺人教唆のかどで有罪になるだろう。だが長くても十五年で釈放されるだろう。妻も同じだ。あの子は知的障害があるので罪に問われることはない。そう言われて、君は悔しいと思わないか？　今なら君も、私たち夫婦の気持ちがわかるはずだよ」

むろん警部も、悔しい思いをしたことは何度もあった。特に刑事になりたての頃は、下された判決を知って怒り狂ったものだった。だが今ではそんなことにも慣れっこになり、裁判の結果を気に留めなくなった。近頃は、警察は犯罪撲滅機構のなかの小さな歯車であり、その歯車さえ円滑に機能していればいいと思うようになっていた。捜査以外の領域は、警察の専門外と見なしていた。つまるところ、刑法の解釈基準は社会が決めているのだ。警察でも、被害者でもない。社会が社会規範を決定し、それによって刑法の解釈基準が形作られる。とはいえ、社会が決めることは常に時代の変化に影響される。昔は、親が子供を殴るのは当たり前だったが、今では罪になる。それが道徳的な進歩であるのは間違いないが、果たして時代が絶対に逆行することはないと言い切れるだろうか？

ハルトマンは、正義という概念が常に時代の変化に影響されていることに我慢できないらしい。「我慢がならなかった。君なら私の気持ちがわかるだろう？　私は、犯罪とは目で見て認識できるものではないと考えている。犯罪は、被害者が受けた苦痛の程度によってこそ認識されるべきものなのだ。しかし、現行の法律はそれを無視している。さらに悪いことに、特定の事件では法律が共犯者の役目を果たしている。たとえば、心の健康は大事ではないのか？　心の健康も体の健康と同じくらい重視されるべきではないのか？　だが現在の法律では、身体的損傷がなければ、心を傷つけられても問題にされることはない。こんな法律のもとでは、レイプされ、地獄のような精神的苦痛を味わっている人間は救われない。絶対に救われることはないんだ。法律家は〝レイプ犯の殺意を実証するのは困難だ。犯人は酒に酔っていた可能性もある〟などと言って性犯罪を真剣に取り扱おうとしない。だが被害者の人生は、事が起きたあと百八十度変わってしまうのだ。一生、被害者であり続けなくてはならない。だから、私が代わりに裁きを執行したのだ」

警部は首を振りながら、誰もが判事になれるなら、この世はエゴと血にまみれた処刑場になるに違いないと思った。

「あなたには同情します。正しく言うと、被害者には同情します。でもあなたには、自分が犯罪者であるという自覚はないんですか？」

「まだそんなことを言ってるのか。私は、いや、私たちは犯罪者ではない。犯罪者は別にいる」

「でたらめを言うな。おまえは狂ってる、ハルトマン！」

「この期に及んで、私を侮辱するのはやめてもらいたい」

警部は啞然として、開いた口が塞がらなかった。こいつはいったい自分を何様だと思っているんだ。

「あなたは本当に、神から殺人を許されたと思っているんですか？」警部は、鼻息が聞こえるほど判事に近づいて言った。

「君はまだわからないのかね？　洞察力の乏しい君に、どうやって説明したらいいのやら？私たちは神の道具となってすべてを取り計らったんだ」

〝神の道具〟だって。中世の異端審問官のセリフみたいじゃないか。

ハルトマンは笑いながら言った。「君はまだわからないのか……」

「ですから説明をしてください。私は理解したいんです」

「それは小さなメッセージから始まった。すべてはパズルのピースのようだった。全部組み合わせると、一つの絵ができあがったのだ。そこですべてが明らかになった」

クルフティンガーは口をはさまず、ハルトマンに話を続けさせた。

「妻は私と違って、昔から信仰心が強かった。私は、以前は戦略的で横柄な判事だった。しかし妻が被害にあってからは謙虚になり、神を信じるようになった。神は私たちに力を与えてくれた。だが、それは事が起きてすぐにわかったわけではなかった。私たちのもとにメッセージが届いた。それで、気づいたんだ」

シュトローブルがもの問いたげに上司を見たが、警部は肩をすくめただけだった。

「私は何度、裁判所の入り口の絵の前を通り過ぎただろう？　正義を成せ。絵に書かれたその言葉は、私の心に焼きついていた。君は知っているだろうか、その昔、ケンプテンには〝ブレンターノ〟という名の侯爵・大修道院長がいた。〝ブレンターノ〟は絵の中にも描かれている。つまり、私は判事時代に〝ブレンターノ〟を毎日見ていたということだ。妻の一件が起きたあとしばらくして、ズッターの裁判があった。被害者は中年の女性だったが、無罪判決にショックを受けてのちに自殺した。女性の息子は、君が今回の殺人事件の犯人だと信じ込んだあのブレンターノだ。彼は母親の裁判の最後に怒り狂ってこう叫んだ。〝神の裁きを免れることはできないぞ！〟と。その言葉は、まるで電気ショックのように私の心を貫いた。そのとき、私は確信したんだ。これはズッターのための言葉ではない。神が私に宛てたメッセージだと。

そのあと、神から最後のメッセージが届いた。私は詩を読むのが好きで、あるとき退職の祝いに一冊の詩集をプレゼントされた。美しい詩は神の言葉にも似ている。私は詩集をめくった。するとその中に素晴らしいメッセージがあった」

ハルトマンはそこで目を閉じて深く息を吸い込んだ。

「〝死という名の大鎌男がいる。神の名のもとに男は麦を刈り取る〟……私は強く心を揺さぶられた。これは、神が私に送ったメッセージだと思った。心のなかにある確信が生まれた。雷に打たれたほどの衝撃を覚えた。なぜかと言えば、その詩の作者はクレメンス・ブレンターノだったからだ！　裁きを求める三人のブレンターノ。これを、ただの偶然と呼んでいいだろうか？」

ハルトマンは低い声だが、明瞭で毅然とした口調で語った。どうやらこれは芝居でもなんでもなく、判事は神のメッセージを心から信じているらしい。警部は背筋に冷たいものが走るのを感じた。そんな不気味な偶然がこれほど重なるものだろうか？　二週間前なら、こんな話を聞いても狂人のたわごとと片づけただろう。しかしこの二週間の間に状況はすっかり変わっていた。

警部は考えた。つまるところ、判事は自白したのだ。動機ははっきりした。あとは〝犯行の方法〟を明らかにするだけだ。

「あなたの世界観の是非を判断するのは、私の仕事ではありません。私の仕事は、質問することです。ですからもう一度、質問させていただきます。どうやってあなたは息子を説き伏せ、殺人を実行させたのですか？　あなたは息子を殺人ロボットに仕立て上げた。違いますか？」

「説き伏せた？　あの子を説き伏せる必要などなかった。私たちはあの子に指示を与え、彼はそれを実行した。それだけだ。あの子は純粋な自然児なんだ。神の計画を実行するために生まれてきた子なのだ」

「つまり、あなたは息子に〝命じた〟のですね。奥さんは最初からこの計画に協力していたのですか？　もちろん、奥さんに不利な証言をする必要はありません。おわかりだとは思いますが」

「不利か不利でないかなど、どうでもいいことだ。そもそも私たちは君たちに裁かれる立場にはないのだからな。有罪判決を下されたとしても、私たちには関係がない。もちろん妻も最初から計画に協力した。妻はあの子は私になつかなかったが、妻の言うことはよく聞いたからだ。妻はあの子にたくさんの説話を読んで聞かせた。デンゲルシュタインにまつわる説話も。いつの間にか、あの子は大鎌で人を裁くことが、自分に与えられた使命だと信じるようになった」

「あなたは、息子を……いや、奥さんの息子を殺人鬼に仕立て上げることに、一度も抵抗を感じなかったんですか？」

「私は妻と違って辛抱強い。どうか妻の前では〝殺人鬼に仕立て上げる〟なんて言葉を使わないでいただきたい。私たちはあの子を殺人鬼ではなく、神の裁きの道具に仕立て上げただけだ。神の裁きの道具の意味がわからないなら、一度教会へ行って調べてみたまえ」

「やれやれ、なんてバカげたことを」クルフティンガーが語気を荒らげた。「聖書には〝汝、殺すなかれ〟と書かれてますよ。あなたは聖書の中の大事な言葉を見落としている！」

「聖書には〝目には目を、歯には歯を〟とも書かれている。私は旧約聖書の中の怒る神を信じているんだ」

判事は静かに答えた。

クルフティンガーはため息をついた。ハルトマンに宗教的転向を促すのは警察の役目ではない。これ以上、判事と話しても無駄だろう。けれども、取り調べを終わらせるためには情報がまだ二、三必要だった。それさえわかれば、あとは彼が信じる神とやらが裁いてくれるだろう。

「まだお訊きしたいことがあります。今、証拠保全課がデンゲルシュタインのある場所でミヒャエラ・ハイリゲンフェルトの血痕を探しています。警察はこれまで彼女の殺害場所が特定できなかったのですが、あそこで間違いないですね」

ハルトマンは否定しなかった。

「しかし、ズッターは？　あそこで……裁かれたわけではないですよね」

「神の道は一筋縄ではいかないのだ。ズッターはあの子よりも筋力があった。だからその場ですぐに殺害する必要があった。おそらくつかみ合いになったのだろう。死体にその痕跡があるはずだ」クルフティンガーは、ズッターの額のパックリと開いた傷口を思い出してうなずいた。

すると、ハルトマンが言い足した。「知的能力の低いあの子にしては、よくやったと思う」

クルフティンガーは判事が息子をほめるのを聞いて吐き気を覚えた。

「あなたの裁きのリストには、あと何人の名前が書かれているんですか？」

ハルトマンは警部の質問に質問で答えた。「ブレンターノの詩は全部で何節か、君は知っているかね？」

クルフティンガーにはハルトマンの言いたいことがわかったので、そこで取り調べを終えることにした。腕の傷がふたたびうずき始めた。なぜかすべてが燃え尽きたような虚しさを感じた。警部はシュトローブルに目配せして、一緒に取調室を出ようとしたが、ドアを開ける前に振り向いて、ハルトマンにもう一つ質問をした。「それにしても、神の裁きを実行するのに、なぜあんなわけのわからない説話が必要だったんです？」

「それなしに、君たちは理解できただろうか？」

「神の裁きのリストにはまだたくさんの名前が書かれてるわけですね。それなら、これだけは最後に訊かせてください。あなたが神の裁きを託されているというなら、なぜ今あなたは、刑事局の取調室なんかにいるんです？」

警部がドアを閉める直前に見たのは、判事の啞然とした顔だった。

★　★　★

「〝それなしに、君たちは理解できただろうか？〟って言ってましたけど、どういう意味なんでしょう？」オフィスのソファーに腰を下ろしながら、オイゲン・シュトローブルがクルフティンガーに質問した。

「つまり俺たち警察は、説話を読まなければ、被害者が死んだ意味を理解できなかっただろうって言いたかったんだと思う」

しばらく沈黙が流れた。やがてシュトローブルが言った。

「確かにそうかもしれない」

クルフティンガーは答えなかった。心底疲れていたからだ。もう真夜中を過ぎていた。とんでもない日曜日が終わった。

オフィスのドアが開いて、マイアーとヘーフェレが入ってきた。二人とも大きなため息をつきながらソファーに腰を下ろした。ヘーフェレは苛立っているようだった。

「ウアバンは口を割らなかったのか？」警部が訊いた。

「いいえ、しゃべりましたよ。洗いざらいと言ってもいいくらいに。言いわけを並べるようなこともなかったし。ただ、警察は自分をどうすることもできない、という言葉は繰り返していました」

クルフティンガーとシュトローブルはうなずいた。しばらく、全員が押し黙った。ヘーフェレの言葉について、考えを巡らせているようだった。

「じゃあ、どうだ」警部が突然、沈黙を破った。「俺がみんなに一杯ご馳走するっていうのは？」

「本当ですか。それは、いい」ヘーフェレは喜んだ。「ウィスキーのボトルでも、どこかに隠してるんですか？」

「いいや。酒じゃなくて、もっといい飲み物がある。金色の飲み物さ」

部下たちが目を見合わせている間に、警部は自分の机のうしろからリンゴのフレッシュジュースを一瓶取り出した。

「クルフティンガー・ゴールド。搾りたてのリンゴのフレッシュジュースだ。高価だぞ！」

「そうですね。今日は贅沢でもしないとやってられない」シュトローブルが茶目っ気たっぷ

りに笑った。部下たちはグラスを手に取り、上司にジュースを注がせた。

「まあ、みんな、わたしを抜きにして乾杯なんかして？」サンディーが突然、オフィスに入

ってきた。

「違う、違う。ヘンスケ女史、君もグラスを取って」

「腕の具合はどうです？」

腕はまだ強烈に痛んだが、「こんなの平ちゃらさ」と警部は答えた。

乾杯すると、ようやくみんなの気分が和らいだ。それがうれしかったので、警部はいつに

ない行動に出た。受話器をつかむと、番号を押し、しばらく待ってから言った。「クルフテ

ィンガーです。ローデンバッハー局長、捜査完了を祝って、みんなで乾杯してるんですけど、

こちらにいらっしゃいませんか？　……はい、お待ちしてます」

しばらくすると、怪訝な顔つきをして局長が現われた。局長が乾杯の席に呼ばれるのはめ

ったにないことだったからだ。それでも捜査の完了がうれしかったのか、局長は部下たちに

向けて普段は言わないようなセリフを口にした。「素晴らしき男性諸君に、乾杯」局長は標

準語で言って、グラスを高く掲げた。だがサンディーに睨まれると、こう言い足した。「素

晴らしき秘書にも、乾杯」警部はリンゴジュースをもう一瓶開けた。サンディーはつまみに

塩付きプレッツェルを一袋持ってきた。みんな疲れ切っていたが、家に帰ろうとはしなかっ

た。捜査完了を喜んでいた。それでも、みんなの顔色はどこかすぐれなかった。今は楽しい

が、家に帰ったら気分が落ち込むことがわかっていたからだ。帰宅したら、家族に事件について話してやることはできる。だが家族には、この事件の真相をすべて理解することはできないだろう。愛する家族は耳を傾け、〝なんてこと〟、〝本当に？〟と相槌を打ってくれるだろう。だが、事件の真相を理解できるのはここに集まった者だけだった。

　午前一時を回ると、ディートマー・ローデンバッハーとサンドラ・ヘンスケが家に帰ると言い出した。サンディーはメビウスの様子を見てから帰ると言った。そこで「メビウス博士によろしく」と声をかけたのは、なんとヘーフェレだった。ローデンバッハーは部下たちに、明日は十一時の出勤でいいと告げた。

　二人がオフィスを去ると、シュトローブルが言った。「ところで、警部、メビウスについては私たちに報告することはないんですか？」

　クルフティンガーには、シュトローブルの質問の意味がわからなかった。「なんだ、報告って？」

「メビウスと警部、前より仲が良くなったように見えますよ」とマイアーが言った。

「おまえたち、バカか？」

「恥ずかしがらずに白状してください」ヘーフェレもみんなに話を合わせた。

「本当の愛は男同士にしか芽生えません。そうですよね」シュトローブルがいたずらっぽく言った。「メビウスの弟を連れ戻した警部を、メビウスは強く抱きしめてましたよね。あれは、ただの感謝じゃなかった。なあ、みんな？」

クルフティンガーは顔を赤らめた。確かに、あのときは恥ずかしかったからだ。それにしても、なんで部下たちはメビウスのネタで俺をいじめるのが好きなんだろう……

「さあ、冗談は終わりだ。帰るぞ」警部がそう言って、雑談を打ち切った。

オフィスの電気を消すと、警部は部下たちに言った。「モスト醸造所の主人にクレームをつけないとな。あそこで作ったリンゴジュースは腐ってたらしい。おまえたちがおかしくなったのはそのせいだ」

エピローグ

デンゲルシュタインでの壮絶な逮捕劇から六週間が過ぎた。捜査完了後、数日経ってようやく、警部は精神的にも肉体的にも限界に来ていることに気づいた。食欲がなくてあまり食べていなかったので免疫力が下がり、ひどい風邪を引いてしまった。そのうえ、捜査が完了したというのに眠れない日々が続いた。

夜中に目が覚めて、事件の映像を思い出してばかりいた。

「もう勘弁してくれ」悪夢から目覚めると、警部は嘆いた。ベッドに横たわったまま、天井を見つめた。天井に映った影が、案山子（かかし）や大鎌などの不気味なものに見えた。

「そんなわけないさ」警部はそう自分に言い聞かせて、ベッドの上に起き上がった。目覚まし時計は三時五十三分を指している。警部は部屋を見回した。タンス、籐椅子、窓……

寝室を冷たい風が吹き抜けた。それと同時に、窓枠に一羽の鳥がとまっているが見えた。知らない鳥ではなかった。カラスだ。青黒い羽が月明かりに照らされて光っている。あの事件以来、警部はカラス嫌いになった。でもそのときに警部が驚いたのは、カラスがそこにいたからではなかった。カラスは寝室をのぞいていた。鼓動が速くなった。今まで見たこともない光景だった。俺は熱があるのか？　警部は額に手を当ててみた。熱はなかった。恐怖心に負けてはダメだ、と警部は自分に言い聞かせてふたたび横になった。確かに、あの二週間はとんでもない日々だった。しかし、もう終わったのだ。部下でさえ、最近はもうあの事件を話題にすることもなくなった。警部は静かに目を閉じ、心の休まる風景を思い浮かべた。真っ白な雪に覆われた田園地帯。警部は緩やかな丘陵地をスキーで滑り下りていた。やがて、傾斜地に入り、険しい渓谷が迫ってきた。そのとき、雪の塊が上から落ちてきた。まさか、雪崩が……

クルフティンガーはビクッとして目を覚ました。時計を見た。四時二十一分だった。ようやく眠りかけたのに、また〝ビクッの発作〟に襲われて目が覚めてしまった。警部は〝ビクッの発作〟にときどき襲われるのだが、たいていは夢の中で何かにぶつかったり、どこかから落ちたりしたときだった。いったい何の夢を見ていたんだっけ？　思い出そうとした。雪？　いや、まったく覚えていなかった。

警部はまた起き上がって、ベッドの上に座った。みぞおちにパンチを食らったかのようにグッタリしていた。カラスはまだ窓枠にとまっていて、黒い目で寝室の中を見つめていた。こんなのは異常だ。鳥がこんなに長い間、家の中を観察していることなどありえない。立ち上がろうと思ったが、足が重くて立つ気がしなかった。口の中はカラカラに乾き、首の血管がドクドクと脈打っていた。

仕方なく目を閉じて三回深呼吸をすると、布団を体にかけ直した。そのとき、カラスが羽をばたつかせ、カーカーと鳴きながら夜の闇へと飛び立った。

警部はゾッとした。飛び立つ前にカラスの赤く光る目で睨まれたような気がしたからだ。

★　★　★

「まったく、まいったよ、エリカ。夜中に変な夢を見てさ」クルフティンガーはベッドに横になったまま小さな目をしばたたかせた。エリカは警部に覆いかぶさり、頬にキスをした。妻はもう服に着替えていて、息は歯磨きの香りがした。

「いったい何時なんだ？」警部が訊いた。

「十時半よ。よく眠ったわね」エリカは優しく答えた。夫が久しぶりに寝坊できたことを喜んでいた。

「十時半……くそっ。今日こそ、教会に行こうと思っていたのに。なんで起こしてくれなかったんだ？」

「起こしたくなったからよ。教会なんて、次の日曜日に行けばいいじゃない。体を休めることのほうが大事よ！」

妻の意見は正しかった。彼女にしても、夫が健康であるほうがありがたい。大鎌事件以来、妻は情緒不安定な夫をずっと心配していた。警部は罪悪感を覚えた。しかし、どうやら峠は越えたようだった。この数年間で、今日ほどぐっすりと眠れたことはなかった。

警部は体を伸ばして満足そうにあくびをした。

「それにしても、変な夢を見た。鳥の目が……」

「もう、そんな話、聞きたくないわ。私までうなされそう。それに、寝る前に何か食べるのもやめたほうがいいわ。だからよく眠れないのよ。あなたもわかってるでしょう。晩ご飯のあとに脂っこいキャベツの揚げパンなんて、絶対ダメ」妻はそう言って、夫の腹を撫でた。妻が不眠を心配しているのか、それとも肥満を心配しているのか、夫にはわからなかった。

「いつ食べてもいいじゃないか。うまかったんだから」

「翌日に食べても十分おいしいわ」

「うまければすべてよし。ところで、朝食は？」

「もちろん準備できてるわ。それに今日はサプライズがあるの。外を見て……」

警部は体を起こして外を見た。庭のモミの木にうっすらと白い雪が積もっている。粉雪が舞っていた。

「やっとか！」十一月もなかばにさしかかり、ここ数日はかなり気温も低かった。それでもいくらか雪が舞うことはあっても、積もることはなかった。

「夢みたいでしょう？」

夫は妻を力ずくで引き寄せると、ギュッと抱きしめた。

「ねえ、気をつけて。朝から体力を使い過ぎちゃダメよ」

「そうだよ。おまえも気をつけないと……」

エリカはキャッと叫んでベッドを出ると、寝室を出て行った。今日の二人はまるでティーンエイジャーのようだった。

クルフティンガーは立ち上がって窓のそばへ行った。警部はこの冬景色が大好きで、夏はあまり好きではなかった。雪が大好きなのだ。冬になると〝冬眠〟するみたいに家にこもってばかりいる人がいるが、警部にはそんな人が理解できなかった。窓を開けて、冷たい空気を思いっ切り吸い込んだ。空気はすがすがしくて爽やかだった。見るものすべてが清らかで平和に見えた。

そのとき、警部の心臓がドクンと脈打ち、膝が震え出した。背筋がゾクッとして、体中に鳥肌が立つ。警部は身を強ばらせて窓枠の一点を見つめた。

凍りついてキラキラと輝く窓枠の上に、黒々と光るカラスの大きな羽根が落ちていた。

収穫の詩

死という名の大鎌男がいる
神の名のもとに男は麦を刈り取る
ほら、もう大鎌を研いでいる
よく切れる鎌は光り輝き
もうすぐ君を切るだろう
君は苦しむに違いない
収穫祭の花輪にならないといけないなんて
気をつけるんだよ、可愛いお花さん！

今日は元気に咲いているものも
明日には刈り取られることだろう

気高い水仙よ
愛らしいメリッサよ
憧れ多き昼顔よ
悩み多きヒヤシンスよ
収穫祭の花輪にならないといけないなんて
気をつけるんだよ、可愛いお花さん！

数え切れないほど多くの花たちが
大鎌の刃に切り落とされる
バラにも痛みが、ユリにも痛みが、
バジリコにも痛みが！
ヨウラクユリでさえも
身を守れない
収穫祭の花輪にならないといけないなんて
気をつけるんだよ、可愛いお花さん！

空色のクワガタソウよ
夢想家の、赤、黄、白のケシの花よ

サクラソウよ、キンポウゲよ
光り輝くナデシコも
ゼニアオイもカンショウも
すぐにそのときがやってくる
収穫祭の花輪にならないといけないなんて
気をつけるんだよ、可愛いお花さん！

色鮮やかなチューリップよ
美しいフローラモアよ
同種の花々よ
真っ赤なアマランサスよ
静かなスミレよ
信心深いカモミールよ
収穫祭の花輪にならないといけないなんて
気をつけるんだよ、可愛いお花さん！

誇らしげな、青いヒエンソウよ
穀物畑に咲くアネモネよ

フクジュソウよ
ナルコユリよ
青いヤグルマギクよ
彼には何を言っても仕方がない
収穫祭の花輪にならないといけないなんて
気をつけるんだよ、可愛いお花さん！

愛するパンジーよ、忘れな草よ、
彼は知っている、君の名の意味を
ため息をつきながら君にむらがる
花嫁を飾るキンバイソウよ
君たち永久花でさえ
彼は刈り取ってしまうのだ！
収穫祭の花輪にならないといけないなんて
気をつけるんだよ、可愛いお花さん！

春の宝と武器の広間
無数の王冠と笏(しゃく)よ

剣と矢よ
槍と楔(くさび)よ
兜(かぶと)と旗よ
あまたの先祖よ
収穫祭の花輪にならないといけないなんて
気をつけるんだよ、可愛いお花さん！

五月の緑野の花嫁の宝石
真珠の露でいっぱいの冠よ
結ばれる心よ
炎と舌よ
絡みつく手よ
光り輝く指輪に誘われて
収穫祭の花輪にならないといけないなんて
気をつけるんだよ、可愛いお花さん！

バラのミニコルセットよ
ユリのミニベールよ

魅惑的な鐘よ
小ネジと金よ
ミニブドウよ、杯よ
小帽子よ、団扇(うちわ)よ
収穫祭の花輪にならないといけないなんて
気をつけるんだよ、可愛いお花さん！

心を、なぐさめよ、時はやってくる
苦悩から君を解き放つのだ
蛇よ、龍よ
釘よ、ろうそくよ
苦悩の象徴よ
収穫祭の花輪にならないといけないなんて
気をつけるんだよ、可愛いお花さん！

痛みはひそかに、君をとらえて離さない！
なぐさめの宝は、もうすぐ奪われてしまう
香しき憧れも

涙に溢れた杯（さかずき）も
期待にからまる蔓（つた）も
病んだ考えも
収穫祭の花輪にならないといけないなんて
気をつけるんだよ、可愛いお花さん！

ミツバチが野原を去って行く
ハチミツの家が壊される
喜びの泉も
瞳も、太陽も
ツチグリの奇跡も
今、落ちてゆく
すべてが収穫祭の花輪になるのだ
気をつけるんだよ、可愛いお花さん！

おお、星と花よ、心と衣よ
愛と、苦と、時と、永遠よ！
花輪を編むのを手伝っておくれ

藁を束ねるのを手伝っておくれ
花は一輪たりとも欠けてはならない
どんな穀物の粒も数えるのだ
主が打穀場においでになった
気をつけるんだよ、可愛いお花さん！

クレメンス・ブレンターノ（一七七八〜一八四二年）

訳者あとがき

本書『大鎌殺人と収穫の秋――中年警部クルフティンガー』は、二〇〇四年にドイツで出版された推理小説 ***Erntedank***（エルンテダンク）の邦訳である。現在九作目まで刊行されているベストセラー、〈クルフティンガー警部〉シリーズの二作目だ。一作目の『ミルク殺人と憂鬱な夏』に引き続き、短気だが、根は優しい田舎の中年警部クルフティンガーが奇想天外なドタバタ劇を繰り広げる。天然ボケの部下マイアー、妻の友人の厚顔無恥なドクター・ラングハマー、ゲイ疑惑があるセクシー検事メビウスなど、今回も個性的なキャラクターが物語を大いに盛り上げてくれる。

本作の舞台は一作目同様、南ドイツのアルゴイ地方である。のどかな田園地帯でまたもや殺人事件が起こる。しかも今回は悪魔の仕業かと思われるような残虐な連続殺人事件。凶器はなんと大鎌である。死体嫌いのクルフティンガー警部は犯行現場の凄惨な光景を見て驚愕する。殺人方法が残忍なだけでなく、犯人は死んだカラスや謎めいた暗号まで犯行現場に残していた。ホラー映画さながらの演出に刑事一同言葉を失う。捜査は難航するが、犯人が残した写真の調査をとおして、殺人事件のモチーフが地方に伝わる説話にあることがわかる。しかし警部には説話にこだわる犯人の意図が理解できない……。

前作『ミルク殺人と憂鬱な夏』のテーマは「酪農」だったが、本作のテーマは「スピリチュアル」である。説話や伝説や怪談のほか、パワースポットやスピリチュアルグッズなど、理性では説明のできない〝人智を越えた〟ものごとに焦点が当てられている。普段は自分の目で見たことしか信じない合理主義者のクルフティンガー警部も、殺人事件に関わる説話や伝説を読み込んでいくうちに自らの理性を疑い始める。つじつまが合わないとか、奇妙に見えるからといって、よく考えもせずに多くのことをバッサリ切り捨ててはいないだろうか？そんなことを考えながら子供の頃に読んだシャーロック・ホームズの本の一説を思い出す。「不可能なものをすべて消去すれば、残ったものは、たとえそれが奇妙なものに見えても、真実なのだ」。そして警部は、目に見えない何かが殺人事件の鍵を握っていると確信する。

『大鎌殺人と収穫の秋』は二〇〇九年にBR（バイエルン州の地方放送局）でドラマ化された。〈クルフティンガー警部〉シリーズの一作目『ミルク殺人と憂鬱な夏』のドラマ化は二〇一二年なので、二作目がいち早くテレビドラマになったことになる。とはいえ『大鎌殺人と収穫の秋』はBRという地方放送局でご当地サスペンスドラマとして放送されたに過ぎなかった。だが、視聴率は地元バイエルン州で二九・七パーセントを記録し、その成功が引き金となって『ミルク殺人と憂鬱な夏』はＡＲＤ（ドイツの公共放送局）で全国放送されることになった。視聴率はドイツ全土で一四・四パーセントを獲得。シリーズは人気刑事ドラマの仲間入りを果たした。

ドイツでの〈クルフティンガー警部〉シリーズの人気はとどまることを知らない。最近ではシリーズに出てくるアルゴイ料理のレシピ本まで出版され、ベストセラーになっている。警部たちが食べるケーゼシュペッツレやツヴィーベル・ブラーテンやプラムケーキなどを想像し、食べてみたいと思った日本の読者も少なくないに違いない。ご興味をお持ちの方は、調べてご覧になることをお奨めする。

こうなると、〈クルフティンガー警部〉シリーズの今後の展開が楽しみになってくる。警部とドクター・ラングハマーの終わりなき戦いや、プロファイラーになることを決意した息子マルクスの成長など、この先も目が離せない。次作からは日本人キャラクターも登場する（ここで詳細を明かすことはあえて避けるが……）。シリーズが日本の読者の期待を裏切ることはないだろう。

この場をおかりして、早川書房の川村均さま、株式会社リベルの皆さま、染田屋茂さま、そして私を励まし、支えてくれる家族と友人と同志に心から感謝の気持ちを伝えたいと思います。

二〇一七年六月

ミルク殺人と憂鬱な夏
中年警部クルフティンガー

MILCHGELD

フォルカー・クルプフル
&ミハイル・コブル
岡本朋子訳

不器用、要領も悪く、恐妻家だがわりと愛される、そんな中年警部が遭遇した、普段は平和な南ドイツの田舎町を揺るがす殺人事件。しかも殺された食品開発技術者の周囲からは動機も容疑者もまったく浮かばない。不慣れな捜査陣を率いた警部の奮闘が始まる。ドイツで圧倒的な支持を受けた人気シリーズが日本上陸！

2分間ミステリ

Two-Minute Mysteries

ドナルド・J・ソボル

武藤崇恵訳

銀行強盗を追う保安官が拾ったヒッチハイカーの正体とは？　屋根裏部屋で起きた、首吊り自殺の真相は？　一攫千金の儲け話の真偽は？　制限時間は2分間、きみも名探偵ハレジアン博士の頭脳に挑戦！　事件を先に解決するのはきみか、博士か？　いつでも、どこでも、どこからでも楽しめる面白推理クイズ集第一弾

2分間ミステリ

ドナルド・J・ソボル　武藤崇恵 訳

Two-Minute Mysteries

by Donald J. Sobol

早川書房

ハヤカワ文庫

訳者略歴　大阪外国語大学外国語学部地域文化学科卒，ドイツ語翻訳家　訳書『ミルク殺人と憂鬱な夏』クルプフル＆コブル，『あなたを変える七日間の哲学教室』エルンスト，『ドイツ帝国の正体』ベルガー（以上早川書房刊）他

HM=Hayakawa Mystery
SF=Science Fiction
JA=Japanese Author
NV=Novel
NF=Nonfiction
FT=Fantasy

大鎌殺人と収穫の秋
中年警部クルフティンガー

〈HM㊱-2〉

二〇一七年七月二十日　印刷
二〇一七年七月二十五日　発行
（定価はカバーに表示してあります）

著者　フォルカー・クルプフル
　　　ミハイル・コブル
訳者　岡本朋子
発行者　早川浩
発行所　株式会社　早川書房
郵便番号　一〇一 - 〇〇四六
東京都千代田区神田多町二ノ二
電話　〇三 - 三二五二 - 三一一一（大代表）
振替　〇〇一六〇 - 三 - 四七七九九
http://www.hayakawa-online.co.jp

乱丁・落丁本は小社制作部宛お送り下さい。
送料小社負担にてお取りかえいたします。

印刷・株式会社亨有堂印刷所　製本・株式会社明光社
Printed and bound in Japan
ISBN978-4-15-182002-1 C0197

本書は活字が大きく読みやすい〈トールサイズ〉です。